ro
ro
ro

ro
ro
ro

NIKOLAS KUHL
STEFAN SANDROCK

BITTERE NACHT

JUHA UND LUX
VOM LKA HAMBURG
ERMITTELN

Kriminalroman

Rowohlt Taschenbuch Verlag

1. Auflage

Originalausgabe
Veröffentlicht im Rowohlt Taschenbuch Verlag,
Kirchenallee 19, 20099 Hamburg, August 2025

Covergestaltung semper smile, München
Coverabbildung Shutterstock
Satz aus der Lyon Text
bei Pinkuin Satz und Datentechnik, Berlin
Druck und Bindung CPI books GmbH, Leck
ISBN 978-3-499-01429-1

Kontaktadresse nach EU-Produktsicherheitsverordnung:
produktsicherheit@rowohlt.de

MIX
Papier | Fördert gute Waldnutzung
FSC® C083411

FÜR JUDITH

1

Mit gleichmäßigen Zügen glitt sie auf ihrem Board über den breiten Kanal in die Morgendämmerung und stieß ihren Atem in kleinen Wolken vor sich her. Links und rechts zogen eingeschneite Gärten und unberührte Stege vorüber. Hinter einem einzelnen beleuchteten Fenster sah sie verschlafene Eltern, die mit ihren bereits fidelen Kindern frühstückten. Hier und da leuchtete eine vergessene Weihnachtsdekoration. Doch hinter den meisten Fenstern war es dunkel. Die Stadt schlief noch.

Das Eintauchen ihres Paddels war das einzige Geräusch in der Stille. Sie hatte weniger das Gefühl, sich zu bewegen, als vielmehr den Eindruck, dass die Welt an ihr vorbeigeschoben wurde. Genau das Gefühl, das sie an diesem Morgen brauchte, nachdem sie sich letzte Nacht hin und her gewälzt hatte, ohne Schlaf zu finden. Wie in einem Hamsterrad hatte sie sich gefühlt, ihr Herz war galoppiert, und die Gedanken waren ihr durch den Kopf gerast, nur von der Stelle gekommen war sie nicht. Gejagt und gelähmt zur gleichen Zeit. Sobald sich der Himmel merkbar aufgehellt hatte – wirklich dunkel war der Himmel über Hamburg nie, dafür sorgten die riesigen Scheinwerfer des Hafens –, war sie nur mit Thermounterwäsche bekleidet nach unten in den Fahrradkeller gegangen, der auch als Lagerraum für Kanus und Boards diente. Dort hatte sie ihren Trockenanzug angezogen, sich das Board unter den Arm geklemmt und war die paar Schritte durch den knöchelhohen Schnee zum Kanal gestapft. Es hatte tatsächlich geschneit. Und zum ersten Mal, seit sie in Hamburg lebte, blieb der Schnee auch liegen.

Ihr war klar, dass es trotz Trockenanzug nicht ungefährlich war, bei diesen Temperaturen aufs Wasser zu gehen, vor allem alleine. Aber sie war geübt genug, um nicht mehr vom Board zu fallen, und außerdem würde sie in Ufernähe bleiben. Kein Risiko eingehen war das erste Gebot. Das zweite Gebot war die Form. In aufrechter Haltung, mit leicht gebeugten Knien, stand sie auf dem Board und zog das Paddel durchs Wasser. Es hatte etwas Erhabenes, und sie fühlte sich wie die Angehörige eines indigenen nordischen Volkes, die in stoischer Seelenruhe den Fjord überquerte, um ihre Jagdgründe zu erreichen. Es war windstill, ein paar einzelne Schneeflocken taumelten über das glatte Wasser.

Das hallende Rumpeln eines einzelnen Autos, das über die Brücke raste, die sie gerade unterquerte, riss sie aus ihrem meditativen Zustand. Sofort stürmten die Gedanken von letzter Nacht wieder auf sie ein. Nicht einmal hier auf dem Wasser war sie vor der Agentur-Tretmühle, in der sie seit vier Monaten für einen Hungerlohn schuftete, sicher. Sie atmete tief durch und konzentrierte sich auf das Board unter ihren Füßen und das Paddel in ihrer Hand. Nicht zum ersten Mal dachte sie daran, wie es wäre, einfach auszuwandern, nach Lappland, Alaska oder warum nicht gleich Grönland, den ganzen Mist hier hinter sich lassen. Ja, warum eigentlich nicht gleich …?

Sie stieß mit dem Paddel auf einen vorbeischwimmenden Baumstumpf, den sie übersehen hatte, und verlor das Gleichgewicht. Im letzten Moment fing sie sich, und es gelang ihr, ihren Stand zu stabilisieren. Das war knapp. Sie drehte sich um; das war ein ganz schöner Brocken gewesen. Mit ihrem Paddel hatte sie ihn unter Wasser gedrückt, die helle Färbung zeichnete sich unter der gewellten Oberfläche ab. Erst als der Auftrieb das weißliche Ding mit einer zynischen Gelassenheit wieder nach oben beförderte, sah sie, dass es sich nicht um ein

Stück Holz handelte. Sie schrie auf und machte unwillkürlich einen Schritt zurück, während sie den blassen Körper reflexartig mit ihrem Paddel von sich stieß. Diesmal hatte sie keine Chance, das Brett neigte sich, und sie stürzte in das eiskalte Wasser.

2

Die Kälte umschloss Juha ganz, umgab ihn wie eine zweite Haut. Das Geräusch hallte noch in seinen Ohren nach; ein kurzer, durchdringender Ton, als würde eine gigantische Gitarrensaite reißen, dann war das Eis unter ihm gebrochen. Er schrie, doch statt eines Schreis stoben nur Blasen aus seinem Mund und mit ihnen alle Luft, die er in seinen Lungen hatte. Die Wasseroberfläche war nur einen halben Meter über ihm. Er zappelte, seine Arme und Beine aber waren wie gelähmt, und seine Kleidung, die sich mit jeder Sekunde weiter mit Wasser vollsog, zog ihn nach unten. Das gedämpfte Blubbern aus seiner Kehle erstarb. Das war es dann wohl, dachte Juha und gab den lächerlichen Versuch zu schwimmen auf. Er vernahm ein entferntes Klingeln. Langsam ließ er sich sinken, den Blick dem hellen Licht über sich zugewandt. Wieder ein Klingeln, diesmal lauter. Da tauchte ein großer Schatten in dem hellen Lichtkranz über ihm auf, und nur Augenblicke später griff eine riesige Hand nach ihm und wuchtete ihn mühelos aus dem Wasser, als wäre er eine Stoffpuppe. Juha riss den Mund auf und atmete tief ein, da war er schon wach.

Er starrte blinzelnd an die Decke, auf den Wasserfleck, den Maria und er schon so oft übermalt hatten und der einfach immer wieder zurückkam. Kurz versuchte er sich zu erinnern, ob Maria ihn geweckt hatte, als sie aufgestanden war – sie hatte heute zur ersten Stunde –, da klingelte das Telefon. Er tastete danach, ohne den Blick von der Decke zu nehmen.

«Korhonen?»

«Man kann auf dem Display sehen, wer anruft. Oder sprechen wir uns neuerdings wieder mit Nachnamen an?»

«Hallo, Lux. Nein, ich hab nur eben ...» Juha rieb sich die Augen.

«Hast du noch geschlafen?»

«Wie spät ist es?»

«Kurz vor sieben.»

«Dann hab ich natürlich noch geschlafen. Ach Shit, mein Vater muss bestimmt pinkeln.»

«Habt ihr immer noch nichts für ihn?»

«Nee. Was gibt's denn?» Juha stand auf und merkte, dass die Schwere, die er während seines Traumes verspürt hatte, beim Aufwachen immer noch an ihm hing.

«Eine Leiche im Osterbekkanal. Eine Paddlerin hat sie gefunden, ich bin schon auf dem Weg, Höhe Barmbeker.»

«Ach, schön, das ist ja bei mir um die Ecke.»

«Ja, wirklich schön. Männliche Wasserleiche bei Schnee und Minusgraden, dazu noch in aller Herrgottsfrühe; was will man mehr?», sagte Lux mit kaum hörbarem Sarkasmus.

«Alles klar, ich kümmere mich kurz um meinen Vater und mach mich auf den Weg, bis gleich.»

«Liebe Grüße.»

«Richte ich aus.»

Juha legte auf und zog sich seine Hose an. Sein Vater Wally, der eigentlich sein Ziehvater war, ein äußerlich gezeichneter, jedoch vom Punk jung gehaltener Musiker, wohnte seit einem Schlaganfall vorübergehend bei ihnen. Nur bis sie ein geeignetes Apartment oder eine betreute WG oder so etwas gefunden hätten, so hatte es geheißen. Doch nun hauste Wally schon seit fast drei Monaten im Gästezimmer.

«Zum Glück hat das Haus einen Fahrstuhl», hatte Juha gesagt, und Maria hatte geantwortet: «Ja. Was für ein Glück.»

«Guten Morgen, Vadder. Musst du mal?»

«Hab ich schon.»

«Hä? Du hast nicht wirklich ...?»

«Nein, ich hab die Flasche benutzt, die kannst du mal ausleeren. Ich mag das nicht, wenn das da so rumsteht.»

«Aber ist doch irgendwie Punk, so 'ne Urinflasche neben dem Aschenbecher, oder?»

«Früher haben wir in leere Bierflaschen gepinkelt, wenn wir zu faul waren, zum Klo zu gehen. Also, vor deiner Zeit, meine ich.»

«Vermutlich auch vor Mamas Zeit», sagte Juha, trug die halb volle Plastikflasche ins Badezimmer und kippte den Inhalt ins Klo. Als er zurückkam, hatte sich Wally eine Zigarette angezündet.

«Vadder, bitte, du sollst hier echt nicht rauchen, Maria flippt aus.»

«Sie ist aber nicht da. Und wenn ich morgens eine rauche und dann lüfte, riecht man es abends nicht mehr.»

«Laut Aschenbecher ist es aber schon die dritte.»

«Bist du jetzt bei der Polizei, oder was?»

«Mach keine Witze über dein Gehirn, das ist nicht lustig», sagte Juha, während er Wally eine Jogginghose anzog.

«Ihr solltet mal in Erwägung ziehen zu verreisen, Maria und du. Ich habe das Gefühl, ihr müsst mal raus. Da sind so Spannungen in der Luft, wenn du mich fragst.»

«Ja, das wär nicht schlecht», schnaubte Juha und versuchte sich an einem Grinsen. «Aber falls dein gefälltes Gehirn es tatsächlich vergessen hat, ich *bin* Polizist und muss hart arbeiten.» Seit er und Lux ins LKA 41 für Todesermittlung versetzt worden waren, war die Situation zu Hause tatsächlich etwas angespannt, und ein Urlaub täte Maria und ihm sicher gut. «Außerdem, was fangen wir dann mit dir an, Vadder?»

«Mach dir um mich keine Gedanken, ich komm schon irgendwie klar.»

«Okay, Vadder, ich setze dich noch um, und in zwanzig Minuten kommt Frau Malong und macht den Rest.» Frau Malong war die Pflegerin vom ambulanten Dienst, die jeden Tag für ein paar Stunden vorbeikam. Sie hatte schnell eine Schwäche für Wally entwickelt und ließ ihm sogar die Zigaretten durchgehen.

Juha kniete sich mit einem Bein auf das Bett, legte einen Arm unter Wallys Kniekehlen, den anderen um seine Schultern und setzte ihn in einer runden Bewegung auf die Bettkante. Den Dreh hatte er mittlerweile ganz gut raus.

«Es könnte später werden heute. Ich hab einen neuen Fall. Wenn ich es nicht zum Abendessen schaffe ...»

«... bestell ich mir was. Leiche?»

«Oder Pizza?» Juha hob feixend die Augenbrauen. «Ja, Wasserleiche.» Er positionierte den Rollstuhl längs neben dem Bett, zog die Bremse an.

«Lecker!»

«Total. Liebe Grüße von Lux übrigens.»

«Danke, zurück.»

Juha griff unter Wallys Arme und zählte bis drei. Wally stemmte sich mit dem gesunden Bein hoch, Vierteldrehung, dann saß er im Rollstuhl.

«Alles klar, Vadder?»

«Alles klar, Sohn.»

Tatsächlich lag der Fundort der Leiche am Osterbekkanal nur fünfzehn Minuten zu Fuß von ihrer Wohnung entfernt. Juha brauchte länger, denn über Nacht hatte es seit Langem einmal wieder richtig geschneit, und viele Fußwege waren noch nicht geräumt. So selten es in Hamburg schneite, noch seltener blieb der Schnee liegen. Juha genoss den Weg und beeilte sich nicht. Was für ein wunderbarer Winter, dachte er.

3

Lux zog nun schon zum dritten Mal, seit er Juha angerufen hatte, sein Handy hervor. Währenddessen versuchte er, seine linke Hand tief vergraben in der Tasche seines Kamelhaarmantels an einem Franzbrötchen zu wärmen. Er mochte eigentlich keine Franzbrötchen, und warm war es inzwischen auch nicht mehr. Aber da er heute noch nichts gegessen hatte und es bei dem Bäcker, vor dem er den Dienstwagen abgestellt hatte, keine vegetarisch belegten Brötchen mehr gab und er den Laden nicht mit leeren Händen hatte verlassen wollen, war das süße Gebäck die beste Alternative gewesen. Jetzt steckte es allerdings nutzlos in der Manteltasche. Lux hatte keinen Hunger. Auch wenn er es sich ungern eingestand, er war nervös. Zwar waren ihm, seit er und Juha nach der spektakulären Lösung des Boysen-Falls vor einigen Monaten ins LKA 41 gewechselt waren, bereits ein paar Tote begegnet, hauptsächlich Unfälle, Selbsttötungen und ein Totschlag, der bereits am selben Tag, noch vor Dienstschluss, aufgeklärt war. Aber diese Leiche war etwas anderes, das hatte Lux gleich im Gefühl gehabt, und er hoffte, dass dieses Gefühl nicht nur seinem Wunsch entsprang, endlich seine erste Mordermittlung zu leiten. Er schaute auf das Display. Fünfundzwanzig Minuten waren seit dem Anruf vergangen. Juha war sicher schon in der Nähe. Lux schaute hoch zur Brücke, wo er ihn erwartete, und ließ dann seinen Blick über das verschneite Areal am Kanal gleiten.

Menschen in weißen Overalls, die ihnen aufgrund der Wetterlage zu Tarnanzügen gereichten, bearbeiteten den Uferbereich um die Fundstelle, und ein Pavillon mit blickdichten

Wänden war aufgebaut worden. In der Nähe der Brücke hatten die Taucher Stellung bezogen und sogar einen kleinen Tisch aufgestellt, auf dem dampfende Tassen standen, die wegen der professionellen Hektik jedoch bislang ignoriert worden waren.

Lux hatte es sich glorreicher vorgestellt, als Erster am Tatort zu sein. Zugegeben, er hatte bisher alles richtig gemacht. Hatte die Kollegen von der Spurensuche koordiniert, Johanna geholfen, den Pavillon aufzubauen, in dem sie gerade den Leichnam untersuchte, und dann kurz mit den Tauchern abgesprochen, in welchem Bereich des Kanals als Erstes nach Hinweisen getaucht werden sollte. Aber seitdem er untätig etwas abseits stand, hatte sich langsam der Zweifel angeschlichen, zumal ihm nicht entgangen war, dass die Kollegen sich müde zunickten und hinter vorgehaltener Hand «Suizid» raunten. Nun wurde das Tischchen mit dem Kaffee doch besucht, und eine Gemächlichkeit machte sich breit, die der zunehmenden Überzeugung geschuldet war, dass man es hier mit einem Selbstmord zu tun hatte. Der Knall, den ein Anwohner gehört haben wollte, wurde einem Resteböller von Silvester oder einer Fehlzündung zugeschrieben. Jetzt konnte er wirklich langsam Unterstützung gebrauchen. Wo blieb Juha nur? Und warum war die Sorge um seinen Kollegen so ungleich kleiner als die, das hier alleine durchziehen zu müssen? Er wollte gerade sein Handy wieder aus der Tasche ziehen, da sah er Juha, der auf der Brücke ans Geländer trat. Lux fiel ein Stein vom Herzen. Er winkte ihm zu und dann der jungen Polizistin, die er gebeten hatte, Juha oben auf der Brücke abzufangen und ihm den etwas umständlichen Weg zu zeigen, der durch das anliegende Haus zum Kanalufer führte.

Die Unsicherheit war auf einmal wie weggeblasen, sobald Juha aus dem Haus kam. Lux zeigte ihm mit einer kurzen Geste, welchen Weg er nehmen sollte, damit er nicht auf eine Fläche trat, die bisher noch nicht untersucht worden war. Auch wenn er sich nicht viel Hoffnung machte, dass sie unter der frischen Schneedecke wirklich etwas fanden, das ihnen als Hinweis dienlich wäre.

Als Juha neben ihm stand, fröstelte Lux bei dessen bloßem Anblick. «Wie kannst du bei den Temperaturen im Sakko rumrennen?»

Er selbst hingegen war absurd dick eingepackt. Liebevoll spöttisch blickte Juha an ihm auf und ab. «Ich trage doch einen Schal. Siehst du?» Er zupfte an dem schmalen Stück rotem Stoff, das locker um seinen Nacken baumelte.

«Das Ding sieht aus, als hättest du es einer Achtjährigen geklaut.»

«Erwischt. Den hat Marias Nichte bei uns vergessen.» Juha überblickte den Ort des Geschehens. «Na, schieß mal los.»

«Männliche Leiche, wurde heute Morgen gegen sechs Uhr hier im Kanal gefunden; wir haben ihn schon rausgeholt.»

«Ist jemand von der Rechtsmedizin da?»

«Johanna ist im Pavillon und schaut ihn sich an.» Lux zeigte in die Richtung. Juha grinste ihn vielsagend an. Er hatte Lux schon ein paarmal damit aufgezogen, dass er angeblich immer Johanna anforderte, wenn er derjenige war, der die Rechtsmedizin hinzuzog. Lux hatte keine Lust, darauf einzugehen, und setzte sich einfach in Bewegung. «Letzte Nacht gegen null Uhr dreißig ging ein Anruf in der Zentrale ein, bei dem jemand angab, einen Schuss gehört zu haben.» Er sah sich um, zeigte auf das nächste Haus stromabwärts. «Der Anrufer müsste dort wohnen.»

Juha folgte seinem Blick. «Haben die Kollegen das überprüft?»

«Eine Streife ist vorbeigefahren, ihnen ist aber nichts weiter aufgefallen.»

«Das kann was auch immer gewesen sein. Solche Anrufe haben wir ja täglich.»

«Aber meistens finden wir dann am nächsten Morgen keine Leiche.»

Juha nickte.

Als sie den Pavillon betraten, warf er Johanna ein fröhliches «Guten Morgen, Johanna, wie geht's?» zu und verstummte abrupt, als sein Blick auf die Leiche fiel. Lux konnte es ihm nachfühlen. Es gab wahrlich angenehmere Anblicke als den einer Wasserleiche.

«Geht so», antwortete Johanna und schob sich eine rote Haarsträhne unter die OP-Haube. «Ich habe mir heute früh drei Rollmöpse in die Brotdose gelegt. Die kann ich jetzt wegwerfen.»

Es war weniger der Geruch der Leiche, das kalte Wasser hatte sie offenbar frisch gehalten, sondern eher Farbe und Konsistenz, die tatsächlich ein wenig an die Innenseite eines Heringsfilets erinnerten. Johanna hatte den Toten bereits entkleidet und untersuchte ihn auf Hämatome und andere Spuren. Lux schätzte, dass der Mann etwa Anfang dreißig war, gut gebaut, aber nicht der Typ Muskelprotz. Er hatte eher die Statur eines angesagten Fußballers, der mindestens genauso auf sein Sixpack wie auf seine Technik bedacht war und nebenbei einen Vertrag mit einer großen Modemarke hatte. Dem aktuellen Werbeideal entsprechend, war nicht nur das Gesicht, sondern auch die Brust makellos glatt rasiert, und der letzte Friseurbesuch konnte nicht länger als ein paar Tage her sein.

Juha betrachtete die eingetüteten Kleider des Toten: Hemd, Hose, Unterwäsche. «Keine Schuhe?»

«Keine Schuhe. Keine Mütze. Keine Jacke. Entweder war er noch kälteresistenter als du», Johanna ließ den Blick demonstrativ am luftig gekleideten Juha auf und ab gleiten, «oder er ist vom Sofa direkt in den Kanal gerollt.»

Lux musste schmunzeln und war gleichzeitig etwas erschrocken. Der morbide Humor der Pathologen: Markenzeichen, Berufskrankheit, Notwendigkeit. Jemand, der einen Großteil seiner Zeit in der Gesellschaft Toter verbrachte, hatte dieses Ventil offenbar nötig, man konnte es ihr nicht verübeln.

«Kannst du uns sonst schon was sagen?»

«Der Tote hat keine äußeren Verletzungen bis auf ein paar Hämatome auf dem Rücken. Nichts, was auf äußere Gewalteinwirkung schließen lässt.»

«Keine Schusswunde?», sagte Lux mehr zu sich selbst.

«Wie kommst du auf Schusswunde?»

«Jemand hat heute Nacht einen Knall gemeldet», klärte er Johanna auf.

Sie nickte. «Wenn auf ihn geschossen wurde, hat der Schütze jedenfalls nicht getroffen.»

«Also ertrunken oder erfroren?», fragte Juha.

«Beides. Aber was nun genau die Todesursache war, kann ich noch nicht sagen. Außer eben: Sturz ins Wasser um den Gefrierpunkt. Da passiert im Körper vieles gleichzeitig. Die Thermorezeptoren in der Haut sorgen dafür, dass das Opfer unfreiwillig tief einatmet. Tachykardie, Tachypnoe, Hyperventilieren. Kennt man ja, wenn man in einen kalten See steigt. Das Herz schlägt schneller, und man japst nach Luft. Die Reaktionen sind desto stärker, je kälter das Wasser und je größer die Hautfläche ist, die unmittelbar mit dem Wasser in Berührung kommt.»

Juha steckte die Hände in die Taschen und beugte sich über den Körper: «Ich bin als Kind mal im Eis eingebrochen.» Lux schaute Juha erschrocken an, der schürzte nur die Lippen. «Mein Großvater hat mich rechtzeitig herausgezogen.»

«Shit», murmelte Lux leise, während Johanna fortfuhr. «Die Kälte war möglicherweise dafür verantwortlich, dass er nach nur wenigen Sekunden das Bewusstsein verloren hat und anschließend ertrunken ist. Aber vielleicht hat auch schon der Aufprall gereicht.»

«Der Aufprall?»

Johanna beugte sich vor. «Lucas, hilf mal kurz.»

Lux zog sich schnell Handschuhe über und half dann, den Leichnam auf die Seite zu drehen.

«Die erwähnten Hämatome – schon mal 'nen Rückenklatscher vom Zehner gemacht?»

«Autsch. Gott sei Dank nicht», sagte Juha, als er sich die großflächigen Flecken auf dem Rücken des Mannes ansah.

«Das hier waren locker zehn Meter, schätze ich. Und bei diesen Temperaturen ist die Oberflächenspannung des Wassers ziemlich hoch. Kann reichen.» Sie ließ die Leiche wieder sinken und machte ein paar Schritte aus dem Pavillon heraus, deutete mit dem Kinn nach oben auf die gegenüberliegende Seite des Kanals, wo es kein Ufer gab, sondern die Häuser direkt an das Wasser grenzten. «Wenn ihr mich fragt: so grob die Höhe der oberen Balkone da.»

Lux und Juha traten neben sie und folgten ihrem Blick.

«Klingt einleuchtend und würde auch dazu passen, dass er keine Schuhe trug, wenn er quasi ... direkt von zu Hause kam.» Lux vollzog mit seinem Blick den Weg eines fallenden Körpers vom Balkon bis in den Kanal nach und ließ ihn dann auf dem Wasser ruhen. «Kannst du sagen, seit wann er tot ist?»

«Noch nicht, und das wird auch echt schwierig bei der Wassertemperatur.»

«Geraten?»

«Ich denke, mit ‹ein paar Stunden› liegen wir nicht ganz falsch.»

«Null Uhr dreißig könnte also hinkommen», hakte Lux nach.

«Da wurde der Knall gemeldet? Könnte passen», bestätigte Johanna auf Lux' Nicken hin.

«Okay. Danke, Johanna. Wir klopfen dann mal an ein paar Türen», sagte Juha, nickte Lux zu und wandte sich zum Gehen. Auch Johanna machte sich auf den Weg zurück zum Pavillon.

Lux fror, und er schob seine Hände tief in die Manteltaschen. «Ach, Johanna.» Er war mit ein paar Schritten bei ihr, zog das Franzbrötchen aus der Tasche und reichte es ihr. «Als Ersatz für die Rollmöpse.»

Johanna nahm die Tüte, schaute kurz hinein und lächelte ihn dann an. «Sicher? Du bist echt ein Schatz, weißt du das?»

Juha grinste wieder vielsagend, als Lux zu ihm aufschloss. «Lass das bitte», sagte Lux.

4

Juha und Lux bogen in die Straße ein, die parallel zum Kanal verlief. Nach einigen Metern blieben sie vor einem Hauseingang stehen.

«Müsste es sein, oder?», sagte Lux.

«Glaub auch.» Juha drückte eine der Klingeln ganz oben, auf der Wichmann stand. «Um die Uhrzeit, da sind die meisten Leute ja noch zu Hause, oder?»

Doch es regte sich nichts. Juha versuchte eine weitere Klingel. Fast unmittelbar erklang die Stimme einer Frau aus der Gegensprechanlage. «Hallo?»

«Guten Morgen, entschuldigen Sie die Störung. Mein Name ist Juha Korhonen, LKA Hamburg. Kann ich mit meinem Kollegen kurz raufkommen?» Ohne ein weiteres Wort wurde der Türsummer betätigt. Das Haus war ein Neubau, kaum älter als fünf Jahre, und in dieser Lage dürfte die Miete ein hübsches Sümmchen betragen. Sie stiegen in den Fahrstuhl und einigten sich mit einem Blick darauf, direkt in den vierten Stock zu fahren, in der Annahme, dass sie dort geklingelt hatten.

Die Frau – Juha schätzte sie, wie den Toten, auf Anfang dreißig – begrüßte sie in Jogginghose und Tanktop. Sie hatte geweint. «Hab mich schon gefragt, wann Sie kommen.» Als sie Juhas Blick bemerkte, deutete sie hinter sich: «Na ja, ist ja nicht zu übersehen. Mein Balkon geht zum Kanal raus. Wie der von Rick.»

«Rick?», fragte Juha.

«Patrick Wichmann. Mein Nachbar. Der ist es doch, den sie aus dem Wasser gezogen haben, oder?»

Juha und Lux warfen sich einen Blick zu.

«Wieso glauben Sie denn, dass es Ihr Nachbar Patrick Wichmann ist?»

Die Frau drehte sich in ihrer Wohnungstür um und ging hinein, während sie sich die langen dunklen Haare zu einem losen Dutt zusammensteckte. Juha und Lux deuteten das als Aufforderung und folgten ihr.

«Scheiße, ich hab's gewusst. Ich wollte nicht zu genau hinschauen, aber die dunklen Haare und so. Größe. Körper. Passte alles.» Sie sah die Polizisten mit plötzlich aufkommender Verzweiflung an. Ihre Lippen spannten sich um die Haarklammern, die sie sich beim Duttmachen in den Mund gesteckt hatte. «Es ist Rick, oder?»

«Wie gesagt, wir wissen es noch nicht.»

«Ja, Scheiße, es ist Rick», rief sie wie aus Trotz und pfefferte die Haarklammern auf den Boden. Sie rang nach Luft, und Lux ging schnell in die zum Wohnzimmer offene Küche, nahm ein Glas und füllte es mit Leitungswasser.

«Hier, trinken Sie mal einen Schluck.»

Die Frau nahm das Glas und trank. «Au, Schlucken tut weh, wenn man geheult hat.» Nun lachte sie ein bisschen, doch die erneut fließenden Tränen verrieten, dass es kein befreiendes Lachen war.

«Sind Sie mit Patrick Wichmann befreundet?», fragte Juha, der ebenfalls ans Fenster getreten war.

Dieses Mal klang ihr ersticktes Auflachen fast ein bisschen verbittert. «Ach, befreundet kann man nicht sagen. Aber wir wohnen beide allein und haben uns schon mal ausgeholfen. Er hat sich meine Bohrmaschine geliehen und solches Zeug.» Sie trank wieder einen großen Schluck, und ihre Hand zitterte leicht.

«Ich verstehe», sagte Juha leise. «Tut mir leid.»

Lux hatte bereits die große Schiebetür zum Balkon geöffnet und war an die Brüstung getreten. Juha sah, wie er sich hinüberlehnte, um auf den Balkon von Patrick Wichmann schauen zu können. Ohne dass in seinem Gesicht auch nur die Spur einer Andeutung zu bemerken war, klopfte er sich den Schnee von den Schuhen und kam wieder herein. «Balkontür ist zu, aber auf der Brüstung sind Abdrücke im Schnee.»

Juha nickte kaum merklich. «Frau ...», er hatte sich den Namen auf dem Klingelschild nicht gemerkt.

«Anne Lohmeyer.»

«Frau Lohmeyer. Haben Sie in der vergangenen Nacht irgendetwas Auffälliges mitbekommen?»

Sie schüttelte den Kopf.

«Jemand hat gegen halb eins einen lauten Knall beim Notruf gemeldet; das haben Sie nicht gehört?»

«Ich schlafe mit Ohropax und außerdem ziemlich tief, wenn ich einmal weg bin.»

Juha nickte wenig zufrieden.

«War es denn kein Selbstmord?», fragte Anne Lohmeyer.

«Wieso denken Sie das?»

«Na, was denn sonst?»

«Haben Sie denn Anzeichen dafür bemerkt, dass es Ihrem Nachbarn, Ihrem Freund nicht gut ging in letzter Zeit? Hat er etwas gesagt?»

«Sie meinen Selbstmordgedanken oder so?»

«Sie haben es angesprochen.» Juha suchte ihren Blick, doch Anne Lohmeyer starrte aus dem Fenster und begann, an ihrer Unterlippe herumzuknibbeln, riss einen Fetzen trockener Haut ab. Juha tat das Zusehen fast weh. Als sie seinen Blick bemerkte, ließ sie ihre Hand fallen. «Ich dachte nur, wenn einer im Winter vom Balkon springt ... Da fällt man ja nicht mal so aus Versehen runter.»

«Aber er hat nie irgendeine Andeutung gemacht, von Problemen erzählt? Keine Anzeichen von Depression?»

Sie schüttelte den Kopf. «Nein, nie. Bei Rick lief es immer total super. Geld, Feiern, Freunde.»

«Trotzdem dachten Sie gleich an Suizid.»

«Hab ich doch erklärt», verteidigte sie sich trotzig. Juha akzeptierte es vorerst. «Kennen Sie Freunde oder Kollegen von Herrn Wichmann? Hat er vielleicht eine Partnerin oder Familie, die Sie mal getroffen haben oder die er erwähnt hat?» Bei dem Wort «Partnerin» zuckten ihre Lider, nur ganz leicht, aber Juha bemerkte es.

«Rick hatte nicht oft Besuch, er war meistens unterwegs.»

Juha hatte das Gefühl, da war noch mehr, über das Anne Lohmeyer aber nicht reden wollte. Lux ging stumm an ihnen vorbei und verschwand aus der Wohnungstür. Wenige Sekunden später hörte Juha die Klingel nebenan. «Die Wände sind hellhöriger, als man denken sollte. Herr Wichmann hatte nicht oft Besuch, sagten Sie eben? Mal was gehört?» Wieder dieses leichte Lidzucken. Im Treppenhaus klopfte Lux nun laut an Wichmanns Tür. Juha entschied sich seinerseits, mit der Tür ins Haus zu fallen. «Aber Sie waren schon mehr als nur Nachbarn, oder?»

«Das geht Sie ja wohl gar nichts an.»

Doch, tat es. Juha beschloss, das Thema zu einem späteren Zeitpunkt zu vertiefen. In diesem Moment war Anne Lohmeyers Reaktion ihm Antwort genug.

Lux kam zurück. «Macht immer noch keiner auf.»

«Haben Sie vielleicht einen Schlüssel?», fragte Juha Anne Lohmeyer. Die schüttelte den Kopf und begann wieder, an ihrer Unterlippe zu zupfen, die sich schon rötlich färbte.

Juha dreht sich zu Lux um. «Okay, was machen wir?»

Lux ächzte lang und ging wieder auf den Balkon. Juha folgte

ihm. Die Terrassen waren etwa bis zur Hälfte als Loggia in das Haus eingelassen, die andere Hälfte, weitere gut zwei Meter, schwebten über dem Kanal, zwischen ihnen je eine Lücke von ungefähr anderthalb Metern. Lux legte seine Hände auf die Brüstung und schaute nach unten. «Halleluja.»

«Willst du da echt rüberspringen?»

«Hilft nichts, oder?», stöhnte Lux.

«Ich würde es ja tun, aber ich will nicht», sagte Juha mit einem Lächeln.

Lux zog seinen Mantel und den dicken Pullover, den er darunter trug, aus, bis er nur noch im körperbetonten Thermohemd dastand.

«Und wenn die Balkontür zu ist?»

«Dann muss ich eben wieder zurückspringen. Also, bis gleich.»

«Siehst aus wie ein Ninja in deinem Skitop, du schaffst das», sagte Juha und war dabei wahrscheinlich nervöser als Lux. Der wischte den Schnee von der Brüstung, stellte einen Fuß auf die zwanzig Zentimeter breite Betonmauer und drückte sich hoch. Einen Moment stand er dort, nur leicht wankend. Juha wusste, es war kein Problem für Lux, anderthalb Meter aus dem Stand zu überspringen. Doch wer schon mal direkt über einem Abgrund gestanden hatte, wusste, dass diese Distanz in zehn Metern Höhe ein völlig anderes Hindernis darstellten.

Dann sprang Lux, und Juhas Herz sackte wie ein Stein in seine Magengrube. Lux flog keine halbe Sekunde durch die Luft, bevor er beide Füße sanft auf der gegenüberliegenden Brüstung aufsetzte, in einer flüssigen Bewegung hinüberglitt und auf Wichmanns Terrasse landete. «Siehst du, kein Problem», sagte Juha, als sein Herz wieder in Position war.

«Jetzt ist mir warm», keuchte Lux. Er ging zur Balkontür und drückte dagegen. Sie schwang auf, und er drehte sich dezent triumphierend zu Juha um. «Ich mach die Tür auf. Und zieh dir schon mal die Tüten über die Schuhe.»

«Ja, bitte?», sagte Lux, als er Juha die Tür zu Patrick Wichmanns Wohnung öffnete.

«Moin.» Juha trat ein und reichte Lux Pullover und Mantel, die er sogleich wieder anzog. Die Wohnung von Patrick Wichmann war genauso geschnitten wie die nebenan, ließ aber auf noch weitaus größeren Wohlstand schließen. Wo bei Anne Lohmeyer das auch nicht gerade günstige Sofa aus dem Möbelhaus stand, fanden sie hier die Designercouch im fünfstelligen Bereich vor. Juha kannte sich etwas aus, da er und Maria nach einer neuen Couch suchten und sich bei ihren Internetrecherchen immer wieder fragten, wer denn bitte zwölftausend Euro für ein Sofa ausgab. Nun hatte er die Antwort. An der Wand hingen Kunstdrucke, die weniger von Geschmack als vielmehr von dem Wunsch nach Mondänität zeugten. Neben dem Plattenregal hing eine Akustikgitarre an der Wand, bei deren Anblick Juha eine kleine Welle der Wehmut durchflutete, weil sie ihn an Wally erinnerte, der zu Hause im Bett lag. An Gitarrespielen war momentan nicht zu denken. Das Instrument an der Wand wirkte eigenartig deplatziert. Juha brauchte einen Augenblick, um zu begreifen, woran es lag; die Gitarre brachte die ansonsten so stimmig aufgeteilte Wandfläche durcheinander. Als wäre sie kein Teil des Einrichtungsplans und erst im Nachhinein neben das maßangefertigte Regal gehängt worden. Ein unleserliches Autogramm war mit Edding darauf gekritzelt. Vielleicht ein Erinnerungsstück, ein Überbleibsel einer vergangenen Leidenschaft, eines jüngeren Wichmann?

«Was macht der wohl beruflich?», fragte Juha sich selbst und Lux.

«Coin-Rockers», sagte Anne Lohmeyer hinter ihrem Rücken. Sie war Juha gefolgt und stand jetzt mit verschränkten Armen und hochgezogenen Schultern in der Wohnungstür.

«Wie bitte?»

«Coin-Rockers. Noch nie gehört? Die kennt man doch, spätestens seit dieser Spendenaktion. Hansecoin? Nein?»

Juha schaute zu Lux, der auch nur die Schultern hob. Anne Lohmeyer machte ein paar Schritte in die Wohnung. «Eine Plattform für Kryptohandel. Hätte man eigentlich mitbekommen müssen, wenn man die letzten Jahre nicht unter einem Stein geschlafen hat.»

«Danke, aber bleiben Sie bitte draußen, okay?»

«Wieso?»

«Weil die Wohnung so lange ein Tatort ist, bis wir eines Besseren belehrt werden. Ist doch klar, schauen Sie kein Fernsehen?»

«Er hat sich vom Balkon gestürzt; ist ja wohl offensichtlich.»

Juha schaute zu Lux, der an der geöffneten Balkontür stand und nach draußen blickte. Er bemerkte Juhas Blick und drehte sich zu ihm um. Unauffällig, aber bestimmt zeigte er hinter sich auf die Wohnungstür und sagte leise: «Sie soll zurück in ihre Wohnung gehen.»

«Was?» Juha brauchte einen Moment, um zu schalten. Dann drehten sich Juha und Lux gleichzeitig zu Anne Lohmeyer um und sagten: «Bitte gehen Sie zurück in Ihre Wohnung.»

Die Frau, von der Synchronität der Polizisten gleichermaßen amüsiert wie irritiert, hob abwehrend die Hände, machte auf dem Absatz kehrt und war kurz darauf wieder verschwunden.

Juha trat zu Lux an die Tür.

«Der Schnee. Was siehst du?», fragte Lux.

Juha runzelte die Stirn. «Bin ich Fräulein Smilla? Was soll ich sehen?»

«Na, dass es keine Spuren gibt. Der Schnee bildet vielmehr einen Graben.»

Jetzt verstand Juha, worauf Lux hinauswollte. «Da hat jemand aufgeräumt, meinst du?»

«Wichmann geht über den Balkon zur Brüstung, springt. Dann würden wir seine Spuren sehen. Also?»

«Jemand geht hinterher, um zu sehen, was weiter passiert. Dann fällt ihm auf, dass er ebenfalls Spuren hinterlassen hat, und verwischt sie, zusammen mit Wichmanns.»

«Oder er schubst Wichmann hinterrücks. Oder schleift ihn zur Brüstung?»

«Dann müsste Wichmann betäubt gewesen sein. Er wirkte körperlich recht wehrhaft, und nach Kampf sieht das hier wiederum nicht aus.»

Lux überlegte, ging dann in die Mitte des Raums und sah sich um, betrachtete die Wände. Juha war sich nicht sicher, wonach er suchte. «Was ist mit diesem Knall?»

Nun betrachtete auch Juha die Wände, auf der Suche nach einem Einschussloch. «Als du eben hier geklingelt hast, habe ich es in Lohmeyers Wohnung ziemlich deutlich durch die Wand gehört. Falls hier drin wirklich ein Schuss abgefeuert wurde, muss man direkt nebenan schon besonders tief schlafen, um davon nicht wach zu werden, Ohropax hin oder her.»

Lux steckte die Hände in die Manteltaschen und verlieh dem folgenden Satz den Charakter eines abschließenden Plädoyers.

«Ich hab jedenfalls so ein Gefühl.»

Juha zückte sein Handy. «Also, wenn du schon so ein Gefühl hast, wird es höchste Zeit, die KTU herzubestellen.»

5

«Wie hieß diese Firma?», fragte Juha durch den schmalen Spalt ins Innere des Polizeitransporters, wo Lux seine Hände an einem Becher mit heißem Kaffee wärmte und die Vorzüge der Standheizung genoss. Das wärmende Adrenalin von seinem Stunt hatte nicht allzu lange gehalten, da half auch kein Kamelhaarmantel. «Coin irgendwas.» Lux zog sein Telefon aus der Manteltasche, gab die Begriffe *Coin* und *Patrick Wichmann* bei Google ein und wurde sofort fündig. «Coin-Rockers. Was für ein blöder Name.» Er gab *Coin-Rockers* in die Bildersuche ein und scrollte durch die Schnellansicht. Er fand ein Bild von zwei Männern, die eine Frau flankierten und stolz in die Kamera grinsten. Die Bildunterschrift bestätigte, dass es sich bei einem der Männer um Patrick Wichmann handelte. «Hey, du Warmblüter, macht es dir was aus, mal zu mir vor die Standheizung zu kommen?»

Juha seufzte vernehmbar, umrundete aber das Auto und setzte sich neben Lux auf den Fahrersitz.

«Schau mal, das ist Wichmann. Rechts, der große Typ, der nicht ganz so sportlich aussieht, ist Carsten Schilling, sein Partner, und das in der Mitte anscheinend Helle Schilling, dessen Frau.»

Juha schaute mit auf das kleine Handydisplay, während Lux einen Artikel über das Unternehmen überflog. «Die scheinen ordentlich Schotter zu machen. Bieten die Klassiker: Bitcoin, Ethereum und so weiter, haben aber vor einem halben Jahr auch eine eigene Währung gelauncht, Hansecoin, die wohltätigen Zwecken in Hamburg zugutekommen soll.»

Juha brummte wissend. «Alles klar, Bitcoin. Davon hab

ich vor zehn Jahren oder so mal ein paar gekauft. Wusste gar nicht, dass es das noch gibt.»

Lux starrte ihn an. «Was heißt ‹ein paar›?»

«Keine Ahnung. Hundert oder so? Die kosten ja nur ein paar Cent pro Stück, und ich fand das damals irgendwie witzig.»

Lux starrte Juha fassungslos an, rutschte dann noch näher an ihn heran. Juha rückte seinerseits wieder ein bisschen von seinem Partner ab.

«Du meinst ...» Lux begann zu stottern. «Du hast hundert ...?»

Juha grinste ihn an. Lux brauchte einen Moment, dann sackten seine Gesichtszüge in sich zusammen. «Okay, du verarschst mich.»

Juha lupfte die Augenbrauen. «Bedauerlicherweise, ja.»

Lux sackte auf der Sitzbank zusammen. «Alter, mein Puls.»

Juha konnte sich ein kurzes Lachen nicht verkneifen, wurde dann aber wieder ernst. «Ich denke, dass der Partner ... Wie heißt der? Schilling? Dass der momentan unsere beste Option ist. Die Nachbarin, diese Anne Lohmeyer, soll sich erst mal beruhigen.»

«Ein bisschen eigenartig war es doch, dass sie darauf bestanden hat, es handele sich ganz klar um Selbstmord, oder? Außerdem glaube ich, die hatten was miteinander.»

«Denke ich auch. Wir befragen sie später noch mal und erhöhen ein bisschen den Druck. Aber warten wir erst mal ab, was die SpuSi sagt.»

Juha öffnete die Tür und stieg wieder aus. Anscheinend war ihm nun doch zu warm geworden in dem Transporter. Lux öffnete die Website von Coin-Rockers und wählte die einzige Nummer im Impressum.

«Moin, du bist beim Support von Coin-Rockers gelandet,

wie kann ich dir helfen?», erklang die agile Stimme eines jungen Mannes.

«Lucas Adisa, LKA Hamburg. Den Carsten Schilling müsste ich mal sprechen.»

«Wie ist denn deine Kunden-ID?»

«Hier ist Kriminalhauptkommissar Lucas Adisa vom Landeskriminalamt Hamburg. Polizei. Ich bin kein Kunde, ich möchte bitte Carsten Schilling sprechen.»

Am anderen Ende wurde es still.

«Hallo?»

«Wir sind nur ein Callcenter. Wir sitzen in Greifswald.» Von der anfänglichen Lebhaftigkeit war nichts mehr zu hören.

«Dann verbinden Sie mich bitte mit dem Büro der Firma Coin-Rockers in Hamburg. Ich möchte direkt mit jemandem dort sprechen.»

«Es ist noch recht früh, ich bin nicht sicher, ob dort schon jemand arbeitet. Außerdem darf ich das gar nicht.»

«Sie arbeiten doch auch schon, und ich arbeite auch schon. Und doch, das müssen Sie sogar.»

Wieder kurzes Schweigen. «Moment, bitte.»

Es erklang ein Technosong, als Lux in der Warteschleife landete. Lux verdrehte die Augen. Als eingefleischter Jazz-Fan kannte er den Song nur, weil ein Freund ihn mal zu einem HSV-Spiel mitgeschleift hatte, wo das Lied nach jedem HSV-Tor lief. Was an dem Tag, zur Freude seines Freundes, sehr oft vorgekommen war. Doch statt «Yeah, always Hamburg» lautete der Text nun «Yeah, Coin-Rockers», was überhaupt nicht auf den Takt passte und Lux' musikalischen Feinsinn empfindlich störte. Von wegen «Rockers». Er wurde aus seinen Gedanken gerissen, als die Musik abbrach und ein Freizeichen ertönte.

«Coin-Rockers, hier ist Silke Schön.»

«Lucas Adisa, LKA Hamburg. Ich möchte bitte Carsten Schilling sprechen. Es ist wichtig.»

«Oh, okay? Der Chef ist noch nicht im Büro.» Es klackerte in der Leitung, als der Hörer offenbar zu Seite gehalten wurde. «Ey, weißt du, wann Carsten heute reinkommen wollte?», konnte Lux gerade noch verstehen. Eine Antwort ließ sich nicht vernehmen, aber sie schien nicht positiv auszufallen.

«Nein, ich kann nicht sagen, ob er heute überhaupt noch kommt. Wahrscheinlich ist er zu Hause.»

«Adresse?»

«Ich habe nur die von der Wohnung. Die Schillings haben noch ein Haus auf dem Land.»

Lux notierte sich Schillings Adresse, bevor er fortfuhr. «Sehen Sie meine Telefonnummer auf Ihrem Display?»

«Ja», kam es kurzatmig von der anderen Seite.

«Gut. Wenn Herr Schilling noch kommt, sagen Sie ihm, dass er mich so schnell wie möglich anrufen soll. Okay?»

«Okay.»

Lux bedankte sich und legte auf. Ihn flog das schlechte Gewissen an, weil er der freundlichen Mitarbeiterin verschwiegen hatte, dass einer ihrer beiden Chefs nicht mehr unter den Lebenden weilte, was aber aus ermittlungstechnischen Gründen unumgänglich war. In Kürze würden sie bei dem Laden ohnehin das Licht anmachen, und ein gewisser Überraschungseffekt konnte dabei nicht schaden – falls sie Wichmanns Tod bis dahin unter Verschluss halten konnten.

Lux zuckte zusammen, als es hinter ihm polterte. Ein Kollege hatte eine Ladung Pylonen in den Kofferraum des Transporters geworfen. Einen Augenblick später klopfte es höflich an die Scheibe, und Lux musste seinen Sitzplatz an der Standheizung räumen. Widerstrebend gesellte er sich zu Juha auf die Brücke.

Die Straße war wieder frei. Das sprach dafür, dass sich die Untersuchungen nun weitestgehend auf Wichmanns Wohnung verlagert hatten. Unten am Kanal wurde der Leichensack zugemacht und damit begonnen, den Pavillon abzubauen.

«War ja klar, dass bei den Spinnern mal was danebengeht.» Ein kleiner, älterer Herr war hinter ihnen an das Brückengeländer getreten und betrachtete die Szenerie. Er trug einen viel zu großen Mantel, seine linke Hand ruhte auf einem Hackenporsche, er konnte kaum über das Geländer schauen.

«Was meinen Sie damit?», fragte Juha.

Als der ältere Herr das Interesse der Polizisten sah, grinste er die beiden an und entblößte dabei eine mächtige Zahnlücke: «Hab recht, oder? Sind wieder vom Dach gehüpft, oder?»

«Sie meinen, von da oben ist mal jemand in den Kanal gesprungen?»

«Mal? Andauernd! Allerdings nicht im Winter. Brauchten wohl den nächsten Kick.» Der Alte schnalzte nachdenklich mit der Zunge. «Ständig laute Musik bei offener Balkontür. Am Wochenende haben die hier das ganze Viertel beschallt. Schlafen konnte man da nicht. Mein Schlafzimmer geht direkt zum Kanal raus.» Er wies auf das Haus gegenüber, durch dessen Keller sie vorhin zum Kanal gelangt waren. «Zum Glück braucht man in meinem Alter nicht mehr so viel Schlaf. Da macht es ‹Platsch!›, dann wird gejohlt und die Musik noch lauter gedreht.»

Juha ließ sich Name und Adresse des Herrn geben. «Das hätte Frau Lohmeyer ja auch mal erwähnen können», knurrte er Lux zu, als der Alte mit seinem Einkaufstrolley weiterzuckelte.

Ein Pfiff ertönte, Juha und Lux reckten die Köpfe. Denis Ates, Leiter der Spurensicherung, winkte ihnen zu, sie sollten zu ihm raufkommen.

6

Denis empfing sie vor der Wohnung des Verstorbenen. Das Team würde noch eine ganze Weile beschäftigt sein, aber Juha hatte die Hoffnung, dass es bereits erste Ergebnisse zu vermelden gab.

Denis zog sich in sicherer Entfernung zum möglichen Tatort die Kapuze vom Kopf und die Gummihandschuhe aus. Er strich sich mit der Hand über die kurz geschorenen Haare; eine Frisur, die er offensichtlich nicht ganz aus freien Stücken trug. Seine frühzeitige Glatzenbildung machte er aber mit einer angenehmen Portion Selbstbewusstsein wett. «Nach reiflicher Untersuchung des Tatorts bin ich mir sicher: Ein Kamel ist der Täter gewesen.» Er unterstrich seinen Witz, indem er Lux' Mantel mit hochgezogenen Augenbrauen begutachtete. «Immerhin habt ihr Handschuhe getragen, bevor ihr meinen Tatort verunreinigt habt.»

«Wir hatten auch Tüten an den Füßen», bemerkte Lux.

«Dann will ich nichts gesagt haben, das nenne ich Weitsicht.»

Juha wechselte schnell das Thema. «Also *ist* es ein Tatort.»

Denis atmete tief durch, entschied sich dann, Juha thematisch zu folgen. «Der erste Eindruck deutet immer noch auf einen Suizid hin. Keine Einbruchsspuren, nichts, was auf den ersten Blick darauf hinweist, dass er Gesellschaft hatte. Allerdings gibt es keinen Abschiedsbrief, zumindest keinen analogen. Der Laptop ist über die üblichen Systeme hinaus mit Passwort geschützt. Henni sitzt gerade dran und meint, dass er ihn bald entsperrt hat. Viele Abschiedsbriefe finden wir heutzutage auf dem Desktop. So oder so bedeutet das Fehlen eines Abschiedsbriefes natürlich nicht, dass es *kein* Suizid war. Sein Handy ...», er beugte sich über eine Kiste und zog einen Beutel heraus, in dem sich ein Smartphone befand, «... hat einen Fingerabdrucksensor.» Er hielt es ihnen hin. «Schaut mal bei dem Toten vorbei, das geht schneller, als wenn Henni sich dransetzt.»

Juha nahm den Beutel. «Was sagst du zu den Spuren im Schnee?»

«Auf dem Balkon? Nichts. Will sagen, da sind keine brauchbaren. Er war offenbar nicht besonders entschlossen. Es ist ein einziger Trampelpfad.»

Juha suchte Lux' Blick, um ein «Habe ich doch gesagt» loszuwerden. Doch Lux blieb auf Denis konzentriert. «Wir denken, dass seine Spuren im Nachhinein verwischt wurden. Also nicht nur seine, sondern auch die einer weiteren Person.»

Denis nickte. «Ihr habt Zweifel an der Suizidtheorie, wie? Ich schau's mir noch mal an.»

Er wollte bereits los, als Juha ihn zurückhielt. «Eine Sache noch. Ihr habt nicht zufällig eine Kugel oder eine Patronenhülse gefunden?»

Denis' Augenbrauen zogen sich zusammen. «Doch, Juha, gut, dass du fragst. Die Hülse lag direkt neben der Pistole, die wir gefunden haben. Das hätte ich beinahe vergessen.»

Juha schaute etwas verschämt in die Ferne. «Ich mein ja nur; heute Nacht ging die Meldung über einen lauten Knall ein.»

«Ich schwöre hoch und heilig: Falls wir eine Kugel finden oder etwas anderes, das darauf hindeutet, dass da drin geschossen wurde, dann enthalte ich euch diese Tatsache nicht vor.» Denis ging kopfschüttelnd zurück zur Wohnung, zog die Handschuhe an und die Kapuze über den Kopf.

Juha und Lux schauten ihm nach.

«Na toll. Was jetzt?», fragte Juha.

«Wir entsperren sein Handy. Mal sehen, wen er so angerufen hat.»

Sie kamen gerade noch rechtzeitig, bevor der Leichentransport zum Institut für Rechtsmedizin abfuhr. Sie winkten, der Wagen hielt an, und die Scheibe wurde heruntergefahren. Der hagere Fahrer war genervt, hatte es offenbar eilig. «Ist noch was?»

«Sorry, wir müssten noch einmal zu dem Toten.»

«Boah, Leute.» Er zeigte mit dem Daumen hinter sich. «Ist aber nicht sehr gesprächig.»

«Scherzkeks», flüsterte Lux, als er den Wagen umrundete. Sie öffneten die Hecktür und stiegen ein. Juha zog den Reißverschluss auf und schaute weg. «Schönheit vor Alter.»

Lux nahm die Hand des Toten und drückte den Zeigefinger gegen den Sensor. Das Handy verweigerte vibrierend den Zugang. Er versuchte es noch einmal, dann mit der anderen Hand. «Es klappt nicht.»

«Linkshänder?»

«Schon probiert.» Lux ächzte. «Okay, dann einen nach dem anderen.» Er probierte alle Finger durch, doch jedes Mal schüttelte sich das Handy nur trotzig und blieb gesperrt.

«Zu aufgeweicht?», mutmaßte Juha.

«Meiner funktioniert auch, nachdem ich zwei Stunden in der Badewanne gelegen habe. Dementsprechend fällt mir eigentlich nur eine Erklärung ein: Das ist nicht Wichmanns Handy.»

Juha musste grinsen. «Das wäre ja sehr komfortabel, wenn der Täter sein Handy für uns dagelassen hätte. Wir bringen es Henni zurück, dann klingeln wir noch mal bei der Lohmeyer.»

7

Anne Lohmeyer hatte Jogginghose und Tanktop gegen Jeans und Norwegerpullover ausgetauscht. Lippenstift überdeckte die wunde Unterlippe. Die flüchtig aufgetragene Wimperntusche verlief aber bereits wieder unter ihren Augen.

«Entschuldigen Sie, würde es Ihnen etwas ausmachen, wenn wir hier darauf warten, dass die Wohnung von der Spurensicherung freigegeben wird? Der Kollege friert sehr leicht.» Juha deutete mit dem Daumen auf Lux.

Anne Lohmeyer nickte nur und ging voran ins Wohnzimmer, ohne sich noch einmal umzusehen. Sie setzte sich im Schneidersitz aufs Sofa, griff nach einer Decke und begrub ihre Füße darin. Erst dann schaute sie zu den beiden Kommissaren auf. «Setzen Sie sich doch», sagte sie mit einer unbestimmten Geste.

«Kann ich mir vielleicht ein Glas Wasser nehmen?», frage Juha und zeigte Richtung Küche.

Sie nickte. «Im Kühlschrank gibt es mit Sprudel.» Juha warf Lux, der sich auf einen Sessel setzte, einen fragenden Blick zu, der schüttelte den Kopf und konzentrierte sich auf Anna Lohmeyer.

In der Küche griff sich Juha ein Glas und ließ Leitungswasser hineinlaufen. «Sie haben uns gar nicht erzählt, dass Herr Wichmann schon öfter von seinem Balkon in den Kanal gesprungen ist; oder zumindest diverse Partygäste.» Er nahm einen großen Schluck und betrachtete Anne Lohmeyers Rücken. Sie regte sich nicht.

«Ja, stimmt, hab ich nicht dran gedacht.»

«Sondern zuerst an Selbstmord? Obwohl Sie wussten, dass Vom-Balkon-Springen ein Sport von Herrn Wichmann war?»

«Ich war da nie bei, wenn er das gemacht hat.»

«Wie meinen Sie das?»

«Was gibt es da nicht zu verstehen? Ich war nie bei diesen tollen Partys.»

«Sie waren nicht eingeladen?»

Juha füllte das Glas noch mal auf und setzte sich dann auf den Sessel neben Lux.

«Doch. Aber ich bin nur ein einziges Mal hingegangen. Und wissen Sie, was seine einzige Interaktion mit mir war?» Sie machte eine Pause und nickte heftig, um ihre Empörung zu unterstreichen. «Er hat mir zugezwinkert. Zugezwinkert! So.» Sie machte es nach, und es wirkte tatsächlich einigermaßen despektierlich. «Rick war echt cool, aber nur, wenn man mit ihm alleine war.»

«Was heißt ‹cool›? Aufmerksam, verständnisvoll?», fragte Juha.

Anne Lohmeyer schnaufte kurz auf. «Wieso wollen Sie mich provozieren? Haben Sie nichts Besseres zu tun?»

Juha schwieg einfach und schaute sie weiter an.

«Wenn man ein paarmal zusammen auf dem Balkon gesessen und Wein getrunken hat, dann führt das eine zum anderen.»

«Sie hatten also eine Beziehung.»

Anne Lohmeyer lachte bitter auf. «So würde ich es nun wirklich nicht bezeichnen.»

«Gab es noch andere Sexualpartner?»

Ein leicht verächtlicher Blick machte sich auf Anne Lohmeyers Gesicht breit. «Ich bin nicht naiv, okay?»

«Warum denken Sie, dass ich Sie für naiv halte?»

«So ein Typ wie er, glauben Sie, ich würde mir da was einbilden?»

«Erklären Sie es mir.»

«Ich sag mal so: Ich war so was wie sein Plan B, wenn er gerade keine andere hatte. ‹Friends with benefits›, so hat er es ausgedrückt. Aber eigentlich war ich eine Art chronischer Lückenbüßer.»

«Ich verstehe», sagte Juha und war sich einen Moment unsicher, ob er weiter nachbohren sollte, tat es dann. «Das klingt in meinen Ohren unbefriedigend. Wenn mich jemand immer dann anruft, wenn er sonst niemanden findet, um einen schönen Abend zu verbringen.»

Sie starrte ihn an, als sei er zu weit gegangen. Auf eine Weise war er das ja auch, aber sein Beruf ließ ihn diese Grenze des Anstands und der Höflichkeit ignorieren. «Sie verdächtigen mich.»

«Es ist mein Job, keine Möglichkeit außer Acht zu lassen. Damit stößt man leider auch immer wieder Menschen vor den Kopf, die es möglicherweise nicht verdient haben.»

«Ich wusste, worauf ich mich einlasse, wenn ich mich mit Patrick Wichmann traf, und ich habe es genossen. Aber ich habe mir nie eingebildet, dass da was Ernstes draus werden könnte.»

Juha nickte, im selben Augenblick klingelte es an der Tür, und kurz darauf folgte ein wenig dezentes Klopfen. Lux glitt von seinem Sessel und war mit wenigen Schritten an der Tür. Es erstaunte Juha immer wieder, wie schnell er Distanzen hinter sich bringen konnte. Vor der Tür stand Denis.

«Kommt mal schnell», sagte er nur und ging wieder zurück in die Nachbarwohnung, ohne auf die beiden Polizisten zu warten.

8

Hendrik van Dahlen, kurz Henni genannt, saß über einen Laptop gebeugt auf einem der Barhocker, die an der Küchenzeile in Wichmanns Wohnung standen. Das Handy mit unbekanntem Besitzer war über USB-Kabel mit dem Gerät verbunden. Hennis Haare standen in alle Himmelsrichtungen von seinem Kopf ab, und er hatte sich vermutlich seit Jahren nicht rasiert. Aber jemandem, der seine Arbeit mit ebenjenem Körperteil vollbrachte, das von dieser grotesken Haarpracht bedeckt war, verzieh man jeden Look. Er nickte ihnen nur zu, bevor er direkt zur Sache kam. «Kurz vorweg, das Handy gehört anscheinend einem Carsten Schilling.»

«Dem Partner von Wichmann», sagte Juha, an Lux und Denis gewandt. Lux nickte. «Dann haben wir ja jetzt schon mal einen Hauptverdächtigen.»

«Aber es gibt noch mehr.» Henni drehte den Polizisten den Monitor zu, auf dem das Display des Handys gespiegelt war, und biss sich erwartungsvoll auf das Zeigefingergelenk. «Das ist echt finster», nuschelte er betroffen und schaute selbst wieder auf den Bildschirm. Ein Video, allem Anschein nach von einer Überwachungskamera, war darauf zu sehen. Es zeigte ein Schlafzimmer: Bett, Kleiderschrank und einen kleinen Sekretär mit Stuhl. Eine Tür führte zum Badezimmer, wo Licht brannte. Juha erkannte eine weitere Tür, offenbar aus Glas, doch der Raum dahinter war zu dunkel, als dass man hindurchsehen konnte. Mehrere Lichtquellen spiegelten sich darin. «Okay, was sehen wir hier?»

Henni wand sich. «Moment, jetzt sieht man es gerade nicht. Erst wenn er sich bewegt.» Er raufte sich die Haare.

«Henni, was meinst du?»

«Jetzt!», rief Henni, und auf einmal nahm Juha etwas in der Glastür wahr. Einen Schemen, der sich nur durch die Bewegung aus dem grobkörnigen Hintergrundrauschen des Videos herauskristallisierte, indem die Pixel zwischen den vielen reflektierenden Lichtern zu wabern begannen. «Eine Spiegelung vielleicht? Henni, kannst du heranzoomen?»

Henni klickte mit der Maus. «Kann ich, aber die Kompression ist stark, die Artefakte werden auch größer.» Der Ausschnitt zeigte jetzt nur die Glastür, doch wie angekündigt wurde das Bild sogar noch undeutlicher.

«Keine Spiegelung», sagte Lux. «Ich glaube, da ist ein Mensch hinter der Glastür.» Alle kniffen die Augen zusammen und lehnten sich nach vorne.

«Aber wer?» Als hätte die Person Lux gehört, drehte sie ihnen plötzlich das Gesicht zu und öffnete die Augen, die wie leuchtende Katzenaugen durch den digitalen Bildbrei stachen. Die Anwesenden zuckten zusammen. «Verdammt.»

«Wer ist das?», flüsterte Juha.

«Unmöglich zu sagen, man sieht kaum etwas vom Gesicht, und es ist zu dunkel. Das Bild rauscht wie Sau. Aber ich denke, es ist ein Mann.»

Der Schemen hob schwerfällig die Hand und streckte sie in Richtung Kamera aus, schien aber am anderen Arm von irgendetwas zurückgehalten zu werden. Er lehnte sich in Richtung Tür, erreichte sie nicht. «Der ist gefesselt», vermutete Juha.

«Was?», fragte Lux.

«Na da, die linke Hand ist frei, aber mit der rechten Hand ist er wahrscheinlich an etwas gefesselt.» Juha beugte sich noch ein Stück vor. «Ich glaube, er sagt irgendwas.»

«Nein. Der sagt nichts.» Lux war jetzt dicht neben ihm. «Der schreit.»

«Haben wir keinen Ton?»

Henni schüttelte den Kopf.

Die Gestalt sackte abrupt in sich zusammen, und die eben noch hell leuchtenden Augen verschwanden wieder.

«Was ist das für ein Raum?», fragte Lux und deutete auf die Glastür. Ohne die menschliche Figur im Bild, nahm Juha eine Art Raster von horizontal verlaufenden Streben wahr, das ihm am Anfang nicht aufgefallen war. Was war das? Es erinnerte ihn an ... was? Mit einem Schlag wurde ihm kalt, und er spürte plötzlich Übelkeit in sich aufsteigen. Ihm war jetzt völlig klar, was sie da beobachteten, welcher Überlebenskampf sich gerade direkt vor ihren Augen zutrug. Er öffnete den Mund, aber gab nur ein Hauchen von sich.

«Juha?» Lux schien das Hauchen gehört zu haben. Er fasste Juha an der Schulter, der sich ihm, befreit von seiner Lähmung, noch immer etwas langsam, zuwandte.

«Diese Glastür. Das ist eine Sauna.» Juha presste die Worte flüsternd hervor. Lux' Augen weiteten sich bei der grausamen Vorstellung, die Juha jetzt aussprach. «Ein Mensch ist in einer aufgeheizten Sauna, und er kommt da nicht raus. Ich kann mir das nicht angucken.» Er atmete tief durch und drehte sich dann vollständig vom Bildschirm weg, machte ein paar Schritte in Richtung Balkon. Ärger kochte in ihm auf. «Warum hat man solche Filme auf dem Handy?»

«Leute ...», sagte Henni. Als Juha sich zu ihm umdrehte, sah er, dass Henni noch blasser geworden war. «Ich dachte, ich hätte das gesagt.»

«Was gesagt?», fragte Juha.

«Das ist kein Film. Das ist die Überwachungskamera der Smart-Home-App. Das da muss Carsten Schillings Wohnung sein», er zeigte auf den Monitor. «Und was wir sehen, passiert jetzt gerade, in diesem Augenblick.»

9

Sie rannten. Nahmen lieber die Treppe als den Fahrstuhl nach unten, Juha hatte das Handy am Ohr. Bereits als sie völlig außer Atem am Auto angekommen waren, hatte er sämtliche Streifenwagen in der Nähe, die Feuerwehr und einen RTW zu Schillings Wohnung beordert. «Vollgas mit Außenwerbung. Wer von uns als Erster vor Ort ist, geht sofort rein, Gefahr im Verzug. Und ich meine Lebensgefahr.» Er hechelte, musste sich beherrschen, deutlich zu sprechen, stieg ins Auto, Lux startete den Motor. «Auf Selbstschutz achten, wir wissen nicht, ob noch jemand anderes da ist. Sanis und Feuerwehr müssen warten, bis wir gesichert haben.»

Lux startete Martinshorn und Blaulicht und gab Gas. Er bog auf die Hauptstraße ab und flog über die leere Fahrbahn. «Hauptverdächtiger war vielleicht etwas vorschnell. Was, wenn es Schilling selbst ist, der da in der Sauna sitzt?»

«Mir egal, wer es ist; wir holen ihn da raus.»

Mit höchstmöglicher Geschwindigkeit donnerten sie durch den glücklicherweise lichten Verkehr, rasten, von der Alster kommend, an Kunsthalle und Bahnhof vorbei in die HafenCity, wo sich Schillings Wohnung befand.

Nur wenige Minuten später bogen sie in die Straßenschlucht des Kaiserkais ein, am Ende der Straße verdunkelte die Elbphilharmonie den Himmel.

«Da vorne um die Ecke muss es sein.»

Sie trafen gleichzeitig mit einem Feuerwehrwagen vor dem modernen Mehrfamilienhaus ein, zwei Sanitäter schulterten gerade ihre Notfallrucksäcke. Juha sprang aus dem Wagen und signalisierte den Feuerwehrleuten, dass die Tür aufgebrochen werden müsse, indem er eine imaginäre Türramme in Richtung Hauseingang schwang. Hinter ihnen bremste ein Streifenwagen, und zwei Polizistinnen stiegen aus. An der Haustür drückte Juha alle Klingeln. Mit gesenktem Blick stand er da, sein Kopf wippte nervös auf und ab, und seine Lippen bewegten sich stumm, während er die verstreichenden Sekunden zählte. Als der Summer ertönte, stieß er die Tür auf. Den Fahrstuhl ließen sie links liegen und rannten die Treppe hinauf in den dritten Stock. Die ältere Dame, die den Summer betätigt hatte, schloss ihre Wohnungstür kommentarlos, als sie merkte, was Sache war.

«Rechte Wohnung. Aufmachen!», rief Juha und machte Platz. Er, Lux und die beiden Streifenpolizistinnen zogen ihre Dienstwaffen. In dem kurzen Moment der Stille vernahm Juha dumpfe Musik aus der Wohnung.

Der kräftigste der Feuerwehrleute musste dreimal mit der Ramme ausholen, bis die moderne Wohnungstür mit einem Krachen aus den Angeln brach. Brachiale Gitarrenmusik brandete auf.

«Hier ist die Polizei!» Lux und Juha stürmten zuerst in die Wohnung und verteilten sich auf die ersten beiden Räume, die beiden Polizistinnen dicht hinter ihnen. «Sicher!», schrie Juha aus der Küche.

«Sicher!», rief Lux aus der gegenüberliegenden Tür.

«Sicher!», kam es aus einem weiteren Raum.

Juha marschierte auf das Zimmer am Ende des langen Flures zu. Er stieß die halb angelehnte Tür auf, die Musik wurde lauter. Juha versicherte sich, dass der Raum keine Bedrohung barg, und ließ die Waffe dann sinken. Er erkannte das Schlafzimmer aus dem Video wieder. Dahinter lag das Badezimmer mit der Sauna. «Sanitäter hierher!», brüllte er über die laute

Musik hinweg und steckte seine Waffe in das Brustholster. Er stürmte ins Bad und riss die Tür zur Sauna auf. Hitze schlug ihm entgegen. Er griff dem Mann unter die Arme und wollte ihn herausziehen, sah aber seine Vermutung bestätigt, dass er mit der einen Hand durch einen Kabelbinder an die Saunabank gefesselt war. «Seitenschneider!», schrie Juha. Jemand reichte ihm einen. Die Musik dröhnte in seinen Ohren. Er raffte Schilling die Kleidung über das Handgelenk, deren er sich nur so weit hatte entledigen können, bis der Kabelbinder ihm einen Strich durch die Rechnung gemacht hatte. Juha schnitt die Fessel durch und ließ sich mitsamt dem klitschnassen Carsten Schilling rücklings aus der Tür fallen. In dem Moment stellte jemand die Musik ab, und es wurde merkwürdig still. Juha hörte sich selbst keuchen und sein Blut in den Ohren rauschen. Die Sanitäter zogen Schilling von ihm runter. Für einen kurzen Moment konnte er in seine geöffneten Augen sehen und wusste im selben Moment, dass sie zu spät gekommen waren. Juha blieb einfach liegen, machte die Augen zu. Hinter sich hörte er das dumpfe Pumpen einer Herzdruckmassage. Langsam synchronisierte sich sein Atem mit dem Rhythmus, und gemeinsam wurden sie zu einer neuen, beruhigenden Musik, die ihn in eine tiefe Entspannung sinken ließ. Als er seine Lider wieder öffnete, blickte er in ein kleines, schwarzes Auge und meinte, die Gesichter von Denis und Henni dahinter wahrzunehmen. Fragende, schweigende Gesichter. Was sollte Juha ihnen sagen? Er blickte sie nur an, starrte in die kleine Überwachungskamera in der Zimmerdecke.

«Sie haben die Reanimationsversuche bis ins Krankenhaus fortgesetzt, dort wurde er eben für tot erklärt. Tut mir leid.» Lux lehnte die Balkontür hinter sich an. Ein weiteres Team der KTU traf gerade ein.

«Wie viel zu spät waren wir? Vielleicht fünf Minuten?» Juha blickte vom Balkon auf die Elbphilharmonie, hinter der sich langsam die Wintersonne senkte. Ein leichter Wind tupfte die feuchten Stellen, die Schillings Körper auf seinem Hemd hinterlassen hatten, kalt gegen seine Brust.

«Wir hätten nicht schneller sein können», versuchte es Lux.

«Doch. Wenn ich heute Morgen nicht noch einen Scherz mit meinem Vater gerissen hätte, das Auto zum Tatort genommen hätte oder mir nicht so viel Zeit gelassen hätte, weil ich dachte, so eine Leiche, die läuft dir ja nicht weg. Wenn wir früher die KTU gerufen, das Handy früher gefunden und sofort begriffen hätten, womit wir es zu tun haben. Dann wären wir vielleicht fünf Minuten früher hier gewesen. Fünf Minuten, Lux.»

«Oder sechs. Oder acht. Oder nur zwei. Wir wissen es nicht und können es nicht korrigieren.»

Juha steckte seinen Kopf durch die Balkontür und rief: «Raucht hier irgendjemand?» Ein junger Mann im Schutzanzug hielt ihm eine Schachtel hin. Juha nahm eine Zigarette und ließ sie sich anstecken, zog dann wieder den Kopf aus der Tür und schob sie zu.

Lux trat zu ihm ans Geländer. «Ich habe versucht, die Frau zu erreichen, Helle Schilling. Nachbarn sagen, sie ist wahrscheinlich in ihrem Landhaus. Die Adresse haben wir jetzt auch.»

Juha nahm sein Handy und drückte eine Nummer in seiner Anrufliste. «Ich rufe die Chefin an. Sage ihr, dass wir eine Soko brauchen.» Er hielt sich das Handy ans Ohr, zog noch einmal an der Zigarette, die ihm nicht schmeckte.

«Fürstenberg.»

«Moin, Juha Korhonen hier. Wir haben zwei Leichen, die unabhängig voneinander zu Tode gekommen sind, aber eine wesentliche Gemeinsamkeit haben. Die beiden sind die Geschäftsführer einer Hamburger Firma für Kryptohandel.»

«Coin-Rockers?»

Die Sonne war hinter einem dunstigen Schleier verborgen, sodass man direkt hineinsehen konnte, ohne sich die Augen zu verbrennen. Juha nickte, drückte die Zigarette aus. «Genau die. Wir vermuten einen Zusammenhang und würden gerne eine Soko einberufen, die bereits morgen früh zusammenkommt. Von mir aus klein oder auch erst mal provisorisch, damit wir zügig loslegen können.»

«Gut, was brauchen Sie?»

Juha schaute nach Bestätigung suchend zu Lux, während er weitersprach. «Zwei Teams als Unterstützung für die Ermittlungen, Henni von der KTU und vielleicht jemanden von der Tatortrekonstruktion?»

«Henni?»

«Hendrik van Dahlen.»

«Gut. ‹Henni› muss ich mir merken.» Juha glaubte ein Schmunzeln zu hören. «Und jemanden von der Wirtschaftskriminalität, schätze ich?»

Lux, der ihre Chefin durch das Handy hören konnte, nickte Juha zu.

«Genau.»

«Ich schaue, was ich auf die Schnelle organisiert kriege. Morgen um neun Uhr ist Warm-up. Ich sehe Sie dort.»

Juha warf einen Blick auf die Uhr, bevor er sein Handy wieder einsteckte.

Gerade mal Mittag, doch das Licht schien, als neige sich der Tag bereits dem Ende zu. «Verdammter Winter.»

10

Sie fuhren die Elbe flussaufwärts aus der Stadt. Während Lux, der am Steuer saß, immer noch Mantel und Schal trug, hatte sich Juha seines Sakkos entledigt, weil ihm im Wagen langsam zu warm wurde. Seit einer Weile schwiegen sie. Juha blickte aus dem Fenster und merkte, wie das Fahren und die vorbeiziehende Landschaft ihn träge werden ließ. Je weiter sie sich von der Stadt entfernten, desto weniger dachte er an den Kanal, die Sauna, an die Toten, und plötzlich erinnerte er sich an Wallys Vorschlag. Maria und er brauchten wirklich Urlaub.

Es war jetzt gut vier Monate her, seit er ihr gesagt hatte, dass er sich bereit fühle, ein Kind mit ihr zu bekommen. Dem war ein Streit vorausgegangen, Maria war einundvierzig Jahre alt. «Entweder jetzt, oder das war es für mich», hatte sie gesagt. «Für dich? Aber es geht doch dabei nicht nur um dich», hatte er geantwortet. Er selbst war siebenundvierzig und hatte sich, bevor er Maria kennengelernt hatte, eigentlich bereits damit abgefunden, dass das Leben für ihn wohl keine große Liebe bereithielt. Damit waren auch jegliche Familienpläne bereits zu Grabe getragen, und er hatte gewissermaßen seinen Frieden damit gemacht. Der finnische Bulle ohne Familie: mit zunehmendem Alter ein wenig verschroben, doch immer liebenswert, ganz für den Beruf lebend, ein einsamer Wanderer, schweigsamer Geselle, aber mit brillantem Geist – so ungefähr hatte sich Juha sein zukünftiges Selbstbild ausgemalt und als «in Ordnung» befunden. Doch Maria war dazwischen- und alles war anders gekommen. Er war zu jung, um von einem zweiten Frühling zu sprechen, sein erster echter Frühling war eben spät gekommen. Juha hatte einige Beziehungen gehabt. Kurze, lange, langweilige, und am langweiligsten war die längste gewesen, was er sich eine ganze Weile nicht hatte verzeihen können. Maria weckte Lebensgeister in ihm, die ihm zuvor unbekannt gewesen waren, und vieles änderte sich; ausschließlich zum Guten, wenn man davon absah, dass Juha seinem geplanten Selbstbild des nordisch schweigsamen Spitzenkriminologen manchmal ein wenig nachtrauerte. Doch trotz allen Lichts, das die Wintersonnenwende seines Lebens, Maria, in seine Nacht getragen hatte, war er nicht auf die Idee gekommen, das Grab, in dem seine Familienpläne schlummerten, wieder zu öffnen. Also war er aus allen Wolken gefallen, als sie sagte, sie wolle ein Kind. Seine Überraschung hatte sie verletzt, und er musste ihr erklären, dass es nicht an der Bedeutsamkeit und Ernsthaftigkeit ihrer Beziehung lag. Seine Erklärung akzeptierte sie nicht, und am Ende war er wütend gewesen, ohne zu wissen, warum, hatte die Wohnung verlassen und für eine Weile die Variante nordisch-störrischer Kommissar getestet.

Dann war der Boysen-Fall dazwischengekommen. Währenddessen hatte ihr Streit auf Eis gelegen, und schließlich, als alles vorbei, eine große Last von Juhas Schultern gefallen und besagtes Selbstbild sowieso krachend gescheitert war, hatte er im verliebten Überschwang gesagt, er wolle ein Kind mit ihr bekommen.

Sie versuchten es halbherzig. Juha war sich schon nach einer Woche nicht mehr sicher, sagte aber nichts. Doch Marias Verhalten deutete an, dass auch sie unsicher war. Bald darauf wechselte er zum LKA 41, und ihr Zusammenleben änderte sich schlagartig. Während er in seinem vorherigen Job eine halbwegs ruhige Kugel hatte schieben können, verlangte ihm sein neuer alles ab. Er kam spät nach Hause, war erschöpfter als sonst, und immer häufiger fühlte Maria sich veranlasst, Dinge ohne ihn zu planen. Als dann auch noch sein Ziehvater Wally nach der Reha vorübergehend bei ihnen einzog, nahmen sie das beide als willkommenen Anlass, die Nachwuchssache in stillem Einvernehmen auf Eis zu legen. Seitdem waberte das Thema wie eine bedrohliche Gewitterwolke in der Ferne.

«Pass auf, der fährt an», rief Juha, als eine schwarze Limousine an einer Kreuzung auf die Landstraße einbog. Lux musste stärker bremsen, als ihm lieb war.

«Idiot.» Juha drehte sich um und sah der Limousine nach. «Da kriegt man ja Lust, dem mal ein paar Takte zu erzählen.»

«Vergiss es», sagte Lux. «Shit.»

«Was?»

«Wir hätten da eben reingemusst.» Er checkte die Rückspiegel. «Mach doch mal kurz die Augen zu, Juha.» Dann hielt er mitten auf der leeren Landstraße an und wendete den Wagen.

Als sie beim Zweitwohnsitz der Schillings vorfuhren, musste Juha sich eingestehen, dass er sich unter «Landhaus» etwas anderes vorgestellt hatte. Trotzdem überraschte es ihn nicht, als sie nun vor einem modernen Neubau standen, der vollständig aus Holz und Glas gebaut schien. So weit das Auge reichte, gab es nur Bäume, Wiesen und eine Koppel, auf der ein paar Pferde am Zaun herumlungerten und wenig unauffällig zu ihnen herübersahen. An diesem Ort wirkte das Haus wie ein havariertes Ufo.

«Was für ein Kasten», bemerkte Lux.

«Coin-Rockers scheint wirklich eine Goldgrube zu sein.»

«Hättest du mal wirklich vor zehn Jahren Bitcoin gekauft, dann hättest du jetzt auch so eine Hütte und würdest dir einen faulen Lenz vor dem Kamin machen.»

«Darüber denke ich lieber nicht zu lange nach. Komm, wir bimmeln mal.»

Lux ließ sich nicht lange bitten und drückte die Klingel.

«Frau Helle Schilling?» Juha stutzte, als ihm auffiel, dass die junge Frau, die ihnen die Tür geöffnet hatte, eine Daunenjacke und Gartenhandschuhe trug. Ihre Augen waren gerötet und verquollen, der tiefrote Lippenstift dennoch makellos, wie frisch aufgetragen. Eine blonde Wasserwelle verlieh ihr die Schönheit eines Hollywoodstars der 1920er-Jahre. Sie war ungefähr im gleichen Alter wie Wichmann und Schilling, und Juha fragte sich, wie man schon mit Anfang dreißig einen derartigen Reichtum anhäufen konnte. Sie nickte und trat zur Seite, um die Polizisten hereinzulassen. Es war nicht zu übersehen, dass Helle Schilling bereits über den Tod ihres Mannes in Kenntnis gesetzt worden war, was ihnen diese für Polizisten zu den schlimmsten gehörende Aufgabe ersparte. Trotzdem konnte Juha es sich nicht erklären, wie es kam, dass sie bereits Bescheid wusste. Hatte jemand sie angerufen? Die Nachbarn? Einer der Kollegen?

«Mein Name ist Juha Korhonen vom LKA. Das ist mein Kollege Lucas Adisa. Vielleicht setzen wir uns?»

«Kommen Sie mit raus in den Garten. Wenn es Ihnen nichts ausmacht.» Ihre Stimme klang älter und müder, als ihr jugendhaftes Aussehen vermuten ließ.

«Natürlich.»

Sie folgten Helle Schilling durch einen Flur, der sich bereits nach wenigen Metern in einen großen Wohnbereich mit Sofagarnitur, modernen Clubsesseln, Küche und Tresen öffnete. Es gab kaum feste Wände, nur Glas und Holzbalken, die Raumtrenner, Basis von Regalen und einer Wendeltreppe bildeten, welche auf der erhöhten Seite des Pultdaches auf eine zweite, von unten nicht einsehbare Ebene führte. In der gegenüberliegenden Wand befanden sich zwei Türen, hinter denen Juha Bade- und Schlafzimmer vermutete. Am Ende der Küchenzeile führte eine überbreite Terrassentür in einen Garten. Juha gefiel die offene Architektur; das Licht und vor allem das warme Holz behagten ihm. Aufgrund seiner schieren Größe war das Haus jenseits seiner kühnsten Wohnträume. Aber Stil und Prinzip, davon würde er Maria erzählen.

Sie traten aus der Terrassentür, und Juha blieb irritiert stehen, bis er verstand, wo sie sich befanden. Was Helle Schilling beiläufig als Garten bezeichnet hatte, war tatsächlich ein riesiges Gewächshaus, das auf Dachhöhe abschloss und, wie Juha schätzte, ungefähr noch mal halb so groß war wie die Wohnräume. Natürlich; wer war bei diesen Witterungsverhältnissen schon bei der Gartenarbeit zugange? Große Glasflächen wurden von schmalen, weißen Verstrebungen gehalten, selbst das Dach war komplett aus Glas. Offene Kräuter- und Gemüsebeete erinnerten ihn an die Gärten, die er mit Maria auf Sizilien gesehen hatte, in der Mitte stand sogar ein mittelgroßer Baum, möglicherweise eine Feige? Dieser Ort war hochmodern und wirkte zeitgleich verwunschen. Lux war neben ihm stehen geblieben, und sie versanken kurz in dem Anblick, bevor sie ihrer Gastgeberin folgten, die unbeirrt weitergegangen war. Auf einem großen, eckigen Gartentisch mit ebenso teuer aussehender Bestuhlung standen zwei Gläser Wasser, eins leer, eins halb voll, daneben lag eine Schachtel Zigaretten. Helle Schilling zog sich die Handschuhe aus, nahm sich eine und zündete sie an, während sie sich auf einen Stuhl sinken ließ, der halb abgewandt vom Tisch stand. «Setzen Sie sich ruhig.»

Juha und Lux setzten sich.

«Ich hab Ihnen nichts angeboten.» Helle Schilling beließ es bei der Feststellung und blies Rauch in den Garten. Es war ihre weiche, monotone Stimme, die zwar zu ihrem Hollywood-Charme passte, Juha aber zu der Frage verleitete, ob sie Beruhigungsmittel genommen hatte. Verübeln konnte man es ihr nicht. Auch ihr Blick, der ruhelos umherwanderte, hatte bei näherer Betrachtung etwas Betäubtes, leicht Entrücktes.

«Wir sind gekommen, um Ihnen die Nachricht vom Tod Ihres Mannes zu überbringen.» Noch während er sprach, fuhr ihm Hitze in die Glieder, er fürchtete plötzlich, er könnte einen Fehler gemacht haben. Was, wenn Helle Schillings Zustand in etwas völlig anderem begründet lag und sie doch noch nicht Bescheid wusste? Doch zu seiner Erleichterung nickte sie nur. Und rauchte.

Juha wartete ab, bis das Gefühl abgeklungen war, und fuhr fort. «Darf ich fragen, wer Sie vom Tod Ihres Mannes in Kenntnis gesetzt hat?»

Sie schaute tiefer in den Garten hinein. «Ein Freund.»

«Ein Freund? Welcher Freund?», fragte Lux, dem wieder sichtlich kalt war.

«Ein Vertrauter. Er hat für meinen Vater gearbeitet.» Sie drückte die kaum halb gerauchte Zigarette in einem Aschenbecher auf dem Mäuerchen zu ihrer Linken aus. «Mein Vater starb vor ein paar Jahren.» Wie von einer Last befreit wandte sie sich den Kommissaren zu, breitete die Arme auf dem Tisch aus, eine Geste, die nicht zum bisherigen Eindruck der Frau passen wollte, und sagte mit fester Stimme, als sei sie aus dem Halbschlaf erwacht: «Seitdem arbeitet er für mich.»

Lux zückte einen Block und einen Stift und legte sich beides unauffällig auf den Schoß. «Können Sie uns den Namen sagen und wie wir ihn erreichen?»

«Das würde ihm nicht gefallen», sagte Helle Schilling mit affektiert nachdenklicher Stimme.

«Verzeihen Sie, wir müssten wirklich mit Ihrem Freund sprechen. Er scheint ja bestens informiert zu sein.»

Sie setzte ein müdes Lächeln auf. «Das ist er. Ich bin mir sicher, er wird sich demnächst bei Ihnen melden.»

Lux wollte etwas sagen, doch Juha kam ihm zuvor.

«Dürfen wir Ihnen dennoch ein paar Fragen stellen? Auch wenn es schwer ist.»

Helle zog eine weitere Zigarette aus der Schachtel, vollführte mit ihr eine auffordernde Geste, zündete sie an und warf die Schachtel quer über den Tisch.

Juha begann: «Wir haben noch eine weitere Nachricht für Sie.»

Helle Schilling schaute auf. Falls sie gespannt war, verbarg sie es gut. Rauch zog ihr in die Augen, sie kniff sie zusammen.

«Auch Patrick Wichmann wurde heute Morgen tot aufgefunden. Wir gehen zum jetzigen Zeitpunkt davon aus, dass er und auch Ihr Mann Opfer eines Gewaltverbrechens geworden sind.»

«Patrick ist auch tot?» Sie lehnte sich zurück, und der versonnene Ausdruck in ihren Augen war so schnell wieder da, wie er zuvor verschwunden war.

«Wir haben im Internet ein Foto gesehen, das Sie drei zusammen zeigt. Sind Sie, über die Ehe mit Herrn Schilling hinaus, ebenfalls bei Coin-Rockers involviert?»

Helle ließ einen Moment verstreichen, in denen sie die Kommissare abwechselnd taxierte. «Unsäglicher Firmenname, finden Sie nicht?»

Lux räusperte sich.

«Nun ja ...», sagte Juha.

«Mir gehört die Firma», unterbrach Helle und schien die Polizisten dabei genau zu beobachten, bevor sie sich wieder aufrichtete. «Genau genommen gehört Coin-Rockers der Düsenberg Holding, deren alleinige Eigentümerin ich bin seit dem Tod meines Vaters.»

Sie war zurück im Hier und Jetzt, erkannte Juha. Irgendwo dazwischen musste die echte Helle Schilling stecken, zwischen ätherischer Traumwandlerin und knallharter Geschäftsfrau, mit der, zumindest als Konkurrentin, nicht gut Kirschen essen war. Juha hoffte inständig, dass sie bald die wahrhaftige Helle Schilling kennenlernen würden. Sich mit derart aufgesetzten Fassaden auseinanderzusetzen, war ihm eine große Anstrengung, beruflich wie privat. «Sie haben Geld.» Er schaute sich zur Unterstreichung seiner Annahme kurz um.

«Mein Vater hatte Geld. Jetzt habe ich Geld. Warum sollte ich nicht einen Teil davon in das kleine Projekt meines Mannes investieren?»

«Da Sie verheiratet waren, war es Ihr gemeinsames Geld, Ihre gemeinsame Firma», bemerkte Lux.

«Mein Ehevertrag sagt etwas anderes.» Sofort reagierte sie auf Lux' unwillkürlich nach oben zuckende Augenbrauen. «Mein Vater hätte mich enterbt, wenn ich eine Ehe ohne Ehevertrag eingegangen wäre. Mir gehörte Coin-Rockers bereits zu hundert Prozent, bevor mein Mann verstarb – falls Sie glaubten, darin ein Motiv gefunden zu haben.» Sie drückte ihre Zigarette aus. «Was ich im Übrigen sehr unsensibel finde, unmittelbar nachdem ich vom gewaltsamen Tod meines Mannes erfahren habe.» Sie fingerte nach ihren Zigaretten, die ein gutes Stück entfernt auf dem Tisch gelandet waren.

«Verzeihung, es steht mir nicht zu, Ihre Trauer zu bewerten, nur scheint es, als ob Sie nicht übermäßig ...»

«Ich bin randvoll mit Tavor», ächzte sie, doch die letzten Worte gingen in dem schabenden Geräusch unter, das ihr Stuhl verursachte, als er durch ihre Zigaretten-Angel-Aktion unter ihr wegrutschte. Lux hechtete über den Tisch, und es gelang ihm gerade noch, seine Hand unter Helles linken Arm zu schieben und so zu verhindern, dass sie auf den Boden stürzte. Nur Sekundenbruchteile später war Juha bei ihr, der ihr zwar näher gewesen war, aber nicht so schnell reagiert hatte wie Lux. Ein träger Singsang entwich Helle Schillings roten Lippen, und hinter den zu Schlitzen geöffneten Lidern rutschen die Pupillen von rechts nach links.

«Mist.» Juha richtete Helle auf und setzte sie zurück auf den Stuhl. «Hast du mitgekriegt, dass sie *so* high ist?»

Lux schüttelte den Kopf und tätschelte ihre Wangen. «Frau Schilling, können Sie mich hören?»

«Ich rufe einen Notarzt», sagte Juha und hatte schon die Kurzwahl auf seinem Handy gedrückt.

«Na, da haben wir ja einen Bock geschossen», fluchte Juha leise, als der Rettungswagen mit Helle Schilling davonfuhr.

«Ist ja nichts Schlimmes passiert.»

Die Sanitäter waren beim ersten Blick auf Helle Schilling und der Feststellung, dass sie schon wieder ansprechbar war, in eine entspannte Routine verfallen. «Überdosis Diazepam. Wird schon wieder.» Sie hatten ihr eine Infusion aus Kochsalz und einem spezifischen Antidot verabreicht, sie eingeladen und waren ohne Blaulicht und Eile abgefahren.

«Was jetzt?», fragte Lux.

«Wir haben noch nichts von Denis gehört. Das bedeutet wohl, dass sie bei Wichmann keine Kugel gefunden haben. Und in Schillings Wohnung ist die KTU sicherlich noch eine Weile beschäftigt. Darum schlage ich vor, dass wir zum Kanal fahren und uns die Szene noch mal in Ruhe ansehen.»

Lux öffnete ohne einen weiteren Kommentar die Wagentür und setzte sich ans Steuer.

Auf dem Rückweg schwiegen sie wieder. Die Sonne blitzte

wie ein Stroboskop, als sie durch ein Waldstück fuhren. Es gab viel zu diskutieren, doch Juha merkte, dass Lux sich, genauso wie er, in Gedanken befand, die eine Weile der Stille erforderten.

11

Denis war der Letzte. Er stand etwas verloren vor Wichmanns Haustür und betrachtete das in Folie eingewickelte Käsebrot in seiner Hand. Erst als Juha die Wagentür zuwarf, schaute er auf.

«Hunger?» Das Erlebte stand ihm ins Gesicht geschrieben, und Lux' Mitgefühl hatte er. Es mochte das erste Mal gewesen sein, dass Denis unmittelbar Zeuge vom Tod eines Menschen geworden war, begann sein Job doch üblicherweise, nachdem die Opfer bereits den Tod gefunden hatten. Zwar waren auch die Resultate eines Gewaltverbrechens häufig kein schöner Anblick, doch live und in Farbe dabei zu sein, wenn jemand seinen letzten Atemzug tat, das ging selbst an einem hartgesottenen Ermittler nicht spurlos vorüber. Lux zählte sich nicht zu den Hartgesottenen und konnte sich doch aus Erfahrung darauf verlassen, dass solche Erlebnisse mit der Zeit verblassten. «Wie geht's dir, Denis?» Denis zuckte mit den Schultern.

«Das war schlimm.» Juha hatte offenbar den gleichen Gedanken gehabt, denn er blieb vor Denis stehen und gab sich Mühe, eine zuversichtliche Ruhe auszustrahlen.

«Ich war dabei, als mein Großvater gestorben ist.»

Die Polizisten sagten nichts.

«Der war über achtzig und bereit.»

Juha nickte.

«Aber der Mann in dem Video, der hatte so große Angst, dass es mir ...» Er machte eine Geste, als wringe er einen Schwamm aus und zerdrückte dabei sein Käsebrot ein bisschen. Er wollte es bestimmt sowieso nicht mehr essen.

«Kannst du mit jemandem reden, oder verbringst den Feierabend zumindest in Gesellschaft?»

«Meine Frau ist zu Hause. Aber wie macht man denn jetzt Feierabend?»

«Einfach Feierabend. Das Gefühl verschwindet mit der Zeit. Keine Angst. Morgen ist es schon viel besser, dann machst du einfach weiter, bis es weg ist», sagte Lux. Denis warf das Käsebrot in einen Mülleimer. Er zeigte nach oben zu Wichmanns Wohnung. «Falls da oben wirklich geschossen wurde, ist die Kugel aus dem Fenster geflogen, und der Schütze hat die Hülse mitgenommen. Schmauchspuren haben wir auch keine gefunden, das heißt, der Schütze hätte weit genug von den Wänden oder anderen Gegenständen entfernt gestanden. Wenn ihr mich nicht direkt gefragt hättet, gäbe es keinen Anlass zu glauben, dass da drin ein Schuss abgegeben wurde.»

Lux folgte dem Blick nach oben. «Aus dem Fenster geflogen, was?» Er tauschte einen Blick mit Juha aus.

«Geh mal nach Hause, Denis. Es geht vorbei, erinnere dich selbst immer daran.»

Denis nickte und wandte sich zum Gehen. «Dann macht's gut.»

«Du auch, Denis.» Juha und Lux schauten ihm noch kurz nach, wie er davontrottete.

«Der Arme ist echt mitgenommen.»

Juha nickte. «Komm, wir gehen noch mal hoch.»

Sie standen wieder, zum dritten Mal an diesem Tage, in Wichmanns Wohnzimmer, und Lux wurde bewusst, dass der Ort jedes Mal ein anderer gewesen war. Am Anfang einfach die Wohnung eines Toten, beim zweiten Mal Tatort und jetzt der Ort, an dem es galt, ein Rätsel zu lösen.

Juha öffnete die Balkontür, und das behäbige Rauschen der

Stadt drang in die Stille, erfüllte sie mit einer profanen Beiläufigkeit, die einen vergessen ließ, dass jemand erst vor wenigen Stunden von diesem Balkon in den Tod gestürzt war. Juha streckte den Zeigefinger aus und deutete einen Schuss durch die geöffnete Balkontür an, den Blick auf die gegenüberliegende Hauswand gerichtet, als könnte er dort von hier aus ein Einschussloch erkennen: ein aussichtsloses Unterfangen.

Er schaute Lux fragend an, der schüttelte den Kopf, und Juha schloss die Tür. Es wurde wieder still, jede Bewegung und jeder Atemzug war zu hören.

Juha machte ein paar Schritte zurück, bog um den Tresen, der Wohnzimmer und Küche trennte. Er und Lux standen sich nun am Tresen gegenüber, in einer Linie mit der Balkontür. Unvermittelt zog Juha seine Hand zur Pistole geformt aus dem Holster und richtete sie auf Lux, der sich, in der Rolle von Wichmann, fluchtartig umdrehte und zum Balkon lief. Doch als er die Hand am Türgriff hatte, wurde er bereits von der imaginären Kugel getroffen. Lux blieb mit zusammengekniffenen Lippen stehen und schaute zu Juha, der den Kopf schüttelte.

Er begab sich zurück in die Ausgangsposition. Der springende Punkt war der, dass der Mörder – in Gestalt von Juha – *ihn* überrascht hatte, indem er die Waffe zog. Es musste sich vielmehr umgekehrt abgespielt haben. Lux bewegte sich so plötzlich, wie es seine Überziehschuhe zuließen; und bevor Juha seine Waffe ziehen konnte, war Lux an der Wohnungstür, ohne dass er sich besonders hätte beeilen müssen. Der Weg über den Balkon war aus dieser Position heraus in jeglicher Hinsicht der riskantere: zu viel Zeit für den Schützen, die Waffe zu heben und einen geraden Schuss abzugeben, der, selbst wenn er danebengegangen wäre, die Scheibe der Balkontür durchschlagen hätte, lange bevor Wichmann sie hätte öffnen können. Die Wohnungstür lag wesentlich näher, der Weg dorthin war kürzer und verlangte es dem Schützen ab, auf ein bewegliches Ziel zu schießen. Fehlanzeige.

Lux durchmaß das Zimmer auf der Suche nach einem geeigneten Ort, das Szenario ein weiteres Mal durchzuspielen. Er nahm auf dem Sofa Platz, die Wand im Rücken, den ganzen Raum im Blick. Juha verstand und setzte sich ihm gegenüber in den Sessel. Wieder zückte er seine imaginäre Pistole und richtete sie auf Lux. Lux lehnte sich zurück, nur um urplötzlich aufzuspringen und sofort in eine Zeitlupe zu verfallen, die Juha Gelegenheit gab zu reagieren. Er ging um den Couchtisch herum und steuerte den toten Winkel in Juhas Rücken an. Juha folgte Lux' Bewegung mit der Waffe, musste schließlich aufstehen, um ihn weiter im Visier halten zu können. Lux rannte in Zeitlupe auf die Balkontür zu, Juha begann sich nun seinerseits zu bewegen, um ihm zu folgen. In dem Moment, als Lux es auf den Balkon geschafft hatte und bereit zum Sprung war, verharrten sie. Auf der Brücke unter ihm hupte ein Auto. Lux drehte sich um. Juha hatte es nicht einmal ansatzweise geschafft, sich in eine Position zu begeben, die es ihm erlaubt hätte, durch die geöffnete Tür einen Schuss abzufeuern.

Lux kehrte ins Wohnzimmer zurück und schüttelte sich vor Kälte, als er die Balkontür schloss. Falls Juha geschossen hätte, dann vorher. Lux ließ seinen Blick langsam über das Plattenregal wandern. Das war ein gutes Versteck für eine Kugel, aber Denis und sein Team hätten sie gefunden. Sie hätten sie überall gefunden. Andererseits: Dass Denis' Gehirn nach dem Erlebnis am Mittag nicht mehr unter Volldampf gearbeitet hatte, konnte man ihm nicht verdenken. Etwas übersahen sie alle. Irgendetwas.

«Platzpatrone?», sagte Juha leise. Das erste Wort, das seit Minuten gefallen war, wirkte wie ein Fremdkörper im Raum.

Lux antwortete nicht. Er wollte die Stille noch einen Moment aufrechterhalten, ging um den Couchtisch herum und setzte sich dorthin, wo Juha eben gesessen hatte. Er zückte seinerseits die imaginäre Waffe und folgte damit Wichmanns Fluchtweg. Wie Juha eben stand er auf. Als der imaginäre Wichmann hinter ihm entlangrannte, drehte sich Lux um hundertachtzig Grad und begab sich in eine stabile Schussposition. «Bumm!», flüsterte er.

Juha folgte der vermeintlichen Schussbahn und schüttelte den Kopf. Doch Lux verharrte angespannt, wagte nicht, seine Hand sinken zu lassen. «Juha?»

«Hm?»

«Was kriege ich, wenn ich die Kugel finde?»

Juha entfuhr ein amüsiertes Schnauben, das nicht recht zum Lachen werden wollte. «Was immer du willst.»

Lux ließ die Waffe sinken und ging um den Sessel herum in die Richtung, in die er den Schuss abgegeben hatte. Er trat vor die Gitarre, die neben dem Plattenregal an der Wand hing, und entzifferte die Widmung, die mit Edding darauf geschrieben stand. *«Unterm Asphalt ist Revolution – A. Nagelschmidt.»*

Lux nahm die Gitarre von der Wand und hielt sie gegen das Licht.

«Leck mich am Arsch», raunte Juha.

Hinter dem Schallloch, auf dem Rücken der Gitarre, leuchtete ein heller Punkt, wo das Licht durch ein kleines Loch drang, nicht größer als ein Centstück. Sie drehten sich beide zur Wand. An der Stelle, wo die Gitarre gehangen hatte, steckte die Kugel.

12

Während der ganzen Fahrt in der S-Bahn spürte Lux, wie die freudige Erregung über den Fund der Kugel mit der Regelmäßigkeit einer Brandung in ihm auf- und abschwoll. Vor dem Fenster zogen die Lichter der Stadt vorüber, und das Bild ließ sich nur schwer in Einklang mit der Spiegelung des überfüllten Waggons bringen. Lux steckte mitten im Feierabendverkehr. Stoßzeit, keine Fahrräder im HVV erlaubt, trotzdem zwängte ein junger Mann, mit Warnweste und Reflektorband um die Hosenbeine, peinlichst berührt sein Rennrad ins Abteil. Die gedämpft schimpfende Masse drückte Lux noch näher an die Scheibe, doch er konnte es dem Radfahrer nicht verübeln, die Kälte draußen war schneidend, das konnte selbst dem diszipliniertesten Idealisten seine Grenzen aufweisen. Lux lehnte die Stirn an das Glas, schirmte das Licht und auch die Leute mit den Händen ab und schaute hinaus, verlor sich im Lichtermeer und dem sonoren Summen des Elektroantriebs. Wenigstens war es schön warm. Wieder fiel ihm die Kugel ein, der Moment, als er alles auf eine Karte gesetzt und die Gitarre von der Wand genommen hatte. Die Erinnerung an Juhas beeindrucktes Gesicht war wie ein warmer Schauer, der in ihm emporstieg. Was für ein Volltreffer, er konnte mit Recht stolz auf sich sein. Die Bahn hielt an, Leute stiegen aus, quetschten sich an den bereits Einsteigenden vorbei, ehe ihm einfiel, dass er ebenfalls aussteigen musste. Mehrere Entschuldigungen murmelnd, kämpfte er sich zur Tür, erntete vergleichbare Resonanz wie der Radfahrer und wurde vom Pulk auf den Bahnsteig gespuckt, nur Sekunden bevor sich die Türen schlossen. Wieder brandete das Hochgefühl auf – Lux, du bist ein verdammtes Genie! –, doch er rang es nieder und nahm sich vor, es bei seinem unmittelbar bevorstehenden Treffen nicht zum Thema zu machen. Er hatte sich fest vorgenommen, mit einer sympathischen Reserviertheit in den Abend zu starten. Höflich, nicht unnahbar, aber eben auch nicht mit der Tür ins Haus fallend. Immerhin war es sein erstes Date seit über zwei Jahren. Und er hatte sich auf der Datingplattform als IT-Berater ausgegeben. Erfahrungsgemäß kam das besser an als die Wahrheit.

«Ist es okay, wenn ich auf der Bank sitze? Ich habe so ungern den Raum im Rücken.»

Lux musste unwillkürlich lächeln. «Das geht mir zwar ähnlich, aber heute lasse ich dir gern den Vortritt.» Er zog den Stuhl vom Tisch ab und den Mantel aus.

«Danke. Berufskrankheit», sagte Gabriele und stopfte ihren sicher nicht billigen Mantel mit überraschender Achtlosigkeit in die Sitzecke.

Diesmal lachte Lux sogar, und anstatt zu fragen, weshalb eine Fitnesstrainerin zu ebenjener Berufskrankheit neigte, die zu ihm als Polizist gepasst hätte, sagte er: «Dito!»

Gabriele schaute auf. «Okay? Wenn es dir nichts ausmacht, mir macht es nichts aus …» Sie deutete auf die Bank neben sich. «Wir können, wenn es auch etwas unüblich ist für ein erstes Date, gern nebeneinandersitzen und gemeinsam in den Raum schauen.»

Lux zögerte nur einen Wimpernschlag und sagte dann mit freudiger Entschlossenheit: «Gut. Schauen wir gemeinsam in den Raum.»

Sie sanken nebeneinandersitzend noch ein bisschen tiefer in die Bank, Gabriele entfuhr ein entspanntes «Aaah». Sie hob die Karte einmal alibimäßig an, ließ sie sogleich wieder fallen und fing im selben Moment den Blick des Kellners ein, nickte ihm zu. Während der Mann zu ihnen unterwegs war, beugte sich Gabriele zu Lux hinüber und raunte leise: «Bulle!»

Lux erschrak und starrte sie an. Stand es ihm derart auf die Stirn geschrieben? Und überhaupt, das hatte ja fast wie eine Beleidigung geklungen.

«Was darf ich euch machen?», fragte der elegante Kellner und schaute ohne Eile zwischen ihnen hin und her. Doch Lux' Blick suchte immer noch nach Gabrieles, die ihrerseits bereits am Bestellen war. «Grauburgunder, ach je ...» Sie fuhr sich durch den dunklen Longbob und fand seinen Blick, der sie in ihren Augen wohl strafend statt fragend treffen musste. «Ich bin nervös. Sorry. Du hast ja noch gar nicht in die Karte geschaut.» Lux schüttelte die Frage kurzerhand von sich ab und verschob sie auf nach dem Bestellvorgang. «Dasselbe bitte.»

Der Kellner nickte und verschwand wieder hinter dem endlosen Tresen. «Okay!» Lux legte beide Hände herausfordernd auf dem Tisch ab. «Ist es wirklich so offensichtlich?»

«Was?»

Jetzt wäre es ihm doch lieber gewesen, ihr gegenüberzusitzen. «Dass ich kein IT-Berater bin?»

«Nicht? Ja, was denn dann?»

«Was?»

«Hä?»

Lux zwängte sich in die Ecke, um Distanz zu gewinnen und ihr wenigstens ein bisschen die Stirn bieten zu können. «Du hast mich ‹Bulle› genannt. Ist das wirklich so offensichtlich?» Plötzlich wurde ihm klar, dass es mindestens ebenso sehr an ihm war, sich zu entschuldigen, immerhin hatte er in seinem Dating-Profil die Unwahrheit geschrieben. «Ich kann das erklären», hob er an, doch ihr breiter werdendes Grinsen bremste ihn aus, verschlug ihm beinahe die Sprache. «Was ist so witzig?» Er bemühte sich, ernst zu bleiben, doch die Freude, die auf einmal in ihr aufzubranden schien, steckte ihn an. Sie begann zu lachen, er musste mitlachen, bemühte sich aber trotzdem, den fragenden Gesichtsausdruck beizubehalten. Sie warf den Kopf in den Nacken, lachte nun so laut, dass drei junge Typen am anderen Ende der Bar zu ihnen hinübersahen. Sie riss sich zusammen, fuhr sich mit der Hand über den Mund und flüsterte: «Ich hab dich nicht Bulle genannt. Ich habe mich kurz entschlossen geoutet.»

Endlich machte es klick! «Du bist keine Fitnesstrainerin?»

Sie streckte ihm die Hand entgegen und forderte ihn zu einer erneuten, diesmal amtlich anmutenden Vorstellung auf. «KHK Gabriele Schuster, LKA 65.» Lux nahm ihre Hand. «KHK Lucas Adisa, LKA 41.»

Sie schüttelten sich die Hände und nickten sich bestätigend zu.

Der Kellner kam mit ihren Gläsern, und es kostete sie offensichtlich beide Mühe, den Moment auszuhalten, bis er wieder weg war.

«Adisa», murmelte Gabriele vor sich hin, schaute ihn fragend an. «Lucas Adisa. Aber wir haben uns noch nie getroffen, oder?»

«Nicht, dass ich wüsste.» Er schüttelte nachdenklich den Kopf. Dann schien ihr etwas einzufallen, ihr Finger schnellte nach oben, wie ein Revolver. «Und Juha Korhonen.» Sie nahm den Finger wieder runter, räusperte sich verlegen.

Lux war sich nicht sicher, ob es ihm gefiel, dass der fallende Groschen in dieser Situation anscheinend nicht seiner, sondern Juhas Verdienst war.

«Ihr habt den Boysen-Fall gelöst, nach wie vielen Jahren? Zehn?»

Lux hob das Glas an die Lippen und ließ seinen Blick in

einer Mischung aus abwehrender Gleichgültigkeit und kühlem Understatement durch den Raum wandern. «Fast sechzehn.»

Gabriele seufzte. «Und jetzt ist es meine Schuld, dass der Grund, weshalb wir beide in unseren Profilen geschwindelt haben, sich aufs Neue bewahrheitet: Wir reden über die Arbeit. Obwohl gerade ich es ja am besten wissen müsste.»

Lux merkte, dass er sie mochte, dass er sie witzig fand. Er stellte das Glas ab. «Wollen wir noch einmal von vorne anfangen?»

Ab diesem Moment lief der Abend immer besser. Es gelang ihnen, kein einziges Mal mehr über die Arbeit zu sprechen, und als sie gute zwei Stunden später, wieder in ihre Mäntel gehüllt, am Aufgang zur S-Bahn standen, Gabriele ihn mit roten Wangen und glitzernden Augen ansah und in ihrer ganzen unschuldigen Freude etwas Engelsgleiches an sich hatte, da spürte Lux – nichts. Ein paar Schneeflocken tauchten unvermittelt auf und verfingen sich in ihren Haaren.

«Das war richtig schön, Lucas», sagte sie und schlang die Arme um ihren Körper.

Er spürte einen Stich, denn auch er hatte den Abend genossen. Trotzdem war er sich in diesem Moment sicher, dass er Gabriele nicht wiedersehen wollte. «Hör zu ...», begann er.

«Ach Mist», sagte Gabriele und sackte ein kleines Stück zusammen. Ihr Blick fiel auf eine Art und Weise zur Seite, die so aussah, als würde sie eine Rolle verlassen. Lux erkannte es als die bemühte Hoffnung, dass es vielleicht dieses Mal klappen könnte.

«Polizisten sind beschissene Partner.»

Sie nickte, ohne ihn anzusehen.

«Damit meine ich nicht, dass du ...»

«Ich hab’s schon kapiert», sagte sie leise.

Lux’ Herz verkrampfte sich ein bisschen. «Ich meine nur, dass zwei Polizisten miteinander ...»

«Du hast vollkommen recht.» Sie schaute ihn an und presste in bitterer Akzeptanz ihre Lippen aufeinander.

«Also dann, KHK Adisa.» Sie hielt ihm die Hand hin, er empfand Widerwillen, sah dann aber ein, dass es wohl so am besten war. «Also dann, KHK Schuster. Vielleicht in einem anderen Leben, in dem wir Berater und Coaches sind.» Sie reichten sich die Hände und schüttelten lange.

«Oder eben irgendetwas anderes als Polizisten.»

Dann ging sie davon, und Lux schaute ihr nach. Oben auf der Treppe zum Bahnsteig drehte sich Gabriele noch einmal zu ihm um und reckte auffordernd das Kinn. «IT-Berater?»

Lux zuckte mit den Schultern.

Sie schaute einen Moment ins Leere, sagte dann, wie probehalber: «Lehrer», lauschte dem Wort stirnrunzelnd nach, bevor sie sich festlegte und aus voller Überzeugung sagte: «Erdkunde und Sport.» Sie nickte noch einmal bekräftigend und verschwand um die Ecke.

Lux beschloss, zumindest bis zur nächsten S-Bahn-Station zu Fuß zu gehen. Er verließ das Gebäude, und als er die Straße entlangging, sah er Gabriele oben auf dem Bahnsteig stehen, mit dem Rücken zu ihm. Während er einerseits hoffte, sie würde sich nicht umdrehen, so hatte er doch das starke Bedürfnis, ihr Gesicht noch einmal zu sehen. Hatte sie ihn bereits abgehakt? Nahm er sich eigentlich viel zu wichtig? Und was war dieses drückende Gefühl in der Brust? Scham? Oder schlicht Selbstmitleid? Die S-Bahn fuhr in die Station, eine rumpelnde, die Nacht erleuchtende Stahlschlange, die Bremsen gaben ein helles Pfeifen von sich. Gabriele machte ein paar Schritte nach vorn, und dann verschwand sie ein letztes

Mal aus seinem Blickfeld. Die Bahn fuhr los, rauschte aus dem Bahnhof und hinterließ wirbelnde Schneeflocken, die sich langsam wieder beruhigten, während das Rattern in der Ferne verklang. Es schneite nun richtig.

Auf halber Strecke stieg ihm der Duft von Pommes in die Nase, und er merkte, wie hungrig er war. Eine Fitnesstrainerin, die sich nach Feierabend zu «nur Drinks» verabreden wollte? Da hätte man schon mal skeptisch werden können. Zum Klischee des getriebenen Bullen passte das besser, auch er hatte heute fast nichts gegessen. Er betrat den Imbiss, die Türklingel klang wie ein Kettenrasseln, und die helle, fast grünliche Beleuchtung tauchte auch sein Inneres in das passende Licht. *Passend*, insofern, als dass er auch hier nicht mit dem Klischee des einsamen Bullen würde aufräumen können.

«Moin.»

«Moin, einmal Pommes bitte.» Die Wirtin versenkte ohne einen weiteren Kommentar einen Käfig mit tiefgekühlten Pommes in der Fritteuse, es zischte und begann zu brodeln. Lux ging zum Getränkekühlschrank und nahm ein Bier heraus, öffnete es mit dem an einer Schnur baumelnden Flaschenöffner und setzte sich auf einen Barhocker am Fenstertresen. Die Kugel in der Wand von Wichmanns Wohnung fiel ihm wieder ein, und einen Moment hoffte er, die Euphorie reaktivieren zu können, die er noch vor ein paar Stunden beim Gedanken an seinen Triumph verspürt hatte, doch es gelang ihm nicht. Seine gute Stimmung war durch die Sache mit Gabriele wie weggeblasen. Hatte er einen Fehler gemacht? Vielleicht wäre es der Auftakt zu einer tollen Geschichte geworden, wenn er einfach gesagt hätte: «Das gibt's doch nicht. Ich bin auch Bulle. Wo ist die Kamera?»

Auf der Straße herrschte mittlerweile dichtes Schneegestöber – zum Glück war er hier im Warmen. Er nahm einen großen Schluck Bier. Draußen vor der Scheibe schob sich ein Schatten in den Vordergrund seines Panoramas der Einsamkeit. Er setzte die Flasche ab und brauchte einen Moment, um die eingeschneite Gestalt hinter der Scheibe zu fokussieren, die sich mit seinem eigenen Spiegelbild überlagerte. Eine Frau starrte ihn an, Typ Schreckschraube. Wahrscheinlich lotete sie ihre Chancen aus, eine Obdachlosenzeitschrift an den Mann zu bringen oder wenigstens eine Spende zu kassieren. Lux sah sich um, um sicherzugehen, dass er der einzige Gast war, schüttelte dann den Kopf und gab der Frau mit einer Geste zu verstehen, dass bei ihm nichts zu holen sei, nicht heute. Sie sah es, und ihr Blick schien sich neu zu fokussieren, jetzt bemerkte er den überraschten Ausdruck und begriff in dem Augenblick, dass sie nicht ihn angestarrt, sondern die bebilderte Speisekarte über der Theke studiert hatte. Ach du Scheiße. Ehe er reagieren konnte, war sie zur Seite getreten, eine Sekunde später öffnete sich die Tür mit Kettenrasseln.

Dann stand sie neben ihm, die Schreckschraube, und Lux merkte, dass er völlig danebengelegen hatte. «Sorry, kennen wir uns?» Irgendwie musste die Spiegelung in der Scheibe eine eigenartige Dopplung verursacht haben, die ihr, eingeschneit, wie sie war, ein zerklüftetes Aussehen verliehen und in ihm den Eindruck erweckt haben, er habe es mit einer abgerissenen Landstreicherin zu tun; doch weit gefehlt. Unter der in der Tat wenig schmückenden, aber fraglos der Witterung gerecht werdenden Daunenjacke trug sie einen eleganten Kaschmirpullover, ihre große Designerbrille beschlug, und sie musste sie abnehmen. Sie fuhr sich durch die kurzen, fast schwarzen Haare, deren burschikos naiver Schnitt Lux an Jean Seberg in dem Film «Außer Atem» erinnerte; welche Augenfarbe hatte die eigentlich gehabt? Im Schwarz-Weiß-Film konnte man es nicht erkennen. Die Augen, die ihn jetzt fragend ansahen, waren von so tiefem, fast schwarzem Braun, dass er das Gefühl hatte, sie blickten direkt in sein Innerstes.

«Ich bitte um Entschuldigung», stotterte er leise. «Ich dachte, Sie wollten mir etwas verkaufen.» Großartig, Lux, deine Glanzparade nimmt kein Ende.

«Aha.» Es klang eher wie eine Frage.

«Ich meinte ...» Er wusste nicht weiter und sagte schließlich verzweifelt auf der Suche nach irgendeinem Ausweg: «Darf ich Sie auf ein Essen einladen?»

«Sie sind betrunken, oder?»

Lux schaute auf sein Bier. «Ja», sagte er mit trägem Bedauern in der Stimme. «Genau. Tut mir wirklich leid.»

«Nein, danke.» Sie schüttelte den Kopf.

«Was?»

«Sie dürfen mich nicht zum Essen einladen.» Sie machte auf dem Absatz kehrt und ging zur Theke. «Einmal Currywurst Pommes, bitte.» Und mit einem Seitenblick zu ihm: «Zum Mitnehmen.»

Die Fritteuse zischte, brodelte, und Lux fühlte sich, als sei er höchstselbst in siedendes Fett getaucht worden.

Von nun an einfach den Mund zu halten, schien ihm die erste kluge Entscheidung des heutigen Abends zu sein, doch als die Wirtin die Wurst in den Häcksler fallen ließ, der daraufhin mit einem *flap, flap, flap* die Scheibchen in die Schale spie, konnte er nicht an sich halten. «Das geht auf mich.»

Die Frau unterdrückte ein Prusten: «Ganz bestimmt nicht.»

Doch Lux hatte schon sein Portemonnaie gezückt. «Ich bestehe darauf.»

Sie zuckte mit den Schultern. «Wenn's sein muss. Ich nehme noch ein Bier dazu.»

«Vierzehnachtzig.»

Lux legte einen Zwanziger auf den Zahlteller. «Stimmt so.»

Die Frau nahm ihre Plastiktüte und holte sich ein Bier aus dem Kühlschrank. «Ich sag jetzt nicht Danke.»

«Okay.»

Sie zog die Tür auf, und ein Schwall Schnee flog ihr entgegen. Während sie noch zögerte, nahm Lux wieder Platz. «Es schneit ganz schön.»

«Was Sie nicht sagen.»

«Rein oder raus», kam es von hinter dem Tresen.

Ein letzter Blick hin und her zwischen ihm und dem Schnee, dann ein Augenrollen, und sie ließ die Tür wieder zufallen. «Was soll's.»

Sie setzte sich neben ihn und packte ihr Essen aus, öffnete das Bier mit einem Feuerzeug, trank. Dann hielt sie es ihm entgegen. «Franka.»

Er stieß sacht mit seinem Bier an. «Lucas. Ich bin übrigens Polizist.»

«Was für ein seltsamer Anfang eines Gesprächs.» Sie trank und zog kopfschüttelnd die Stirn kraus. Lux beobachtete ihre Mimik, das Spiel der Fältchen über ihren Augen. Als sie fragend die Augenbrauen hob, merkte er, dass er sie anlächelte. Doch statt sich ertappt zu fühlen und den Blick abzuwenden, vertiefte er das Lächeln. Es kam ihm normal vor, nein, unvermeidbar. Eigentlich war es genau diese Unvermeidbarkeit, diese Frau anzulächeln, die es so normal machte.

«Alles okay?» Sein Lächeln musste ansteckend wirken, denn ihre Mundwinkel zuckten verräterisch.

«Findest du, ich sehe aus wie ein IT-Berater?»

Sie kaute, und ihre Augen verengten sich prüfend. Dann schüttelte sie den Kopf. «Ich hätte auf Arzt getippt.»

«Oh, danke.»

«Oder Lokomotivführer.»

Lux hob die Augenbrauen. «Auch ... danke, schätze ich. Aber wieso Lokomotivführer?»

Sie riss die Augen auf. «Na, wegen Lukas, dem Lokomotivführer.»

Lux legte die Hand auf die Stirn. «Ach so, äh, ja klar.»

«Als Kind wollte ich wirklich Lokomotivführerin werden.» Sie hob die Flasche.

«Und was bist du stattdessen geworden?»

Während sie trank, verspannten sich ihre Lippen, und ein Rinnsal Bier lief ihr übers Kinn. Sie setzte es ab, ließ ihrem Lachen freien Lauf und wischte sich mit dem Ärmel über den Mund, schaute ihn an. «Ärztin.» Lux lachte auf. Sie schüttelte den Kopf. «Du siehst überhaupt nicht aus wie ein Arzt, sorry, ich wollte dich nur ärgern.»

«Wie sehen Ärzte denn aus?»

Die Ernsthaftigkeit, die sie nun auflegte, war eine verspielte Maske, Lux gefiel das.

«Verantwortungsbewusst, diszipliniert, Hardcore bis in die Haarspitzen.»

Lux breitete die Arme aus. «Bin ich alles. Erst heute habe ich eine Kugel hinter einer Gitarre entdeckt, die niemand sonst gefunden hat, weil sie genau ins Schallloch reingeflogen ist.»

«Das ist ja unglaublich. Herzlichen Glückwunsch!»

«Danke.»

Beide tranken.

Er ließ sie eine Weile essen, seine eigenen Pommes hatte er nicht mehr angerührt, seit Franka da war. Sie saß neben ihm und ließ es zu, dass er ihr beim Essen zusah. Als sie die letzte Scheibe Currywurst durch die Soße kreisen ließ, fasste er sich ein Herz. «Gehen wir was trinken, Franka?»

Sie schob sich das Stückchen Wurst in den Mund, sah ihn kauend an, nickte dann. «Okay, Polizist Lucas», und auf sein Strahlen hin ergänzte sie. «Aber nur ein Drink, ich habe morgen Frühschicht.»

13

Juha erwachte früh, lange bevor sein Wecker klingelte. Nach der Entdeckung des Einschusslochs in Wichmanns Wohnung hatte er kurz geglaubt, nicht einschlafen zu können. Sein Gehirn war auf Hochtouren gelaufen, ohne jedoch über immer neue Fragen und Sackgassen hinauszukommen. Jeder Gedanke endete alsbald in einem Knoten. Juha befürchtete, dass ihn der leider allzu bekannte Versuch, dieses Knotenmonstrum aufzulösen, wach halten würde. Aber dann hatte der lange Tag seinen Tribut gefordert, und er war in einen traumlosen Schlaf gesunken.

«Wann kommst du heute?» Maria trug bereits ihr dezentes «Frau-Lehrerin-Make-up», und Juha fragte sich, nicht zum ersten Mal, seit wann Lehrerinnen eigentlich löchrige Jeans tragen konnten, ohne dadurch anbiedernd auf ihre Schüler zu wirken.

«Kann ich schwer sagen», sagte Juha. «Wieso?»

«Wir müssten was besprechen. Neuer Fall, was?»

Juha nickte.

«Hat mir Wally schon erzählt.»

Juha biss sich auf die Lippe. «Warum hab *ich* es dir nicht erzählt?»

Maria lächelte ihn an. «Ja, warum eigentlich nicht?»

«Weil ich mit meinen Gedanken zu wenig bei meiner wunderbaren Frau bin.»

Sie zielte mit dem Zeigefinger auf ihn. «Das wird es sein.»

Als er sie küsste, fiel sein Blick auf die Uhr am Herd. Er stand auf, trank seinen Kaffee im Flur aus, warf sein Sakko über und legte den roten Kinderschal an. Dann schaute er noch einmal in die Küche. «Ich hatte die Idee, dass wir zusammen in Urlaub fahren sollten. Also sobald ich mit diesem Fall durch bin. Was denkst du?»

«Darüber können wir ja dann auch reden.»

«Super! Ich versuche, nicht zu spät zu kommen.»

Seit Juha und Lux vor einigen Monaten ins LKA 41 gewechselt waren, unterstanden sie Nina Fürstenberg, erste Hauptkommissarin und Leiterin des Fachkommissariats für Tötungsdelikte und Todesermittlung. Im Gegensatz zu ihrem vorherigen Chef Uwe, der zwar ein tadelloser Polizist war, aber trotzdem immer eine gewisse Gemütlichkeit und vor allem einen Laissez-faire-Führungsstil hatte walten lassen, entsprach die Fürstenberg eher dem Bild einer typischen Beamtin (und Chefin), was Juha mehr auf Trab hielt, als er es gewohnt gewesen war. Das täte ihm ganz gut, hatte Maria zu ihm gesagt, doch Juha war sich unsicher, ob sie das wirklich so empfand. War er doch seither weniger zu Hause, arbeitete immer öfter auch am Wochenende. «Bereitschaft» bedeutete nun tatsächlich, zuweilen nachts aus dem Bett geklingelt zu werden, was früher so gut wie nie vorgekommen war.

Sie trafen sich auf dem Gang, als Nina Fürstenberg gerade vom Rauchen zurückkam, was Juha einerseits am Duft, andererseits am Schwung kühler Luft bemerkte, den die Chefin hinter sich herzog. Das Rauchen war ein Laster, das so überhaupt nicht zu ihrem adretten Auftreten und ihrer makellosen Fassade passen wollte. Sie war groß und trug meistens einen Hosenanzug, selten mal eine figurbetonte Jeans, aber immer Sakko. Ein bisschen erinnerte sie Juha an Werner, seinen ersten Chef, als er selbst noch ganz frisch bei der Polizei gewesen war. Werner aber war selbstbewusster Raucher aus Überzeugung gewesen, wohingegen die Fürstenberg ständig auf den gelben Fleck am rechten Mittelfinger schaute und dann mit möglichst unauffälliger Beiläufigkeit die Finger einrollte, um ihn zu verbergen. Auch jetzt schien es ihr unangenehm, dass sie vom Rauchen kam, der leichte Duft von *Fisherman's Friend* verstärkte den Eindruck nur. Sie begrüßten sich.

«Guten Morgen, sind Sie so weit?»

Juha nickte und war etwas irritiert, als Fürstenberg Anstalten machte, ihm zum Konferenzraum zu folgen, in dem das Warm-up stattfinden sollte. Es war seine erste Sokoleitung unter ihrer Führung, und er fragte sich, ob sie ihn kontrollieren wollte.

Köpfe drehten sich zu ihnen, als Fürstenberg die Tür öffnete. Lux, der schon da war, hatte bereits den Beamer an sein Tablet angeschlossen und schien letzte technische Vorbereitungen zu treffen. Sie nickten sich zu, und Lux schien außerordentlich gut gelaunt, denn er lächelte Juha an, was Juha zwar freute, aber irgendwie nicht zur ansonsten so ernsten Stimmung eines Soko-Warm-ups passen wollte.

«Ich erlaube mir kurz, Sie alle bekannt zu machen, bevor ich Sie Ihrer Arbeit überlasse», begann Fürstenberg.

Juha nahm erleichtert Platz.

Er und Fürstenberg hatten sich für das erste Briefing auf eine kleine Runde verständigt, die nun im vorderen Bereich des viel zu großen Konferenzraums Platz nahm. Die ersten Stunden nach einer Tat waren besonders kritisch, sie durften keine unnötige Zeit verschwenden. Neben Henni, den Fürstenberg jetzt als «Doktor Hendrik van Dahlen vom Fachkommissariat für Cybercrime» vorstellte und der sich daraufhin stolz in die Brust warf, gab es einen weiteren Mann, denn Juha noch nicht kannte.

«Dann stelle ich stellvertretend für die Kollegen von der Ermittlungsunterstützung Kriminalhauptkommissar Jochen Weißberg vor. Jochen, wollen Sie selbst kurz was sagen?»

Jochen Weißberg nickte. Sein Blick war auffallend durchdringend, und die schwindenden Haare ließen Juha mit den Fingern durch seine eigenen fahren. Als Jochen anfing zu sprechen, zeigte sich ein subtiler Tick, der darin bestand, dass seine Stirn sich rhythmisch bewegte und seine Brille gleichsam in ein beinahe tänzerisches Auf und Ab versetzt wurde.

«Morgen allerseits. Genau, ich bin Jochen. Weißberg. Ich bin euer heißer Draht für informationelle Ermittlungsunterstützung sowie Personen- und Zielfahndung. Bei meinem Team, das ihr mit der Zeit kennen- und lieben lernen werdet ...», Jochen lächelte etwas scheu in die Runde, «... laufen alle Fäden zusammen.»

Die letzten Silben gingen unter, als die Tür etwas zu stürmisch aufflog, kommentiert von einem lauten «Oh Shit, ist die leicht».

Eine junge Frau, das Gesicht in peinlicher Berührung verzogen, winkte und inspizierte unauffällig die Stelle der Wand, gegen die sie eben die Tür gedonnert hatte. «Entschuldigung.»

«Kriminalhauptkommissarin Burg von der Wirtschaftskriminalität», sagte Fürstenberg, drehte sich zu der Vorgestellten um und schnitt ihr das Wort ab, als diese gerade ansetzen wollte. «Ich wäre Ihnen dankbar, wenn Sie Ihr Zuspätkommen nicht durch weitere Entschuldigungen und Erklärungen in die Länge ziehen.» Sie klang nicht verärgert, nur pragmatisch.

«Hallo, Selma Burg», sagte Juha mit übertriebener Jovialität, so viel Zeit musste sein. Selma ließ sich nicht ärgern. «Hi, Juha», sagte sie mit trotzigem Blick, dann entdeckte sie Lux und schenkte ihm ein warmes Lächeln, während sie sich setzte.

«Ach, Sie kennen sich, wie schön. Das erklärt natürlich,

weshalb Frau Burg, wie man mir sagte, besonders energisch die Hand gehoben hat, als ich jemanden von der Wirtschaft angefragt habe.»

Selma errötete leicht, und Juha sah ihr strahlend dabei zu. Tatsächlich war sie eine treibende Kraft bei ihrem letzten Fall gewesen, den sie ohne Selma sicher nicht so schnell gelöst hätten.

«Juha, Lucas?»

Lux, der offenbar unter dem Tisch mit seinem Handy beschäftigt war, blickte ertappt auf, als er seinen Namen hörte.

«Wenn Sie das Gefühl haben, sich noch irgendjemandem vorstellen zu müssen, dann tun Sie das bitte.» Ein amüsiertes Raunen ging durch den Raum, offenkundig der Tatsache geschuldet, dass Juha und Lux seit ihrem letzten Fall für eine Weile in aller Munde gewesen waren, zumindest LKA-intern. Da eine weitere Vorstellung damit überflüssig schien, verabschiedete sich Frau Fürstenberg wie angekündigt und bat Juha, sie auf dem Laufenden zu halten.

«Alles klar, dann holen wir mal alle an Bord», sagte Juha lauter, als er gewollt hatte, und gab Lux ein Zeichen, der schon wieder auf sein Display schielte. Lux steckte das Handy weg und warf das Bild von Patrick Wichmann, Carsten Schilling und der Witwe Helle Schilling per Tablet auf das Smartboard. Juha gab dazu eine Zusammenfassung des vergangenen Tages: den Fund von Wichmanns Leiche, das Feststellen seiner Identität und die Entdeckung des Handys, das sich als Schillings entpuppte und das ihnen die grausige Live-Show bot, an der alle, die sie verfolgt hatten, noch immer zu knapsen hatten. Vor allem Henni verzog an dieser Stelle schmerzhaft das Gesicht.

«Leider konnten wir auch Schilling nur noch tot bergen. Er war gefesselt, und die Sauna wurde von Wichmanns Wohnung aus mit der Smart-Home-App eingeschaltet, die sich auf Schillings Handy befindet.» An diesem Punkt musste Juha ein wenig mit sich ringen, ein erneutes Aufwallen der Schuldgefühle zu unterdrücken, die ihn am gestrigen Tag befallen hatten. Lux nickte ihm aufmunternd zu.

Juha beschrieb kurz den Besuch bei Helle Schilling und erwähnte, dass sie die alleinige Besitzerin von Coin-Rockers war. Habgier war also ihrerseits zumindest vorläufig kein Motiv. Ihren Zusammenbruch streifte er nur, schien es ihm doch wichtig als Erklärung dafür, dass die Befragung von Helle Schilling bisher keine weiteren Ergebnisse erbracht hatte. Dann übernahm Lux.

«Zum Ablauf des gestrigen Abends: Wir verorten Patrick Wichmann in der Skyline-Bar im Hafen-Hotel. Kennt ihr. Teure Drinks, atemberaubende Aussicht, und mit Turnschuhen musst du draußen bleiben. Er ist bis kurz vor Mitternacht geblieben und mit dem Taxi nach Hause gefahren. Carsten Schilling war bis kurz vor 21 Uhr im Fitnessstudio Harbour-Gym wenige Fußminuten von seiner Wohnung in der Hafencity entfernt. Danke bereits jetzt an Jochens Team, das da ziemlich schnell mit der Rekonstruktion war.

Allerdings hat sich Schilling gegen 23 Uhr noch mal Essen liefern lassen. Eine Maxi-Pizza und einen halben Liter Vanilleeis. Wer, der älter als fünf Jahre ist, bestellt bitte Vanilleeis? Die Kellnerin aus der Skyline-Bar, der Taxifahrer und der Pizzalieferant sind die letzten validen Zeugen, die wir momentan haben, die Befragungen sind für heute Vormittag anberaumt. Videomaterial aus dem Fitnessstudio, dem Hotel, der Bar und der jeweiligen Umgebung sind bereits angefordert, aber laut meinem Wissensstand …» Er sah fragend zu Jochen, der wiederum den Kopf schüttelte.

«Gut, also das Videomaterial steht noch nicht zur Verfügung. Der einzige weitere, konkrete Zeitpunkt, den wir momentan benennen können, ist der Schuss gegen null Uhr dreißig.»

Lux tippte auf das Tablet. Ein neues Bild wurde geladen, und kurz darauf sah man die Gitarre samt Loch auf der Rückseite und das Einschussloch in der Wand. In der rechten Bildecke prangte Lux' Hand, die triumphierend einen Daumen nach oben streckte.

«Wir haben etwas gebraucht, aber wir haben die Kugel gefunden. Es wurde in der Tat ein Schuss abgegeben. Ballistischer Befund folgt ebenfalls in Kürze.»

Selma hakte nach. «Reden wir also von einem Fluchtversuch? Jemand besucht Wichmann, zieht plötzlich eine Waffe, schießt auf ihn, und der Balkon schien ihm gut geeignet, sich zu retten? Das ist ganz schön krass, da runterzuspringen.»

Juha schaltete sich ein. «Genau das denken wir, Selma. Es wirkt tatsächlich ziemlich krass, finde ich auch. Mich würden da keine zehn Pferde runterkriegen. Aber wir haben von einem Anwohner die zugegebenermaßen recht bizarre Aussage bekommen, dass Wichmann und manch einer seiner Gäste wohl schon des Öfteren den Sprung vom Balkon in den Kanal gewagt haben. Ganz freiwillig, als eine Art Mutprobe, könnte man sagen. Allerdings im Sommer.»

«What? Ach du Scheiße.»

Sie alle starrten kurz auf ein Bild, das das Balkongeländer und den darunterliegenden Kanal zeigte. «Zudem legt unsere Nachstellung der Situation in Wichmanns Wohnung die Theorie nahe, dass Wichmann zuerst die Flucht ergriffen hat und im Zuge dessen auf ihn geschossen wurde.»

Allerspätestens jetzt begannen die Köpfe im Raum beinahe sichtbar zu rauchen. Selma war die Erste, die weitersprach.

«Das schließt zumindest die Theorie nicht aus, dass der

Schütze nicht in Tötungsabsicht gehandelt, sondern möglicherweise etwas anderes gewollt hat.»

«Zum Beispiel?»

«Wichmann ist quasi auf der Flucht zu Tode gekommen, und Schilling befand sich eher in einer Art Foltersituation. Wenn ihr Schilling über die Liveschaltung des Smart-Home-Systems noch lebend gesehen habt ...», ein heißer Stoß ging durch Juhas Brust, er schloss für einen Moment die Augen, hörte aber weiter zu, «... dann muss er ja über Stunden in der Sauna gewesen sein. Ein langer, qualvoller Überlebenskampf. Hätte ich die Absicht, jemanden zu töten, würde ich jedenfalls eine andere, zuverlässigere Variante wählen. Wie ich es verstanden habe, hättet ihr Schilling ja beinahe noch gerettet.»

«Ja, da hast du vollkommen recht», gestand Juha ihr zu.

Lux übernahm das Wort. «In der Tat erscheint uns zum jetzigen Zeitpunkt wahrscheinlich, dass der Täter - oder auch mehrere Täter - etwas Bestimmtes von den CEOs von Coin-Rockers wollten. Wir haben es allem Anschein nach nicht mit einem Doppel*mord* zu tun, sondern mit etwas, das schiefgelaufen, außer Kontrolle geraten ist. Selma, du hast gerade gesagt, dass es dich eher an eine Foltersituation erinnert. Das sehe ich auch so. Vielleicht sollte den beiden etwas abgepresst werden ... Betriebsgeheimnisse oder was weiß ich.»

«Ich hätte da ’ne Idee», sagte Jochen etwas zaghaft. Juha nickte ihm ermunternd zu. Jochen legte Kopf schief und schien abzuwägen, ob es die Idee wert war, hier in der Runde laut ausgesprochen zu werden. «Jeder Gedanke kann uns womöglich weiterbringen», sagte Juha und merkte, wie er ungeduldig wurde.

«Was ist, wenn die beiden jeder eine Art Schlüssel hatten? Ein Schlüsselpaar, wenn ihr so wollt. Der eine ist nutzlos ohne den anderen, aber mit beiden kann man einen Tresor öffnen.

Der Tresor ist natürlich im Internet, digital. Beide Besitzer müssen zeitgleich diesen Schlüssel benutzen, um ihn zu öffnen.» Er schaute etwas peinlich berührt. «Sorry, ich hab letztes Wochenende *Jagd auf Roter Oktober* geguckt. Da haben die auf dem U-Boot zwei Raketenschlüssel, die von zwei Männern gedreht werden müssen, um die Atomwaffen zu aktivieren.»

Juha nickte und schaute fragend zu Henni, der verstand die Aufforderung. «Kann man nicht ausschließen. Wobei ich davon so noch nie gehört habe ... Aber mir gefällt das Wort: Raketenschlüssel.» Er machte eine große Geste, mit der er den Begriff in die Luft schrieb.

Juha fasste zusammen: «In der Pathologie liegen zwei Leichen, und genau das ist unser Problem. Natürlich ist das Vorhandensein von Leichen immer eine Problemstellung für uns, ist ja schließlich unser Beruf, aber in diesem Fall wäre die eine Leiche vermutlich die wichtigste Informationsquelle, wenn es um das Ableben der anderen geht – und umgekehrt. Angesichts der geschäftlichen Verbindung der Opfer ist das der Ansatz, den wir priorisieren sollten.» Er öffnete einladend die Hände, klatschte und verschränkte die Finger dann wieder. «Sind damit alle einverstanden?»

Während Juha und Lux den Mitarbeitern von Coin-Rockers auf den Zahn fühlen wollten, sollten Henni und Selma den Laden von oben bis unten auseinandernehmen. Henni und seine Leute würden sich der technologischen Seite widmen, Selmas Team sich den wirtschaftlichen Bereich vornehmen, private und geschäftliche Konten durchleuchten, die Bücher überprüfen und dabei eine Steuerprüfung wie ein gemütliches Picknick aussehen lassen. Jochen Weißberg und sein Team wollten sich in den Räumlichkeiten, die ihnen zur Verfügung standen, aufbauen, verkabeln, organisieren und so bald wie möglich mit den Hintergrundchecks aller Personen beginnen, die mit dem Fall in Verbindung standen. Des Weiteren würden sie sämtliches Videomaterial auswerten und jeden Schritt, den die Opfer in jener Nacht gegangen waren, minutiös rekonstruieren. Das bedeutete unter anderem, jede Person zu befragen, die sich regelmäßig im Umkreis des Hotels aufhielt – was vor allem Kioskbetreiber, Kellnerinnen und Sexarbeiter einschloss –, und Menschen ausfindig zu machen, die in der besagten Nacht ebenfalls Gäste der Skyline-Bar gewesen waren. In einer Großstadt wie Hamburg hatte die Nacht viele Augen und Ohren, und allesamt mussten sie ausfindig und auf Informationen hin abgeklopft werden.

«Noch Fragen?», Juha schaute sich im Raum um und erntete nur gespanntes Schweigen, spürbaren Tatendrang und Aufbruchsstimmung. Er nickte zufrieden. «Dann legen wir mal los.»

14

Selma hatte bereits ganze Arbeit geleistet. Das Herz von Coin-Rockers stand still. Als Juha und Lux die unscheinbare Firmenzentrale in Rothenburgsort erreichten, befand sich kein Mitarbeiter mehr an seinem Platz, Beamte gingen ein und aus, wobei sie auf dem Rückweg Festplatten, Rechner und Akten trugen. Sämtliche anwesende Angestellte waren hinter eine Absperrung verbannt und mit Kaffee vom nahen Kiosk versorgt worden, mit der Bitte, sich für bevorstehende Befragungen bereitzuhalten. Die meisten genossen die Pause und konnten dem Treiben einen gewissen Schauwert abgewinnen. Anders als der junge Mann mit blondem Lockenkopf und großer Brille, der den systematischen Abtransport der Firma mit fast andächtiger Ergriffenheit verfolgte.

Juha und Lux hielten beide ihre Dienstausweise hoch, um unbehelligt die Absperrung zu durchqueren.

«Hallo, Sie!» Der blonde Lockenkopf stakste auf sie zu, atemlos: «Jan Horstmann. *Sie* haben gestern angerufen, oder? Was ist denn los? Frau Burg sagt, ich soll auf KHK Korhonen und KHK Adisa warten. Das sind Sie doch, oder? Die Chefs sind heute nicht da, und ich bin der Verantwortliche, mein Gott, Patrick reißt mir wahrscheinlich den Kopf ab, weil ich nicht verhindert habe, dass Sie seine Firma auseinandernehmen.»

«Ich bin sicher, das wird er nicht. Folgen Sie uns, wir setzen uns rein. Gibt's da drin eine Teeküche oder so was?»

Der junge Mann war wieder etwas zu Atem gekommen und führte die Kommissare ins Haus, nachdem Juha den Kollegen signalisiert hatte, dass es in Ordnung war.

In der Teeküche angekommen, hatte sich Horstmann so weit beruhigt, dass er den Polizisten einen Kaffee anbot.

Lux verneinte, Juha sagte: «Gerne, Milch und Süßstoff, wenn Sie haben.»

«Stevia okay?»

«Bestimmt.»

Während Jan Horstmann die Maschine anwarf, sah Juha sich um. Eine große Glasscheibe trennte die kleine Küche von der restlichen Etage. Sie war vielleicht 150 Quadratmeter groß, mehrere große Schreibtische standen großzügig und ohne klare Ordnung auf der Fläche verteilt. Die meisten von ihnen waren mittlerweile leer, nur lose Kabel deuteten darauf hin, dass sich hier noch vor einer Stunde ein enormer IT-Apparat befunden hatte.

Die Küche war das einzige nicht unmittelbar der Arbeit dienende Element; ein Sofa oder gar einen Kickertisch, den Freiobstkorb eines jeden Start-ups, suchte Juha vergeblich.

Selbst in der Küche gab es nur einen Sitzball, den Lux gerade mit seinem Knie sanft an die Wand schob. Kaffeetrinken und Rumhängen waren hier ganz offensichtlich nicht vorgesehen.

Horstmann stellte die Getränke auf den Tresen und riss sich sichtlich zusammen, seine Bitte um Aufklärung nicht noch einmal auszusprechen. Doch sie stand ihm ins Gesicht geschrieben.

«Setzen wir uns doch kurz», sagte Juha, und im selben Moment fiel ihm wieder ein, dass es ja keine Sitzgelegenheiten außer dem Ball gab.

Lux wies darauf. «Setzen Sie sich bitte, Herr Horstmann.» Der junge Mann setzte sich folgsam, wobei er leicht nachfederte, und sah dann zu ihnen auf. Lux lehnte sich an die Bar. Juha sah ihm an, dass er gleich etwas sagen würde und er selbst sich somit vorerst im Hintergrund halten und aufs Beobachten beschränken konnte.

«Patrick Wichmann und Carsten Schilling sind beide verstorben.»

«Wa...»

In Horstmann arbeitete es unverkennbar. Seine Augen flitzten ein paarmal zwischen den beiden Polizisten hin und her, bevor sie im Nichts zum Stehen kamen.

«Es tut mir leid», ergänzte Lux.

Als hätte er erst jetzt wirklich verstanden, fuhr Horstmann sich unwillkürlich mit beiden Händen an den Kopf, grub die gespreizten Finger in die Locken und verharrte einen Moment, mit weit aufgerissenen Augen und zusammengebissenen Zähnen, ohne einen Ton von sich zu geben. Bei jedem anderen hätte Juha dieser Reaktion das Prädikat «bisschen drüber» erteilt. Aber angesichts dessen, wie hilflos und mit welcher fast kindlichen Überforderung Horstmann Lux anstarrte, war er sich ziemlich sicher, dass der Schock echt war.

«Nein», entwich es Horstmann schließlich. «Was ist denn passiert? Ein Unfall?»

«Die beiden sind zeitnah, aber an verschiedenen Orten zu Tode gekommen. Es handelt sich hier um eine laufende Ermittlung. Über die genauen Umstände kann ich Ihnen zum jetzigen Zeitpunkt nichts sagen. Wir gehen aber von Gewaltverbrechen aus und davon, dass es einen Zusammenhang gibt.»

Horstmann hatte mittlerweile die Brille abgesetzt und das Gesicht in die Hände gelegt. Als Lux nicht weitersprach, öffnete er seine Deckung. «Einen Zusammenhang? Welchen denn?»

Juha blickte sich demonstrativ um. «Haben Sie keine Idee?»

«Nein», hauchte Horstmann wie aus der Pistole geschossen, aber immer noch völlig perplex. Juha schaltete sich von der Seite ein. «Überlegen Sie erst mal in Ruhe. Normalerweise würden wir fragen, ob das Opfer irgendwelche Feinde hatte. Aber in diesem Fall muss die Frage möglicherweise eher lauten, ob die Firma welche hatte. Fällt Ihnen dazu etwas ein?»

Diesmal überlegte Horstmann tatsächlich länger, war offenbar gewillt, sich Mühe zu geben. «Wir bieten eine Trading-App für Kryptowährungen an. Da kommt es schon vor, dass Leute Geld verlieren, und manche von denen schreiben uns dann auch Nachrichten.»

«Was für Nachrichten?», fragte Lux.

«Manchmal an den Support, häufig auch auf unseren Social-Media-Kanälen oder unter unsere Meta-Anzeigen. Das sind dann Kommentare wie ‹Scam, habe nur Geld verloren›. Aber das ist normal. Die Leute lesen irgendwo, dass der Bitcoin mittlerweile die hunderttausend Dollar geknackt hat, und rechnen sich dann aus, dass man mit noch jungen Währungen, die heute im Centbereich liegen, in kürzester Zeit reich werden kann. Gerade bei denen kommt es aber häufig zum Totalverlust. Der Kryptomarkt ist extrem volatil, die Preise können an einem Tag nach oben rasen und noch am selben wieder in den Keller stürzen. Wenn ein Kunde in hochspekulative Coins investiert oder zu einem schlechten Zeitpunkt mit Verlust verkauft, sucht er eben einen Sündenbock für seine falschen Entscheidungen, und das sind dann häufig wir.»

Plötzlich wirkte Jan Horstmann über seinen kleinen Exkurs fast erschrocken, schien den Tod seiner beiden Chefs kurz vergessen zu haben. Für einen Moment hatte er sich ereifert, nur um nun wieder in eine Starre zu fallen.

«Aber Sie verdienen an genau diesen Leuten, oder?», versuchte Juha ihn wieder zurück auf das Thema zu lenken. Horstmann nahm dankend an. «Nein. Wir verdienen an allen

Deals, die über unsere Plattform laufen, einen festen Anteil. Unter einem Prozent. Die User handeln ja untereinander, wir bieten nur den Marktplatz. Jemand kauft für tausend Euro Bitcoin, während der Kurs wieder mal ein neues Allzeithoch erreicht hat. Eine Woche später gibt es eine Korrektur, der Kurs bricht um zwanzig Prozent ein, der unerfahrene Kunde kriegt Angst und verkauft seine Bitcoin für achthundert. Dann können wir nichts dafür, und seine verlorenen zweihundert Euro sind nicht bei uns gelandet. Aber das ist natürlich schwer zu vermitteln, vor allem einem Menschen, der gerade Geld verloren hat und dementsprechend frustriert ist.»

«Und bei diesen Nachrichten, wurden da auch schon mal Drohungen ausgesprochen?»

Horstmann zog die Mundwinkel nach unten und schüttelte den Kopf. «Schon so was wie ‹Die zocken einen nur ab› oder ‹Sollte verboten werden›, aber jetzt nichts von wegen ‹Ich bringe euch um› oder so.» Er musste schwer schlucken, schaute erschrocken zwischen Juha und Lux hin und her. «Deswegen bringt man doch niemanden um, oder?» Die Frage war ernst gemeint.

«Also Geld ist eigentlich schon recht weit oben auf der Liste der Mordmotive.» Lux' und Juhas Blicke verhakten sich kurz, während sie sich ihrer Einigkeit darüber versicherten, wie unwahrscheinlich es war, dass ein verärgerter Kleinanleger beide Geschäftsführer seiner Trading-App fast zeitgleich um die Ecke gebracht hatte.

«Wer übernimmt hier jetzt die Verantwortung, wenn Ihre beiden Chefs es nicht mehr können?»

Juha hatte nicht erwartet, dass Jan Horstmann noch weiter in sich zusammensacken könnte. «Im Daily Business hab ich das immer übernommen. Aber ich hab natürlich keine Verfügungsgewalt. Ich denke, die hat nur Frau Schilling.»

«Helle Schilling?», versicherte sich Lux.

Horstmann nickte. «Ihr gehört das alles.» Er ließ den Blick und die Arme schweifen und wiederholte in eigenartig feierlicher Bewunderung: «Alles gehört Helle.»

15

Lux ging telefonierend in einiger Entfernung auf und ab, während Juha, mit geschlossenen Augen ans Auto gelehnt, die warmen Sonnenstrahlen genoss. Lux schwieg eine Weile und hörte zu, dann sprach er wieder. «Alles klar, dann machen wir uns erst mal auf den Weg zu Schillings Wohnung. Ich erzähl Juha von deiner Entdeckung.» Wieder hörte Lux einen Moment zu. «Ja, wahrscheinlich nicht, aber wir müssen auf alles achten.» Erneutes Lauschen. «Okay, machen wir auf dem Weg. Bis später.» Er legte auf, und doch, statt zu ihm zu kommen, blieb er einfach still. Juha öffnete die Augen und sah Lux unbeweglich auf sein Handy starren. «Na?»

Lux fuhr hoch und steckte, nach einem letzten Blick, das Handy in seine Tasche. Dann stampfte er zum Auto. «Wir fahren zu Schillings Wohnung. Die KTU ist mit der ersten Untersuchung durch.»

«Hab ich mitbekommen», sagte Juha. «Aber was ist mit der Entdeckung, die wahrscheinlich nicht wichtig ist? Da zuckt mein innerer Columbo.»

«Ein regelmäßiger Geldtransfer von Carsten Schillings Privatkonto an eine Claudia Cordes. Sie versuchen herauszukriegen, wer das ist, und informieren uns dann.»

«Wie viel Geld?»

«Tausendzweihundert Euro zum Monatsersten. Nicht sehr viel – nicht sehr wenig.» Lux stieg in den Wagen, Juha folgte ihm.

«Die Summe klingt nach finanzieller Unterstützung. Vielleicht eine Verwandte?», spekulierte Juha, als sie saßen. Lux startete den Motor. «Es ehrt dich, dass das deine erste Vermutung ist, Juha.»

Juha dachte einen Moment nach, hob dann den Zeigefinger. «Ah, ich verstehe. Du meinst, er hat eine heimliche Geliebte. Aber irgendwie sah der Schilling nicht aus, als hätte er eine Geliebte.»

«Wie sehen denn Menschen deiner Meinung nach aus, die eine Geliebte haben?»

«Keine Ahnung. Eher wie Patrick Wichmann.»

«Das ist natürlich Quatsch.» Lux grinste, wurde aber gleich wieder ernst. «Meine erste Idee war ehrlich gesagt noch eine andere.»

«Und welche?», fragte Juha und wandte sich Lux zu.

«Unterhalt. Ein Kind mit einer anderen Frau.»

Juha nickte bedeutsam. «Gute Idee!» Er drehte sich zum Beifahrerfenster, schaute hinaus und dachte an Maria.

Juha merkte, dass Lux aus dem Augenwinkel auf sein Handy schielte, es aber sofort wieder verschwinden ließ.

«Okay, Schluss jetzt, was ist da mit deinem Handy los?»

«Wieso?»

«Du schaust nie auf dein Handy, außer es klingelt. Heute allerdings ...» Er unterbrach sich, als er Lux' Lächeln bemerkte. «Hast du eine Freundin oder so?»

«Nein.» Das Lächeln hielt an, und Lux fuhr fort, ohne den Blick von der Straße zu nehmen. «Weiß nicht.»

Er sprach nicht weiter, doch Juha war nun voller Erwartung und schaffte es keine fünf Sekunden, bevor er nachbohren musste. «Ja ... und? Kommt da jetzt noch was?»

Lux lachte auf. «Was denn?»

«Na, irgendeine Geschichte? Oder zumindest, wer es ist, kenn ich sie?»

Lux stutzte. «Was?»

«Ist es Johanna? Oder nein, es ist Selma Burg», frotzelte Juha und erntete einen bösen Blick.

«Nein!», rief Lux.

Juha zuckte mit den Schultern. «Also, wäre ich in deinem Alter ...»

«Es ist nicht Johanna und auch nicht Selma Burg, okay?»

«Okay.» Doch statt es gut sein zu lassen, schaute Juha Lux weiter an, bis der nachgab.

«Es war eine Zufallsbekanntschaft. Wir haben uns in einer Pommesbude getroffen.»

«In einer Pommesbude? Wahnsinn. Und dann?»

«Ich habe sie für eine Obdachlose gehalten und sie gefragt, ob sie was essen möchte.»

Juha antwortete nicht, bis Lux ihn endlich, wenn auch nur kurz, anschaute. «Okay, das klang jetzt eigenartig.»

«Bisschen», sagte Juha zögerlich.

«Das war so eine Art Anti-Romantik. Wie in einem Kaurismäki-Film.»

«Ah, verstehe.»

Lux nickte eifrig. «Jedenfalls haben wir was gegessen, und dann habe ich sie gefragt, ob sie noch was trinken gehen will. Sie hat Ja gesagt.»

«Stark.»

«Aber nur einen Drink, weil sie Ärztin ist und morgen, also heute, Frühdienst hat. Stattdessen wurden es zwei Drinks. Und ich habe ihr meine Nummer gegeben.»

«Und jetzt wartest du die ganze Zeit darauf, dass sie dich anruft?»

«Schreibt. In meiner Generation telefoniert man nicht mehr, wir haben alle höllische Angst vor dem Telefonieren.»

«Ach ja?», fragte Juha.

«Oh ja», sagte Lux.

16

SECHS MONATE ZUVOR

Doktor?»

Der helle Sinuston drang in ihren Kopf und wurde zu einem Tinnitus.

«Doktor Cordes.»

Sie schloss die Augen, öffnete sie wieder und war zurück. Sie schaute auf die Uhr in der Ecke des Überwachungsmonitors. «Zeitpunkt des Todes: einundzwanzig Uhr sechsunddreißig. Machst du zu, Johann? Vielleicht kriege ich meinen Flieger noch.»

Der Assistenzarzt nickte und machte sich ans Werk. «Wo geht's hin?»

Sie zog sich die Handschuhe aus. «Málaga. Nachtflug.»

«Kongress?»

«Nein, privat.» Sie versuchte ein Lächeln. «Nur ein paar Tage», fügte sie hinzu, als müsse sie sich rechtfertigen.

«Ach, schön. Dann wünsche ich eine entspannte Zeit.»

«Danke, Johann. Wir sehen uns am Dienstag.» Sie ging in den Waschraum.

Während sie sich die Hände wusch, betrachtete sie im Spiegel ihr übernächtigtes Gesicht. Unter ihren Augen hingen dunkle Ringe, und das grelle Licht verlieh ihrem ohnehin schon blassen Teint einen ungesunden Grünstich. Sie spritzte sich warmes Wasser über Stirn und Augen und beobachtete im Spiegel, wie es von ihrer Haut abperlte. «Ich komme zu dir.»

Sie hätte sich gerne zuerst umgezogen, aber es war wichtig, dass sie direkt und in ihrer OP-Kleidung vor die Familie des Motorradfahrers trat. Die Angehörigen wollten die Nachrichten, ob es nun gute oder schlechte waren, unmittelbar nach dem Ende der Operation erhalten. Eine Chirurgin, die sie, bereits im Mantel und mit Reisetrolley in der Hand, vom Tod ihres Mannes, Vaters oder was auch immer unterrichtete, hatte nicht ihr Möglichstes getan, um den geliebten Menschen zu retten. Aber das hatte sie, weiß Gott, auch wenn es von Anfang an nicht besonders aussichtsreich gewesen war. Also trocknete sie sich nur das Gesicht ab und ging in den Warteraum. Der Sohn des Motorradfahrers war mittlerweile dazugekommen, etwas älter als sie. Die Ehefrau mochte etwa siebzig sein, und als Ärztin musste sie sich eingestehen, dass es wesentlich einfacher war, einer Ehefrau, die ihre Silberhochzeit bereits hinter sich hatte, vom Tod ihres Mannes zu unterrichten, als einer jungen Mutter mit Kleinkind an der Hand, das überhaupt nicht verstand, was gerade passierte.

Als Mutter und Sohn sie erblickten, wussten sie bereits Bescheid.

«Ihr Mann ist verstorben, es tut mir sehr leid», sagte sie ruhig und in mitfühlendem Tonfall zu der Frau, die, anstatt in Tränen auszubrechen, ihren Sohn in den Arm nahm. «Die Kopfverletzungen waren zu schwer.»

«Ich bin sicher, Sie haben alles getan», sagte die Frau und ließ ihren Sohn los, der sich die Tränen wegwischte.

Sie nickte und formte ein lautloses Ja mit ihren Lippen. Sie merkte, dass weitere medizinische Erläuterungen hier nicht gefordert wurden. «Ich lasse Sie allein, gleich kommt jemand, der alles Weitere mit Ihnen bespricht, sobald Sie sich bereit fühlen.»

Die Frau bedankte sich, und nun füllten sich auch ihre Augen mit Tränen.

«Alles Gute für Sie beide.» Damit drehte sie sich um und ging.

Das Taxi glitt zügig durch die nächtlichen Straßen, vorbei am Eppendorfer Park, und bog dann links auf die Tarpenbekstraße, die als B 433 direkt zum Hamburg Airport führte. Es wurde ihr zu warm, und sie zog ihren Trenchcoat aus. Trotz der Jahreszeit schien der Fahrer die Heizung eingeschaltet zu haben. Sie neigte dazu, zu warme Kleidung anzuziehen, womit man sich in einer Stadt wie Hamburg stets auf der sicheren Seite befand, doch jetzt überlegte sie, ob sie für Südspanien richtig gepackt hatte. Sie hatte spontan den Urlaub erbeten, den Flug gebucht, ihren Koffer gepackt und dabei nicht daran gedacht, dass es in Málaga um die Jahreszeit natürlich viel heißer war als in Hamburg, das sich wie üblich mit bedecktem Himmel, Wind und sechzehn bis achtzehn Grad durch den Frühsommer schummelte. Alsbald nach ihrer Ankunft würde sie sich einen Sonnenhut besorgen.

Einfach mal raus, hatte sie der Personalchefin gesagt, nur ein paar Tage, und sich entschuldigt, dass es so spontan sei. Die Personalchefin hatte im ersten Moment erschrocken geguckt, dann aber abgewunken und gesagt, da schiebe sie schon was zurecht, Frau Doktor habe ja schon ewig keinen Urlaub mehr genommen, da sei es ja dringend an der Zeit. An der Zeit für richtigen Urlaub wäre es tatsächlich. Aber fürs Erste war an Urlaub nicht zu denken. Aus ihrer Handtasche zog sie die Karte. Eine dieser geschmacklosen Postkarten mit mehreren Motiven, die in bunte Kacheln gefasst möglichst viele Eindrücke des Reiseortes vermitteln sollten, dabei aber, wie ihre Schwester immer zu sagen pflegte, lediglich die Unentschlossenheit des Absenders darüber offenbarte, welches der Motive die Großartigkeit seiner Reise am besten zur Schau stellte. «Wir schreiben die Karten ja nicht für uns, sondern für die anderen», hatte ihre Schwester gesagt. «Es geht nicht darum, dass wir zeigen, wie toll unser Urlaub ist, sondern dass wir einen Blick, eine ausgewählte Sache, mit dem Empfänger der Karte teilen wollen. Man schickt ein gutes Foto und keinen Katalog der tollsten Attraktionen.» Dieses Statement hatte sie natürlich zu einer Zeit vorgetragen, als man noch nicht permanent Urlaubsfotos mit dem Handy verschickte. Es könnte die Reise nach Fuerteventura gewesen sein, sie erinnerte sich nicht mehr. Da waren sie fünfzehn und sechzehn Jahre alt, und es war ihr letzter Urlaub gemeinsam mit den Eltern gewesen. Dann war Zu-Hause-Bleiben für eine Weile cooler, und ab achtzehn waren sie alleine unterwegs gewesen. Bei jeder Gelegenheit und immer zu zweit; Interrail durch Italien, Kroatien, dem Sommer hinterher, der einen im tiefsten Dithmarschen zwischen Elbe und Nordsee häufig im Stich ließ. Aber auch nach Schweden und London waren sie zusammen gereist.

Spanien war ihr letzter gemeinsamer Urlaub gewesen, und der lag mittlerweile acht Jahre zurück.

Sie drehte die Karte um und las sie zum hundertsten Mal.

Hallo Schwesterherzchen,
die Costa del Sol hat mich wieder, juhu! Die deutsche Bäckerei «Moin» mit der Hamburger Besitzerin gibt es immer noch, und das Bier in «unserem» Pub schmeckt immer noch wie Balsam für die zerschundenen Seelen unserer Jugend ;) Ich liebe dich – auf immer und ewig.
C.

17

Jochen holte sie an der Tür zu Schillings Wohnung ab und überreichte ihnen Überziehschuhe. «Durch den Zugriff wurde der Tatort natürlich massiv verunreinigt, die Spurensicherung wird eine Weile brauchen. Aber die Dokumentation ist bis auf Weiteres abgeschlossen, darum können wir uns schon mal umschauen.»

«Kannst du uns schon was über den Ablauf sagen?»

Jochen straffte sich und führte die Polizisten hinein. «Schilling war vermutlich bis zu dem Angriff alleine zu Hause. Er hat, wie wir schon wissen, Essen bestellt, geliefert gegen zweiundzwanzig Uhr dreißig an einen quicklebendigen Carsten Schilling. Keinerlei Einbruchsspuren. Wir gehen davon aus, dass er den oder die Täter später hereingelassen hat. Herr van Dahlen, ich meine Hendrik, Henni, hat die Protokolle der Smart-Home-App ausgelesen.»

«Zeigt die App an, wer unten klingelt?», fragte Lux.

«Theoretisch ja. Man kann auch einfach den Türsummer betätigen, aber es kommt aufs selbe hinaus. Schilling wusste, was er tut. Entweder ich erwarte jemanden um diese Zeit, oder ich schaue nach, wer es ist, und überlege mir dann, ob ich die Tür öffne. In jedem Fall hat Schilling die Tür geöffnet. Freiwillig. Um null Uhr sechsundzwanzig wurde die Sauna per App eingeschaltet, während sich das Handy bereits in Patrick Wichmanns Wohnung befunden hat. Ebendort hat Henni die Sauna um acht Uhr siebenunddreißig wieder ausgeschaltet. Das war's.»

«Also wurde die Sauna eingeschaltet, unmittelbar bevor die Meldung über den Schuss ...»

Lux unterbrach Juha. «Das kann nicht sein. Als ich das letzte Mal in der Sauna war, war ich nach zehn Minuten schon halb tot. Völlig unmöglich, dass Schilling so lange in der Sauna überlebt hat.»

Jochen nickte zustimmend. «Ich konnte es mir auch kaum vorstellen, obwohl ich gerne mal ordentlich schwitze, aber tatsächlich kann der menschliche Körper, wenn er gesund ist, solch hohe Temperaturen erstaunlich lange überleben. Ich habe mich bei der Rechtsmedizin schlau gemacht; bei optimalen Bedingungen theoretisch unbegrenzt.»

«Was heißt optimale Bedingungen?», fragte Lux argwöhnisch.

Jochen hielt den Daumen hoch. «Je trockener die Luft, desto besser.» Zeigefinger: «Der Körper muss entkleidet sein, damit der Schweiß verdampfen und die Körpertemperatur sich regulieren kann.» Mittelfinger: «Der Patient muss ausreichend mit Trinkwasser versorgt sein.» Ringfinger: «Hab ich vergessen.»

Juha ging zum Fenster und öffnete es, weil ihm plötzlich warm geworden war. «Passt schon, danke. Todesursache?»

«Herz-Kreislauf-Stillstand. Er kam vom Sport, war also ohnehin schon dehydriert, der Fitteste war er auch nicht. Und es war ihm nicht möglich, sich seiner Kleidung vollständig zu entledigen. Kurz: *keine* optimalen Bedingungen. Nach dreiundzwanzig Uhr gibt es keine Aktivitäten mehr. Wir vermuten daher, dass das ungefähr die Zeit ist, zu der Schilling ...», er suchte nach passenden Worten und scheiterte, «... in die Sauna gegangen ist.»

«Gegangen wurde. Der Täter ist also ungehindert in die Wohnung gelangt. Wie bei Wichmann», sagte Lux.

Juhas Blick verriet ihm, dass sie das Gleiche dachten. «Das schließt weder die Krypto-Raub-Theorie aus noch, dass wir die Täter im Umfeld der Firma suchen müssen.»

«Ihr meint, es war ein Inside-Job?», fragte Jochen.

«Möglich.» Juha schaute sich um. «DNA?»

Jochen lachte wenig ermutigend auf. «Haufenweise Spuren. Sind alle ins Labor gegangen. Aber hier ist natürlich DNA von allen möglichen Leuten: Bewohner, Besucher, Putzhilfe, Polizisten.» Er zuckte mit den Schultern. «Das wird Wochen dauern.» Er ging voraus ins Schlafzimmer, dahinter lag die Sauna, und als Juha sie sah, hatte er das eigenartige Gefühl, dass nicht *er* Carsten Schilling aus der Sauna gezogen hatte, sondern jemand anders. Es war eine Erinnerung, die sich kaum realer anfühlte als ein Traum, an den man sich nur bruchstückhaft erinnert.

«Auch hier keinerlei Spuren eines Kampfes?» Juha wollte sichergehen.

«Nein», sagte Jochen.

Juha und Lux nickten sich zu. «Also wurde Carsten Schilling wahrscheinlich, wie auch Patrick Wichmann, mit einer Waffe bedroht und gezwungen, sich in der Sauna an die Bank zu fesseln.»

«Er ...» Jochen zögerte und musste schlucken. «Die Spuren deuten darauf hin, dass er versucht hat, die Verstrebungen herauszubrechen, es aber nicht zustande brachte. Die sind offenbar stabiler, als sie aussehen.» Er riss sich los und wechselte den Standort. «Was möglicherweise noch interessant ist ...» Er hob einen Zeigefinger und ließ ihn dann ausgestreckt auf den Teppich vor der Wand sinken. «Schaut mal hier.» Juha und Lux kamen näher, wussten aber nicht, worauf Jochen hinauswollte. «Nur noch schwer zu erkennen. Hier vor der Wand sind vier runde Abdrücke im Teppich.»

«Ein Stuhl?», fragte Lux.

Jochen nickte.

Juha sah sich um und zeigte auf eine Ameise, *den* klassischen Holzstuhl des dänischen Designers Arne Jacobsen, der vor dem Sekretär in der Ecke stand. «Da gehört der wohl hin. Warum wurde er zwischenzeitlich umgestellt?» Juha nahm den Stuhl und positionierte ihn so, wie es die Abdrücke suggerierten. «Und warum hier vor die Wand?» Juha schaute an der Wand hinauf, ob es einen Grund gab, den Stuhl als Tritterhöhung einzusetzen, doch es war einfach nur eine weiße Wand. Dann setzte er sich auf den Stuhl.

Lux zog die Augenbrauen hoch: «Du sitzt da, als würdest du ein Interview geben wollen.»

Juha nickte nachdenklich. Jochen nahm die Kamera mit aufgesetztem Blitz und schoss ein Foto von der nachgestellten Situation.

Nachdem er die Wohnung wieder versiegelt hatte, versprach Jochen, sich bei Juha und Lux zu melden, sobald es Neuigkeiten gäbe, sowohl über den Verlauf von Wichmanns Abend als auch von Henni und seinen Recherchen bezüglich des Smart-Home-Systems.

Draußen trennten sie sich, Juha und Lux gingen zu ihrem Auto.

Nach einigen Schritten sagte Lux: «Dreh dich jetzt nicht um.»

18

Der Mann mit der feingliedrigen Statur beobachtete die Polizisten, wie sie zum Auto gingen. Dann trat er aus dem Schatten, in dem er sich die letzten Minuten verborgen gehalten hatte. Er ging zur Haustür, schloss auf und nahm den Fahrstuhl nach oben. Unter der Polizeiabsperrung tauchte er agil hinweg, durchschnitt das Siegel und schloss die Wohnungstür auf. Auch er trug Überziehschuhe über seinen blauen Sneakern, die zwar nicht zum Anzug passten, aber ungemein praktisch waren, wenn es darum ging, sich leise und, wenn es sein musste, auch schnell zu bewegen. Sein Weg führte ihn direkt ins Schlafzimmer, wo er zielsicher das längliche Kästchen unter dem Bett hervorzog. Er öffnete es und prüfte seinen Inhalt. Dann schloss er das Kästchen wieder. Das wäre geschafft. Jetzt nichts wie weg hier.

«Moin!»

Er fuhr herum. Der ältere, blonde Polizist hielt einen Ausweis hoch, der jüngere hatte seine Waffe gezogen.

«Korhonen, LKA Hamburg. Das ist mein Kollege Adisa. Verraten Sie mir mal, was Sie hier machen?» Juha legte seine Hand auf Lux' Waffe, obwohl diese bereits nach unten gerichtet war.

Der asiatisch aussehende Mann schüttelte den Kopf.

«Wie?»

«Ich muss das nicht beantworten», der Akzent war kaum hörbar.

Juha und Lux wechselten einen fragenden Blick. «Sind Sie Anwalt, oder so?»

«Ich arbeite für Frau Schilling», sagte der Mann.

«Und wie heißen Sie?», fragte Lux.

«Yeong-Su Lee», sagte der Mann und deutete eine Verbeugung an. Der Nachname Lee ließ auf eine koreanische Herkunft schließen.

«Und in welcher Funktion sind Sie für Frau Schilling tätig?», fragte Lux, die Hände immer noch um die Waffe gelegt.

Yeong-Su Lee schwieg.

«Antworten Sie nicht, weil Sie uns eben bereits mitgeteilt haben, dass Sie nicht verpflichtet sind zu antworten?», mutmaßte Juha seufzend.

Yeong-Su Lee antwortete abermals mit Schweigen.

«Nehmen wir ihn erst mal fest, oder?», schlug Juha vor. Lux nickte.

Der Koreaner seufzte, schien aber ein Stück weit aufzutauen. «Ich bin privat im Auftrag von Frau Schilling hier. Sie bat mich, ihr etwas zu bringen.»

Juha entspannte sich ein wenig und musterte das Kästchen, das der Koreaner an die Brust gedrückt hielt. «Frau Schilling hat uns bereits von Ihnen erzählt, Sie haben sie über den Tod ihres Mannes informiert und uns danach an der Kreuzung fast über den Haufen gefahren. Stimmt's?»

Der Koreaner verfiel zurück in Schweigen.

«Wie haben Sie vom Tod Carsten Schillings so schnell Wind bekommen?»

Ein Lächeln zeichnete sich unter seinem feinen Schnauzbart ab. «Ich verdiene mein Geld als ...»

«Sie sind ein Schnüffler, schon kapiert», sagte Juha.

Yeong-Su verzog ob der wenig schmeichelhaften Bezeichnung seines Berufsstandes keine Miene. «Um genau zu sein: ein besonders guter Schnüffler.»

Lux steckte seine Waffe weg. «Wenn Sie so plietsch sind,

dann helfen Sie uns doch bei unserer Schlussfolgerung. Kurz nachdem die Polizei die Leiche von Carsten Schilling findet, sind Sie bereits im Bilde und haben die Frau des Opfers darüber informiert. Am nächsten Tag brechen Sie in eine Wohnung ein, die ein Tatort ist, und entwenden diesen Gegenstand, den Sie da in der Hand halten. Was sollen wir mit diesen Tatsachen anfangen?»

Yeong-Su drückte das elegante, längliche Kästchen unwillkürlich fester an sich. «Ich bin nicht eingebrochen. Ich habe einen Schlüssel benutzt.»

«Wie konnten Sie so schnell vom Tod Carsten Schillings erfahren? Und was ist in dem Kästchen da?», beharrte Lux.

Lee Yeong-Su sah auf das Kästchen. «Zwei Möglichkeiten. A: Ich bin nicht nur Schnüffler, sondern auch Auftragsmörder und habe gestern meine Auftraggeberin vom Erfolg meiner Mission informiert. Jetzt bin ich hier, um Beweise zu vernichten. Oder ...»

«Wir sind ganz Ohr.»

«B: Ich bin einfach wirklich ein besonders guter ‹Schnüffler› und verstehe mein Handwerk, weswegen ich meine Ohren überall habe und alsbald vom Tod Carsten Schillings Kenntnis hatte. In diesem Moment befinde ich mich am Tatort, der gleichzeitig die Wohnung meiner Klientin ist, um ihr einen persönlichen Gegenstand zu überbringen. Nun müssen Sie entscheiden, welche Schlussfolgerung Ihnen geeigneter erscheint.»

«Mir gefällt A», sagte Lux scharf, ohne sein Gegenüber aus den Augen zu lassen.

«Leider falsch. Und vom Tod Herrn Wichmanns habe ich im Übrigen erst heute erfahren», sagte Yeong-Su Lee, abermals mit der Andeutung einer Verbeugung. «Viel Glück beim nächsten Mal.»

«Okay. Schluss mit dem Schwachsinn.» Juha merkte, dass Lux sauer wurde. «Was ist in der Kiste?»

«Wie gesagt, ein persönlicher Gegenstand. Frau Schilling hat sich auf eigenen Wunsch in eine Spezialeinrichtung zur Erholung begeben und bat mich, ihn ihr zu bringen.»

Juha wollte nachfragen, doch Yeong-Su kam ihm zuvor. «Der Gegenstand in dieser Kiste dient gewissermaßen der Genesung meiner Klientin.»

«Ich verstehe nur Bahnhof», sagte Juha.

«Er dient zur Entspannung», sagte der Koreaner.

Lux fuhr fast aus der Haut. «Sie wollen uns ernsthaft weismachen, dass Sie in eine Wohnung einbrechen, um ...»

«Ja», sagte der Detektiv rasch. «Aber wie gesagt, ich bin nicht eingebrochen, ich habe ...»

«Okay, ich hab die Faxen dicke. Das Ding ist konfisziert.»

Yeong-Su hielt Juha, ohne Zögern, das Kästchen hin. «Bitte, wenn Sie darauf bestehen.»

Lux nahm es und wog es prüfend in den Händen. Dann öffnete er es und schloss es gleich wieder.

Juha wollte sich gerade beschweren, als ihm Lux' entgeisterter Gesichtsausdruck auffiel. «Gib her!»

Stattdessen öffnete Lux das Kästchen wieder und zeigte Juha den Inhalt, wobei er es vermied, selbst hineinzusehen.

«Was zur Hölle ...?»

In der Kiste lag, auf rotem Samt gebettet, eine schwarze künstliche Affenhand, etwa so groß wie ein Babyarm.

«Was soll das?», fragte Juha.

«Es handelt sich um einen Rückenkratzer», sagte Yeong-Su, als sei es eine Selbstverständlichkeit.

«Ich glaub's nicht. Dafür haben Sie ein polizeiliches Siegel gebrochen und eine beschlagnahmte Wohnung betreten? Sie haben sich strafbar gemacht, Herr Lee.»

Der Detektiv nickte. «Darüber bin ich mir im Klaren und bitte die Herren Polizisten, ein Auge zuzudrücken. Immerhin geht es hier wirklich nur um einen Rückenkratzer.»

«Wo waren Sie vorgestern Nacht?»

Yeong-Su musste nicht überlegen. «Ich habe Carsten Schilling observiert. Nach der Arbeit fuhr er nach Hause, ging dann gegen halb acht ins Fitnessstudio um die Ecke, wo er bis neun Uhr blieb, und war um Viertel nach neun wieder in seiner Wohnung. Gegen halb elf brachte ein Bote eine Pizza.» Er hielt den Zeigefinger hoch, um zu betonen, dass es sich um eine einzige Pizza gehandelt hatte. «Ich rechnete nicht damit, dass noch etwas passierte, weswegen ich die Observation abbrach.»

«Und wieso haben Sie Carsten Schillings Wohnung observiert?»

Yeong-Su schüttelte vorsichtig den Kopf. «Darf ich Sie bitten, darüber mit Frau Schilling persönlich zu sprechen?»

Der Koreaner war nicht verpflichtet zu antworten, und Juha respektierte seine beruflich bedingte Diskretion. «Na fein, was haben Sie anschließend getan?»

«Von dreiundzwanzig Uhr bis etwa ein Uhr war ich in einer Lokalität namens *Thai-Lagoon*. Man wird sich an mich erinnern, ich habe dort gesungen.»

«Gesungen?», fragte Lux verblüfft.

«Karaoke. *Rocket Man* von Elton John, *Paint It Black* von den Stones und kurz vor Feierabend einen Schlager aus meiner Heimat. Fragen Sie nach; ein Karaoke singender Koreaner fällt auf.»

Juha und Lux schauten sich an. Unnötig zu erwähnen, dass sie das überprüfen würden.

«Wie können wir Sie erreichen?», fragte Lux, und noch bevor er den Satz beendet hatte, hielt ihm der Detektiv bereits eine Visitenkarte hin. «*Yeong-Su Lee enttäuscht Sie nie*. Stets zu

Diensten.» Lux nahm die Karte. «Darf ich annehmen, dass unser Zusammentreffen hier vorläufig beendet ist?»

Zwei uniformierte Polizisten betraten die Wohnung. Sie hatten ihre Holster geöffnet, entspannten sich aber sofort, als sie sahen, dass die Kollegen die Situation offenbar unter Kontrolle hatten.

«Ach, da seid ihr ja endlich.» Juha drehte sich wieder zu Yeong-Su um. «Herr Yeong-Su Lee, Sie sind vorläufig festgenommen, wegen Siegelbruchs und des Verdachts auf Beweisvernichtung. Außerdem besteht Fluchtgefahr.» Der letzte Satz galt den Uniformierten, bevor er sich wieder an Yeong-Su wandte. «Die Begründung der Ingewahrsamnahme wird Ihnen alsbald auch schriftlich mitgeteilt.»

Yeong-Su atmete ermattet aus. Offenbar hatte er wirklich geglaubt, einfach davonspazieren zu können. «Entschuldigen Sie, wenn wir uns missverständlich ausgedrückt haben. Wir danken für Ihre Kooperationsbereitschaft.» Lux konnte eine gewisse Schadenfreude nicht verbergen.

Einer der Uniformierten machte eine einladende Geste, und Yeong-Su setzte sich mit unbeirrbarer Würde in Bewegung.

«Ach, eins noch», fiel es Juha ein, als die drei schon fast aus der Tür waren. «Wo hält sich Frau Schilling derzeit auf?»

«Das Etablissement heißt *Schlossklinik zum Waldblick*.»

Juha nickte.

«Es war mir dennoch eine Freude.» Yeong-Su verbeugte sich ein letztes Mal und verließ mit den Beamten die Wohnung.

Juha schaute ihm nach, während Lux wieder das Kästchen betrachtete.

«Netter Typ», sagte Juha.

«Nur seinen Slogan sollte er vielleicht noch mal überdenken.»

Sie warteten vor dem Fahrstuhl, in dem Yeong-Su und die Uniformierten gerade abwärts fuhren, und starrten auf die Etagenanzeige, die wie ein Countdown runterzählte. Juha schielte auf das Kästchen in Lux' Hand.

Lux folgte seinem Blick und öffnete das Kästchen erneut. Juha nahm das Teil heraus. Am Ende des mit Kunstfell bezogenen Unterarms war ein Zugmechanismus, den man mit zwei Fingern betätigen konnte, woraufhin sich die Affenhand öffnete und wieder schloss.

Juha ließ die Affenhand ein paarmal auf- und zugehen und kratzte Lux dabei am Arm.

«Nimm das gefälligst weg.»

«Hehe.»

Der Fahrstuhl war indessen wieder oben angekommen, und sie stiegen ein.

«Ich fass es nicht. Wir kutschieren wirklich eine Affenhand zu einer exzentrischen, reichen Witwe auf den Zauberberg.»

«Tun wir natürlich nicht, halt mal bitte einen Beutel auf.»

Lux wirkte irritiert, gehorchte aber. Er zog einen Beweissicherungsbeutel aus der Manteltasche und hielt ihn Juha geöffnet hin. Der drehte das Handgelenk des grotesken Gebildes. Dann zog er die Hand ab und hielt den flauschigen Unterarm mit der Öffnung nach unten. Ein kleiner, silberner USB-Stick fiel heraus und landete in dem Beutel.

«Das war mir natürlich auch klar», sagte Lux kleinlaut.

«Natürlich war es das. Du bist schließlich genauso schlau wie ich.»

Sie verließen das Gebäude und gingen in Richtung Auto, das sie hinter der nächsten Ecke geparkt hatten.

«Wir sind uns aber trotzdem einig, oder?», fragte Juha, als die Türen des Fahrstuhls sich öffneten.

«Worüber?»

«Dass es Antwort B war?»
Lux gab nur ein gedämpftes Grummeln von sich.
«Lucas Adisa ... keiner löst den Fall wie dieser», sagte Juha.
Lux' Mundwinkel verspannten sich. Aber nur kurz.

19

«Wir haben was für dich.»

Hennis Augenbrauen schnellten nach oben, während sein Kinn nach unten fiel. «Der Raketenschlüssel.» Er empfing den transparenten Beweisbeutel mit dem Stick, als überreiche man ihm den Heiligen Gral. «Ich nehme den Rechner vom Ethernet, wir wollen uns ja nichts einfangen.» Er zog sich Handschuhe an und öffnete den Beutel. «Dann schauen wir mal. Leute, ich bin gespannter, als ich aussehe.» Er steckte den Stick in den Port und vergrub das halbe Gesicht in den Händen. Nach wenigen Sekunden öffnete sich das Laufwerk und zeigte eine Videodatei mit generischem Dateinamen, der auf ein Handyvideo schließen ließ. Henni starrte regungslos auf die Datei, dann blickte er noch einmal in die Runde, bevor er sich selber zunickte und die Datei anklickte. Es war tatsächlich ein Handyvideo, aufgenommen an einem schummrigen Ort. Hier und da aufflackerndes, buntes Licht brach sich in der überforderten Linse, Stimmengewirr war zu hören. Dann ging ein Spot an und erhellte einen Bereich mittig im Bild.

«Okay, was ist das?» Henni kniff die Augen zusammen, er flüsterte vor Anspannung. «Was sehen wir hier?»

Musik, ein dumpfes Klavier, setzte ein. Henni hob den Zeigefinger und riss die Augen auf, als müsste er darauf hinweisen, dass es jetzt spannend wurde. Das Klavier wechselte sanft den Akkord. «Ich hab's gleich», sagte Henni. Da trat eine Gestalt in den Lichtkreis und hob etwas zum Mund. «She packed my bags last night ...»

Henni haute auf den Tisch. «*Rocket Man*! Natürlich.» Er lehnte sich zufrieden zurück.

Lux senkte den Kopf und rieb sich die Nasenwurzel. Während Yeong-Su wie um sein Leben sang – sein im Deutschen dezenter koreanischer Akzent war im Englischen tatsächlich wesentlich stärker –, wandte sich Juha ab und entfernte sich ein paar Meter. «I'm a rocket maaaaan, rocket maaan, burning out his fuse up here alone ...», wehte es ihm sanft hinterher. Mit ein paar Schritten war er zurück bei Henni.

«Mach das aus.» Henni schaltete ab, und Juha raufte sich die Haare. «Okay, er hat uns irgendwie verarscht. Aber wie?» Er schaute Lux auffordernd, fast vorwurfsvoll an.

«Er muss den Stick ausgetauscht haben.»

«Ja, aber wann denn?», fluchte Juha.

«Noch bevor wir hereingekommen sind und ihn überrascht haben.»

Juha sackte ein wenig in sich zusammen. «Du meinst, wir haben ihn *nicht* überrascht?»

«Möglicherweise nicht, nein.»

«Er hat also gemerkt, dass wir ihm gefolgt sind, und hat den Stick schnell ausgetauscht.» Juha hieb mit der Faust in die Luft. «Verdammt, er ist wirklich ein verflucht guter Schnüffler.»

«Jetzt mal nicht gleich die Flinte ins Korn geworfen», sagte Lux. «Er wurde von der Wohnung ja direkt hierher ins Präsidium gebracht. Hier hat man ihn durchsucht. Der echte Stick kann also nicht weit sein.»

«Er kann ihn auch zwischen Auto und Haustür in einen Gully geworfen haben, so flink, wie der mit den Fingern ist», fluchte Juha.

«Fragen wir ihn», schlug Lux vor.

«Der sagt doch nichts», brauste Juha auf. Er ärgerte sich über sich selbst.

«Okay, ganz ruhig», sagte Henni mit seiner weichsten

Stimme. «Als Erstes rufe ich mal unten an.» Er nahm das Telefon und drückte die Durchwahl. «Moin, van Dahlen hier, Soko Eisbaden. Eine Frage, ein Herr ...» Er schaute zu Lux.

«Yeong-Su Lee!»

«Gehört? Gut, ihr habt bei dem nicht zufällig einen USB-Stick sichergestellt?»

Henni lauschte einen Moment, nickte dann. «Aha. Aha? Ja. Vielen Dank.»

Lux und Juha drückten gespannt die Daumen, als Henni auflegte und sich zu ihnen umdrehte. «Also?»

«Fehlanzeige. Der Beamte sagt, er habe nichts Auffälliges dabeigehabt. Handy, Schlüsselbund, Brieftasche. Und jetzt wäre es sowieso egal.»

«Wie, egal?», fragte Juha verdutzt.

Henni schürzte die Lippen auf eine Weise, die Juha ganz und gar nicht gefiel. «Er hat seine Sachen schon wieder und ist in diesem Moment aus der Tür raus.»

Lux war ebenfalls schon fast aus der Tür.

«Wie raus? Was heißt raus? Der war *in Gewahrsam zu nehmen.*» Juha betonte jedes einzelne Wort wie einen Hammerschlag, der letzte krachte wortwörtlich auf den Tisch.

«Der Anwalt von Helle Schilling war noch vor ihm hier und ...»

Doch Juha war bereits hinter Lux her.

«Halt, Stopp!», rief Henni, seine Stimme nun gar nicht mehr weich. Juha erstarrte, und selbst Lux, der schon zehn Meter weiter war, hielt inne. Sie drehten sich zu Henni um, der sich gerade in den zweiten Ärmel seiner gelben Softshell-Jacke kämpfte. «Er kennt euch. Und er ist offenbar auf Zack.» Mit einem Ruck zog er sich den Reißverschluss bis zum Kinn hoch. «*Ich* werde gehen.»

Juha war unschlüssig, wie ihm die Idee gefiel; obgleich

Henni natürlich recht hatte. Wenn sie ihn jetzt observierten, war das Risiko hoch, dass Yeong-Su es bemerken würde. «Henni, der Mann ist ein Profi.»

Doch Henni war entschlossen. «Das bin ich auch.» Er aktivierte sein Headset und marschierte mit weiten Schritten los, vorbei an Juha und Lux, durch den Flur, bevor er vor dem Fahrstuhl anhielt und den Rufknopf drückte.

Nach einer Weile öffneten sich die Türen, Henni stieg ein, drehte sich zu ihnen um und reckte den Daumen. Er schien wirklich zu allem bereit. Dann schlossen sich die Türen, und Henni und sein Daumen wurden vom Fahrstuhl verschluckt.

20

«Check, check. Hört ihr mich? Verlasse jetzt den Fahrstuhl und gehe auf die Sicherheitsschleuse zu.»

«Ja, wir hören dich, Henni. Over», gab Juha zurück.

«Juha, wir sprechen über ein Telefon. Man braucht nicht ‹over› zu sagen», kam es von Henni zurück.

«Ach so, alles klar.» Juha biss sich grinsend auf die Unterlippe. «Ich dachte, das macht es ein wenig authentischer.»

«Juha, das ist genau das Gegenteil von authentisch.»

«Alles klar, hab verstanden, Henni.»

Juha saß vor dem Handy, das auf dem Tisch lag und auf laut gestellt war. Lux lief unruhig hin und her. «Ich kann's immer noch nicht glauben, dass wir Henni allein losgeschickt haben. Hätten wir nicht wenigstens Jochen schicken können?»

Juha schüttelte den Kopf. «Den kennt er doch auch. Er muss ihn bei der Wohnung gesehen haben.»

Lux wippte von einem Fuß auf den anderen. Dann kam er zum Tisch und stützte die Hände auf. «Und? Bist du an ihm dran, Henni?»

Für einen Moment hörte man nur Hennis rhythmisches Atmen und seine Schritte auf Asphalt. «Ich sehe ihn», kam es dann aus ihren Kopfhörern. «Er ist noch auf dem Gelände, geht gleich durch die Schranke. Ich bin dran.» Wieder schweres Atmen, eher Schnaufen, Henni schien jetzt zu rennen.

«Er wartet an der Bushaltestelle. Ampel rot, Bus kommt um die Ecke. Ich renne, kann es schaffen.» Heftiges Atmen, wildes Autohupen, Geraschel, undefinierbare Klangkulisse, dann nur noch abgehetztes Keuchen. «Okay ... ich ... bin ... drin.»

«Nächster Halt: Sydneystraße», sagte eine entfernte Stimme.

«In einer knallgelben Jacke.» Lux bedeckte die Augen.

Eine Weile lang hörten sie nichts außer Hennis Atmen, das sich langsam beruhigte, und die automatischen Ansagen der Haltestellen. Dann meldete er sich endlich. «Zielperson steigt aus. Ich hänge mich dran. Sieht aus, als würde er zur S-Bahn wollen.»

Lux hatte sich inzwischen auf einen Stuhl neben Juha gesetzt und warf einen schnellen Blick auf sein Telefon, was Juha mit einem Grinsen quittierte, dann starrten sie auf den Bildschirm, obwohl dort nichts zu sehen war, außer die Hieroglyphen aus dem Smart-Home-Protokoll. «Ob er wieder in Schillings Wohnung will?»

«Vielleicht hat er den Stick wirklich dagelassen.»

«Er nimmt die Bahn Richtung Süden», vermeldete Henni wie zur Bestätigung. «Haben Sie mit mir gesprochen, junger Mann?», erklang es dumpf durch das Telefon. Henni antwortete flüsternd: «Nein, ich telefoniere nur, ich habe so ein Ding im Ohr. Sehen Sie? Hier.»

Wieder vergingen einige Minuten, ohne dass sich etwas tat. «Sollten wir vielleicht eine Streife anfordern?», schlug Lux vor. «Also, falls er wirklich noch mal in Schillings Wohnung einsteigt. Nicht, dass Henni einen Alleingang wagt und Yeong-Su zum Duell fordert.»

Juha schmunzelte. «Ja, können wir machen. Die sollen auf Abstand und in Deckung bleiben. Zugriff, sobald Yeong-Su wieder in die Wohnung geht.»

«Haben den Zug verlassen. Die Zielperson geht zu Fuß weiter, Richtung Wohnung.»

«Henni, wir haben eine Streife alarmiert. Die sind jeden

Moment bei dir und greifen ein, falls es brenzlig wird. Ich will keinen Alleingang von dir sehen, verstanden?»

«Ich habe verstanden.» Hennis gepresste Stimme zeugte von steigendem Adrenalinspiegel.

«Was siehst du, Henni?»

«Die Zielperson geht auf die Wohnung zu.»

Lux hatte parallel die Kollegen am Handy, um ihnen den Startschuss zu erteilen. Juha wollte ihm gerade das Zeichen geben, als Henni sagte: «Abbruch, Abbruch. Zielperson geht nicht in die Wohnung, wiederhole, geht *nicht* in die Wohnung.»

«Wartet», sagte Lux am Telefon.

«Was macht er?», fragte Juha und hörte Henni im selben Augenblick tief seufzen. «Es ist vorbei, Leute.»

«Was? Was ist vorbei?»

«Er ist in ein Auto gestiegen und weggefahren. Verdammt. Er hat hier nur seinen Wagen abgeholt.»

«Ich melde mich gleich noch mal», sagte Lux zu den Kollegen im Streifenwagen und legte auf.

«Was nun?», fragte Henni.

«Warte mal kurz, Henni.» Juha nahm die Kopfhörer ab und wandte sich an Lux. «Der hat den Stick noch dabeigehabt, oder?»

«Wie auch immer er das gemacht hat, aber ja, sieht so aus», bestätigte Lux.

«Und jetzt fährt er zu Helle und bringt ihr das Ding. Den echten Stick.»

Lux nickte nur, und Juha setzte das Headset wieder auf. «Henni?»

«Bin hier.»

«Guter Einsatz. Wir denken, dass er den Stick noch hat und jetzt zu Helle fährt. Wir fahren los und fangen ihn ab.»

«Check. Ach, Leute …?»

«Ja?», fragte Juha, der schon fast aufgelegt hatte.

«Wie komme ich wieder zurück?»

«Richtig. Wir sagen den Kollegen im Streifenwagen, dass sie dich einsammeln sollen. Wir brauchen dich, Jochen und Selma in einer Stunde im Hauptquartier.»

«Verstanden, Juha. Over and out.»

21

Yeong-Su parkte seinen Wagen vor der *Schlossklinik zum Waldblick* im Süden Hamburgs und stieg aus. Er war recht zufrieden mit sich, weil er den Polizisten in der knallgelben Jacke erst durch die halbe Stadt geschleift und dann einfach in der Hafencity hatte stehen lassen. Er betrat das Foyer durch den Haupteingang und nickte dem Desk-Manager zu, der ihn bereits kannte und mit einem Kopfnicken nach draußen in den Garten wies.

«Moin.»

Yeong-Su erstarrte, drehte sich um. Diesmal hatte er es wirklich vermasselt.

«Herr Lee ...»

«Die Herren Korhonen und Adisa, ich bin sehr erfreut, Sie wiederzusehen.»

«Das bezweifle ich», sagte Juha und streckte seine Hand aus. «Ihre Gesangsperformance war nicht übel, aber jetzt möchte ich Sie bitten, uns den echten Stick auszuhändigen.»

Yeong-Su schien einen Moment zu überlegen, ob er aus der Nummer irgendwie noch herauskam. Er sah auf Juhas geöffnete Hand, warf einen Hilfe suchenden Blick in den Garten – wo er Helle Schilling zu vermuten schien – und griff dann in seine Jackentasche. Zum Vorschein kam ein Schlüsselbund. Daran hing ein unscheinbarer Anhänger.

Sie sahen Helle Schilling schon von Weitem. Sie saß in einem Holzpavillon im Garten der Privatklinik, am Ufer eines großen Teichs. Der Pfleger, der ihnen den Weg gewiesen hatte, schaute ihnen noch einen Moment nach, bevor er die große Flügeltür wieder schloss.

Helle Schilling schien sie zunächst nicht zu bemerken, als sie die zwei Stufen zum Gartenpavillon hinauftraten.

Juha setzte sich in einen gepolsterten Korbsessel, Lux lehnte sich an das Geländer.

«Hallo, Frau Schilling», sagte Juha und schaute wie sie auf den Teich. Er war darauf bedacht, keinen Druck aufzubauen, da der Pfleger sie gewarnt hatte, Frau Schilling befände sich in keinem allzu guten Zustand. «Wie geht es Ihnen?»

Sie lachte kurz auf. «Ich war schon ein paarmal hier. Es ist nicht alles Gold, was glänzt.»

«Was meinen Sie?»

Sie drehte sich zu Juha um. «Ich bin mit Geld aufgewachsen. Aber ich war immer ein trauriger Mensch. Und ein neidischer Mensch. Können Sie das glauben? Aber das ist es, woran die Welt am meisten krankt. Am Neid. Neid auf die Anerkennung, die anderen zuteilwird, auf Erfolg, auf Liebe, die man selbst nicht bekommt.»

Juha stellte das elegante Kästchen neben ihr auf den Beistelltisch. «Wir haben Ihren Privatermittler kennengelernt.»

«Offensichtlich. Haben Sie vielleicht eine Zigarette?»

«Ich rauche nicht», sagte Juha. «Also nicht mehr. Eigentlich.»

«Ich auch nicht mehr. Eigentlich.» Helle Schilling lachte leise auf. «Danke jedenfalls für das Kästchen.»

«Leider ist der Stick nicht mehr drin.»

«Zu schade.»

«Was ist auf dem Stick?»

Sie schüttelte versonnen den Kopf. «Nichts, das für Ihren Fall von Bedeutung wäre.»

«Sie werden verstehen, dass es mir schwerfällt, das einfach so zu glauben.»

«Glauben Sie, was Sie wollen. Sie werden auf dem Stick nichts finden, das Ihnen weiterhilft.»

«Sondern?» Juha war selbst überrascht, dass seine Neugierde stärker war als seine Ungeduld.

«Wenn Sie meine offizielle Aussage möchten, dann in Anwesenheit meines Anwaltes.»

«Das ist Ihr gutes Recht. Fühlen Sie sich in der Lage, uns zu begleiten?»

Sie nickte und erhob sich langsam, ohne den Blick vom Teich abzuwenden, als warte sie darauf, dass das Wasser ihr noch irgendetwas mit auf den Weg geben wollte.

22

Schön, dass wir zusammengefunden haben. Bis auf – schon wieder – Selma Burg. Wo ist Selma Burg?» Juhas Frage war an Jochen und Henni gerichtet. Jochen zuckte mit den Schultern und gab die Frage mit einem Blick an Henni weiter, der ebenfalls den Kopf schüttelte und seinen Laptop hochfuhr. «Hab ihr Bescheid gesagt, woraufhin sie sagte: ‹Oh, das trifft sich gut.› »

«Klingt vielversprechend. Ich erinnere daran, dass wir Frau Schilling in diesem Moment schmoren lassen, was ihrem Anwalt nicht gefallen wird. Trotzdem will ich wissen, was auf diesem Stick ist, bevor ich mich mit ihr befasse. Außerdem platze ich vor Neugier. Wenn ich dich also bitten dürfte, Henni.» Juha schob den Stick, der bereits neben Henni auf dem Tisch lag, noch weitere zehn Zentimeter in seine Richtung. Dann setzte er sich und verschränkte die Finger.

Zwei ereignisreiche Tage waren seit den beiden Toten vergangen. Juha merkte, wie zehrend sie gewesen waren, und hoffte, dass sich durch die Auswertung des Sticks endlich eine handfeste Spur ergeben würde. Doch in dieser Hoffnung schwang noch etwas anderes mit: präventive Ernüchterung. Helle Schilling und Yeong-Su Lee waren ihnen widerstandslos gefolgt. Beide hatten dabei nicht im Entferntesten nervös gewirkt, was wiederum Juha nervös machte. Wenn es sich bei dem Stick tatsächlich um ihren «Raketenschlüssel» handelte, hieß das zunächst einmal gar nichts, außer dass Helle ihn dringend genug wollte, um ihren Getreuen Yeong-Su dafür sogar mit einer illegalen Handlung zu beauftragen. Die scherzhafte Bezeichnung «Raketenschlüssel», die sie mittlerweile in der Soko alle übernommen hatten, war zum Symbol für eine Sache geworden, deren Sinn und Zweck ihnen bislang verborgen blieb, dem aber alle das Potenzial beimaßen, ihnen bei der Aufklärung des Falls den entscheidenden Hinweis zu liefern. Auch Juha hoffte, dass sich auf dem Stick, den Henni gerade in seinen Laptop steckte, ein Puzzleteil befand, das aus dem abstrakten Mosaik ein schlüssiges Gesamtbild entstehen ließ. Es lag jetzt in des Affen Hand.

«Es könnte ein Dongle sein», sagte Henni mit schwer konzentriertem Blick auf den Monitor. «Also ein Programm, das sich, wenn der Stick eingesteckt wird, mit einem anderen Programm verbindet.»

«Eine Art Trojaner?», fragte Lux.

Henni schmunzelte. «Nicht wirklich, Dongles können alle möglichen Zwecke erfüllen, häufig dienen sie einfach als Kopierschutz. Eine Lizenz wird darauf gespeichert, und ich kann das entsprechende Programm nur öffnen, wenn ich den Stick einstecke. Aber das hier ist irgendwas anderes.» Er scrollte noch ein bisschen in dem Quellcode herum, wirkte dabei aber nicht, als käme ihm eine Erkenntnis.

«Moment. Hier ist so was wie ein Protokoll.» Er scrollte durch eine Art Tabelle, und sein zunehmendes Nicken verriet, dass er zu verstehen begann. «Daten und Beträge, in Bitcoin. Ich beginne zu ahnen, womit wir es hier zu tun haben.»

«Spann uns nicht auf die Folter.» Lux hatte sich zwischen Juha und Henni gedrängt. Auch Jochen versuchte, über ihre Köpfe hinweg etwas zu erkennen.

«Rundungsdifferenzen», sagte Henni knapp.

«Was?»

Von Henni war ein amüsiert sarkastisches Schnauben zu vernehmen. Nein, das war kein Sarkasmus, merkte Juha; das war Anerkennung. «Rundungsdifferenzen, Juha. Das kommt naturgemäß bei jeder Bank vor, allerdings liegen die Differenzen im Centbereich. Wenn du auf deinem Girokonto fünfzig Komma null, null, zwei Euro hast – also fünfzig Euro und null Komma zwei Cent –, dann rundet die Bank das ab, und du hast nur fünfzig Euro auf dem Konto. Die null Komma zwei Cent besitzt du nur theoretisch, aber kannst sie weder auf deinem Kontoauszug sehen noch dir auszahlen lassen. Würde die Bank diesen Winzbetrag einfach behalten, würdest du es nicht bemerken.»

«Damit könnte ich leben», sagte Juha.

«Genau deswegen bemerkt es auch niemand. Weil es nicht wehtut. Wenn man den Vorgang allerdings immer und immer wiederholt, kann da eine Stange Geld zusammenkommen.» Henni zuckte mit den Schultern. «Das ist natürlich vereinfacht erklärt.»

«Aber sehr anschaulich», bemerkte Lux und lugte unauffällig auf sein Handy.

«Okay, ich hab's grundsätzlich verstanden», sagte Juha und streckte sich, weil er vom Krumm-Dastehen und Auf-Bildschirme-Starren ganz verspannt war. «Von wie viel Geld sprechen wir hier? In Euro, bitte.»

Henni hob die Hand, während er mit der anderen ein paar Klicks vollführte. «Ich denke, ich kann es euch genau sagen. Das Geld wurde in Euro umgewandelt und wenn man die Beträge aller Transaktionen zusammenrechnet ... haltet euch fest: sechsundvierzig ...»

«Sechsundvierzig Millionen Euro?!», brach es aus Jochen heraus. Das Raunen, das jetzt durch den Raum ging, wurde in Sekundenschnell zu einem lautstarken Orkan des Unglauben.

«Leute ...», versuchte es Henni.

«Sechsundvierzig, mein lieber Schwan ...»

«So viel Geld!»

«Leute ...», versuchte es Henni erneut vergeblich, dann

schlug er auf den Tisch, und es wurde still. «Es sind nicht sechsundvierzig Millionen.»

«O Gott, es sind Milliarden», flüsterte Jochen in die entstandene Pause und hielt sich beide Hände vor den Mund.

«Es sind gut sechsundvierzig*tausend* Euro.»

Stille.

«So!», sagte Henni und ließ sich in seinen Bürostuhl sinken.

Niemand sagte etwas, bis Juha sich etwas verlegen räusperte. «Also wär für mich ja auch 'ne Menge Geld.»

Einvernehmliches, gegenseitiges Zunicken.

Lux machte eine Geste, die an einen Dirigenten erinnerte, der das Orchester zum Schweigen brachte. «Okay, dann mal Klartext. Jemand, mutmaßlich Carsten Schilling, dessen Stick das ja hier ist – denn ich glaube, wir alle sind uns einig, dass nicht Helle Schilling diesen Code geschrieben hat ...»

«Zum Punkt bitte», sagte Juha.

«Carsten Schilling hat einen Algorithmus in den Coin-Rockers-Code eingeschleust und so die Kunden betrogen. Dabei hat er einen Betrag erzielt, der sicherlich weniger als die Hälfte seines Jahresgehalts ausmacht. Zudem war er mit einer Milliardärin verheiratet. Seit wann macht der das, Henni, von wann ist der erste Eintrag?»

«Seit etwa drei Jahren», vermeldete Henni knapp.

Lux hob fragend die Arme und schaute in die Runde. «Sechsundvierzigtausend Euro in drei Jahren. Wahnsinn. Bin ich der Einzige, dem das irgendwie komisch vorkommt?»

«Nein, natürlich nicht», bestätigte Juha. «Ich glaube, jetzt ist es an der Zeit, dass wir uns noch mal eingehend mit Helle Schilling unterhalten.» Er stand auf.

«Wart mal, Juha», bremste ihn Lux. «Was ist, wenn er das Geld für diese Claudia Cordes brauchte?»

Juha setzte sich wieder. «Passt das denn?»

Lux, der sein Handy ohnehin keine Sekunde aus der Hand gelegt hatte, begann, auf das Display zu tippen. «Tausendzweihundert Euro im Monat hat er an sie gezahlt, mal sechsunddreißig Monate ...» Er zog wissend eine Augenbraue hoch und zeigte den anderen sein Display. «Dreiundvierzigtausend Euro.»

Juha gab ein nachdenkliches Brummen von sich und wandte sich an Jochen. «Gibt es inzwischen mehr Informationen über diese Claudia Cordes?»

«Momentchen», sagte Jochen und wählte eine Nummer auf seinem Handy. «Hi, Tina, kannst du uns kurz deine Infos über Claudia Cordes mitteilen?» Er stellte das Handy auf laut, und zuerst vernahm man nur das Klickern einer Tastatur im Hintergrund, bevor sich Tina zu Wort meldete. «Wir haben noch nicht viel über Frau Cordes. Gemeldet in Hamburg, bei ihrer Schwester, hat Medizin studiert, ohne Abschluss. So viel von offizieller Seite. Auf ihren Social-Media-Kanälen nennt sie sich Chloe, wir sind weiter da dran.»

«Keine Kinder», stellte Lux mehr fest, als dass er fragte, doch Tina antwortete trotzdem. «Nein, keine Kinder.»

«Alles klar, danke, Tina.»

Jochen legte auf und zuckte mit den Schultern. Juha stand auf. «Okay. Komm, Lux, legen wir los.»

23

Frau Schilling. Klären Sie uns bitte auf. Und lassen Sie uns ganz von vorne anfangen.»

Der Anwalt atmete tief durch, er stellte sich offenbar auf ein längeres Gespräch ein, doch Helle Schilling wirkte ungerührt.

«Wo waren Sie vorgestern Abend?»

«Ich war allein in meinem Haus.»

«Kann das jemand bezeugen?»

«Wie gesagt, ich war allein. Brauche ich ein Alibi?»

«Haben Sie Yeong-Su Lee beauftragt, Ihren Mann zu überwachen?»

Sie nickte.

«Weshalb?»

«Ich dachte, er hätte eine Affäre.»

«Mit wem?»

Sie schwieg.

«Frau Schilling, wir haben die Kontoauszüge Ihres Mannes durchgesehen.»

«Claudia Cordes.» Sie sprach den Namen ohne Zorn aus.

«Kennen Sie sie?»

«Nein.»

Juha versicherte sich mit einem kurzen Blick zu Lux, dass er weitermachen sollte; die Situation bereitete ihm Unbehagen. «Ihr Mann hat Frau Cordes monatlich Geld überwiesen.»

Helle Schilling nickte. «Ich weiß. Carsten hat vor einigen Monaten angefangen, sich seltsam zu verhalten. Er war fahrig, schweigsam. Hat dauernd auf sein Handy geschaut und, wenn ich ihn darauf angesprochen habe, irgendwelche Ausflüchte gesucht. Irgendwann habe ich einen Blick auf sein Konto geworfen und die Überweisungen gesehen.»

«Haben Sie ihn danach gefragt?»

«Nein.» Sie schaute die Kommissare einen nach dem anderen an, und Juha bemerkte eine Dringlichkeit in ihrem Blick, die ihm neu war. «Hat sie ein Kind von ihm?» Da war eine Trauer – oder eine Furcht? –, die älter zu sein schien als der Tod ihres Mannes, älter als die Gewissheit, dass er eine Verbindung zu einer anderen Frau gehabt hatte. «Oder lässt sie sich einfach aushalten?»

Juha und Lux wechselten einen Blick. «Wir sind dabei, das zu überprüfen.»

Sie schaute aus dem Fenster und begann, an ihrem Ohrläppchen zu ziehen. «Wir konnten kein Kind bekommen. Er sagte, es liege sicher an ihm. Aber vielleicht lag es an mir. Wir haben es nie testen lassen.»

«Hat Herr Lee denn etwas über Frau Cordes herausfinden können?»

Geistesabwesendes Kopfschütteln. «Es schien, als würden sie sich nicht mehr treffen. Ich dachte mir, vielleicht hat sie Schluss gemacht, und er war deswegen so drauf. Aber weil er weiter das Geld überwiesen hat, kam mir der Gedanke ...»

«Claudia Cordes hat kein Kind, soweit wir wissen», erlöste Juha sie. Ihr Körper schien von einem kurzen Beben der Erleichterung erschüttert zu werden.

Lux räusperte sich. «Eine weitere Frage: Wir haben den Stick überprüft, und es hat den Anschein, dass Ihr Mann Kunden von Coin-Rockers um Geld betrogen hat. Da Sie nicht wollten, dass wir an den Stick gelangen, auf dem das dazu nötige Programm gespeichert ist, gehen wir davon aus, dass Sie das wussten.» Statt eine konkrete Frage zu stellen, hob er nur auffordernd die Hände.

«Carsten und ich haben vor zehn Jahren geheiratet, da waren wir vierundzwanzig. Bereits drei Jahre zuvor ist er aus seinem Zehn-Quadratmeter-Wohnheimzimmer mit mir zusammengezogen. Mein Vater schenkte uns ... *mir* eine Vier-Zimmer-Penthousewohnung. So wohnt kein Student. Was glauben Sie, wie oft er in den folgenden Jahren jemanden zu uns eingeladen hat?»

Juha und Lux schwiegen.

«Nicht ein einziges Mal. Es war ihm peinlich, dass er keine Miete zahlen und sich generell um Geld keine Gedanken machen musste, wohingegen seine Freunde gerade so über die Runden kamen und neben dem Studium gekellnert oder längst gearbeitet haben oder was normale Menschen in dem Alter eben so tun. Ich konnte ihn verstehen. Ich bin schon stinkreich auf die Welt gekommen und hatte genug Zeit, mich daran zu gewöhnen, mehr zu haben als alle anderen – viel mehr. Helle hat alles.

Dann hatten er und Patrick die Idee für die Trading-App, nicht wahnsinnig innovativ, aber der deutsche Markt war von einer Sättigung noch weit entfernt. Patrick kümmerte sich um die Finanzierung. Nach einigen Fehlversuchen hat er mich gefragt, ob ich nicht ein paar Millionen für den Start lockermachen könnte. Mein Vater war kurz zuvor gestorben. ‹Ein paar Millionen›», sie lachte zynisch auf. «Wenn's weiter nichts ist. Also habe ich in Carstens Firma investiert. Er bezog sein Gehalt quasi von mir. Dann stagnierte der Kryptomarkt, die Firma lief schlecht, und irgendwann war das Geld alle. Andere ehemalige Kommilitonen von Carsten und Patrick flogen mit ihren ersten Firmen auf die Nase, mussten Insolvenz anmelden, das ist nicht unüblich. Aber Coin-Rockers schaffte es durch die Krise; weil ich alle Kosten für drei Jahre aus eigener Tasche bezahlt habe. Danke, Helle.»

«Ich konnte Ihnen folgen, Frau Schilling. Kommen wir nun zu dem Geld, das Ihr Mann unterschlagen hat. Welchen Grund hatte er, den Ruf der Firma zu riskieren? Sechsundvierzigtausend Euro sind angesichts seiner finanziellen Situation in meinen Augen kein ausreichendes Motiv.»

«Denken Sie, ich habe Ihnen das alles erzählt, weil ich gerne plaudere?» Helle Schilling lächelte weich. «Es war das erste und das einzige Geld, das er selbst verdient hat.»

«Gestohlen», präzisierte Juha.

«Wie auch immer.»

«Und Sie wussten die ganze Zeit davon?»

Helle Schilling schaute aus dem Augenwinkel zu ihrem Anwalt, der die Lippen schürzte und entspannt nickte.

«Unser Programmierer Horstmann hat mir den Verdacht bestätigt. Allerdings habe ich Herrn Horstmann auch damit beauftragt, allen betroffenen Kunden den Verlust an anderer Stelle wieder auszugleichen – so, dass weder sie noch Carsten es bemerken. Ich fand das in dem Moment irgendwie ...», sie wischte mit der Hand einen unsichtbaren Fussel vom Tisch, «... großmütig von mir. Großmütiger als die vielen Millionen, die ich zuvor in seiner Firma versenkt habe. Am Ende hat er das Geld doch mir gestohlen, ohne es zu wissen. Ironischer geht es kaum.»

«Was denken Sie, was er mit dem Geld vorhatte?»

Helle Schilling zuckte mit den Schultern. «Gar nichts. Abgesehen von ...» In ihren Augen war plötzlich etwas, eine Ermattung, eine Trübung.

«Abgesehen von Claudia Cordes?»

Sie blieb äußerlich ungerührt, doch Juha meinte zu erkennen, was in ihr vorging. Sie presste die Lippen aufeinander, bevor sie antwortete. «Wenn er mein Geld nimmt, ohne dass ich davon weiß – oder er das zumindest glaubt –, dann ist das eine

Sache. Wenn er dieses Geld einer anderen Frau gibt, dann ist das eine ganz andere.»

Juha nickte. «Das verstehe ich. Weshalb wollten Sie verhindern, dass der Stick in die falschen Hände gerät, also in unsere?»

«Kein besonders schönes Vermächtnis, oder? Meine Eifersucht war groß, aber er war mein Mann. Und auch wenn diese Eifersucht für ein Motiv herhalten mag, welchen Grund sollte ich haben, Patrick Wichmann ...?»

«Die Frage haben wir uns natürlich auch gestellt», antwortete Juha.

«Und haben Sie eine Antwort gefunden?»

Juha schüttelte den Kopf. «Was denken Sie, warum die beiden tot sind?»

«Ich denke, dass Sie beide auf dem Holzweg sind. Zwei CEOs der größten deutschen Kryptobörse sind gewaltsam ums Leben gekommen. Und Sie fragen die stinkreiche Helle, der der Laden gehört und die um ihren Mann trauert.»

Lux wollte offenbar sichergehen. «Sie denken also nicht, dass das Verhältnis zwischen Ihrem Mann und Chloe Cordes eine Bewandtnis in dem Fall hat?»

«Chloe ...» Helle schien sich an dem Namen zu verschlucken, und Juha fragte sich, ob es nötig gewesen war, in dieser Wunde nachzubohren. Sie sah blass aus, als sie den Kopf schüttelte. «Ich wüsste nicht, welchen Zusammenhang es da geben sollte.»

«Gut, vielen Dank», schloss Juha die Befragung, doch Helle sprach weiter: «Und deshalb möchte ich Sie bitten, mich unter Polizeischutz zu stellen. Wenn jemand die Köpfe von Coin-Rockers rollen lässt, bin ich möglicherweise ebenfalls in Gefahr, oder?»

Juha war etwas überrascht, dass Helle Schilling diesen

Schluss erst jetzt zog, und bemerkte eine ähnliche Reaktion bei ihrem Anwalt, der nun ebenfalls zum ersten Mal besorgt aussah. «Können Sie etwas für uns tun?», fragte er und versuchte, seine Unsicherheit zu überspielen.

Juha nickte ihm zu und sagte, an Helle gewandt: «So etwas wie Polizeischutz für Privatpersonen gibt es nur im Fernsehen. Aber wir lassen eine Streifenwagenroute entsprechend anpassen und sorgen so für erhöhte Präsenz.»

Helle stand auf, der Anwalt tat es ihr nach. «Dann nehme ich an, wir sind hier fertig.»

Juha und Lux standen am Fenster und schauten in den Sonnenuntergang.

«Das Alibi von Yeong-Su Lee wurde überprüft.» Juha nickte kurz, als kenne er das Ergebnis bereits. Trotzdem fügte Lux der Vollständigkeit halber hinzu: «Es scheint zu stimmen. Der Kellner, der DJ und ein halbes Dutzend Stammgäste erinnern sich an ihn.»

«Tja!», machte Juha, etwas mundfaul.

«Und jetzt? Ist Helle vom Haken?»

«Zumindest klingt ihre Geschichte plausibel. Und dass Patrick Wichmann umgebracht wurde, um eine Beziehungstat zu verschleiern, ist mir eindeutig zu weit her...»

Hinter ihnen flog die Tür auf, ohne dass zuvor angeklopft worden war. Juha musste sich nicht umdrehen. «Selma Burg!»

«Das lass ich ausnahmsweise durchgehen», rief Selma. «Aber nur, weil ich etwas Hochinteressantes herausgefunden habe. Ich habe diesen Jan Horstmann von Coin-Rockers noch mal ein bisschen in die Mangel genommen, und ihr glaubt nicht, was er mir berichtet hat, nachdem er sich in der eisernen Faust meiner Verhörtaktik innerhalb weniger Minuten in ein kümmerliches Nervenbündel verwandelt hatte.»

«Carsten Schilling hat seine Kunden um die Rundungsdifferenz erleichtert?», sagte Juha und drehte sich nun doch zu Selma um, weil er ihren Blick auf keinen Fall verpassen wollte. Ja, genau so hatte er ihn sich vorgestellt; jäh versteinert, den Mund halb geöffnet, man konnte die chemische Reaktion bereits erahnen, die gleich in einer gewaltigen Explosion resultieren würden. «Juha Korhonen, manchmal finde ich dich so zum ...»

Juha drehte sich wieder zum Fenster. «Tut mir leid, Selma, ganz ehrlich, ich hätte es dir gegönnt. Aber wir wissen es schon, und leider scheint es mit den Todesfällen in keinerlei Zusammenhang zu stehen. So ist das eben: Wenn man sucht, dann findet man, und wir haben zwar Grund gehabt zu suchen, aber gefunden haben wir offenbar was anderes. Es ist ja nicht so, dass uns das nicht häufiger passieren würde. Morgen geht's weiter.»

Sie drängte sich zwischen Juha und Lux ans Fenster und schaute mit ihnen über die Stadt.

«Noch eine Sache», begann sie und sah plötzlich so müde aus, wie Juha sich fühlte. «Es gibt keine Raketenschlüssel. Es gibt auch nichts zu rauben. Laut Horstmann ist es Coin-Rockers technisch unmöglich, auf die Einlagen der Kunden zuzugreifen. Selbst wenn Wichmann und Schilling gewollt hätten, wären sie nicht an das Geld rangekommen.»

«Und wenn die Räuber das nicht wussten?», fragte Lux halbherzig nach.

«Dann baldowert man nicht so einen Plan aus», beantwortete Juha die Frage.

Selma nickte. «Jemand, der so einen Coup plant, hat sich vorher mit der Sache befasst. Entweder sie hatten es auf was anderes abgesehen ...»

«... oder wir stehen wieder ganz am Anfang», beendete Lux

ihren Satz. Sie nickte, und von Juha war ein leises Schnalzen zu vernehmen.

«Ich mach dann mal Feierabend.» Selma schulterte ihren Rucksack. «Wir sehen uns morgen. Dann gehen wir alles noch mal durch. Vielleicht waren wir zu fixiert auf die Firma, auf Helle und, ach, was weiß ich. Mein Kopf ist schon durch die Tür. Macht's gut.»

«Tschüs, Selma», sagte Lux, und Juha rief ihr nach: «Selma!» Sie blieb in der Tür stehen. «Gute Arbeit. Und nicht vergessen, wir sind erst zwei Tage an einem Fall dran, der komplizierter zu sein scheint, als wir zunächst ahnen konnten. Wir sind noch voll im Rennen.» Sie nickte ihm dankbar zu, dann war sie weg.

«Eine Sache ist mir noch eingefallen», begann Lux, als sie allein waren. «Ausgehend von der Raketenschlüsseltheorie, hatten wir bisher angenommen, dass es zwei Täter waren.»

Juha nickte und hörte zu.

«Patrick Wichmann wurde *nach* Carsten Schilling überfallen. Der zeitliche Abstand war nicht groß, aber groß genug, dass wir es auch mit einem einzigen Täter zu tun haben könnten. Und die Frage, wie Schillings Handy in Wichmanns Wohnung gekommen ist, wäre dann auch geklärt. Der Täter hat es mitgenommen.»

«Und warum hat er das?»

Lux schien einen Moment nachzudenken, obwohl er sich die Antwort mit Sicherheit bereits überlegt hatte. «Wir haben Schilling über die Smart-Home-App gesehen. Vielleicht hat der Täter Wichmann das Gleiche gezeigt.»

«Ein Druckmittel.»

Lux zuckte mit den Schultern und holte sein Handy aus der Tasche. Juha sah ihn mitfühlend an. «Nichts?»

Lux schüttelte den Kopf und steckte das Handy wieder ein.

«Wie heißt sie?»
«Franka.» Lux' Blick erhellte sich ein bisschen.
«Ich hoffe, ich lerne sie mal kennen, demnächst.»
Lux nickte. «Ja, hoffe ich auch.»

24

Das Wasser lag ruhig da wie Glas. Sämtliche Moleküle waren zum Stillstand gekommen, rührten sich nicht mehr und warteten gespannt darauf, dass jeden Moment die Kettenreaktion einsetzte, die ihren gemeinsamen Aggregatzustand in ein kristallines System wechseln ließe. Eis. «Als ich klein war, waren wir jeden Winter auf dem Eis spazieren», sagte Uwe. Der Leiter des LKA 46 zwirbelte die zum Zwirbeln eigentlich zu kurzen Enden seines Schnauzbarts und ließ seinen Blick über die Außenalster schweifen. Juha schüttelte den Kopf. «Das ist eine falsche Erinnerung. In den Siebziger- und Achtzigerjahren war die Alster jeweils zweimal so dick zugefroren, dass man draufgehen konnte. Davor das letzte Mal Ende der Zwanzigerjahre. Ich weiß zwar nicht genau, wie alt du bist, aber ... wie alt bist du eigentlich, Uwe?»

Uwe verdrehte die Augen und begann, ungeduldig auf dem Stehtisch herumzutrommeln, da Lux mit der ersten Runde Glühwein auf sich warten ließ. «Zwei Jahre muss ich noch. So lange hättest du übrigens auch noch warten können, bevor du die Biege machst.»

Juha lächelte und spähte aus Verlegenheit in Richtung Lux, der sich bereits auf wenige Meter an den Ausschank herangearbeitet hatte. Juha war Uwes dienstältester Ermittler im LKA 46 gewesen, manch einer hatte schon gewitzelt, Juha Korhonen habe bereits eine Inventarmarke. Der eigentliche Grund, weswegen Juha sich nie um eine Versetzung bemüht hatte, war aber nicht Bequemlichkeit gewesen, sondern rührte wohl daher – und er hatte eine Weile gebraucht, um es einzusehen –, dass ihn etwas Unerledigtes auf seinem Posten gehalten hatte. Er hatte als junger Polizist die Entführung und den Tod des Jungen Daniel Boysen hautnah miterlebt und seinen damaligen Chef und Mentor Werner Swoboda daran zerbrechen sehen. Als Juha und Lux im vergangenen Herbst den Fall, der fast sechzehn Jahre zuvor fälschlicherweise geschlossen worden war, auf spektakuläre Weise neu aufgerollt und gelöst hatten, sorgte das für einen ziemlichen Wirbel. Die Presse stürzte sich auf die beiden Ermittler, hatte der Fall «Daniel Boysen» doch in seiner Einzigartigkeit und Bekanntheit durchaus die Kragenweite großer Fälle der Kriminalgeschichte wie Maddie McCann oder Natascha Kampusch gehabt.

Die Behörde war über das kurzzeitige Rampenlicht ihrer beiden Vorzeigepolizisten entzückt, was Juha geschickt nutzte, um nicht nur seine Versetzung zum Mord, sondern vor allen Dingen die Mitnahme von Lux durchzuboxen – ein alles andere als üblicher Vorgang im Beamtenwesen.

Uwe stand voll und ganz hinter ihnen, wurde aber nicht müde zu erwähnen, wie sehr ihn der Verlust von Juha und Lux schmerzte, auch und vor allem persönlich, weswegen die drei es in der Vorweihnachtszeit damit begonnen hatten, sich unregelmäßig auf dem Weihnachtsmarkt zu treffen. Sobald die Märkte zum Jahreswechsel geschlossen wurden, verlagerten sie ihre Treffen in die *Seeperle*, in der Nähe von Juhas Wohnung. Das kleine Café am Ufer der Alster war das ganze Jahr über geöffnet, obwohl es keinen Innenbereich gab. Trotzdem war das ehemalige Toilettenhäuschen auch im Winter ein beliebtes Pilgerziel der umliegenden Nachbarschaft, die sich bemäntelt und bemützt die Hände an Glühwein und Grog wärmte.

Uwe blickte sich konspirativ um. «Der Buschfunk läuft auf Hochtouren. Die Sache klingt groß. Ich sag dir was, Juha, mit solchen Fällen macht man sich einen Namen.» Er spähte sehnsüchtig Lux entgegen, der gerade randvolle Tassen Glühwein zum Stehtisch balancierte.

«Endlich», krächzte es von unter dem Tisch, und Juha fuhr erschrocken zusammen. Innerhalb der letzten Minuten war ihm entfallen, dass er seinen Ziehvater Wally mitgebracht hatte, der, in seinem Rollstuhl sitzend, unter der Tischkante verschwand. Erst als die *Seeperlen*-Idee schon beschlossene Sache gewesen war, war ihm eingefallen, dass er Maria versprochen hatte, so früh wie möglich nach Hause zu kommen. Doch sie hatte gesagt, er solle ruhig gehen. Sein nagendes Gewissen hatte ihn dennoch bewogen, zumindest das Hausgespenst mitzunehmen.

Sie stießen behutsam an und nippten vorsichtig an den heißen Tassen.

«Was denkt ihr, was passiert ist? Hat es was mit diesem Krypto-Firlefanz zu tun?», wollte Uwe wissen.

Juha entschied, dass der Glühwein noch zu heiß zum Trinken war. «Eigentlich stehen wir seit heute Nachmittag wieder am Anfang. Eine Idee war, dass wir es mit einem missglückten Raubüberfall zu tun haben, der irgendwie aus dem Ruder gelaufen ist.»

«Raubüberfall? Ich dachte, die beiden sind jeweils in ihrer eigenen Wohnung ums Leben gekommen.»

«Selma hat herausgefunden, dass es technisch nicht möglich ist, an die Einlagen der Kunden heranzukommen. Das schließt zwar nicht aus, dass es jemand trotzdem versucht hat, aber ...»

«Selma Burg?»

«Ja, sie ist jetzt bei der Wirtschaft und wurde unserer Soko zugeteilt.» Juha formte um das Wort «Soko» mit den Fingern zwei Anführungszeichen.

«Ach schön, grüß sie von mir.»

Lux stellte seine Tasse ebenfalls wieder ab, nachdem er eine Weile hineingepustet hatte. «Eine weitere Theorie deutete in Richtung Ehefrau, aber diese Spur scheint auch alles andere als heiß zu sein.»

Eine Hand kam unter dem Tisch hervor und stellte eine leere Tasse auf den Tisch. Dann ratschte ein Feuerzeug zweimal, kurz darauf stieg eine zarte Rauchfahne auf.

Uwe schüttelte theatralisch den Kopf. «Das läuft ja echt nicht optimal. Aber in solchen Momenten muss man auch mal sacken lassen.» Es war offensichtlich, dass Uwe einen Weg suchte, das Thema zu wechseln. «Vielleicht lassen wir euren Fall heute einfach mal ruhen und reden über etwas Erfreuliches.»

«Na endlich!», kam es von unter dem Tisch.

«Ich sag euch: einfach mal abschalten, den alten Chef seine tolle Story erzählen lassen, und morgen kommt dann plötzlich der Geistesblitz.»

Juha und Lux widmeten sich wieder ihren Glühweintassen

«Ach, kommt schon, Jungs.»

«Was denn?», fragte Lux mit gespielter Verwirrtheit.

«Ich glaube, eben in einem Nebensatz gehört zu haben, dass Uwe uns eine tolle Story erzählen will», meinte Juha.

«Momentchen mal!», intervenierte Wally unter dem Tisch. «Falls das länger geht, vielleicht erst mal neue Runde? Ich würde ja gehen, aber ich kann nicht.»

Juha schob seinen Glühwein neben Wallys leere Tasse, wo der Nachschub sogleich in Empfang genommen wurde und unter dem Tisch verschwand. «Na, erzähl schon.»

«Also, Leute, passt auf», begann Uwe. «Vorgestern Nacht gab es einen Notruf aus einem Panikraum.»

«Aus einem Panikraum? So was gibt es bei uns?»

«Wusste ich auch nicht.» Uwe war bereits ganz aus dem Häuschen. «Aber ja, offenbar hat sich irgendein reicher Schnösel in seinem Haus einen Panikraum einbauen lassen. Der wohnt da allerdings schon eine Weile nicht mehr. Der Typ, der da jetzt wohnt, meinte, er braucht das Ding nicht, wollte da eine Bar reinbauen, so als Gag, hat es aber bisher nicht gemacht. Also hat der da jetzt einen voll funktionstüchtigen Panikraum in seinem Haus. So weit klar?»

«Klar.»

«Vorgestern also, er ist zu Hause und macht, was solche Leute halt so machen, als jemand bei ihm einbricht. Der Typ denkt sich: ‹Hey, wozu hab ich einen Panikraum, wie gut, dass ich da keine Bar eingebaut habe.›»

«Du sagst die ganze Zeit ‹der Typ› und ‹solche Leute›», warf Lux ein. «Kennt man den?»

«Lass mich doch weitererzählen, das ist ja Teil der Story, darin besteht sozusagen der Spannungsbogen.»

Juha argwöhnte, dass Uwe die Geschichte bereits ein paarmal bei den anderen Kollegen geprobt hatte.

«Jedenfalls kriegen wir diesen Notruf aus dem Panikraum von ebendiesem Typen halt, der sagt, wir sollen sofort kommen. Die Kollegen fahren also hin, gehen ins Haus – Einbrecher natürlich längst über alle Berge. Die Kollegen geben sich also zu erkennen, der Panikraum öffnet sich, und wer sitzt da drin?»

«Warte mal», hieb Juha dazwischen. «Die Kollegen? Du warst selbst gar nicht dabei?»

Das hatte gesessen, und Uwe war schwer getroffen. Er öffnete den Mund, um etwas zu sagen, machte ihn wieder zu, öffnete ihn wieder. «Na, hör mal, ich fahr doch keine Streife.»

«Okay, weiter.»

Uwe setzte seine Tasse an und trank einen Schluck. «Wenn

Geschichten nur toll sind, wenn man selbst dabei war, dann brauch ich sie ja auch nicht erzählen.»

«Entschuldige, das war taktlos von mir. Jetzt sag schon. Wer saß da im Panikraum?», insistierte Juha und knuffte Lux in die Seite, der umgehend Unterstützung leistete: «Ich will es jetzt auch *unbedingt* wissen, Uwe.»

Aber der Wind war gänzlich aus Uwes Segeln genommen, er trank noch ein Schlückchen, bevor er mit niederschmetternd geringer Begeisterung sagte: «Arvo Nagelschmidt.»

«Überschätzter Lackaffe!», kam es von unter dem Tisch.

Juha schaute fragend zu Wally, dann zu Lux. Uwe bemerkte es. «Komm schon, Juha. Arvo Nagelschmidt! Nie gehört?»

«Nee, du, Lux?» Da fiel Juha auf, dass Lux plötzlich wie versteinert dastand. «Lux?»

«Arvo Nagelschmidt ist der Sänger und Gitarrist von *Westkraut*», erklärte Wally.

«Danke, Wally!» Uwe war sichtlich erleichtert, dass wenigstens einer mit dem Namen etwas anfangen konnte.

«Sagt mir nichts», wiederholte Juha leicht pampig, um zu betonen, dass es keine Schande war, nicht über jeden aktuellen musikalischen Trend im Bilde zu sein. Er wollte nach seinem Glühwein greifen, als ihm einfiel, dass er den ja an seinen Vater weitergegeben hatte.

«Doch, tut es, Juha.» Lux schien sich erst jetzt langsam aus seiner Versteinerung zu lösen und schaute Juha auffordernd an. «Arvo Nagelschmidt!»

Juha stand immer noch auf dem Schlauch und schüttelte nur fragend den Kopf.

«Wir haben gestern eine Kugel aus seiner Gitarre gezogen.»

«Geschieht ihm recht», sagte Wally, aber bei Juha mussten noch ein paar weitere Zahnräder greifen, bis auch er verstand.

«Moment mal.» Er lieh sich seinen ehemaligen Glühwein

für einen Schluck aus, der immer noch sehr heiß war. Als er die Tasse wieder hinstellte, schwappte Glühwein auf den Tisch. «Patrick Wichmann kommt zu Tode, direkt danach sein Partner Schilling. Kurz zuvor wird bei diesem Nagelschmidt eingebrochen, der kann sich aber in seinen Panikraum retten. Und ganz zufällig hat Patrick Wichmann in seinem Wohnzimmer eine von Nagelschmidt persönlich signierte Gitarre hängen?»

«Das ist entweder wirklich ein sehr großer Zufall, oder es ist unsere nächste Spur», bestätigte Lux.

25

Die Morgenrunde am nächsten Tag hielten sie kurz. Selmas Team hatte genug mit den Coin-Rockers-Konten zu tun, Henni noch etliche unbekannte Laufwerke auf dem Tisch, und während die übrigen Mitarbeiter der Soko sich Recherchen und Ermittlungen widmeten, Verkehrskameras auswerteten und Personenbefragungen in der Nachbarschaft der Toten und in der Nähe der Hotelbar durchführten, hatten sich Juha und Lux auf den Weg zu Arvo Nagelschmidt gemacht. Den Grund ihres Besuchs bei dem Musiker hatten sie in der Runde nur angedeutet; zu dünn war der Verdacht eines Zusammenhangs, aber Jochen hatte trotzdem sofort eine Überprüfung Nagelschmidts angeordnet.

Zur Abwechslung fuhr Juha, was Lux recht war, da er sich während der Fahrt mit den Informationen beschäftigen konnte, die sie über den Einbruch bei Arvo Nagelschmidt erhalten hatten. Und mit seinem Handy; doch Franka hatte sich bislang nicht bei ihm gemeldet. Mittlerweile war er sich nicht mehr sicher, ob das Gefühl, das er an dem Abend gehabt hatte, nicht doch trügerisch gewesen war. Ob er sie doch abgeschreckt und sich die Anziehung zwischen ihnen nur eingebildet hatte? Lux steckte das Handy in die Innentasche. «Nagelschmidt hat gesagt, er will auf eine Anzeige verzichten.»

«Egal, weil Offizialdelikt. Es wird sowieso ermittelt.»

«Das haben die Kollegen ihm auch erklärt, woraufhin er aussagte, dass er sich wohl getäuscht habe. Er hätte ein paar Drinks zu viel gehabt und sei manchmal etwas paranoid. Eine Katze hätte ihn erschreckt.»

«Ich dachte, es wäre ein Fenster eingeschlagen worden.»

Lux schüttelte unter ungläubigem Lachen den Kopf. «Er meint, das sei er selbst gewesen, – und jetzt kommt's –, weil ihn ‹der Rock 'n' Roll mal wieder mitgerissen hat›.»

«Klingt ja nach einem sehr umgänglichen Menschen», sagte Juha feixend.

«Wir werden sehen.»

Sie hielten vor dem frei stehenden Haus im Stadtteil Wellingsbüttel, der zu den wohlhabenderen gehörte, ohne den Ruf eines Reichenviertels wie Blankenese oder Othmarschen zu genießen.

«Ich habe wirklich den falschen Beruf», sagte Juha, als er die Pforte zum Vorgarten öffnete.

«Denkst du etwa an einen Karrierewechsel; auf den Spuren deines Vaters?»

Der Vorgarten war verwahrlost, eine Holzbank moderte vor sich hin, und neben einem Grill, der sicher seit dem Sommer nicht mehr bewegt worden war, lagen ein paar Flaschen auf der feuchten Erde, die man dort nach der letzten Grillparty einfach liegen gelassen hatte.

Nachdem sie geklingelt hatten, verging eine Minute. Erst auf das zweite Klingeln hin rumpelte drinnen etwas. Nach einer weiteren Minute hörten sie es wieder Rumpeln, dann ein Fluchen. Schließlich öffnete ein verschlafen wirkender Arvo Nagelschmidt im karmesinroten Bademantel die Tür. Er hielt den Stoff mit einer Hand zusammen und hatte darunter offenbar nichts an. «Ja?» Seine Stimme knarzte, als hätte er durchgemacht.

«Guten Morgen, Herr Nagelschmidt. Mein Name ist Korhonen, das ist mein Kollege Adisa. LKA Hamburg.»

Arvo Nagelschmidt verzog reuevoll das Gesicht, als hätte

er aus Versehen zwei Missionaren die Tür geöffnet. «Ich hab doch schon gesagt, dass es falscher Alarm war. Ich war betrunken, und irgendein Elch ist durch meinen Garten gerannt.»

«Ich dachte, es sei eine Katze gewesen.»

«Shit, jetzt habt ihr mich», sagte Nagelschmidt und sackte demonstrativ ein Stück zusammen. Als sie nicht reagierten, warf er Lux einen müden Blick zu. «Mann, ich weiß, dass ich Katze gesagt habe. Das war ein Wi-hitz.»

«Dürfen wir kurz reinkommen?»

«Klar, ich habe gern die Polizei im Haus, dann fühlt man sich gleich viel sicherer.» Er trat zur Seite und machte eine übergroße einladende Geste.

Lux fragte sich, wie sehr jemand dem Klischee eines Rockmusikers entsprechen konnte, ohne zur Karikatur zu werden, doch er wurde überrascht, als er das Haus betrat. Es war nicht nur fast pedantisch ordentlich, die Einrichtung zeugte auch von Geschmack, und die Bücherregale, die wirklich überall standen, waren randvoll mit Büchern aller Art. Nagelschmidt führte sie ins Wohnzimmer, wo eine einzelne Gitarre griffbereit auf einem Ständer wartete. Der Raum grenzte an eine Wohnküche mit einem großen rustikalen Bauerntisch, darauf ein Aschenbecher und eine halbe Flasche Rotwein.

«Kaffee?» Nagelschmidt schaltete den Vollautomaten ein und holte drei Espressotassen aus dem Regal, ohne eine Antwort abzuwarten.

«Wenn Sie so fragen», sagte Juha.

Nagelschmidt drehte sich um und schaute zu Lux, seine Augen wirkten auf einmal wach und konzentriert. «Für Sie auch?» Lux nickte. Während der Espresso mit sonorem Brummen in zwei Tassen lief, sang Nagelschmidt leise vor sich hin. Er überreichte den Polizisten je eine Tasse und zeigte auf den großen Esstisch – wohl eine Aufforderung, sich zu setzen, was sie auch taten. Ohne Eile machte Nagelschmidt sich selbst einen doppelten Espresso und nahm dann am Kopfende des Tisches Platz.

«Also, Polizisten Korhonen und Adisa, was kann ich für Sie tun?» Lux war nachgerade verblüfft. Er hatte nicht damit gerechnet, dass der vermeintlich verkaterte Musiker ihre Namen behalten würde, und beschloss herauszufinden, ob er irgendeine Taktik verfolgte.

«Wurde bei dem Einbruch etwas gestohlen?», fragte Juha, was in Lux' Ohren nicht nach einem gespannten Fallstrick klang. Doch möglicherweise imponierte Nagelschmidt gerade diese Direktheit und Juhas Zugeständnis, dass er nicht versuchen würde, ihn mit billigen Tricks aus der Reserve zu locken, weswegen er nach einem kaum merklichen Lächeln sofort darauf einging. «Nichts.» Er zeigte ins Wohnzimmer. «Da steht eine originale 69er Gibson ES-335, die ist bestimmt zehn- oder elftausend wert.» Es klang nicht nach Angeberei.

Lux merkte, dass er ihn in der Tat falsch eingeschätzt hatte. «Warum wollten Sie nicht, dass die Polizei ermittelt?»

«Wie gesagt, es wurde nichts geklaut, und ich hab einfach ganz gern meine Ruhe.»

«Verstehe ich, geht mir auch so», sagte Juha und leerte seinen Espresso. «Was ganz anderes: ...» Er räusperte sich. «Woher kennen Sie Patrick Wichmann?»

Nagelschmidt wirkte zum ersten Mal überrascht. «Rick? Warum?»

«Sie kennen sich also.»

«Aus dem Studium.»

«BWL?»

Nagelschmidt schüttelte den Kopf. «Ich hatte, was auch immer ich mir dabei gedacht habe, Jura als Nebenfach. Ich habe

Literaturwissenschaften studiert, wollte mal Autor werden, und musste irgendein Profilierungsfach machen. Eine billige Vorlesung, Klausur mit Ankreuzen, easy. Rick hat BWL studiert und saß in der gleichen Vorlesung. Am Anfang dachte ich, er sei genauso ein Stock-im-Arsch-Schnösel wie die anderen BWL-Affen, aber irgendwie haben wir dann doch mal zusammen einen getrunken und uns angefreundet. Heißt aber nicht, dass ich mich nicht trotzdem immer über ihn lustig gemacht habe.» Er lehnte sich zurück. «Aber Sie haben mir nicht geantwortet.»

Juha zögerte nur kurz. «Es tut mir leid, Ihnen mitteilen zu müssen, dass Patrick Wichmann verstorben ist.»

Nagelschmidt setzte sich wieder auf. «Scheiße. Wirklich?» Juha nickte. Nagelschmidt legte die Hand vor den Mund und wirkte ehrlich bedrückt. «Das ist jetzt ... ein Schock. Ich meine, ich hatte seit Jahren nichts mehr mit ihm zu tun. Aber das ist natürlich trotzdem ... und wie?»

«Er wurde Opfer eines Gewaltverbrechens.»

Nagelschmidt erhob sich und begann, in seinem Bademantel auf und ab zu gehen. «Puh!»

«Das ist noch nicht alles.»

«Nein.» Nagelschmidt schüttelte den Kopf. «Nein?»

Lux übernahm. «In derselben Nacht ist auch Carsten Schilling ums Leben gekommen, ebenfalls durch Fremdeinwirkung. Kennen Sie den auch?»

«Schillerlocke? Ja, also ... Scheiße, ja. Wir haben im Studium zu dritt abgehangen. Das gibt's doch nicht.» Er raufte sich die halblangen Haare und schien begriffen zu haben, weshalb die beiden Kommissare zu ihm gekommen waren. Lux erwähnte es sicherheitshalber trotzdem. «Und in ebenderselben Nacht wird auch bei Ihnen eingebrochen.»

«Ja, ich hab's schon kapiert. Aber wieso? Ich meine, die

beiden, haben die nicht diese Firma zusammen? Was hab ich damit zu tun?»

«Deswegen sind wir hier», sagte Juha. «Wir hatten irgendwie gehofft, dass Sie uns das sagen können.»

«Ich habe wirklich keinen Schimmer, nicht den Hauch einer geringsten Ahnung. Wie sind Sie überhaupt auf mich gekommen? Fuck, mir wird 'n bisschen schlecht gerade.»

«Die Gitarre in Wichmanns Wohnung», erklärte Lux.

Nagelschmidt kniff die Augen zusammen. «Klar. Die alte Sperrholzklampfe. Rick hat mir fünftausend Euro dafür bezahlt. Das war damals ein Haufen Geld für mich.»

«Wann war damals?»

«Kurz nachdem er mit seiner Firma das erste echte Geld gemacht hat. Da hatten wir uns schon eine ganze Weile nicht gesehen, und plötzlich taucht er auf einem Konzert von mir auf. Kleiner Laden an der ehemaligen Sternbrücke; hat die Stadt natürlich abgerissen. Rick protzt so rum, gibt der Band einen Drink nach dem nächsten aus – uns hat's natürlich gefallen. Dann fragt er mich, wie viel ich für die Gitarre haben will, und ich sage, halb aus Spaß, fünftausend Euro. Er sagt, alles klar. Ich dachte, er macht einen Witz, aber dann fragt er nach meiner Kontonummer und überweist mir einfach mal so fünftausend Euro. Das Teil ist keine dreihundert wert gewesen.»

«Und danach haben Sie ihn nicht mehr gesehen?», fragte Lux. Nagelschmidt schüttelte den Kopf.

«Und auch sonst keine Idee, was ausgerechnet Sie drei zum Opfer eines Verbrechens machen könnte?»

Wieder Kopfschütteln. «Wirklich. Keine Ahnung.»

Lux warf Juha einen fragenden Blick zu, der schüttelte den Kopf und erhob sich. «In Hamburg gibt es durchschnittlich sieben Einbrüche pro Tag.» Er zuckte mit den Schultern. «Es war wohl einfach Zufall.»

«Sieht so aus», sagte Nagelschmidt mit leicht verzagtem Gesichtsausdruck. Juha hielt ihm die ausgestreckte Hand hin. «Hat mich gefreut.»

Nagelschmidt nahm sie. «Ebenfalls.»

Juha hielt fest. «Wie heißt Ihre Band noch mal?»

«Äh, Westkraut», sagte Nagelschmidt, und es schien ihm ein wenig peinlich zu sein.

«Höre ich auf jeden Fall mal rein. Mein Vater ist wohl ein großer Fan.» Juha lächelte.

«Klar.» Endlich bekam Nagelschmidt seine Hand zurück, und die Polizisten machten Anstalten zu gehen. «Wenn Sie wollen, kann ich Ihnen mal ein paar Freikarten schenken.»

Juha und Lux wechselten einen Blick. «Wir dürfen Geschenke im Wert von bis zu zehn Euro annehmen. Kommen wir damit hin?»

Nagelschmidt lachte etwas gequält. «Nicht ganz. Aber Ihrem Vater besorge ich gerne eine Karte.»

«Da wird er sich freuen.»

«Kein Problem, einfach Bescheid sagen, dann geht das klar.»

Nagelschmidt begleitete die Polizisten nach draußen, doch in der Tür drehte Lux sich noch einmal um und tippte sich mit dem Zeigefinger an die Stirn. «Ach, eine Frage hätte ich da noch.»

«Immer raus damit.»

«Sagt Ihnen der Name Claudia Cordes etwas?»

Nagelschmidt schien einen Augenblick nachzudenken und sagte dann: «Nein, sagt mir nichts.»

«Und Chloe?»

«Chloe?»

«Kennen Sie eine Chloe?»

Jetzt antwortete Arvo sofort. «Nicht, dass ich wüsste.»

Lux nickte dankend. «Alles klar, hätte ja sein können.» Als Nagelschmidt die Tür schloss, wirkten seine Augen wieder genauso müde und leer wie zuvor, als er sie ihnen geöffnet hatte.

26

Ich erkenne eine Befragungstaktik, wenn ich sie sehe», begann Juha, als sie zum Auto gingen.

«Was meinst du?», fragte Lux und scheiterte an einem unschuldigen Gesichtsausdruck.

«Claudia Cordes, Chloe Cordes ... was hast du damit bezweckt?»

Lux ging um den Wagen herum und zog die Tür auf, bevor er antwortete. «Er wusste vielleicht nicht, wer Claudia Cordes ist. Aber ich hatte das Gefühl, dass bei Chloe irgendwas geklickt hat.»

Juha hielt die halb geöffnete Wagentür fest. «Und weiter?»

«Fandest du es nicht auch eigenartig, dass Helle Schilling gestern plötzlich Polizeischutz verlangt hat, als das Gespräch eigentlich schon beendet war?»

Juha zuckte mit den Schultern, weil er diesen Eindruck zwar geteilt hatte, ihm der Zusammenhang aber nicht klar werden wollte.

«Ich habe mir die Aufnahme der Befragung gestern Abend noch ein paarmal angehört, und dann ist es mir aufgefallen.»

«Was ist dir aufgefallen?», fragte Juha bereitwillig nach und gönnte Lux seinen Moment von ganzem Herzen.

«Wir haben die ganze Zeit über *Claudia* Cordes gesprochen. Doch am Ende habe ich nach *Chloe* Cordes gefragt, wie sie sich selbst nennt und wie sie sich wahrscheinlich anderen Leuten vorstellt. In dem Moment ist etwas mit Helle Schilling passiert, sie ...»

Juha begann zu begreifen: «Ich dachte, es wäre einfach eine

Nachfrage zu viel gewesen, dass ihre Maske der unerschütterlichen Witwe ...»

Lux nickte wissend, ging aber dann in ein Kopfschütteln über. «Sie wusste nicht, wer Claudia Cordes ist.»

«Aber sie weiß, wer Chloe ist.»

Lux bestätigte Juhas Schluss mit einem vielsagenden Hüpfer seiner Augenbrauen.

«Und bei Arvo genauso? Nicht schlecht, Lux, nicht schlecht.»

Sie stiegen ein und schwiegen einen Moment, bevor Juha wieder das Wort ergriff. «Und konfrontieren wir sie jetzt damit?»

Lux dachte nach. «Oder wir lassen Sie vorerst in dem Glauben, dass unsere Ermittlungen weiterhin in eine andere Richtung gehen.»

Juha nickte nachdenklich. Er war noch nicht überzeugt, hielt Lux aber nicht auf, als der nach seinem Telefon griff.

«Hey, Jochen, kannst du uns bitte Telefonnummer und Adresse von Chloe Cordes rüberschicken? Claudia, genau. Alles klar. Dank dir.»

Lux hatte kaum aufgelegt, als sein Handy schon vibrierte und die Adresse auf dem Display erschien. «Eine Handynummer haben wir nicht, wahrscheinlich hat sie ein Prepaid-Handy. Fahren wir einfach vorbei?»

Sie unternahmen erst gar nicht den Versuch, einen Parkplatz zu finden, die engen Straßen am Westufer der Alster waren zu jeder Tageszeit zugeparkt. Lux stellte den Wagen kurzerhand in einer Einfahrt ab und klemmte das Schild mit der Aufschrift «Polizei» in die Sonnenblende.

Das Haus, in dem Chloe Cordes' Wohnung lag, war ein schlichter Neubau zwischen pompösen Altbauten.

«Von tausendzweihundert Euro im Monat kann man hier jedenfalls nicht wohnen.»

«Ihre Schwester ist ebenfalls hier gemeldet, vielleicht hat die das Geld.»

Neben dem Weg zur Haustür hatte jemand einen kleinen Schneemann gebaut. Lux bückte sich und hob die Karotte auf, die der Schwerkraft zum Opfer gefallen war. Der Kopf des Schneemanns neigte sich gefährlich nach hinten, als er die Nase wieder in Position bringen wollte. Erschrocken griff er mit der anderen Hand den Hinterkopf, drückte die Nase fest und setzte den Kopf vorsichtig zurück auf die Schultern. Juha hatte indessen bei *Cordes* geklingelt, sie warteten, er klingelte ein weiteres Mal, ohne dass sich etwas tat.

«Was machen wir?»

Lux überlegte, nahm dann sein Handy und hielt es sich ans Ohr. «Ja, ich noch mal. Kannst du Name und Handynummer von der anderen Cordes-Schwester herausfinden? Alles klar, ich bleibe kurz dran.» Lux nickte Juha zu. «Ja, ich höre.»

Juha sah Lux' Gesicht gefrieren. «Danke, Jochen. Bis dann.» Lux legte auf, schaute kurz Juha an, dann mit aufeinandergepressten Lippen die Straße hinauf, als suche er nach etwas.

«Was ist los?»

Lux antwortete nicht. Juha schüttelte fragend den Kopf. «Lux? Was ist los?»

«Die Schwester von Chloe Cordes ist Ärztin, arbeitet im UKE.»

«Okay, fahren wir vorbei? Das ist ja um die Ecke», schlug Juha vor.

«Und sie heißt Franka. Franka Cordes.»

«Alles klar.» Juha wollte gerade zum Abmarsch blasen, dann begriff er und erstarrte ebenfalls. «Ach du jemine.»

27

SECHS MONATE ZUVOR

Es war zehn Uhr, und sie war zu warm angezogen. Gemächlich schlenderte sie durch Gassen, in denen alle paar Meter das gleiche Geschäft die gleichen handgemachten Lederwaren anbot. Ein Auto schob sich dann und wann durch den Strom von Menschen, drückte die Touristen in die Geschäfte hinein, und als sie wieder herauskamen, trugen sie einen neuen Hut, eine sehr günstige Sonnenbrille oder fragten sich, was sie nun mit dem schmucken Ledertäschchen anfangen sollten, das sie eben noch so verführerisch angelacht hatte. Auch sie trug jetzt einen Sonnenhut, den hatte sie ja sowieso kaufen wollen.

Viele Orte erkannte sie wieder, wusste, was sie um die nächste Ecke erwartete. In einigen der Restaurants waren sie damals gewesen, und sie versuchte, sich zu erinnern, was sie gegessen hatten. Weil sie keinen Plan gemacht hatte, wie sie ihre Suche gestalten würde, hatte sie beschlossen, sich treiben zu lassen. Obwohl sie bereits früher durch diese Straßen gestreift war, hatte sie das Gefühl, den Ort aufs Neue in ihr Inneres lassen zu müssen. Immer wenn sie auf Reisen waren, hatte ihre Schwester nach ungefähr der Hälfte gesagt: «Jetzt fühlt es sich an, als würden wir hier leben.» Man grüßte Leute auf der Straße, musste im *Tabacos* nicht sagen, welche Marke man wollte, hatte bereits «seine» Bar und «seinen» Stammtisch und ärgerte sich über die blassen Touristen, die sich am persönlichen Geheimstrand breitmachten, anstatt wie alle anderen Aliens über den großen, aber langweiligen Touri-Strand herzufallen.

Ihre Schwester war schon eine Weile hier, mindestens seit sie vor anderthalb Wochen die Karte abgeschickt hatte, und hatte ihr dieses Gefühl voraus, hatte sozusagen Heimvorteil, was die Suche nach ihr erschweren würde. Doch viel Zeit blieb ihr nicht, jedenfalls nicht genug Zeit, um sich fallen zu lassen, in die Stadt einzutauchen, eins zu werden mit den Straßen, Gassen, den Gerüchen und Geräuschen. Doch sie war ein Mensch, der dazu neigte, sich in scheinbar ausweglosen Situationen auf den Zufall zu verlassen, und ihre Erfolgsquote war bemerkenswert.

Als sie den *Balcón de Europa* überquerte und gerade eine Schar grüner Papageien plappernd von Palme zu Palme segelte, rief sie jemand. Nein, nicht sie. «Chloe! Hey, Chloe, wart doch mal!» Sie schaute sich um in der Erwartung, ihre Schwester zu sehen, und begriff dann, dass tatsächlich sie gemeint war. Der barfüßige Mann hatte eine Gitarre in der Hand, trug eine Haremshose und war bereits auf halbem Weg zu ihr, als er stutzte. Sie zog ihre Sonnenbrille vom Gesicht. Der Mann hob entschuldigend die Hände und sagte mit deutschem Akzent: «Disculpa, te tomé por otra persona.»

Sie lächelte. «Kein Problem. Wir wurden schon früher dauernd verwechselt.»

«Perdón, buenos días», antwortete er, offenbar nicht in der Lage, innerhalb von zehn Sekunden zweimal die Sprache zu wechseln. Er wollte weitergehen, offensichtlich war nicht zu ihm durchgedrungen, wen er gerade fälschlicherweise als Chloe angesprochen hatte.

«Du kennst also Chloe», hielt sie ihn zurück.

Er drehte sich um und schaute sie überrascht an. «Kennst *du* Chloe?»

«Ich bin Franka. Chloe ist meine Schwester.»

Endlich machte es klick bei dem jungen Mann. «Krass! Ich

wusste nicht, dass du auch hier bist.» Er schlug sich gegen die Stirn. «Ich wusste nicht mal, dass Chloe überhaupt eine Schwester hat.»

Sie spürte einen leichten Stich in der Brust und setzte die Sonnenbrille wieder auf. «Ich hab sie verloren.»

«Wir sind meistens am Strand, ganz im Westen, hinter dem Punkt, wo die Touristen umkehren, weil sie die Blechbuden zu gruselig finden. Ich komme nur zum Gitarrespielen her.» Er zeigte auf seinen Platz, wo der geöffnete Koffer stand und zur Spende einlud. «Deine Haare waren unter dem Hut. Und von der Seite; der Gang, das Profil, ich hätte schwören können, du bist Chloe. Hab mich schon gewundert, warum die hier rumtigert, dazu in solchen Klamotten.» Er schaute an ihr herunter, und sie war sich nicht sicher, ob aus seinem Blick Respekt oder Verachtung sprach. «Wieso habe ich dich noch nicht getroffen?»

«Ich bin erst seit gestern hier.» Plötzlich stieg ihr ein Brennen in die Augen. «Seit heute Morgen, streng genommen.»

«Okay, dann ...» Der junge Mann schien plötzlich unangenehm berührt. Er versuchte jetzt, von ihr wegzukommen. Vielleicht war er doch schlauer, als sie anfangs gedacht hatte, und fragte sich, ob er bereits zu viel gesagt hatte.

«Ich bin auf der Suche nach Chloe.»

«Sie war schon eine Weile nicht mehr da», sagte er ausweichend.

«Wo könnte sie noch sein?»

«Echt, keine Ahnung.» Er wies mit dem Daumen hinter sich. «Ich muss dann mal weiterspielen. Auch im Paradies kostet Gras Geld.»

«Deine Fanbase kann warten.» Sie nahm die Sonnenbrille wieder ab. Fixierte ihn nun erbarmungslos, sprach ruhig, aber mit einer Schärfe in der Stimme, die er nicht überhören konnte. «Wo ist meine Schwester?»

«Echt, keine Ahnung, wo sie ist. Sie war ein paar Tage bei uns, und dann ist sie wieder abgehauen.»

Sie atmete erschöpft aus und ließ ihren Blick beiläufig umherwandern, während sie weitersprach. «Hör mir jetzt genau zu, du kleine Mistratte. Du sagst mir sofort, wo ich meine Schwester finde, sonst finde ich stattdessen deine Scheiß-Bretterbude und fackel sie ab, mitsamt deiner billigen Klampfe darin.» Dann schaute sie ihm direkt in die Augen, um die Wirkung ihrer Worte zu beobachten.

Er bekam offenbar wirklich Schiss. «Ich will keinen Stress, ey.»

«Das ist sehr klug von dir. Also?»

Er tat noch einen Moment so, als würde er mit sich ringen, obwohl er offensichtlich längst entschieden hatte, Chloe zu verraten.

«Sie hat was von einer Farm erzählt. *Soul-Farm* oder so. Irgendwo in den Bergen nördlich von hier. Da nehmen sie Ayahuasca und machen so esoterischen Kram.»

«Wo finde ich diese Farm?»

«Ehrlich, mehr weiß ich nicht. Ich steh nicht auf so'n Scheiß, ist mir zu sektenmäßig.» Sie glaubte ihm. Mehr als verraten konnte er Chloe nicht. «Hau ab.»

Er murmelte irgendetwas, machte ein paar hüpfende Schritte rückwärts und joggte davon.

Sie rief ihm nach. «Seine Freunde verrät man nicht.»

28

Es gibt Tausende Ärztinnen in Hamburg, davon heißt bestimmt mehr als eine Franka. Hat sie gesagt, dass sie eine Schwester hat?»

Lux schüttelte den Kopf.

«Siehst du. Und hat sie gesagt, dass sie im UKE arbeitet?»

Lux schüttelte wieder den Kopf.

«Na also.»

Aber im Schichtdienst. Das klang wiederum nach Klinik. Lux spürte eine seltsame Zerrissenheit. Einerseits hoffte er aus offensichtlichen Gründen inständig, dass sie es nicht wäre. Andererseits hatte er von *seiner* Franka seit ihrem Treffen nichts mehr gehört, und ein Teil von ihm hoffte, dass er nun die Gelegenheit bekam, sie wiederzusehen. Juha hatte offenbar denselben Gedanken als Aufmunterung erdacht und sagte: «Dann musst du wenigstens nicht mehr warten, dass sie dir schreibt, und ich lerne sie schon mal kennen.»

Lux wusste es zu schätzen, doch die Anspannung, die ihn auf einmal gefangen hielt, ließ keine Freude über Juhas Scherz zu.

Während Juha den Wagen ins Parkhaus fuhr, ging Lux schon zum Empfang, um sich danach zu erkundigen, ob Doktor Franka Cordes heute arbeitete und, wenn ja, wo sie zu finden sei. Die Lobby war riesig, Lux hatte eher das Gefühl, im Bahnhof einer mittleren Großstadt gelandet zu sein als in einem Krankenhaus.

«Haben Sie einen Termin?» Der gehetzt wirkende Mann hinterm Tresen rückte sich auf seinem Stuhl zurecht.

«Ich habe keinen Termin ...»

«Dann sind Sie bei mir falsch.» Sein Blick ging an Lux vorbei. «Der Nächste bitte.»

Lux zog kurzerhand seinen Polizeiausweis. Der Mann grummelte, tippte aber etwas in seinen Rechner. Während er wartete, schaute Lux sich um und sah Juha, der ein Stockwerk über ihm aus einem Fahrstuhl trat. Mit gespielt enttäuschter Geste hob Juha die Arme, und Lux zeigte ihm den kürzesten Weg zu ihm, der über eine Rolltreppe ins Erdgeschoss führte.

«Wirbelsäulenzentrum», kam es knapp hinter dem Tresen hervor. Auf Lux' mittlerweile genervten Blick hin wurde rasch präzisiert: «Das gehört zur Unfallchirurgie. Links rum, auf dieser Ebene einfach geradeaus, bis es nicht mehr weitergeht, und dann rechts. Dann sind Sie schon da. Frau Doktor Cordes ist laut Plan in der Schicht.»

«Geht doch», murmelte Lux und ging los, um Juha einzusammeln. Sein Herz hämmerte jetzt.

«Das ist ja ein regelrechtes Labyrinth hier», sagte Juha.

Sie folgten dem beschriebenen Weg, bis sie wieder an einem Tresen standen, die gleiche Frage stellten und Lux wieder den Ausweis zücken musste. Während der Mann vorn am Empfang es tagein, tagaus mit den üblichen Besuchern oder jedenfalls weniger dringenden Fällen zu tun hatte, spürte man hier eine ganz andere Dynamik. Hier war der Einsatz wesentlich höher, der Ton barscher und das ganze Setting stressiger. Man wollte die beiden Polizisten vorerst nur aus dem Weg haben, also wurden sie kurzerhand in ein Untersuchungszimmer verbannt, das momentan nicht genutzt wurde.

«Ich kann Ihnen nicht garantieren, dass Frau Doktor gleich Zeit hat. Aber wenn Sie nicht erst nach Feierabend mit ihr sprechen wollen, haben Sie die besten Chancen, wenn Sie hier warten.»

Juha setzte sich auf den einzigen richtigen Stuhl, während Lux auf der Liege Platz nahm. Doch er hielt es keine zehn Sekunden aus, sprang wieder auf und begann, auf und ab zu tigern. Als er sich schließlich ermattet auf der Liege abstützte, ging hinter ihm die Tür auf, und er hörte Juha sagen: «Frau Cordes?»

Lux drehte sich nicht um, und es erschien ihm wie eine Ewigkeit, bis sie antwortete. «Ja.» Er schloss die Augen.

Dann wandte er sich um, sah sie und sagte: «Hi.» Es dauerte eine weitere endlose Sekunde, bis sie sein Gesicht eingeordnet hatte, und auch Juha verstand im selben Moment, dass Lux' Hoffen vergebens gewesen war.

«Lucas?» Sie trug OP-Kleidung, hatte aber die bullige Daunenjacke darübergeworfen, die sie auch bei ihrer letzten Begegnung in der Imbissbude angehabt hatte.

«Wir sind dienstlich hier», sagte Lux, um jedwedem Missverständnis zuvorzukommen, und zog zu allem Überfluss seinen Polizeiausweis.

«Alles andere wäre auch ein bisschen eigenartig gewesen.»

Juha hob kurz die Hand zum Mund, und auch Lux war dankbar für ihren Scherz, der die Situation wenigstens ein kleines bisschen auflockerte.

«Was kann ich für Sie tun?» Ihr Blick ging zwischen Lux und Juha hin und her, und Lux bemerkte, wie sie über das *Sie* stolperte. Juha versuchte, die merkwürdige Situation zu entschärfen. «Meinen Kollegen Lucas Adisa kennen Sie ja schon.» Dann wusste auch er nicht weiter, schien sich auf die Zunge zu beißen und sagte statt einer weiteren Erklärung: «Ich bin Juha Korhonen. LKA Hamburg.» Dann zeigte er auf Lux. «Er auch. Aber das wissen Sie ja. Wir sind dienstlich hier.»

Franka nickte unsicher. «Ja, das sagte Herr Adisa eben schon. Wenn es länger dauert, wollen Sie mit mir rauskommen? Das ist meine einzige Raucherpause für die nächsten fünf Stunden.»

«Es dauert nicht lange», sagte Juha und erhob sich. «Ihre Schwester ist Claudia Cordes?»

Ihr Blick ging unmittelbar ins Leere, und Lux glaubte sogar wahrzunehmen, dass ihre Augenlider etwas schwerer wurden. Langsam hob sie die rechte Hand zum Mund, ballte sie zur Faust.

«Chloe? Was ist passiert?»

Erst jetzt wurde Lux bewusst, wie diese Situation auf Franka wirken musste. Zwei Polizisten kommen unangemeldet vorbei und fragen nach einem Angehörigen. Er wollte eingreifen, aber Juha hob schon beschwichtigend die Hände.

«Wir sind auf der Suche nach Ihrer Schwester. Mehr nicht.»

«Was hat sie angestellt?»

Juha drehte sich kurz zu Lux um, dann wieder Franka zu. «Soweit wir wissen, nichts. Aber sie könnte uns bei einem Fall weiterhelfen, an dem wir gerade arbeiten. Da wir sie bei Ihnen zu Hause nicht angetroffen und auch keine Nummer von ihr haben, dachten wir, dass wir es hier versuchen.»

«Meine Schwester besucht mich selten bei der Arbeit.» Franka lächelte vorsichtig, ihre Anspannung löste sich etwas, und sie fuhr fort: «Worum geht es denn? Ich kann Chloe gerne Bescheid geben.»

«Das können wir Ihnen leider nicht sagen.»

«Machen Sie eine Andeutung.»

«Tut uns leid.» Juha schüttelte den Kopf.

Ihr Blick glitt wieder ins Leere.

Als nichts weiter von ihr kam, hakte Lux nach und versuchte sich in unbedarfter Professionalität. «Können ... *Sie* uns vielleicht sagen, wann wir Ihre Schwester antreffen oder wie wir sie erreichen?»

«Kommen Sie vielleicht doch mit raus, eine rauchen?»

Sie folgten Doktor Franka Cordes durch ein weiteres Untersuchungszimmer in einen Flur, der auf der Rückseite des Gebäudes lag, und dann durch eine schwere Tür, die sie mit einer Transponder-Karte öffnete. Lux betrachtete ihren Hinterkopf, fragte sich, was darin vorging.

Draußen angekommen, zündete sie sich schnell eine Zigarette an. Dass sie rauchte, hatte Lux nicht gewusst. Bei seiner Dating-App wäre das ein Ausschlusskriterium für eine Kontaktaufnahme gewesen, bei Franka machte es ihm nichts aus.

«Entschuldigen Sie, aber wenn es um Chloe geht, bin ich etwas schreckhaft. Ich versuche schon seit Jahren, mir keine Sorgen um sie zu machen.» Sie grinste. Lux hatte selten so ein trauriges Grinsen bei jemandem gesehen. «Meine Schwester wohnt nicht wirklich bei mir.»

Gerade als Juha Anstalten machte nachzuhaken, fuhr sie fort. «Sie ist schon vor Jahren aufs Land gezogen. Kennen Sie den Forst bei Stocke?»

Sowohl Lux als auch Juha mussten den Kopf schütteln.

«Wenn Sie mir ein Smartphone geben, dann zeige ich es Ihnen. Meins ist im Spind.»

Lux reagierte erst, als Juha ihn mit einer Geste aufforderte. Etwas zu hektisch kramte er sein Handy heraus, öffnete *Maps* und reichte es dann Franka Cordes. Sie lächelte ihn an, als sie es nahm, so wie er am vergangenen Abend ihres genommen hatte, um seine Telefonnummer einzutippen.

«Hier.» Sie schob mit dem Zeigefinger die Karte Richtung Süden. «Da geht die Nordheide los, und darüber ist der Forst. Ich kann das Haus auf der Karte nicht genau markieren. Aber wenn Sie von hier aus in den Wald gehen, müssen Sie nur geradeaus und können es kaum verfehlen. Es liegt links in einer kleinen Kurve und ist knallblau ... noch vom Vorbesitzer», sagte sie, als müsse sie sich für die Farbauswahl entschuldigen. «Ich setze Ihnen eine Stecknadel.»

Sie hielt ihren Zeigefinger länger auf dem Display, bis das Telefon ein leises «Plop» von sich gab, und reichte es dann wieder an Lux zurück.

«Warum ist Ihre Schwester denn bei Ihnen gemeldet?»

Franka Cordes zog die Schultern hoch. «Das ist ein Forst. Im Prinzip eine Art Schrebergarten. Deswegen *wohnt* sie bei mir und nicht dort.» Sie blickte die beiden Polizisten erwartungsvoll an. «Noch was?»

Juha schaute fragend zu Lux, doch er wich seinem Blick aus und schüttelte nur, an Franka gewandt, den Kopf.

«Alles klar. Ich muss wieder rein. Stehen Sie im Parkhaus?»

Lux nickte.

«Dann können Sie hier rechts rum. Die dritte Tür geht ins Treppenhaus, von da kommen Sie zum Parkhaus. Auch wenn es nicht dransteht.»

Sie öffnete die Tür, hielt inne. «Ähm, Herr ...»

«Adisa», sagte Lux und blieb ebenfalls stehen.

Juha machte eine etwas zu umständliche Geste, die wohl bedeuten sollte, dass er schon vorausginge.

Franka wartete, bis er verschwunden war. «Ich wollte dich anrufen, Lucas.»

«Ja?»

Sie nickte. «Ja, wirklich. Also, ich hätte dich heute angerufen oder geschrieben. Ich telefoniere nicht so gerne.»

Lux lächelte. «Ich auch nicht.»

Franka deutete in die Richtung, in die Juha verschwunden war. «Aber ... also geht das denn jetzt? Was ist mit Chloe?»

Lux schüttelte zerknirscht den Kopf. «Ich darf es dir nicht sagen.»

«Okay. Was heißt das?»

Lux musste sich eingestehen, dass er es gar nicht genau wusste. Natürlich durfte er keinen privaten Kontakt zu Personen pflegen, die in irgendeiner Weise in einen aktuellen Fall involviert waren. War Franka das?

«Ich meine, wenn ihr nur mit Chloe sprechen wollt ...», nahm sie seinen eigenen Gedanken vorweg.

«Ich kläre das.»

«Gut, Polizist Adisa.»

«Und melde mich.»

Sie lächelte ihn an, ihre dunkelbraunen Augen leuchteten, Lux wurde warm. Dann schwang die automatische Tür auf, sie hatte den Schalter betätigt, ohne dass er es bemerkt hatte. Sie winkte ihm im Rückwärtsgehen. Lux hob die Hand, dann fiel die schwere Tür zu.

«Das tut mir echt leid, Lux», sagte Juha auf dem Weg zum Parkhaus. «Aber aufgeschoben ist ja nicht aufgehoben.»

«Was, wenn ich den Fall abgebe?»

Juha blieb stehen. «Na, jetzt lass aber mal die Kirche im Dorf. Das ist dein erster großer Fall beim *Mord*. Ich hab mich ganz schön angestrengt, dass du mitkommen kannst.»

«Hast du nicht, du hast einfach gefragt.»

«Aber sie haben eine Ausnahme gemacht. Trotzdem. Du kennst die Frau seit vorgestern. Ich bin mir sicher, ihr könnt euch zusammenreißen, bis geklärt ist, ob Befangenheit besteht oder nicht. Ihr seid ja keine fünfzehn Jahre alt.»

Lux nickte zwar, doch als er in sich hineinfühlte, war er sich da nicht so sicher.

Sie fanden die beschriebene Tür, und Lux öffnete sie, als sein Telefon vibrierte. Er zog es aus der Tasche, während er Juha die Treppen nach oben folgte. Hätte sein Telefon während der letzten sechsunddreißig Stunden den Eingang einer

Nachricht verkündet, sein Herz hätte Luftsprünge gemacht. Jetzt störte es ihn. Doch sein Missmut verwandelte sich in etwas anderes, als er den Absender sah. Frau Solana war die Nachbarin seiner Mutter, und sie drei hatten eine Absprache.

Frau Solana schrieb: «!!!» In den letzten sieben Jahren hatte sie zweimal stillen Alarm geschlagen und beide Male zu Recht.

Erst als er das Handy wieder eingesteckt hatte, merkte Lux, dass Juha offenbar die ganze Zeit vor ihm gestanden und seine Reaktion auf die Nachricht mitbekommen hatte. «Ich muss zu meiner Mutter.»

«Soll ich mitkommen?», fragte Juha, ohne eine Sekunde zu überlegen.

Lux dachte kurz nach. «Kannst du mich einfach an der S-Bahn absetzen? Ich glaube, damit bin ich um diese Tageszeit schneller.»

«Ja, da hast du wahrscheinlich recht. Dann schick mir mal die Koordinaten von Chloe Cordes' blauem Haus.» Damit ging Juha voraus zum Wagen.

29

Nachdem Juha Lux an der nächsten S-Bahn-Station abgesetzt hatte, verließ er die Stadt durch den Elbtunnel. Kaum hatte er den Hafen hinter sich gelassen, war er schon in den Harburger Bergen. Dann kamen die schneebedeckten Felder. Das fand er jedes Mal aufs Neue erstaunlich an Hamburg: Man brauchte aus der Stadtmitte in alle Richtungen nur etwa eine halbe Stunde zu fahren und war in einer anderen Welt. Im Gegensatz zur Stadt, wo der gefallene Schnee zu großen Teilen geräumt war und die Reste langsam grau und schmutzig wurden, schien hier die Landschaft wie in einen weichen, weißen Mantel gehüllt. Eine Gruppe Rehe stand auf einem verschneiten Feld und beobachtete erstaunt die vorbeirasenden Autos. Was soll's?, dachte Juha. Er ließ sich hinter einen Lastwagen zurückfallen, scherte auf die rechte Spur ein und trieb mit dem Verkehr dahin. Er hatte es nicht eilig.

In Stocke nahm er die Abfahrt und hatte bald das große Waldgebiet erreicht, das sich von hier bis in die Lüneburger Heide erstreckte. Das Gelände entzog sich der Kontrolle Googles, noch zumindest, und Juha hätte sich nicht zurechtgefunden, wenn Franka Cordes ihm den Weg nicht genau beschrieben hätte. Er bog auf einen Waldweg ein und hoffte inständig, dass der Boden so festgefroren war, wie es schien. Er hatte keine Lust, mit dem Wagen stecken zu bleiben. Lange Baumstämme stapelten sich am Rand des Weges, mit Neonfarben markiert, zur Abholung bereit. Welch schweres Gerät genutzt worden war, um diese Bäume zu bewegen und zu stapeln, konnte man an den Reifenspuren erahnen, die sich tief in den Boden gegraben hatten. Juha versuchte, den tiefsten Rillen auszuweichen, dennoch hörte er immer wieder ein lautes Kratzen vom Unterboden seines Wagens. Zwischen den Bäumen tauchte ein mit Graffiti besprühtes Trafohaus auf. *FCK CPS*.

Offiziell durfte man hier nicht wohnen, das wusste Juha. Dennoch war schnell klar, dass es genug Leute gab, die sich nicht daran hielten. Wer hier im Forst lebte, wollte sich der Gesellschaft zumindest ein Stück weit entziehen.

Dann war plötzlich Schluss. Vor ihm begrenzten drei Poller den Weg, links lag eine kleine Lichtung. Juha lenkte den Wagen auf einen winzigen Parkplatz und folgte dann zu Fuß dem Weg, der hinter den Pollern weiterführte. Vereinzelte Spuren von Menschen und Hunden waren zu sehen, aber seit dem letzten Schneefall schien kaum jemand hier gewesen zu sein. Hinter einer Biegung standen plötzlich drei Rehe vor ihm, mitten auf dem Weg. Sie wirkten ebenso überrascht wie er, gleichzeitig zu neugierig, um zu flüchten. Die zwei Ricken und der wesentlich kleinere Bock schauten ihn an, als erwarteten sie, dass er sich vorstellte und den Grund seines Kommens nannte. Juha blieb stehen, er brachte es nicht übers Herz, die Situation zu zerstören, indem er einfach weiterging. Nach einer halben Minute wurde es der einen Ricke, wahrscheinlich die Mutter der beiden anderen, dann doch zu unheimlich. Sie löste sich aus ihrer Starre, machte einen vorsichtigen Schritt und verschwand dann lautlos durchs Unterholz. Die anderen folgten ihr.

Juha ging weiter und zog die kalte Luft durch die Nase ein. Auch wenn dieser Forst nicht mit den tiefen Wäldern Lapplands zu vergleichen war, musste er unweigerlich an seinen Großvater denken und an die Ferien, die er bei ihm im hohen Norden verbracht hatte. Zugegeben, es waren meist die Sommerferien gewesen, mit traumlosen, kurzen Nächten, die

die beiden oft auf der Lauer liegend bei der Jagd verbracht hatten. Aber er war auch ein paarmal im Winter dort gewesen, und diese Erinnerungen überfielen ihn jetzt, während er durch den Schnee stapfte. Die Sonne war erst kurz vor dem Mittagessen am Horizont aufgetaucht und schon wieder verschwunden, wenn sie dabei waren, den Tisch abzuräumen. Trotz der Kälte waren sie viel draußen gewesen. Mit leichtem Schrecken dachte er heute an die Nacht zurück, in der sein Opa sich abends mit den Worten verabschiedet hatte, er gehe kurz zu seinem Nachbarn Antti, Juha solle darauf achten, den Ofen nicht ausgehen zu lassen. Mitten in der Nacht war Juha vollkommen durchgefroren aufgewacht. Sein Großvater kam erst am nächsten Morgen zurück und fand den Jungen unter allen Decken vergraben, die er in der Nacht hatte finden können. Ohne einen Kommentar entfachte er ein neues Feuer im Ofen, machte Tee und stellte Juha eine Tasse ans Bett. Juha schämte sich, seiner Aufgabe nicht nachgekommen zu sein. Seine Mutter sah das ganz anders, als sie am Nachmittag mit Wally aus der Stadt zurückkam und von Juha erfuhr, was passiert war. Sie stritt sich erst leise und dann immer lauter mit ihrem Vater. Auch wenn Juha heute wusste, dass es nicht seine Schuld gewesen war, weder der Ofen – er war schließlich ein Kind gewesen – noch der Streit zwischen den beiden, fühlte er immer noch die kindliche Reue, wenn er daran zurückdachte.

Er wurde aus seinem Tagtraum gerissen, als er plötzlich vor dem blauen Haus stand. Es war weder von einem Zaun noch von einer anderen sichtbaren Begrenzung umgeben, dennoch fühlte sich Juha plötzlich wie ein Eindringling, als er darauf zuging. Er trat in den kleinen überdachten Windfang, in dem sich das Brennholz bis zur Decke stapelte, daneben ein kleines hölzernes Regal voller Schuhe und Gummistiefel, alle mit Erde und Schlamm verschmiert. In die Haustür war eine verstaubte Glasscheibe eingelassen, durch die Juha mehr schlecht als recht den Innenraum erkennen konnte. Er klopfte, und als eine Zeit lang nichts geschah, noch einmal. Juha beugte sich vor, legte die Handkanten an die Scheibe und versuchte, etwas zu erkennen, als plötzlich die Tür aufsprang. Instinktiv machte er einen Schritt zurück, schaute sich um und trat dann in die Hütte. Er hatte die Hoffnung gehabt, Chloe Cordes sei nur kurz in den Wald gegangen oder unterwegs, um Besorgungen zu machen. Doch die Hütte war unbeheizt, es roch nach kalter Asche. Die Holzbohlen knarzten laut unter seinen Schritten.

Juha ging zum Kaminofen, der mitten im Raum stand, und fasste ihn vorsichtig an: eiskalt. Er schaute sich im Raum um. Eine Matratze lag auf Paletten unter dem Fenster, das nach hinten raus auf eine kleine Lichtung schaute, eine weiß lackierte Obstkiste, auf die Seite gekippt, war als Bücherbord umfunktioniert worden. Eine mit Spinnweben verhangene Katzenklappe bewegte sich geräuschlos im Zug. Hinter einer schmalen Tür fand er die kleine aufgeräumte Küche und hinter einer zweiten das winzige Bad mit Klo und Dusche. Juha hatte nicht den Eindruck, dass dieses Haus von jemandem eingerichtet worden war, der sein Leben nicht im Griff hatte. Es erinnerte ihn eher an die Zimmer, die er damals beim Militär bewohnt hatte: nur das Nötigste und vielleicht ein, zwei persönliche Dinge. Er ging zu der Obstkiste und inspizierte die Bücher. «Durchs Trauma zur Freiheit», «Finde dein inneres Kind» oder «Kein Ziel ohne Weg». Hier war auf jeden Fall jemand auf der Suche nach sich selbst. Juha musste schmunzeln, denn dieser Ort schien ihm dafür bestens geeignet.

Noch in der Hocke hob er den Kopf und schaute auf die kleine Lichtung hinter dem Haus. Er war nicht überrascht, dass er auch dort ein paar Rehe sah. Sie standen vielleicht zwölf, fünfzehn Meter hinter dem Haus. Auf der Suche nach

Futter hatte ein Junges begonnen, die Rinde einer Birke abzunagen. Juha blieb in der Hocke und kramte sein Telefon aus der Tasche seines Sakkos. Lux würde sich bestimmt über ein Bild von Rehen freuen. Beim ersten Foto machte das Telefon dieses überflüssige Kamerageräusch. Juha fluchte innerlich, er war sich sicher, dass er diesen Ton eigentlich deaktiviert hatte. Die Rehe schauten alarmiert zum Haus. Aber sie konnten ihn unmöglich gehört haben, oder? Im nächsten Augenblick stoben sie auseinander und verschwanden wie Schatten im Wald.

«Können Sie mir mal sagen, was Sie da machen?»

Juha fuhr herum, hätte dabei fast das Gleichgewicht verloren und sich hingesetzt, konnte sich aber gerade noch fangen, bereit zum Sprung. Mitten im Raum, kaum zwei Meter hinter ihm, stand ein groß gewachsener Mann, er trug die Arbeiterkleidung eines amerikanischen Holzfällers: grobe Baumwollhose, Flanellhemd, darüber eine Weste und schwere Schuhe. Er hatte ein rotes Gesicht und die Haare klebten feucht an seinen Schläfen. Er war sicher einen Kopf größer als Juha, das konnte er schon von hier unten sehen. Juha stand langsam auf und schüttelte seinen ersten Schreck ab. Wie war der Kerl so nah an ihn herangekommen, ohne dass er es bemerkt hatte? Nun wurde er zu Recht wie der Eindringling behandelt, der er war. Dann mal Flucht nach vorn, dachte Juha. Er streckte die Brust raus, griff in sein Sakko, um seinen Ausweis hervorzuziehen und realisierte, dass er sein Portemonnaie im Auto gelassen hatte.

«Korhonen, LKA Hamburg.»

«Ausweis», kam es nur knapp von dem Riesen. Juha ging ihm gerade bis zum Kinn.

Um Zeit zu schinden, kramte Juha noch einmal. «Der liegt wohl im Auto.»

«Das ist schlecht.»

«Hören Sie, ich bin auf der Suche nach Chloe Cordes. Das ist doch ihr Haus, oder? Sind Sie ein Nachbar?»

Der Hüne schwieg und starrte ihn nur an. Juha wurde es zu blöde. «Na dann», sagte nur und wollte an ihm vorbei das Haus verlassen. Der Mann packte ihn an der Schulter, worauf Juha zu seiner eigenen Überraschung sofort nach der großen Pranke griff und sie derart verdrehte, dass der Riese auf seine Knie sackte, ohne einen Ton von sich zu geben.

«Haben wir's jetzt?», fragte Juha und wusste selbst nicht so recht, was er damit meinte, aber der Mann nickte, und als Juha nicht losließ, hob er seinen Blick und sagte beschwichtigend: «Is' gut.»

Juha ließ von ihm ab und machte zwei Schritte rückwärts in Richtung Ausgang, falls der Hüne es sich doch noch anders überlegte. Doch der stand nur auf, rieb mit der linken Hand das Handgelenk der rechten und hob Juha dann beide Handflächen versöhnlich entgegen. «Lassen Sie uns mal rausgehen. Ich bin nicht gerne in den Häusern anderer Leute.»

Als sie draußen standen, bemerkte Juha, dass der Mann wahrscheinlich älter war, als er im ersten Moment gedacht hatte. Er hatte ihn im Gegenlicht auf ungefähr gleich alt geschätzt, aber der Mann war eher Mitte, Ende sechzig.

«Ich bin Holger Ebber. Die meisten nennen mich aber einfach nur Ebber. Holgers gibt es wie Sand am Meer, Ebbers hingegen nicht so viele. Da kommt man nicht so durcheinander.» Er lächelte Juha jetzt schüchtern an.

«Alles klar, Herr Ebber. Ich bin auf der Suche nach Frau Cordes. Können Sie mir sagen, wo ich sie finde?»

Ebber schüttelte den Kopf. Erst als Juha beharrlich schwieg, schien er zu merken, dass von ihm mehr als das erwartet wurde.

«Na ja, man lässt sich in Ruhe. Wer nachbarschaftliches Grillen und Small Talk am Zaun haben will, der wohnt weiter vorn.» Er nickte in die Richtung, aus der Juha gekommen war. Juha blieb bei seiner Taktik, schwieg und wartete ab, was noch kommen mochte.

Ebber knibbelte an seiner Unterlippe.

«Das letzte Mal, dass ich mit ihr gesprochen hab, war, als ihre Wasserleitung eingefroren war. Das passiert im Winter mal ganz gern.»

«Okay, wann war das?»

«Denke, so vor fünf, sechs Jahren.»

Diesmal war Juhas Schweigen seinem Erstaunen geschuldet.

«Und wann haben Sie sie zum letzten Mal gesehen?»

«Vielleicht vor ein paar Wochen oder so.»

«Würden Sie mich bitte anrufen, wenn Sie sie sehen?»

«Ich hab kein Telefon.»

Das glaubte Juha sofort. «Aber es gibt sicher Bekannte oder Nachbarn, die ein Telefon haben.» Ebber nickte, und als er wieder nach seiner Unterlippe griff, fügte Juha hinzu: «Würden Sie mich dann bitte anrufen?»

In Ebber schien es zu arbeiten. Dann nickte er. «Ich will nur meine Ruhe.»

«Ja, das kann ich gut verstehen», sagte Juha und ließ seinen Blick noch mal über die Umgebung wandern. Er spürte selber den starken Wunsch, einfach hierzubleiben, Feuer im Ofen der Hütte zu entfachen und darauf zu warten, dass sein Großvater nach Hause kam und ihm betrunken irgendeinen Unsinn erzählte.

Als er zu dem kleinen Parkplatz zurückkam, stand sein Auto immer noch alleine da. Es wirkte fremd, wie ein Gegenstand aus einer anderen Welt. Der Lack glänzte, und Schnee spiegelte sich in der Karosserie. Wie ein Ufo, das sich gleich mit einem Zischen öffnen und einen Außerirdischen freigeben würde. Juha musste sich kurz schütteln, um sich klarzumachen, dass er der Außerirdische war, der nun in sein Ufo steigen würde.

30

Alles kam ihm klein vor, die Häuser niedrig, die Straße, die ihm früher wie ein breiter Fluss erschienen war, war zu einem Bachlauf geschrumpft. Die Lücke im Mäuerchen, auf dem er als Kind balanciert hatte, die zu überspringen ihm erst mit sechs oder sieben Jahren zum ersten Mal gelungen war, konnte er nun mit einem großen Schritt überwinden.

Dass er ausgerechnet jetzt, mit einer fast kindlichen Hilflosigkeit erfüllt, zu Fuß den Weg zu seiner Mutter ging, den er früher von der Grundschule nach Hause genommen hatte, anstatt wie sonst mit dem Auto vorzufahren, kam ihm vor wie ein Witz des «lieben Herrgotts», wie seine Mutter den Schöpfer des Himmels und der Erde zu nennen pflegte.

Lux ging schnell. Kurz vor dem Ziel merkte er, dass er schwitzte, und öffnete seinen Mantel. Im Durchgang zum Innenhof des gewaltigen Plattenbaukonglomerats kam ihm ein Junge entgegen, fünfzehn vielleicht, und Lux betrachtete sich für ein paar Schritte unwillkürlich von außen mit den Augen seines eigenen fünfzehnjährigen Ichs: *Was will der Schnösel hier, in seiner Manager-Klamotte? Er glaubt, er sei was Besseres. Runter von meiner Straße, du gehörst hier nicht mehr her! Du hast die Seite gewechselt und schaust jetzt auf uns herab. Bist du deswegen hier? Um auf uns herabzuschauen?*

«Hallo», sagte der Junge scheu, als er an Lux vorbeiging. Von Nahem wirkte er doch eher wie zwölf. Lux drehte sich um und rief ihm ein lautes «Hallo» hinterher.

Im Fahrstuhl roch es abgestanden, nach Metall, einer Spur kalten Rauchs und einem Hauch Urin, der aus dem Schacht nach oben stieg. Ein Geruch, der sich in dreißig Jahren nicht verändert hatte. Im siebten Stockwerk angekommen, durchmaß Lux den Flur mit großen Schritten, zog den Schlüssel hervor, den er immer bei sich trug, und öffnete die Wohnungstür. Als er eintrat, hörte er Renaissancemusik aus dem Arbeitszimmer seiner Mutter, wahrscheinlich hatte sie ihn noch nicht gehört. Er zog leise die Schuhe aus und hängte den Mantel an die Garderobe. Dann inspizierte er die Küche. Sie war unaufgeräumt, aber nicht chaotisch. Ein Teller vom Frühstück, ein paar Tassen mit angetrocknetem Kaffeerest, in der Tüte mit dem Altglas lagen zwei leere Weinflaschen. Im Rahmen, befand Lux, wollte aber nicht ausschließen, dass Kami Solana in den letzten Tagen immer mal wieder für Ordnung gesorgt und das Altglas entsorgt hatte. Während er durch den Flur ins Arbeitszimmer ging, klimperte er laut mit seinem Schlüssel, um seine Mutter vorzuwarnen, klopfte an den Türrahmen und drehte die Musik leiser.

«Hat Kami dich geschickt?», fragte seine Mutter ohne Begrüßung mit ihrer üblichen Sturheit in der Stimme. Sie saß mit geradem Rücken zu ihm und bearbeitete eine Leinwand, betupfte mit dem nahezu trockenen Pinsel immer wieder die gleiche Stelle. Lux konnte nicht erkennen, dass sich durch das Tupfen irgendetwas veränderte. Es blieb ein dunkler Schatten, geworfen von einem in sich verdrehten, sich selbst umschlingenden menschlichen Körper, der, obwohl es keinerlei Maßstab gab, riesenhaft wirkte. Die Figur hatte kein Gesicht, schien ihren eigenen Schatten aber trotzdem in einer Mischung aus Skepsis und Ehrfurcht zu betrachten.

«Streng genommen hast du selbst nach mir geschickt. Der stille Alarm war deine Idee.»

Seine Mutter hörte auf zu tupfen und rotierte auf ihrem Bürohocker zu ihm herum. «Es geht mir gut, Lucas.»

«Warum denkt Kami was anderes?»

Sie zuckte unschuldig mit den Schultern, drehte sich wieder zur Leinwand und fuhr mit dem Tupfen fort. «Ich male viel. Dadurch ist mein Rhythmus etwas durcheinandergekommen, das ist alles. Gestern habe ich lange gemalt, bis in die Nacht, und deswegen heute Morgen die Klingel nicht gehört, als Kami mit den Einkäufen kam.»

«Wieso kauft Kami für dich ein?»

Wieder drehte sie sich zu ihm um, dieses Mal langsamer, und blickte ihm tief in die Augen. «Sie bringt mir nur manchmal etwas vom Supermarkt mit, wenn ich zu beschäftigt bin. Sie kümmert sich eben, sie ist jemand, der sich gerne kümmert, das bereitet ihr Freude.»

«Soll das ein Vorwurf sein?»

Sie lächelte. «Nein. Auch wenn ich dich gerne öfter sehen würde. Aber das weißt du ja, und ich weiß, du tust dein Bestes.»

«Hast du heute schon was gegessen?»

«Ja.»

«Wie viel Alkohol hast du in der letzten Woche getrunken?»

«Du hast doch sowieso das Altglas überprüft, warum fragst du?»

Lux musste lächeln. «Weil du weißt, dass ich sowieso das Altglas überprüfe, und Vorkehrungen treffen könntest, damit ich nicht auf die Idee komme, deinen Höhenflug zu unterbinden. Mère, ich will dich nicht kontrollieren, das weißt du.»

Sie nickte, malte.

«Hast du deine Medikamente abgesetzt, um besser malen zu können?»

Sie schüttelte kaum merklich den Kopf. Lux war erleichtert, weil er wusste, dass seine Mutter zwar allzu gerne sich selbst, nicht aber ihn belog. Er setzte sich und schaute ihr beim Malen zu. Ihm fiel auf, wie schön sie noch immer war. «Hast du darüber nachgedacht?»

Sie ließ den Pinsel sinken und schaute ihn an, als habe er eine dumme Frage gestellt. «Natürlich habe ich darüber nachgedacht. Aber ich bin auch nicht erst seit gestern bipolar.» Sie beugte sich vor und strich ihm über die Wange. «Wie geht es dir, Lucas?»

«Die Arbeit nimmt mich ein, aber tut mir gut. Der neue Job ist spannend.»

«Mit den Toten ...»

«Todesermittlung. Ich trete für die Toten ein.»

«Und abgesehen von der Arbeit?»

«Ich laufe viel, mache mir dabei so meine Gedanken.»

«Geht es noch ohne Medikamente?»

«Seit fast fünf Jahren. Du brauchst nicht jedes Mal nachzufragen.»

«Ich bin lange Zeit ohne Medikation zurechtgekommen. Bis ich eben nicht mehr zurechtkam. Das kann jederzeit passieren. Nach fünf Jahren und selbst nach dreißig Jahren noch. Die Diagnose ...»

«Ich habe aber keine Diagnose», unterbrach er sie sanft. «Und will jetzt nicht darüber streiten.»

Sie warf ihm einen strengen Blick zu, sah aber ein, dass es keinen Nutzen hatte, wieder mal davon anzufangen. In diesem Punkt widersprach es der Natürlichkeit der Dinge, dass sie sich einig werden würden. Zu dieser Erkenntnis waren beide schon vor vielen Jahren gelangt und hatten entschieden, es dabei zu belassen. Trotzdem entsprach es ebenso der Natürlichkeit der Dinge, dass seine Mutter sich um ihn sorgte und eben doch hin und wieder nachfragte. Sie tupfte kurz auf die Palette, dann wieder auf die Leinwand, noch immer, ohne dass ein Effekt zu bemerken war. «Was macht die Musik?»

Lux war diese Verhöre gewohnt, er gönnte sie ihr von Zeit zu Zeit. «Ich höre viel Musik».

«Und *machst* du noch Musik?», fragte seine Mutter mit einem streng mütterlichen Unterton in der Stimme und spielte darauf an, dass sie Lux zum fünfundzwanzigsten Geburtstag eine Trompete gekauft hatte, nachdem er zu ihrer großen Freude die Jazzmusik für sich entdeckt hatte. Für ihn war das insgeheim auch immer eine Begleiterscheinung seiner Wandlung vom Kleinkriminellen zum ehrbaren Bürger gewesen. Anfangs war diese Musik eine Art Katalysator für seine Identitätsfindung – das passte in seinen Augen gut zusammen –: runter von der Straße, Polizist werden, Anzüge tragen, Jazz hören. Dann wurde es eine Leidenschaft. In die Trompete hatte er trotzdem nur ein paarmal hineinzublasen versucht, sogar eine Unterrichtsstunde genommen, es dann aber sein lassen und beschlossen, das Musik*machen* anderen zu überlassen. «Ich habe nie Musik gemacht.»

«Du lässt eine große Begabung an dir vorüberziehen.»

«Mère ...»

«Gibt es jemanden? Jemanden, mit dem du dein Leben teilst?»

«Juha?» Noch im selben Moment fasste er sich an den Kopf, als er verstand, wie die Frage gemeint war. Das ging ihm nun doch ein bisschen zu weit, mütterliches Verhör hin oder her.

Sie hörte auf zu tupfen und kniff spöttisch die Augen zusammen. «Nein, Lucas. Ich meine nicht Juha.»

Im ersten Moment wollte er verneinen, doch dann dachte er an Franka. «Ich habe jemanden getroffen.»

Die Überraschung in den Augen seiner Mutter ärgerte ihn. «Sie heißt Franka und ist Ärztin», fielen ihm die Worte wie automatisch aus dem Mund. Er erschrak vor sich selbst, doch zurücknehmen ging nicht. «Aber wir haben uns erst zweimal getroffen», ergänzte er schnell; das war immerhin nicht gelogen.

«Und könnte etwas daraus entstehen?»

Lux schlang seine Hände um die Brust und sackte mit einem unhörbaren Seufzer etwas tiefer in den Stuhl. «Vielleicht.» Auch das war streng genommen keine Lüge, höchstens eine Ungenauigkeit.

«Die Leute haben Respekt vor dir, dein Auftreten, wie du dich anziehst. Verstehe mich nicht falsch, du siehst sehr gut aus, überaus elegant. Aber es schafft auch eine Distanz.»

«Vielleicht will ich das ja.»

«Warum?»

«Weil die Leute vor einem Schwarzen im Anzug keine Angst haben.»

Seine Mutter lächelte und hatte sich offenbar entschieden, dass sie genug getupft hatte. «Da hast du wohl recht.»

Lux betrachtete erneut die Stelle, die sie so geduldig bearbeitet hatte. Ein heller Schimmer hatte sich über den Rand des Schattens gelegt, und aus der dunklen Fläche war ein plastisches Gebilde geworden.

«Ich habe eine Ausstellung. Ich würde mich freuen, wenn du zur Eröffnung kommst.»

«Warte. Du malst so viel, weil du eine Ausstellung hast? Warum hast du das nicht gleich gesagt?»

Seine Mutter schwieg, tupfte und ließ ein unscheinbares, aber zufrieden wirkendes Lächeln über ihre Lippen huschen.

«Herzlichen Glückwunsch. Natürlich komme ich.»

«Bring sie mit.»

Lux zögerte. «Wen?»

«Die Ärztin.»

«Mal sehen.»

Er ging zurück durch den Tunnel in Richtung Bahn. *Gibt es jemanden, mit dem du dein Leben teilst?*, klang es in seinem Kopf nach. War er wirklich allein? In seinen Zwanzigern, nachdem er den Absprung geschafft und sein Leben endlich in geregelte Bahnen gelenkt hatte, hatte er das Alleinsein als Teil der Askese betrachtet. Aber heute? Seine lasterhafte Jugend schien ihm wie ein ferner Traum, wie das Leben eines alten Freundes, mit dem man sich auseinandergelebt hatte. Tatsächlich gab es diesen Freund auf eine gewisse Art und Weise wirklich, und Lux fiel auf, dass er lange nicht an ihn gedacht hatte. Er war siebzehn gewesen, eine Zeit in seinem Leben, in der er meistens in den Straßen seines Viertels unterwegs gewesen war, mit Zacharias, seinem besten Freund. Sie trafen sich auf dem Spielplatz, vor dem S-Bahnhof und manchmal in einer Art Bar, die aber nichts von der urigen Gemütlichkeit einer typisch deutschen Kneipe hatte, sondern mit Neonlicht beleuchtet war und mit einem minimalistischen Interieur aus Plastiktischen und Sitzbänken auskam. Hier wurde nur Tee aus einem Samowar ausgeschenkt. Die Tür war mit einer kleinen Glocke versehen, die ein helles Geräusch von sich gab, als er eintrat. Zacharias kam aus einem Hinterzimmer, sie umarmten sich, und als sie Richtung Tisch gingen, hielt Zacharias ihn fest an sich gedrückt. Wieder schellte die Glocke, und Zacharias drehte seinen Kopf in Richtung Tür. Ein ohrenbetäubender Knall zerriss Lux fast das Trommelfell, der Schuss wurde unmittelbar neben seinem Ohr und direkt vor Zacharias' Gesicht abgegeben. Lux spürte, wie Zacharias einfach wegsackte, sein Arm rutschte von seiner Schulter. Lux drehte sich um und sah dem Schützen in die Augen. In diesem Moment entstand eine merkwürdige Ruhe in ihm. Da war keinerlei Impuls, weder zur Flucht noch zum Kampf. Er schaute den anderen einfach nur an. Der hob seine Pistole und richtete sie auf seinen Kopf.

Dann nickte er ihm zu und rannte hinaus. Wieder klingelte die helle Glocke, wenige Sekunden später fiel die Tür zu. Lux kniete sich neben seinen Freund und bemerkte, dass er lebte. Der Schuss aus der Gaspistole hatte sein Auge getroffen, Blut lief über sein Gesicht. Sein anderes Auge starrte weit geöffnet an die Decke, und die weißen Neonröhren spiegelten sich darin wie ein unwirkliches Firmament. Zacharias atmete flach und schnell, und seine Brust zitterte auf und ab.

Lux hatte nie erfahren, wer der Schütze war und warum er auf Zacharias geschossen hatte. In die Bar war er aber nie wieder und auch seinem Freund fortan aus dem Weg gegangen. Zacharias hatte es schweigend akzeptiert, und wenn sie sich von Weitem sahen, nickten sie sich zu, und jeder ging seines Weges. Zacharias mit einer Augenklappe und Lux mit der Idee, aus seinem Leben vielleicht doch etwas anderes zu machen. Das war der erste große Wendepunkt gewesen. Es blieb nicht der letzte, aber derjenige, der ihm eine gewisse Einsamkeit auferlegte. Er hatte beschlossen, sich fortan nur noch auf sich selbst zu verlassen. Doch heute, zwanzig Jahre später, hatte das Alleinsein keinen Nutzen mehr und war schleichend zur Bürde geworden, ohne dass er es gemerkt hatte.

Als er am Spielplatz vorbeikam, sah er den Jungen, der ihn zuvor gegrüßt hatte. Er stand mit zwei anderen bei den Schaukeln, Musik drang aus einer Bluetoothbox, die auf einer Bank stand. Kurz widerstand Lux dem Impuls, zu ihnen hinüberzugehen, um ihnen zu sagen, dass sie ihre Ärsche gefälligst in die Schule bewegen sollten.

Dann wurde der Impuls stärker, und er gab ihm nach. Sein Herz klopfte schnell, als er das Tor zum Spielplatz aufdrückte.

31

Wie geht es deiner Mutter?», fragte Juha, als Lux das Büro betrat.

«Sie hat bald eine Ausstellung.»

«Schön.» Als Lux merkte, dass Juha mit mehr Informationen gerechnet hatte, winkte er sanft ab und wechselte das Thema. «Bring mich erst mal auf den neusten Stand: Was konntest du von Chloe Cordes Neues in Erfahrung bringen?»

«Sie war nicht zu Hause und der Ofen kalt. Ein Nachbar sagt uns Bescheid, wenn sie wieder auftaucht», sagte Juha.

«Darauf können wir nicht warten. Wir sehen hier eine Spur, da sind wir uns einig, oder?»

Juha schien zu grübeln, wobei er sich am überquellenden Papierkorb feststarrte. Dann sagte er: «Lass uns noch mal zu deiner Beobachtung von Helle Schillings und Nagelschmidts Reaktion zurückgehen. Was haben wir da, lass uns das mal sammeln.»

Lux legte seinen rechten Zeigefinger an den linken Daumen, erster Punkt: «Wir wissen, dass Patrick Wichmann, Carsten Schilling und Arvo Nagelschmidt sich aus dem Studium kennen. Alte Freunde, könnte man sagen.»

«Helle Schilling nicht zu vergessen.»

«Helle Schilling?»

«Sie hat uns erzählt, dass sie bereits während des Studiums mit Carsten zusammen war und mit ihm zusammengelebt hat. Wir können also davon ausgehen, dass Helle Schilling und Nagelschmidt sich ebenfalls kennen.»

Lux starrte ihn an, als habe er etwas Unsinniges gesagt, bestätigte aber dann. «Natürlich, aber bei ihr wurde ja nicht eingebrochen. Also.» Rechter Zeigefinger an linken Zeigefinger, zweiter Punkt. «Die drei oder von mir aus auch vier – aber in unseren Überlegungen bleiben wir mal bei den Männern – kennen sich. Bei allen dreien wird in derselben Nacht eingebrochen.»

«Tut mir leid, dich schon wieder korrigieren zu müssen.»

Lux gab seine Aufzählung auf und ließ ermattet die Hände sinken. «Okay?»

«Bei Arvo Nagelschmidt wurde eingebrochen. Bei den anderen beiden wurde nicht eingebrochen, dort wurde dem Täter die Tür geöffnet.»

Lux rieb sich die Augen. «Ja, du hast natürlich recht. Was sagt uns das?»

«Es sagt uns, dass der oder die Täter guten Grund hatten zu glauben, dass die beiden Coin-Rockers die Tür freiwillig öffnen würden. Bei Nagelschmidt hingegen führte der Weg durch ein eingeschlagenes Fenster.» Juha verschränkte die Arme. «Das ist eine Unregelmäßigkeit. Es passt nicht und bedeutet, dass wir es vielleicht doch mit einem Zufall zu tun haben.»

«Nicht zu schnell, machen wir erst mal weiter. Vier Personen kennen sich. Drei von ihnen werden in derselben Nacht angegriffen, zwei sterben, der dritte hat Glück im Unglück.»

«Als verbindendes Glied kommt Chloe Cordes ins Spiel. Carsten Schilling hat ihr regelmäßig Geld überwiesen. Helle Schilling wusste davon und war eifersüchtig, allerdings wusste sie nicht, dass es sich bei Claudia Cordes um Chloe handelt, die sie möglicherweise kennt. Sowohl Arvo Nagelschmidt als auch Helle Schilling haben reagiert, als der Name Chloe Cordes gefallen ist, wollten es aber für sich behalten. Alles Mutmaßungen.»

Lux hob präsentierend die Hände. «Eine mögliche Antwort gibt es.»

«Na?»

«Nagelschmidt wusste von der Affäre zwischen Carsten und Chloe, deren bürgerlichen Namen er nicht kannte. Als wir ihn fragten, wollte er sich heraushalten, weil er unsicher war, ob Helle Schilling bereits im Bilde ist. Er wollte nicht derjenige sein, über den Helle erfährt, dass ihr verstorbener Mann sie betrogen hat.»

Juha nickte gedankenversunken. «Fraglos gut kombiniert. Und plausibel. Aber warum hat dann auch Helle auf den Namen Chloe reagiert?» Er schaute auf und überlegte kurz, ob er Lux auf eine weitere Ungenauigkeit hinweisen wollte, tat dann so, als sei es ihm selbst erst jetzt eingefallen: «Und wieso hätte Arvo davon wissen sollen, wenn er mit den Schillings angeblich seit Jahren nichts zu tun hatte?»

Jochen kam ins Büro. «Okay, jetzt wird's richtig wild.»

Juha und Lux drehten sich erwartungsvoll zu ihm um.

«Wir haben ja diesen Arvo Nagelschmidt überprüft und dabei was entdeckt. Ihr werdet's nicht glauben.»

«Nicht auf die Folter spannen, bitte, Jochen, wir brauchen wirklich etwas Balsam gerade.»

«'tschuldigung. Es ist ja schon ein Kuriosum, dass jemand wie Nagelschmidt einen Panikraum bei sich zu Hause hat.»

«Weil er das Haus von einem paranoiden Pfeffersack gekauft hat.»

Jochens Zeigefinger schnellte auf Juha zu. «Hat er eben *nicht*.»

«Nicht?»

«Er hat es nicht *gekauft*. Er wohnt da zur Miete.»

Juha und Lux schauten sich fragend an. «Okay, dann halt zur Miete, und?»

«Der paranoide Pfeffersack, der sich einen Panikraum in seine Villa bauen lassen hat, war niemand anders als …?»

«Jochen, ich sagte doch, keine …»

«Ernst Düsenberg!»

Wieder schaute Juha Lux fragend an. «Ist ja der Hammer. Aber der sagt mir leider gar nichts.»

Doch Lux merkte auf. «Moment mal, Düsenberg? Wie in Düsenberg Holding?»

Jochen zwinkerte Lux zu. «Ernst Düsenberg war der Vater von Helle Düsenberg, die mittlerweile Schilling mit Nachnamen heißt.»

Ihre Münder klappten synchron auf. «Das heißt konkret, dass Arvo Nagelschmidt bei Helle Schilling zur Miete wohnt? Im Haus ihres Vaters?», resümierte Juha und hatte Mühe, die Information zu verdauen, auch wenn er noch keine Ahnung hatte, was er damit anfangen sollte.

«Ich sage doch, jetzt wird's wild», feixte Jochen.

«Okay, das Auf-die-Folter-Spannen sei dir verziehen, da hätte niemand widerstanden», sagte Juha und wandte sich in stiller Aufforderung an Lux. Dessen Hirn schien bereits auf Hochtouren zu laufen. «Drei Männer, zwei tot, einer mit blauem Auge davongekommen; *alle drei* waren auf ihre Art und Weise Günstlinge von Helle Schilling, waren abhängig von ihrem Geld. Aber was bedeutet das konkret? Doch noch mal mit Helle Schilling reden?»

«Ich schätze, schon. Und mit Nagelschmidt natürlich. Aber wir brauchen eine Strategie. Wir müssen uns überlegen, wonach genau wir eigentlich suchen oder was wir zu finden hoffen.»

«Was ist mit Chloe Cordes?»

Juha nickte. «Die ist mit von der Partie.»

«Dann an die Arbeit.»

«Ich mach dann auch mal weiter», sagte Jochen, der nach seiner grandiosen Enthüllung etwas allein gelassen im Türrahmen stand.

«Alles klar, danke, Jochen, gute Arbeit.»

Juha schloss die Tür hinter Jochen und ließ sich dann tief über den Schreibtisch sinken, bis er auf Augenhöhe mit Lux war. «Ich glaube, jetzt wird's richtig spannend.»

32

Lux warf sich Wasser ins Gesicht und verharrte ein bisschen im Anblick seines Gesichts im Spiegel, bevor er sich aufraffte und ins Büro zurückkehrte. Als er die Bürotür öffnete, prallte er fast mit jemandem zusammen, der mit dem Rücken zu ihm stand. Unter der Kapuze eines Hoodies lugten ein paar blonde Strähnen hervor. Als die Person sich zu ihm umdrehte, war Lux für einen Moment perplex.

«Darf ich vorstellen?», sagte Juha, der hinter seinem Schreibtisch saß. «Mein Partner Lucas Adisa. Und das ist Frau Claudia Cordes.»

«Ich hasse den Namen», sagte Chloe Cordes. Der Klang ihrer Stimme, wenn auch etwas tiefer und nasaler, erinnerte Lux an Franka. «Und was is' jetzt?» Ihre offen zur Schau gestellte Enervierung war die einer Teenagerin, die sich eine Moralpredigt von ihren Eltern anhören musste.

«Setzen Sie sich doch.» Juha wies auf einen freien Stuhl. Ächzend ließ sie ihre Handtasche auf den Boden und sich selbst auf den Stuhl fallen. Ein Hauch kalten Rauchs und zu lang getragener Kleidung flog an Lux vorbei. Er setzte sich auf das Sofa, so konnten sie Chloe Cordes ins Kreuzfeuer nehmen.

«Zunächst mal freuen wir uns sehr, dass Sie gekommen sind.»

Sie blinzelte einen gekonnten Schlafzimmerblick. Im Gegensatz zu den warmen, haselnussbraunen Augen ihrer Schwester waren Chloes eisblau und verliehen ihrem Gesicht etwas Außergewöhnliches, aber auch Kaltes. Und auch wenn Lux ihre Schwester Franka deutlich in den Zügen wiedererkannte; Chloes leicht gekrümmte Haltung, die hängenden

Schultern, ihre ganze Aura wirkten verglichen mit der Energie und Wachheit, die Franka ausstrahlte, matt, fragil und zornig.

«Meine Schwester hat gesagt, ich zitiere: Beweg gefälligst deinen Arsch dahin und rede mit denen.»

«Und jetzt sind Sie hier, weil Sie so folgsam sind?»

Juha gab Lux ein subtiles Zeichen, dass er Provokation hier für das falsche Mittel der Wahl hielt, und Lux musste ihm zustimmen.

Sie sah ihn trotzig an. «Weil sie mir sonst keine Ruhe lässt. Es wird nach Frankas Pfeife getanzt oder gar nicht getanzt, das war schon immer so.» Sie begann, konzentriert in ihrer Tasche zu kramen. «Also sagen Sie, was Sie auf dem Herzen haben, dann kann ich mich wichtigeren Aufgaben widmen.» Lux fragte sich unwillkürlich, was für wichtige Aufgaben das wohl sein konnten, doch er schluckte den Kommentar herunter und überließ Juha das Reden.

«Natürlich, Frau Cordes. Zunächst müssen wir Ihnen, da wir nicht sicher sind, ob Sie bereits informiert sind, eine traurige Mitteilung machen.»

«Ja?» Plötzlich lag etwas Zaghaftes in ihrer Stimme. Die andere, ängstliche Seite der zornigen Teenagerin kam zum Vorschein.

«Carsten Schilling ist vor drei Tagen verstorben. Er wurde Opfer eines Gewaltverbrechens.»

Ihr war die aufkommende Verzweiflung deutlich anzusehen, als die Bedeutung der Worte langsam in ihr Bewusstsein sickerte. Offenbar hatten sie mit ihrer Vermutung, dass zwischen Carsten und Chloe eine persönliche Bindung bestand, zumindest teilweise richtig gelegen.

«Es tut uns sehr leid, dass Sie das so ohne Vorwarnung erfahren.» Lux wollte seine Provokation von eben wiedergutmachen. «Möchten Sie ein Glas Wasser?»

Sie schüttelte den Kopf. Dann richtete sie sich auf, atmete sich geräuschvoll die Last vom Herzen und blinzelte mit weit aufgerissenen Augen, um die Tränen, die darin aufstiegen, schon im Keim zu ersticken.

«Wir wüssten gerne, in welchem Verhältnis Sie zu Carsten Schilling standen.»

«Wir kennen uns schon lange, hatten aber nie eine Beziehung, falls Sie das meinen. Es ist kompliziert. War kompliziert.»

«Wollen Sie uns davon erzählen, Frau Cordes?», fragte Juha ruhig, und sein Ton kam Lux etwas zu väterlich vor. Noch vor zehn Minuten hatten sie an einem Schlachtplan gearbeitet, darüber diskutiert, wie sie in das hermetische Beziehungsgeflecht, das sich ihnen offenbarte, eindringen sollten. All diese Überlegungen waren nun über den Haufen geworfen worden; Chloe Cordes saß in ihrem Büro, und sie mussten improvisieren.

«Erzählen Sie uns von Ihnen und Carsten», ermutigte Juha sie erneut.

Sie wischte sich eine Träne weg, und der Lidstrich hinterließ einen Streifen auf ihrer Wange. «Er hat mich geliebt. Er war immer sehr gut zu mir, fürsorglich und immer für mich da.»

Lux spürte unwillkürlich, wie ein Vorurteil raumfordernd in seine Gedanken drängte: «Aber Sie haben seine Gefühle nicht erwidert?»

Wieder traf ihn dieser trotzige Blick. «Doch, das habe ich. Aber Carsten wollte seine Frau nicht verlassen. Er hatte zu viel Angst. Und ich habe mich nicht auf eine heimliche Affäre eingelassen.»

«Ich verstehe», sagte Juha, scheinbar bemüht, ihre Aufmerksamkeit wieder auf sich zu ziehen, um die Spannung, die sich zwischen Chloe und Lux aufbaute, zu entschärfen. «Also blieb es bei einer Freundschaft, obwohl Sie eigentlich Gefühle füreinander hatten. Das klingt schmerzvoll und belastend.»

Sie nickte. Ihr «Ja» klang sehr dünn.

«Weshalb hat Carsten Schilling Ihnen Geld gegeben?», hakte Lux nach und kassierte einen Blick von Juha, der wohl so viel hieß wie «zu früh».

Sie tat überrascht – oder war es vielleicht sogar. «Was für Geld?»

Juha schaute auf irgendein Blatt Papier, als stünde dort der genaue Betrag. «Herr Schilling hat Ihnen monatlich tausendzweihundert Euro überwiesen. Wofür war das?»

«Was wollen Sie damit andeuten?»

«Nichts. Ich frage Sie.»

Lux merkte, wie Chloe Cordes immer kleiner und kleiner zu werden schien. Scheinbar ohne besonderen Grund hob sie ihre Handtasche auf und vergrub ihre Finger darin. «Es lief nicht immer alles glatt bei mir. Ich hatte einfach nicht das beste Blatt im Leben; anders als meine Schwester.» Ein kurzes bitteres Lachen. Es klang, als lachte sie über sich selbst. Lux bemerkte, wie ihre Gesichtszüge weicher wurden, und auf einmal sah er für einen kurzen Moment Franka vor sich sitzen.

«Ich habe eine Menge Therapien hinter mir, auch stationäre Aufenthalte und so. Ich bin arbeitsunfähig. Meine Schwester hat mir häufig geholfen. Sie ist Ärztin und verdient viel Geld. Aber irgendwann hat sie gesagt, dass sie das nicht mehr machen will, dass ich mal klarkommen soll. Ich hab mich bei Carsten ausgeheult, und er hat gesagt, er gibt mir was. Ich hab natürlich Nein gesagt, dass ich kein Geld von ihm annehmen werde.» Ihr Blick flog fahrig durch den Raum. «Aber er meinte nur: ‹Keine Widerrede, die nächsten drei Monate machst du dir erst mal keine Sorgen und kriegst mal alles ein bisschen auf die Reihe›, oder so ähnlich.» Wieder dieses bittere Lachen, wieder über sich selbst, doch dieses Mal mit unüberhörbarer Verachtung. «Ja, und dann blieb das einfach so.» Sie schaute auf, in Erwartung irgendeiner Reaktion, oder eines Urteils. Doch Juha und Lux zeigten nichts dergleichen. «Ich schäme mich dafür, wollen Sie das von mir hören? Ja, es ist mir unendlich peinlich, dass ich mein Scheißleben nicht auf die Kette kriege und meine Miete mit dem Geld anderer Leute bezahle.»

«Wir verurteilen Sie nicht, Frau Cordes.»

«Aha», sagte sie, und es klang fast schnippisch; da war sie wieder, die Teenagerin, und Lux verstand, dass dieses ganze Gebaren nichts als eine Flucht vor der Scham war, das beharrliche Übermalen eines schmerzenden Makels.

Juha schien einen Moment nachzudenken, und Lux überlegte seinerseits, ob er noch einen Anlauf unternehmen sollte. Gleichzeitig war er durch Juhas zweimalige Rüge innerhalb der letzten Minuten gehemmt. Juha fuhr fort. «Wie haben Sie Carsten Schilling kennengelernt?» Jetzt bemerkte Lux eine Veränderung in Chloe Cordes' Gesicht. Da war etwas, das nicht zu ihr passte, eine aggressive Anspannung, die so schnell wieder verschwand, wie sie gekommen war, als hätte für einen winzigen Augenblick eine andere Chloe Cordes hinter der ansonsten perfekt einstudierten Rolle aufgeblitzt. Als sie den Mund öffnete, um zu sprechen, versprachen ihr Blick, ihre Haltung, ihre ganze Aura eine Schärfe, deren Ausbleiben fast eine gewisse Komik innewohnte. Schnoddrig, gelangweilt, desinteressiert kullerten die Worte aus ihr heraus: «Boah, keine Ahnung. Irgendeine Party vielleicht. Ich hab auch mal studiert. Ja, Studium, schätze ich.»

«Und haben Sie seine Frau Helle Schilling jemals kennengelernt?»

Ihr Blick fokussierte sich auf eine Weise, die Lux selbst von der Seite als Abscheu erkennen konnte. «Pff, nee! Kein Interesse.»

«Wie sieht es mit Patrick Wichmann aus. Kennen Sie ihn?»

Sie zuckte mit den Schultern. «Nicht wirklich?»

«Ist das eine Frage?», hakte Juha nach.

Chloe Cordes rollte mit den Augen. «Na ja, ich hab natürlich von ihm gehört.»

«Aber ihn nie persönlich getroffen?»

Schulterzucken. «Kein Plan.»

Es kam Lux eigenartig vor, wie schnell Chloe Cordes ihre Fassung angesichts von Carsten Schillings Tod offenbar wiedergefunden hatte. Wenn es stimmte, was sie ihnen erzählt hatte, dann waren beide seit Langem unglücklich ineinander verliebt gewesen. Trotzdem gebärdete sie sich schon jetzt wieder, als sei dieses Gespräch eine lästige Pflichtübung. Diese Frau war eine einzige unbeantwortete Frage, und Lux hatte das Gefühl, dass sie selbst keine Antwort darauf hatte.

«Wie sieht es mit Arvo Nagelschmidt aus?»

Jetzt schaute Chloe Cordes zwischen ihnen hin und her, als seien sie bescheuert. Sie hob die Handflächen nach oben. «Jeder kennt den Sänger von Westkraut?»

«Ich meine, kennen Sie sich persönlich.»

«Schön wär's.» Sie lachte trocken, aber humorlos.

«Dann wussten Sie nicht, dass Arvo Nagelschmidt, die Schillings und auch Patrick Wichmann sich von früher kennen?»

Chloe zuckte mit den Schultern. «Nee, das ist mir neu. Können Sie mir mal sagen, was Sie eigentlich von mir wollen?»

Juha atmete tief durch, auch ihm schien Chloes Attitüde langsam lästig zu werden. «Sie haben eben gesagt, dass Sie und Herr Schilling ineinander verliebt waren. Nun ist er tot.

Was glauben Sie denn, was wir von Ihnen wollen, Frau Cordes?»

Das hatte offenbar gesessen, denn zum ersten Mal schien die junge Frau sprachlos zu sein. Eigentlich war sie gar nicht so jung, dachte Lux, aber die Kindlichkeit, die sie mit ihrer Ablehnung vergeblich zu verschleiern versuchte, ließ sie auf eine Weise hilflos wirken, die beinahe mitleiderregend war. «Es tut mir leid», sagte sie leise, und Lux sah, wie sie sich auf die Innenseiten ihrer Wangen biss. «Wissen Sie, wer es getan hat?»

«Das ist es, was wir herausfinden müssen», sagte Juha. «Wann hatten Sie und Herr Schilling das letzte Mal Kontakt?»

Sie war jetzt sichtlich bemüht. «Das ist bestimmt schon über ein Jahr her. Er hat mir ein paarmal geschrieben, wie's mir geht, ob alles okay ist und so, aber ich habe nicht geantwortet. Trotzdem hat er den Dauerauftrag nicht gekündigt. So war Carsten.» Sie holte ihr Handy aus der Tasche, ein altertümliches Gerät ohne Smartfunktionen, und begann darauf herumzudrücken. Dann ließ sie es unvermittelt zurück in ihre Tasche fallen und schlug sich im selben Moment gegen die Stirn. «Ich hab ja ein neues, Scheiße, ich meine, Entschuldigung. Seit ein paar Wochen.»

«Das heißt, in der letzten Zeit haben Sie gar keinen Kontakt mehr zu Herrn Schilling gehabt?»

Sie schüttelte den Kopf, und Juha und Lux verständigten sich mit einem kurzen Blick darüber, dass sie damit die Beobachtung von Helles Detektiv bestätigte. Lux zeigte Juha mit einem winzigen Schulterzucken, dass auch er keine Idee hatte, wie sie von hier aus weitermachen sollten.

Juha sagte: «Vielen Dank, Frau Cordes, für Ihre Offenheit. Das wissen wir sehr zu schätzen. Und wenn ich etwas Persönliches hinzufügen darf ...»

Sie hob skeptisch die Augenbrauen, was Juha wohl als ein «Ja» interpretierte. «Sie scheinen eine kluge, junge Frau zu sein, sehr reflektiert, und Sie haben einen ziemlich klaren Blick auf sich selbst, den nicht viele haben.»

Die Augenbrauen begannen leicht zu beben, aber sie bemühte sich, den spöttischen Ausdruck beizubehalten.

«Sie können jederzeit etwas verändern, ich traue Ihnen das ohne Weiteres zu.»

Sie nickte. «Wissen Sie, was? Wenn ich jedes Mal, wenn mir das einer gesagt hat, einen Euro bekommen hätte, dann hätte ich kein Problem.»

Sie stand auf, nahm ihre Tasche. In der Tür drehte sie sich noch einmal um. «Trotzdem danke. Sie haben es nett gemeint. Weiß ich zu schätzen.»

Dann war Chloe Cordes verschwunden.

«Wir sind nicht wirklich schlauer, oder?», fragte Lux, nachdem er sich auf dem Sofa lang gemacht hatte und nun wieder die Augen rieb.

Juha schüttelte den Kopf. «Bedauerlicherweise nicht. Andererseits, was haben wir erwartet? Ich werde das Gefühl nicht los, dass die uns alle was vormachen: Helle Schilling, Arvo Nagelschmidt und Chloe Cordes.»

«Aber was enthalten sie uns vor und vor allem warum?»

«Helle Schilling», begann Juha nachdenklich. «Es hängt an ihr. Alle hängen irgendwie an ihr dran, sie ist das Zentrum, sie zieht die Fäden. Als wären alle um sie herum nur ihre Marionetten, weißt du, was ich meine?»

Lux schwang sich energisch in eine sitzende Position und schüttelte die Müdigkeit entschlossen von sich. «Das Gefühl kann man durchaus haben. Aber vielleicht liegt es auch einfach daran, dass sie ihr Leben lang darauf konditioniert worden ist, dass es eben genauso abläuft. Irgendwann wandelt sich das Privileg zur Charaktereigenschaft.»

«Da hast du womöglich recht, Lux. Trotzdem werde ich den Gedanken nicht los, dass uns jemand manipulieren will.»

«Helle?», fragte Lux und musste ein Gähnen unterdrücken.

«Hm ...»

«Aber was machen wir jetzt? Wie gehen wir weiter vor?»

Juha setzte sich neben Lux auf das Sofa und starrte eine Weile geradeaus. Dann sagte er: «Lust auf Heringssalat aus der Dose und ein Bier? Wir schieben ein paar Ideen hin und her; und wenn wir keine Lust mehr haben, hören wir uns ein paar wilde Geschichten von meinem Vadder an. Maria hat Chorprobe und geht meistens danach noch was trinken.»

Lux nickte und war erleichtert, dass Juha ihnen eine Pause vorschlug. «Klingt fantastisch.»

33

Juha schloss die Tür auf und schob Lux vor sich in die Wohnung. Als er hinter ihm eintrat, stieg ihm sofort ein wohlbekannter, überaus angenehmer, wenn auch unerwarteter Geruch in die Nase. Unerwartet, weil niemand *Marias Käsesensation* zubereiten konnte, außer eben Maria, und die war ja bei der Chorprobe, die sie niemals ausfallen ließ, es sei denn ... dann dämmerte es Juha. Als Tochter zweier Sizilianer, aufgewachsen in einem sizilianischen Restaurant, war sie zu ausgefeilten kulinarischen Werken imstande; *Marias Käsesensation* gehörte nicht dazu. Was als stiller Ausbruchsversuch begonnen hatte, war mit der Zeit zu einem wiederkehrenden Reinigungsritual geworden. Wenn Maria also die Chorprobe ausfallen ließ und darüber hinaus noch die *Käsesensation* machte, lag etwas im Argen. Dass er ihren Wunsch, etwas mit ihm zu besprechen, wenn auch in diesem Moment unabsichtlich, zum zweiten Mal boykottiert hatte, machte Juha nervös.

Musik kam aus der Küche. Als er die Tür aufmachte, rührte Maria in einer Salatschüssel und hörte ihn nicht. «Hallo!», rief er gegen Mick Jagger an, der *You can't always get what you want* sang.

Sie fuhr lächelnd zu ihm herum. Dann sah sie Lux. «Hi, Lux!», sagte sie und drehte die Musik leiser. Lux hob kurz die Hand, offenkundig nicht sicher, ob angesichts der unerwarteten Situation die Einladung Bestand hatte. Deswegen fügte sie hinzu: «Isst du mit uns?»

Juha war selber unschlüssig, ob er das noch wollte, doch Lux nahm an.

Maria gab Juha einen Kuss, und er sagte: «Die *Käsesensation* also, was?»

Sie brummte in seine Brust und grummelte leise: «Später.» Dann drückte sie sich weg und klatschte in die Hände. «Wein?»

«Aber ich will euch nichts wegessen, Maria. Du hast ja nicht mit mir gerechnet.» Lux stand trotz Zusage immer noch unsicher in der Küchentür.

«Keine Sorge», antwortete Juha. «Das macht so satt, eine Auflaufform würde zur *Speisung der Fünftausend* reichen. Und dass in einem finnisch-sizilianischen Haushalt der Wein ausgeht, darum muss man sich keine Sorgen machen.»

Lux gab sich widerwillig überredet. «Dann nehme ich gern ein Glas.»

Juha nahm zwei Gläser aus dem Regal und schenkte aus der Rotweinflasche ein, die schon zu einem Drittel geleert war. Er reichte Lux ein Glas, Maria hob ihres, und sie stießen an.

«Dann wohl auf die Völkerverständigung», sagte Lux. «Prost!»

«Salut!»

«Kippis!» Juha trank und hielt inne. «Mir ist, als hätte ich etwas vergessen.» Er tat, als denke er nach, spreizte dann den Zeigefinger vom Weinglas ab. «Als ich das letzte Mal hier war, hat bei uns ein merkwürdiger alter Mann gewohnt.»

Maria trank ebenfalls noch einen Schluck und wandte sich wieder der Salatsoße zu. «Wally ist mit seiner Band unterwegs.»

Juha kniff ungläubig die Augen zusammen. «Mit seiner Band?»

«Ja», sagte Maria unschuldig, als sei es eine Selbstverständlichkeit, dass ein schlaganfallgezeichneter Alt-Punk im Rollstuhl mit seiner Band um die Häuser zog. «Irgendeine befreundete Band spielt irgendwo, da wollten sie hin. Sie haben ihn abgeholt und versprochen, ihn unbeschadet zurückzubringen. Du kannst dir nicht vorstellen, wie selig er war.»

«Doch. Lebhaft.»

34

Dieser Schulfreund jedenfalls – wie gesagt, ich hatte ihn sicher zwanzig Jahre nicht gesehen – fragt mich nach dem vierten Bier, was ich am Samstagvormittag vorhätte. Ich sage: ‹Bisher nichts.› Stimmte auch; und wenn man einen im Kahn hat, dann ist man ja meistens offener für Pläne.»

Lux nickte ergeben zustimmend und setzte das Glas an. «Willst du noch was, Lux?», flüsterte Maria dazwischen, und er hob abwehrend die freie Hand. Nicken, Trinken, Kopfschütteln und Juhas Story, die kein Ende zu nehmen schien.

«Und was denkt ihr, was sein Plan war?» Juha schaute Lux herausfordernd an, der schaute zu Maria, die bemüht war, ihr Lachen zu unterdrücken. Klar, sie kannte die Geschichte natürlich, die Frage hatte also nur ihm gegolten. «Keine Ahnung, Juha», rief Lux mit höflichem Überschwang. Maria übernahm die Auflösung. «Er hatte für Samstag seinen Umzug geplant.» Juha quittierte die Pointe mit einem Klaps auf die Tischplatte. Lux schüttelte ergeben ungläubig den Kopf.

«Ist das zu fassen? Wir laufen uns nach zwanzig Jahren in einer Bar über den Weg, trinken ein paar Bier zusammen, und dann fragt der mich allen Ernstes, ob ich ihm beim Umzug helfen kann. Und was hab ich gesagt?»

«Ja, klar. Ich helfe gern», sagte Maria und imitierte Juha mit viel zu tiefer Stimme. Der lachte kurz auf, und Lux musste auch lachen. «Jedenfalls bin ich natürlich pünktlich, wie immer der Erste am Tatort ...»

«Das waren noch Zeiten», warf Lux spöttisch ein.

Gutmütiges Lachen, dann weiter mit der Story. «Schnappe

mir die erste Kiste, Treppe rauf, Treppe runter. Nach zwei Stunden ist der Laster leer, und ich denke mir: ‹Gibt's jetzt wenigstens Pizza und Bier?› Aber er: ‹So, okay, das war die erste Runde.›» Juha hob den Zeigefinger, jetzt kam er wohl langsam zum eigentlichen Clou. «‹Zweite Runde?›, frage ich. Er: ‹Gleich kommt noch der Laster von meiner Freundin, wir ziehen zusammen.›» Juha hielt die Hände in die Höhe, als sende er ein verzweifeltes Stoßgebet zum Himmel. «Wir stehen also an der Straße, warten auf den Laster der Freundin. Der kommt, hält an, und aus steigt die schönste Frau, die ich je gesehen habe.» Er machte eine präsentierende Geste in Richtung Maria. «Und ich denke mir: ‹Wow, was hat der bloß für eine unfassbar tolle Freundin, mit der würde ich auch zusammenziehen.›»

Lux war kurz irritiert, Juha merkte es und fuhr gleich fort. «Die schöne Frau sagt: ‹Moin, Achim›, und sie drücken sich kurz.» Er versuchte ein Reenactment seiner damaligen Reaktion. «Da hält hinter dem Laster ein Polo. Achim joggt hin, eine Frau steigt aus, sie küssen sich.»

Wieder übernahm Maria die Pointe. «Kerstin hatte sich nicht getraut, den Sprinter zu fahren, deswegen hab ich das gemacht.»

«Wie Maria so ist, hat sie gleich das Ruder in die Hand genommen und gerufen: ‹Alles klar, Kette!›» Juha hob den Zeigefinger wie ein Feldherr, der seine Mannen befiehlt.

«Kette!», bestätigte Maria und machte die Geste nach.

«Und in der Kette sind wir uns dann eine gute halbe Stunde alle dreißig Sekunden im zweiten Stock begegnet, und ich habe mich jedes Mal ein bisschen mehr verliebt.» Er lächelte sie an.

«Unglaubliche Story», sagte Lux. «Und sehr gut und ausführlich erzählt.»

«Du hast gefragt.»

«Eigentlich nicht, aber trotzdem danke», lachte Lux.

«Zu deiner eigentlichen Frage», kam Maria zu seiner Ehrenrettung, «meine Eltern haben die Wohnung vor knapp zwanzig Jahren günstig gekauft, zusammen mit dem Restaurant. Kurz nachdem ich Juha getroffen hatte, sind sie nach Sizilien zurückgekehrt, um ihren Ruhestand zu genießen, haben das Restaurant verpachtet, und wir haben die Wohnung übernommen.»

«Das Zusammenziehen war etwas überstürzt, aber bisher klappt es ganz gut», lachte Juha und schaute zu Maria, die gerade das Weinglas am Mund hatte.

Lux nickte dankbar und anerkennend. «Hast du gehört, Juha? Kurz und knapp, die wichtigsten Infos auf den Punkt gebracht.»

«Du bist einfach unromantisch», sagte Juha in gespielt beleidigtem Ton.

Lux trank einen Schluck. «Im Ernst, ihr habt Glück, großes Glück, und dazu noch so eine umwerfende Wohnung. Der durchschnittliche Hamburger würde sich für so einen Palast in der Lage ein Bein amputieren lassen.»

Juha nickte demütig. «Ja, die Wohnung ist auf jeden Fall zukunftssicher.»

«Ihr habt also Pläne?» Sofort biss sich Lux auf die Zunge. «Herrje, Verzeihung, vergesst es.»

Aber Juha hatte bereits verstanden und wollte antworten, doch Maria kam ihm mit einem unbestimmten Schulterzucken zuvor. «Schon okay. Nein, aktuell ist nichts geplant.»

Juha, immer noch lächelnd, warf Maria einen langen Blick zu, während sie sich Wein nachschenkte. Dann wandte er sich wieder an Lux. «Ich meinte, weil die Wohnung ja Marias Eltern gehört, ist sie zukunftssicher. Da kann nicht irgendwie ein

Investor oder so kommen. Ist einem Bekannten passiert, der einen alten Mietvertrag hatte.»

«Ja, von so was hab ich auch schon gehört», sagte Lux.

Lux merkte erst jetzt, als er durch die frische Luft wanderte, dass er doch mehr als beschwipst war, und überlegte, wann er das letzte Mal zwei Abende hintereinander Alkohol getrunken hatte. Ihm war klar, dass er auf der Hut sein musste, dass derartige scheinbare Kleinigkeiten eine Auffälligkeit waren, die bei ihm, genauso wie bei seiner Mutter, beobachtet werden mussten. Doch darüber würde er sich morgen Gedanken machen. Das Unbehagen, das ihn in diesem Moment beschlich, war anderen Ursprungs, und er brauchte einen Moment, bis er verstand, was ihm zu schaffen machte. Er hatte bei Juha und Maria unbeabsichtigt irgendeinen Nerv getroffen, was ihm einerseits leidtat und andererseits peinlich war. Juha war danach schweigsamer gewesen und hatte sich ein Glas später wortkarg ins Bett verabschiedet. Das stärker werdende Gefühl der Scham schob Lux auf die Tatsache, dass angesichts der kristallenen Nachtluft die Ausnüchterung einsetzte, den morgendlichen Schreck vor der Peinlichkeit des gestrigen feuchtfröhlichen Abends vorwegnehmend. Lux überlegte, ob er intervenieren sollte, indem er noch das ein oder andere Gläschen nachschenkte, obwohl ihm klar war, dass seine Vernunft ihm davon abraten müsste – doch die gab sich mittlerweile ähnlich wortkarg wie Juha am Ende des gemeinsamen Abends.

Er schaute auf die Uhr und sah, dass es erst kurz nach zehn war. Die Session im *Birds,* die er regelmäßig besuchte, würde noch eine Weile dauern. Ja, dort würde er jetzt hingehen, noch einen Glenfiddich trinken, oder zwei, und im Jazz eintauchen, untertauchen.

Da das *Birds* genau auf der entgegengesetzten Seite der Alster lag und sich um die Außenalster herum im Sinne des öffentlichen Nahverkehrs Niemandsland erstreckte – die bereits im Bau befindliche U5 würde diesen Streckenabschnitt frühestens in zehn Jahren bedienen –, entschied er sich, zu laufen und das erste Taxi anzuhalten, das vorbeifuhr. Während er losging, wanderten seine Gedanken abermals zu Juha und Maria. Er hatte die beiden immer als ein perfektes Paar wahrgenommen, das nach außen ein vollkommen harmonisches Miteinander lebte. Doch er hatte sich stets jeglichen Neid verboten, weil er der Ansicht war, dass ihm ein solches Leben wie das von Juha eben nicht vergönnt war. Aber wieso eigentlich nicht? War es nicht er selbst, der sich diesen Frieden missgönnte, weil er glaubte, dass seine Vergangenheit ihm eine gewisse Askese abforderte? Vielleicht war es an der Zeit, diese Haltung zu überdenken. Nicht zuletzt deswegen, weil sein Bild von Juhas Beziehung heute zum ersten Mal Risse gezeigt hatte.

Ein paar Schritte ging er noch an der Alster entlang, die glatt und schwarz dalag. Die gegenüberliegenden Lichter spiegelten sich im Wasser und bildeten einen funkelnden Horizont. Manchmal, wenn es sehr lange sehr kalt war, fror die Außenalster vollständig zu. In besonders frostigen Wintern war das Eis so dick, dass man es betreten konnte. Das wäre jetzt der schnellste Weg, dachte Lux, einfach mittendrüber flitzen. Ein Taxi nahte, Lux hob die Hand, es hielt.

«Guten Abend. Zum *Birds* bitte.»

Der Fahrer nickte und drückte auf die Tube.

Lux ging die Treppe hinab, und als er die Tür öffnete, hieß ein wohlbekannter Klang ihn willkommen, ein Tenorsaxofon, gespielt von einem Japaner, dem Lux besonders gern zuhörte.

Der Japaner befand sich gerade in einem zart dahinfließenden Solo, Lux erkannte, dass es eine Improvisation auf ein Stück von John Coltrane war. Er bestellte sich einen Glenfiddich an der Bar, ging an der Bühne vorbei und setzte sich in den hinteren Teil der Lokalität. Der Japaner schien ihm zuzunicken, Lux hob kurz sein Glas und nickte zurück. Coltrane hatte das Stück seiner ersten Frau Naima gewidmet.

Dann sah er sie; auf der kleinen Empore rechts der Bühne sitzend, mit einem Glas in der Hand über das Geländer gelehnt. Er musste sie übersehen haben, als er hereinkam. Sie bemerkte nicht, dass er sie ansah, und Lux fiel nicht zum ersten Mal auf, dass jener unerforschte, aber unbestrittene sechste Sinn, der wahrnahm, wenn einen jemand ansah, irgendwie mit dem Gehör zusammenhängen musste. In einer lauten Umgebung, oder mit Kopfhörern auf den Ohren, dauerte es wesentlich länger, bis man den Blick spürte. Das Stück endete, dezentes Klatschen brandete auf. Dann wurde es kurz still, und Franka schaute zu ihm herüber. Lux wandte sich instinktiv ab, wieder der Bühne zu, wo das nächste Stück eingezählt wurde. Auch Franka schaute wieder geradeaus, hatte ihn offenbar in seiner schummrigen Ecke nicht erkannt. Dann, verspätet, kam die Erkenntnis, und jetzt suchte sie seinen Blick. Lux tat ihr (und sich) den Gefallen. Sie lächelte knapp und deutete mit ihrem Glas ein Zuprosten an. Er lächelte zaghaft zurück und erwiderte die Geste. Dann wandte sie sich wieder der Bühne zu.

Im Folgenden versuchte Lux, so wenig wie möglich zu ihr hinüberzuschauen und sich, so gut es ging, auf die Musik und die Musiker zu konzentrieren. Er zählte die Sekunden, die es ihm gelang, nicht hinzusehen, sah hin und begann von vorn. Manchmal trafen sich ihre Blicke, mal schaute sie weg, mal er, doch jedes Mal sahen sie sich etwas länger an. In der Ausdruckslosigkeit ihrer Blicke lag ihrer beider Traurigkeit darüber, dass es zum jetzigen Zeitpunkt nicht mehr geben durfte als das: Blicke. Lux wäre gern aufgestanden und zu ihr gegangen, hätte sich neben sie gesetzt und mit ihr zusammen der Musik gelauscht, schweigend. Konnte das verboten sein? Schweigend nebeneinanderzusitzen? Lux ertappte sich bei dem Gedanken, dass es Juha war, Juha höchstselbst, der es ihm verbot, Kontakt zu Franka aufzunehmen, und er empfand dieses Verbot als höchst unfair. Obwohl es natürlich Unsinn war und seinerseits mehr als unfair, diese Ungerechtigkeit, ausgerechnet Juha anzulasten. Es waren einfach die Regeln. Und Lux war von Regeln abhängig. Ohne Regeln, ohne Routinen, ohne eine stabile Struktur war sein Geist dem Chaos ausgeliefert. Diagnose hin oder her: So war es immer gewesen, und so würde es immer bleiben. Wie sehr wünschte er sich, dass Franka diese Regeln brechen würde. Einfach zu ihm herüberkäme und sagte: Scheiß drauf, man lebt nur einmal. Als der Arzt ihm damals eine Bipolar-II-Störung diagnostiziert hatte, hatte er ihm auch gesagt, dass diese zwar unheilbar, sehr wohl aber kontrollierbar sei. Lux hatte die Diagnose zuerst angezweifelt und schließlich angefochten; ansonsten hätte er kein Kriminalbeamter werden können. Letztlich war die Diagnose aus seiner Akte getilgt worden. Das änderte aber nichts daran, dass sie einmal da gewesen war. Nicht seine Mutter war exzellent darin, sich selbst zu belügen; er war es. Lux stand auf, ging zu Franka, setzte sich. Sie schwiegen, tranken, hörten der Musik zu. Einmal berührten sich ihre Knie aus Versehen. Ein zweites Mal absichtlich. Beim dritten Mal verharrten sie in der Berührung. Er spürte, wie ihre Energie in seinen Körper strömte, und fragte sich unwillkürlich, ob es nicht doch eine Heilung gab. *Keine Heilung, nur Kontrolle.* Was, wenn es umgekehrt war? Wenn er die Kontrolle aufgeben musste, um geheilt zu werden? Was, wenn Franka seine Heilung war? Er widerstand dem Verlangen, seine Hand auf ihr Bein zu legen. Stattdessen sah er sie an und begegnete ihrem Blick. Dann berührten seine Finger ihre Schläfe, ließ er seine Hand über ihre Wange streichen und unter ihren kurzen Haaren im Nacken versinken, bevor er sie wieder wegnahm und sagte: «Tut mir leid.»

35

SECHS MONATE ZUVOR

Die Farm lag auf halber Höhe eines Berges der nördlich der Costa del Sol beginnenden Sierra Nevada. Franka war mit dem Bus bis zur Endstation gefahren, die in einem Wendehammer lag, und von dort eine gute halbe Stunde lang die schmale Straße entlang gewandert, bis sie das Gebäude zum ersten Mal sah. Nur einen Katzensprung weiter leuchteten die Gletscher der Gipfel, während um Franka herum verdorrte Büsche, Staub, heiße Felsen und vertrocknete Palmen die Landschaft prägten. Hinter ihr, weit unten, lag das Mittelmeer; ein merkwürdiger Unort war das hier.

Franka fiel ein, wie sie und Chloe sich einmal darüber gestritten hatten, welche Distanz die kürzere sei: der Steinwurf oder der Katzensprung. Franka war überzeugt, der Steinwurf sei näher, und schätzte die Distanz auf fünfzig bis hundert Meter. Wohingegen der Katzensprung, je nach Fortbewegungsart, auch schon mal mehrere Kilometer betragen konnte. Chloe war anderer Meinung, nahm den Katzensprung wörtlicher und maß dem Steinwurf eine deutlich größere rhetorische Untertreibung bei.

Über solche Kleinigkeiten konnten sie herrlich ins Streiten geraten. Ihr ganzes Leben lang hatten sie fast jede Minute aufeinandergehangen und dabei immer aneinander vorbeigeredet, wenn es um Katzensprünge und Steinwürfe ging.

Als sie nur noch hundert Meter von der Farm entfernt war, vernahm sie dumpfes Trommeln, die typische Tonkulisse eines Abenteuerfilms, in dem sich der Held dem Dorf der Eingeborenen nähert. Naive Wandbilder, die dem Anschein nach an indigene südamerikanische Malereien erinnern sollten, zierten die mannshohe Backsteinmauer, die das Gelände umschloss, und kaschierten dabei nur schwerlich, dass es sich um eine Mauer neueren Ursprungs handelte.

Offenbar war sie auf der Rückseite angekommen, sodass Franka das Gebäude umrunden musste.

Vorne stieß sie auf ein metallenes Tor, durch das sie mehrere Gebäude erspähte. Links lugte ein ansehnlich sanierter Bungalow mit Kiesweg in ihr Sichtfeld, mittig gab es eine Art Halle, die an eine dieser amerikanischen Zeltkirchen erinnerte. Die Trommelmusik schien aus einem Lautsprecher zu kommen, der über dem Eingang hing. Rechts gruppierten sich kleine weiße, eher spartanisch anmutende Hütten ohne Türen. Von den Metallstreben des Tors blätterte die weiße Farbe ab, darunter kam dunkler Rost zum Vorschein. Rechter Hand befand sich ein mit offen liegenden Kabeln befestigter Klingelknopf. Franka entschied sich erneut, einfach draufloszuimprovisieren. Sie drückte die Klingel, nichts geschah. Erst nach einer halben Minute trat eine Frau mittleren Alters aus dem Bungalow und kam in ihre Richtung, übers ganze Gesicht strahlend.

«Hello, my name is Ricarda», rief sie fröhlich, als sie bis auf ein paar Schritte herangekommen war. Sie hatte dünnes, mit Henna gefärbtes Haar, in dessen Mitte eine große braune Haarspange prangte. Dazu trug sie einen in Erdfarben gemusterten Kaftan und eine hellgelbe Bauchtasche. Der hessische Akzent war unüberhörbar.

«Guten Tag, ich heiße Anneliese Müller», antwortete Franka. Ricarda versuchte es sich nicht anmerken zu lassen, aber es ratterte sichtbar in ihrem Kopf. Ihre Augenbrauen zuckten nervös. «Bisde denn angemeldet?» Franka setzte das erbärmlichste Gesicht auf, zu dem sie fähig war, und fragte: «Angemeldet?»

«Na, man muss im Internet buche. Weescht des ned?»

Franka blickte sich verloren um. «Das wusste ich nicht, nein», sagte sie und presste eine Träne in ihren Augenwinkel.

«Na, schaumer mal, kumm erschd mal rein.»

Ricarda zog einen Schlüsselbund aus der Bauchtasche und ließ mehrere Schlüssel durch ihre Finger gleiten, bis sie den richtigen fand. Dann schloss sie das Tor auf und ließ Franka eintreten. Die hielt die Träger ihres Rucksacks fest zwischen den Fäusten. Ricarda schloss das Tor hinter ihr wieder ab. «Waadsch halt doo», sagte Ricarda und zeigte auf eine Bank, die unweit der türenlosen Hütten stand. Franka setzte sich wie angeordnet, machte einen scheuen Buckel und verschanzte sich hinter ihrem Rucksack. Ihr Blick aber war messerscharf, während sie ihn schweifen ließ. Von ihrer jetzigen Warte aus konnte sie den ganzen Bungalow sehen, in dem Ricarda gerade wieder verschwand, weswegen sie ihn auf ihrer gedanklichen Karte als das Privathaus der Betreiber markierte. Eine Auffahrt führte zwischen Mauer und Gebäude hindurch und mündete in eine offene Garage, in der ein gelber Hummer stand. Weiter rechts gab es einen Pool, den Franka von außen nicht hatte sehen können und der offensichtlich auch für die Gäste dieses Etablissements zugänglich war. An dessen Rand lag eine junge Frau im knappen Bikini auf einem Handtuch, und ein Mann unbestimmbaren Alters trieb regungslos auf einer aufblasbaren Insel mit luftarmer Palme im Wasser. Ansonsten war das Gelände eigenartig unbelebt, Franka konnte keine weiteren Menschen, geschweige denn ihre Schwester ausmachen. Sie fragte sich, ob sie es wagen sollte, einen Blick in die Hütten zu werfen, deren Eingänge zwar offen, aber durch den starken Helligkeitskontrast zu draußen kaum einsehbar waren und wie schwarze Löcher im strahlenden Weiß klafften. Auf einmal war der Lärm eines wartungsbedürftigen Motors zu vernehmen. Das Dröhnen näherte sich, und dann kam ein alter Bulli vor dem Tor zum Stehen, wurde in knatternden Leerlauf versetzt, bevor ein Mann heraussprang. Er drehte einen Schlüssel im Schloss und gab dem Tor einen wuchtigen Stoß. Es flog auf und krachte in die Mauer, dass die Scharniere knirschten. Dann sprang er wieder auf den Fahrersitz und lenkte den Kleinbus auf den Platz vor dem zentralen Gebäude. Er stieg wieder aus und zog die quietschende Bulli-Schiebetür auf. Drei Leute stiegen aus. Eine Frau, zwei Männer, vielleicht etwas jünger als Franka selbst, die sich pflichtbewusst umsahen. Der Boss hatte Franka indessen gesichtet und kam auf sie zu, wirkte etwas grimmig, aber dabei auf eine bestimmte Weise sanftmütig. «Bist du die Birgit? Wir haben am Treffpunkt auf dich gewartet.»

Franka schüttelte den Kopf. «Nein, ich bin gar nicht angemeldet, ich wusste nicht, dass man hier im Voraus buchen muss.»

Das Gesicht des Mannes hellte sich merklich auf, als er vor ihr stehen blieb. Er war barfuß, doch die partielle Bräunung seiner Füße ließ auf Birkenstock schließen. Über seiner Cargohose trug er ein weißes Leinenhemd, das nur mit einem einzigen Knopf vor dem Bauchnabel geschlossen war, darunter eine glattrasierte und für einen Mann seines Alters beachtlich definierte Brust, auf der mehrere Kettenanhänger tanzten, als er lachte. «Da hast du aber Glück. Es ist gerade ein Platz frei geworden.» Sich theatralisch umsehend, rief er: «Birgit, wer?» Er lachte wieder laut, strich sich die mittellangen, grau melierten Haare nach hinten und schenkte ihr ein strahlend weißes Lächeln. «Ich bin Matthäus. Willkommen auf der Soul-Farm.»

36

Erschrocken wachte Juha auf. Er blieb liegen, starrte auf den Wasserfleck an der Decke – war er in den letzten Tagen größer und dunkler geworden? – und spürte dem Schrecken nach.

Schließlich setzte er sich auf. Okay, kein Kater, nur ein etwas erhöhter Cortisolspiegel, der zu Stressanfälligkeit führte und damit die Empfindung von Schrecken verursachte.

Dass Maria nicht neben ihm lag, wenn er erwachte, war normalerweise nichts Besonderes. Doch heute maß er dem Umstand eine größere Bedeutung bei, als ihm lieb war.

Juha griff nach seinem Telefon. Er las die Nachricht noch mal, die er gestern Abend von Wally bekommen hatte. «Macht euch keine Sorgen, penne bei Joe.»

Der Ton der Nachricht ließ ihn grinsen. Als käme sie nicht von seinem siebzig Jahre alten Vater, sondern von seinem pubertierenden siebzehnjährigen Sohn. Mitten im Gedanken hielt er inne. Als er Maria damals gesagt hatte, dass er ein Kind mit ihr bekommen wollte, hatte er die ungenaue Vorstellung eines kleinen Babys gehabt, eines hilflosen Wesens ohne Persönlichkeit, eines süßen, plärrenden Bündels, das ihnen den Schlaf raubte. Dass daraus einmal ein siebzehnjähriger Teenager werden würde, ein echter Mensch also, daran hatte er noch gar nicht gedacht, und diese Vorstellung erfüllte ihn mit Wehmut. War ihr vermeintlich hingeworfener Kommentar gestern Abend die Entscheidung gewesen, doch kein Kind mit ihm haben zu wollen?

Nur mit einer Unterhose bekleidet, wanderte er über den kalten Holzfußboden und bemühte sich, die quietschenden

Dielen zu vermeiden, deren Position er zum Glück auswendig kannte. Die Tür zum Gästezimmer war nur angelehnt, und er hörte das leise Rauschen der Straße. Maria hatte bei geöffnetem Fenster geschlafen. Vorsichtig schob er die Tür etwas weiter auf und streckte den Kopf ins Zimmer. Sie lag unter einer dicken Daunendecke, und nur ihr Gesicht schaute heraus. Ihre Haut war hell, und er konnte sehen, wie kalt ihre Nasenspitze sein musste. Einen geliebten Menschen schlafen zu sehen, war etwas, das einem im richtigen Moment, oder im falschen, die Tränen in die Augen treiben konnte. Juha wollte es in diesem Moment nicht dazu kommen lassen und beschloss, sich in die Küche zu verziehen, um sie nicht zu wecken. Das Porzellanrelief der Kuh hing seit jeher an der Innenseite der Küchentür. Trotzdem überraschte sie ihn jedes Mal mit ihrem aufdringlich fröhlichen Blick. Da die Küchentür eigentlich immer offen stand, begegneten sie sich höchstens alle paar Wochen. Er machte sich einen Kaffee und hoffte, die zugezogene Tür würde den Lärm des Mahlwerks abdämpfen.

In der Spüle stand die Auflaufform zum Einweichen, bis zum Rand mit Wasser gefüllt. Unter der Wasseroberfläche schwammen ein paar Bröckchen der aufgeweichten Käsekruste. Juha kippte das Wasser aus und fummelte anschließend den Käsematsch aus dem Abflusssieb. Er säuberte die Form, bis nicht eine Spur der *Käsesensation* mehr zu sehen war. Dann spülte er noch die Gläser ab, die Maria vor dem Schlafengehen mit Leitungswasser aufgefüllt hatte. Als er fertig war, fiel ihm sein Kaffee ein, der mittlerweile lauwarm war. Er setzte sich an den Tisch, trank den Kaffee und schaute aus dem Fenster. Das elende Gefühl wurde nicht besser, es verschlimmerte sich. Als die Klinke heruntergedrückt wurde, machte sein Herz einen Satz. Wieso eigentlich? Warum hatte er Angst?

«Hi», sagte Maria, und Juha antwortete: «Hast du gut geschlafen?»

«Ja, und du?»

Er zuckte mit den Schultern. «Keine Ahnung, steinmäßig, traumlos, ich war todmüde.»

Marias Blick glitt in eine unscharfe Ferne. «Ich habe irgendetwas geträumt, aber ich hab's vergessen. Du kamst darin vor.»

«Und reden wir jetzt?», fragte Juha und spürte in sich zumindest für eine Sekunde einen Funken von Widerstandsfähigkeit gegen alles, was da kommen mochte.

Maria nickte und setzte sich ihm gegenüber. «Ich möchte etwas tun.»

«Gut», sagte Juha und nickte etwas zu enthusiastisch, als habe sie mit dem Satz etwas längst Überfälliges ausgesprochen. Obwohl ihm das, was sie sagte, völlig neu war. Und als sei sein Verhalten nicht schon unbedarft genug, fügte er hinzu: «Mir geht's genauso.»

Sie presste die Lippen aufeinander und nickte, während ihre Augen nach rechts oben wanderten, ein sicheres Anzeichen dafür, dass, was immer sie ihm sagen wollte, sie nervös machte. «Was ist denn los?», sagte Juha sehr leise. Er hatte plötzlich keine Angst mehr. Das Einzige, was er in diesem Moment wollte, war, Maria abzunehmen, was immer sie so belastete. Er hob entschuldigend die Hände. «Quatsch. Es war Quatsch, was ich gesagt habe. Ich will überhaupt nichts tun. Ich habe das nur gesagt, weil ich nicht wie ein Idiot dastehen wollte, der keine Ahnung hat, was hier gerade passiert.»

Sie nickte, aber ihr Mund sah immer noch verkrampft aus. Juha spürte, wie sein Hals zuschwoll, aber er wollte sich unbedingt zusammenreißen, ihretwegen. Mit der normalsten Stimme, zu der er fähig war, sagte er: «Verlässt du mich?»

Marias bis eben noch flattrige Lider öffneten sich erschrocken. «Oh Gott, nein!» Sie sprang auf, setzte sich auf seinen Schoß und begrub sein ganzes Gesicht unter wilden Küssen. Juha blieb etwas steif sitzen, doch der Stein, der ihm in diesem Moment vom Herzen fiel, war kolossal. Sie unterbrach ihre Küsse abrupt und blickte ihn an. «Wieso denkst du so was?»

Er schüttelte den Kopf. «Ich bin wohl ziemlich dumm.»

Sie nickte.

«Aber was ist dann?»

«Man hat mir angeboten, einen Austausch zu machen. Ich kann für eine Zeit an einer anderen Schule unterrichten.»

Juha Augenbrauen zogen sich in Unverständnis zusammen, doch dann dämmerte ihm, dass diese andere Schule wohl nicht in Hamburg war. So dumm war er wohl doch nicht. «Und wo? Und was bedeutet ‹eine Zeit›?»

Sie atmete tief durch, und auch Juha machte sich bereit.

«Buenos Aires.»

Juha reagiert nicht.

«Ein Jahr.»

Juha schob ihre schlanke Gestalt von seinem Schoß, stand auf und ging zum Fenster, versuchte, eine Weile hinauszuschauen, doch ihr erwartungsvoller Blick in seinem Rücken war zu mächtig. Er drehte sich um und fürchtete ihre Erwartung, dass er ihre Freude teilte. Doch er hatte falschgelegen. Als ihre Blicke sich trafen und aus seinem Mund, ganz ohne sein Zutun, die Worte «Ein Jahr?» fielen, sah er in ihren Augen viel mehr als den unbekümmerten Egoismus, den er Maria zuweilen vorwarf. War das Mitleid? «Ich wusste gar nicht, dass du Spanisch sprichst.»

«Ich habe eine 113-Tage-Streak bei Duolingo. Und Italienisch ist die am zweithäufigsten gesprochene Sprache in Argentinien. Außerdem werde ich an einer deutschen Schule unterrichten.»

Nun war er doch da, der naive Egoismus, mit dem er gerechnet hatte.

«Du *wirst*? Nur damit wir hier ein Gespräch auf Augenhöhe führen. Fragst du mich gerade, was ich davon halte, dass du ein Jahr nach Argentinien gehst, oder teilst du mir mit, dass du ein Jahr nach Argentinien gehst? Und als du sagtest ‹Man hat es dir angeboten›, hieß das, man hat es dir gestern angeboten? Vorgestern? Oder vor 113 Tagen?»

«Juha ...»

Er hob die Hand. «Ganz kurz noch.» Er bemühte sich, ruhig zu bleiben, doch er merkte, wie sein Adrenalinspiegel stieg und stieg. «Ich will nur, dass wir hier ganz klar sind. Sag mir doch einfach ohne Klimbim, was Sache ist.»

«Kannst du dich hinsetzen?»

«Nein, ich stehe lieber.»

Ihr «Okay« war unhörbar, sie schaute zu Boden. «Die Stelle wurde letzten Sommer angeboten, ich habe mich beworben und dachte, ich kann ja dann immer noch absagen.» Als Juha schnaubte, ergänzte sie energischer: «Jemand anders wurde ausgewählt und ich habe nicht mehr darüber nachgedacht.»

«Aber?»

«Die Kollegin hat kurzfristig abgesagt, weil ...» Maria unterbrach sich kurz, um einzuatmen.

«Jetzt sag nicht, weil sie schwanger geworden ist.»

Maria entfuhr ein bitteres Lachen. «Was sonst?»

«Und hast du ihnen gesagt, dass du auch planst, schwanger zu werden? Oder geplant *hast*? Offenbar bin ich da ja nicht mehr auf dem Stand der Dinge.»

Ihr Blick wurde wieder mitfühlend, was Juha ärgerte. «Wir haben es eine Weile probiert, aber in den letzten Monaten ...»

Juha presste die Fingerspitzen zusammen, wie Maria es häufig tat, wenn sie etwas sehr ernst meinte, als könnte die

Imitation seiner Aussage eine größere Glaubwürdigkeit verleihen. «Wir haben es probiert, weil du gedroht hast, mich zu verlassen, wenn wir es nicht tun.»

«Und dann haben sich die Dinge geändert», erklärte sie.

«Die Dinge haben sich nicht geändert, sondern müssen sich einfach neu einstellen, weil dieser Job im Gegensatz zu vorher eben ...» Er rang nach Worten, doch die waren überflüssig.

«Ja, ich weiß, mein Schatz», unterbrach sie ihn. «Und das wusstest du vorher. Trotzdem hast du es entschieden, und ich finde das richtig. Aber darum ist es auch richtig, dass ich entschieden habe, was ich gerne machen möchte: nach Argentinien gehen.»

Juha hatte den Blick gesenkt, doch nun schaute er auf und konnte nur ahnen, wie erschöpft er in diesem Moment aussehen musste. «Also hast du dich schon entschieden?»

Sie nickte und lächelte ihn traurig an. «Ich musste mich quasi sofort entscheiden.»

«Wieso so überstürzt? Können wir das nicht erst mal in Ruhe gemeinsam überdenken?»

«Sie brauchten sofort einen Ersatz, weil es schon in knapp einem Monat losgeht.»

Juha hatte geglaubt, das dicke Ende bereits hinter sich zu haben. «Wie, in einem Monat?»

Sie nickte, sich des Hammers bewusst, den sie ihm über den Schädel gezogen hatte. Er suchte Worte für die Argumente, die ihm so schnell in den Sinn schossen, dass er nicht wusste, womit er anfangen sollte. «Aber das ist doch nichts, was man mal so eben ...»

«Du hast auch mal so eben entschieden, zur Mordkommission zu gehen, und mich vor vollendete Tatsachen gestellt.»

Er schüttelte das Argument in übertriebenem Unverständnis von sich ab. «Das ist doch was völlig anderes, die Gelegenheit war da, und jeder vernünftige Bulle hätte an meiner Stelle Ja gesagt. Jeder will zum Mord.»

«Eben, deswegen musstest du es tun. Und nein, es ist nichts völlig anderes. Merkst du nicht, wie unser Leben sich verändert hat, seit du beim Mord arbeitest?»

Er wandte sich wieder dem Fenster zu, versuchte, seinen Atem zu beruhigen.

«Du bist viel weniger hier. Und wenn du hier bist, schläfst du mehr. Aber du schläfst schlechter. Du bist müde und schlecht gelaunt.»

Juha spürte, dass er auf Granit biss und dass es keinen Sinn hatte, gegen die Entscheidung zu argumentieren. Maria würde sie nicht rückgängig machen. «Ein Jahr also.»

Wieder nickte sie und legte ihre Hand, die merkwürdig kühl war, auf seine Wange. «Du kannst natürlich hier wohnen bleiben.»

Urplötzlich war der Trotz wieder da und ergriff ihn stärker als zuvor. Was war das bitte für eine bescheuerte Aussage? Er schob ihre Hand zur Seite; die war gar nicht kühl, seine Wange war einfach nur glühend heiß. «Das ist ja furchtbar großzügig, dass ich in *meiner* Wohnung bleiben darf, während *du* durch die Weltgeschichte gondelst.»

Sie biss sich auf die Lippe und schloss die Augen. «So war das doch nicht gemeint ...»

Juha drängte sich an ihr vorbei zum Küchentisch, nahm seine Kaffeetasse und trank, der Kaffee war eiskalt. «Weißt du, was? Vielleicht sollte ich ausziehen. Also nur für ein Jahr.» Sein Sarkasmus rutschte ins Zynische. «Wenn ich hier ein Jahr alleine durch diese riesige Wohnung geistere, werde ich am Ende noch wunderlich.» Er zwang sich den kalten Kaffee rein, weil er fand, dass die Geste seinem plötzlichen Zynismus gut zu Leibe stand. Maria war etwas irritiert, sagte aber dann: «Okay.» Klang da Erleichterung in ihrer Stimme mit? Oh Gott! Hatte er einen Fehler gemacht, einen ganz bösen Fehler?

«Wenn du das willst. Ist vielleicht sogar besser. Wenn wir untervermieten, können wir auf jeden Fall den ortsüblichen Mietpreis verlangen, was uns etwas Geld einbringt, denn die ganze Sache ist nicht unbedingt billig. Du suchst dir einfach für die Zeit was Kleines, Gemütliches, und dann klappt es finanziell, ohne dass ich mein Erspartes angreifen muss. Vielleicht profitieren wir am Ende sogar.»

«Ging es die ganze Zeit darum? Mir zu verklickern, dass ich aus meiner Wohnung ausziehen muss, damit du deinen Selbstfindungstrip finanzieren kannst?»

Jetzt wurde sie auch laut. «Du wohnst in *meiner* Wohnung, und das ist kein Selbstfindungstrip. Ich will mich auch weiterentwickeln dürfen, ich will Chancen wahrnehmen dürfen, wenn sie sich mir bieten.»

Er wollte sich beherrschen, doch zu spät: «Du bist einundvierzig! Du tauschst diese Chance gegen eine Familie, was dir vor nicht einmal einem halben Jahr einen genauso großen Streit wert gewesen ist. Hörst du dir eigentlich selber zu?»

Er sah ihr Gesicht versteinern und spürte augenblicklich Scham, die er vorausgesehen und der er sich in seinem Zorn dennoch ausgeliefert hatte.

«Du hättest mir auch einfach ein Kind machen können, dann hätte das hier nie zur Debatte gestanden», sagte sie, und es klang, als wolle sie das Gespräch damit beenden.

Die Luft, die stoßweise aus seinen Lungen kam, war trocken, schabte an seinen Stimmbändern. «Okay, also ist es am Ende meine Schuld, dass du dich nach Argentinien verpisst und mich aus unserer, entschuldige, *deiner* Wohnung wirfst.»

«Nein, Juha, du bist einfach nur das arme Opfer meiner egoistischen Entscheidungen.»

«Danke. Das wollte ich hören.» Juha wünschte inständig, er könnte zurückrudern, doch er wusste, dass ihm das jetzt nicht mehr gelingen würde. «Komm, ich mache es uns beiden einfach.» Er holte seinen Schlüsselbund aus der Box im Regal und begann den Wohnungsschlüssel vom Ring zu fummeln. Maria schüttelte entnervt den Kopf. «Das ist doch jetzt echt albern.»

«Ja?», fragte er beiläufig. Geschafft. Er legte den Schlüssel auf den Tisch. «Ich glaube, du hast nach einer Möglichkeit gesucht, mich zu bestrafen. Nur darum geht es hier. Du hast sie gefunden; Glückwunsch.»

Dann verließ er die Küche.

37

Lux spürte die Müdigkeit wie eine leichte Wolke in sich aufsteigen. Es war eine wohlige, beinahe wärmende Müdigkeit. Eine Melodie ging ihm durch den Kopf, die sich nicht greifen ließ, sondern sich immer weiter verästelte. Die Improvisationen der Musiker von gestern Nacht flossen durch ihn hindurch. Doch der Fluss wurde jäh gestoppt.

«Ich könnte ja mal langsam anfangen», versuchte es Jochen vorsichtig, «und wenn Juha kommt, fasse ich die wichtigsten Punkte zusammen.»

Lux lehnte sich nach vorne, schaute auf sein Telefon. Juha war schon fünfzehn Minuten zu spät. Kam vor, aber nicht oft. «Ich hole mir noch einen Kaffee», umschiffte Lux eine konkrete Antwort. Und schon auf dem Weg zur Tür: «Willst du auch einen?»

Jochen schüttelte nur den Kopf und sackte etwas tiefer in seinen Stuhl.

Auf dem Rückweg begegnete Lux Juha, der für seinen Geschmack etwas zu langsam ging. Als Juha seinen Blick bemerkte, sagte er nur: «Sorry, hab verschlafen», schob sich durch die Tür in das kleine Besprechungszimmer und setzte sich Jochen gegenüber. Lux beschloss, Juhas Entschuldigung unkommentiert zu lassen, und setzte sich ebenfalls.

«Alles okay?», rutschte es ihm dann doch heraus.

Juha schürzte die Lippen, nickte stumm und richtete sich an Jochen. «Schieß los.»

Jochen war bei Juhas Eintreten wieder zum Leben erwacht, jetzt funkelten seine Augen. Er wischte den Bildschirmschoner von seinem Laptop und legte los.

«Claudia Savina Antonia Cordes wird seit frühester Kindheit nur Chloe genannt, geboren am Samstag, siebter September 1993 im Westküstenklinikum Brunsbüttel. Tochter von Katja Cordes, geborene Schmidt, und Helmut Phillip Cordes. Besuchte ab 99 die Boy-Lornsen-Grundschule, ebenfalls Brunsbüttel, überspringt die zweite Klasse. Ab 2002 Gymnasium Brunsbüttel.»

«Jochen, ihr solltet einen Backgroundcheck machen, Chloe Cordes durchleuchten. Ich will nicht ihre Lebensgeschichte hören, sondern eine Zusammenfassung der für uns relevanten Punkte. Was ist daran bitte unklar?»

Jochen verstummte, schaute Hilfe suchend zu Lux. Auch der war von Juhas untypischer Strenge überrascht.

«Alles klar, Juha», sagte Jochen folgsam und räusperte sich. «Ab 2011 wird es interessant. Chloe Cordes schließt als Jahrgangsbeste das Gymnasium ab. Direkt im Anschluss Studium der Medizin in Lübeck. Ab dem dritten Semester schon mit Stipendium der Studienstiftung.» Jochen demonstrierte mit einer Geste den steilen Aufstieg Chloes. Seine Hand befand sich gerade auf Schulterhöhe. «Ihr Physikum macht sie mit 'ner glatten Eins. Das schaffen gerade mal null Komma drei Prozent, und es berechtigt sie dazu, das Stipendium bis zum Abschluss des Studiums in Anspruch zu nehmen.»

Lux wandte sich an Juha. «Und die erzählt uns, sie hätte nicht das beste Blatt im Leben gehabt?» Juha nickte, blieb mit seinem Blick aber bei Jochen.

Jochens Hand, die sich jetzt weit über seinem Kopf befand, begab sich in den Sturzflug. «Bis sie 2017 plötzlich, kurz vor ihrem zweiten Staatsexamen, auch Hammerexamen genannt, die Universität verlässt. Beziehungsweise zwangsexmatrikuliert wird, weil sie ihre Studiengebühren nicht gezahlt hat.»

Lux konnte Jochen den Schmerz darüber ansehen.

«Einfach so», stellte Juha eher fest, als dass er fragte.

Jochen riss sich aus seiner Enttäuschung. «Ein Jahr später ist sie im Rosenhof, das ist eine psychosomatische Klinik in Niedersachsen, südlich von Hamburg. 2019 folgt dann ein längerer Aufenthalt im Klinikum Ochsenzoll. Dort: volles Psychiatrieprogramm, geschlossene Station. Danach ist da nicht mehr viel. Sie war vor vier und vor zwei Jahren noch mal beim Zahnarzt. Seitdem Stille. Keine sozialversicherungspflichtigen Einkünfte, keine Sozialleistungen, nichts.»

Juha starrte vor sich hin. Aber Lux setzte sich etwas auf. «Hast du was aus der Zeit kurz vor, wann war das, 2017?» Er zog den Laptop, von dem Jochen abgelesen hatte, zu sich rüber. «Sie hat das Sommersemester noch beendet, oder? Das Wintersemester begonnen oder vielleicht auch nicht, bezahlt hat sie jedenfalls nicht mehr, denn im Januar 2018 wurde sie rausgeworfen. Eins-a-Studentin, sahnt alles ab, was es an Stipendien gibt, Top of the Class, und dann haut sie von heute auf morgen einfach ab, lässt alles stehen und liegen?»

Lux schaute zwischen Jochen und Juha hin und her. Der eine sah ihn erwartungsvoll an, der andere ignorierte ihn und schien mit sich beschäftigt.

«Juha!» Als Lux aufstand, schaute Juha endlich zu ihm hoch. Erst jetzt bemerkte Lux, wie müde und abgeschlagen er aussah. Offenbar hatte er am Vorabend ebenfalls ein Glas zu viel gehabt, was womöglich auch seine Gereiztheit gegenüber Jochen erklärte.

«Du brauchst einen Kaffee, oder?»

Juha nickte.

«Und dann sollten wir uns noch mal mit Chloe Cordes unterhalten, oder?»

Juha nickte. «Ja, machen wir.»

Bei Chloe Cordes' Prepaid-Handy sprang die Mailbox an:

«Hallo, hier ist Chloe, sprich mir was drauf, ich höre es vielleicht ab.»

Lux war genervt, aber wenig überrascht. «Reden wir doch mit ihrer Schwester», schlug er vor. «Die ist zwar auch nicht überschwänglich mitteilsam, aber vielleicht kann sie uns trotzdem was sagen, das uns weiterhilft.»

Juha atmete hörbar aus. «Was hoffen wir denn zu finden? Vielleicht hatte sie einfach keinen Bock mehr und hat deswegen das Studium geschmissen. Passiert alle naslang.»

Lux unterdrückte ein Seufzen und ignorierte Juhas destruktive Attitüde. «Es könnte aber auch sein, dass es irgendwas mit Carsten Schilling zu tun hat. Die beiden verlieben sich, können aber nicht zusammen sein. Konflikt, Chloe taucht ab.»

«Und was hat das mit unserem Fall zu tun?»

«Wir stehen wieder ganz am Anfang, haben keine Spur, nur Anhaltspunkte. Im Moment hat nichts etwas mit unserem Fall zu tun, und damit hat erst mal alles etwas mit unserem Fall zu tun. Deswegen hab ich vorgeschlagen, dass wir mit ihrer Schwester reden. Aber wenn du die Idee beschissen findest, sag's einfach.»

Lux' Heftigkeit schien Juha überrumpelt zu haben, und er antwortete nicht sofort. Dann sagte er mit ruhiger Stimme: «Nein, nicht beschissen. Ich wollte nur kurz darüber nachdenken, was die Alternativen sind. Aber mir ist keine eingefallen, also rufen wir Franka Cordes an. Gute Idee.»

Lux schaute etwas bedröppelt drein, sein Ton war unangemessen, und ihm wurde klar, warum. Er hatte sich ertappt gefühlt, denn seine primäre Motivation lag darin, einen Grund zu haben, Franka zu sehen. Egal, ob sie ihnen weiterhelfen konnte. «Entschuldigung, war nicht so gemeint.»

«Ich weiß. Der Druck steigt. Wir sind beide gestresst. Mir tut es auch leid.»

38

Lux sah Franka als Erster, wie sie etwas gehetzt auf den Eingang der Cafeteria zusteuerte, die Hände tief in den Taschen ihres Kittels vergraben. Sie trug blaue Turnschuhe mit gedämpfter Sohle, wie man sie bei Klinikärzten, die den ganzen Tag auf den Beinen waren, häufig sah. «Hallo», sagte sie bereits, als sie noch ein paar Schritte entfernt war, und dann sofort: «Gehen wir rein? Ich sterbe vor Hunger, bin seit fünf Uhr in der Schicht. Essen Sie auch was?» Ohne anzuhalten oder eine Antwort abzuwarten, ging sie an Juha und Lux vorbei in die Cafeteria. Dafür, dass Franka gestern noch im *Birds* gewesen und heute bereits seit fünf Uhr im Dienst war, wirkte sie erstaunlich fit.

Drinnen schlug ihnen die Heizungsluft und der typisch unspezifische, doch umso intensivere Geruch von Kantinenessen entgegen, der Lux auch um die Cafeteria vom LKA einen großen Bogen machen ließ, wann immer es möglich war. Franka blieb stehen und drehte sich um, fragte erneut. «Essen Sie auch was?»

Juha und Lux schüttelten den Kopf. «Es ist noch ein bisschen zu früh für uns, wir arbeiten ja erst seit zwei Stunden. Beamte halt.»

Franka lächelte höflich über Lux' Witz und deutete auf die freien Tische an der Fensterfront. «Suchen Sie doch einen Platz, ich hole mir was und komme gleich zu Ihnen.»

Die Polizisten befolgten die Aufforderung und wählten den äußersten Vierertisch, um möglichst wenig Zuhörer um sich herum zu haben.

Drei Minuten später kam Franka mit Currywurst-Pommes, setzte sich zu ihnen und begann zu essen. «Currywurst-Tag, Gott sei Dank. Das brauch ich heute.» Lux entging ihr kurzer Blick nicht, und er bedachte sie mit einem Lächeln, das groß genug war, dass sie es bemerken musste, aber klein genug, um sicher zu sein, dass Juha es nicht mitbekam.

«Wie lief der Tag bisher?», begann Juha das Gespräch.

«Ziemlich gut. Keiner tot», sagte sie knapp. Sie schien wirklich hungrig zu sein.

«Solche Tage sind auch bei uns die guten Tage», sagte Juha, und Franka schaute auf, musste schmunzeln. «Ja, stimmt. Auch wenn es nicht ganz das Gleiche ist.»

«Richtig. Wir fangen mit der Arbeit erst an, wenn es eigentlich schon zu spät ist.»

«Also sind Sie bei der Mordkommission. Das haben Sie mir beim letzten Mal nicht erzählt, und es beruhigt mich nicht besonders. Ich nehme an, Sie können mir auch heute nicht genauer sagen, was Sie von Chloe wollen, oder?» Sie drückte den Rest der Mayo aus dem Portionsbeutel; ohne lange auf eine Antwort zu warten, fuhr sie fort. «Wie kann ich Ihnen denn weiterhelfen. Ich habe Chloe gesagt, dass sie sich bei Ihnen melden soll, aber ich kann sie ja schlecht hinschleifen.»

Juha schaute kurz zu Lux, aber der blinzelte zustimmend, um zu signalisieren, dass er ihm weiterhin das Wort überlassen und sich aufs Beobachten beschränken wollte. Also fuhr Juha fort. «Laut unseren Informationen haben Sie Ihrer Schwester gesagt, sie solle gefälligst ihren Arsch bewegen und mit uns reden.»

Franka schaute wieder auf, ihre Backen waren dicker, als es bei einem Gespräch während des Essens angebracht war. «Ja, das klingt ein bisschen nach mir. Aber glauben Sie mir, eine gewisse Deutlichkeit braucht es bei Chloe. Dann war sie also schon bei Ihnen?»

Juha nickte.

«Was brauchen Sie dann noch von mir? Es geht hier um Carsten Schilling und seinen Partner, richtig?»

«Sie wissen also, dass die beiden verstorben sind und davon auszugehen ist, dass sie Opfer eines Gewaltverbrechens geworden sind?» Juha sparte sich die Frage, woher sie davon wusste, da es mittlerweile in allen Zeitungen gestanden hatte.

«Was hat meine Schwester damit zu tun?»

«Es haben sich seit unserer Begegnung mit Ihrer Schwester ein paar Fragen aufgetan, die wir gerne mit ihr persönlich geklärt hätten, aber wir erreichen sie wieder nicht.»

Franka verdrehte die Augen. «Okay, vielleicht kann ich helfen.» Sie schob ein Stück Wurst durch die Currysoße und dann in ihren Mund.

«In der Biografie von Chloe gibt es gewissen Auffälligkeiten. Wir haben uns zum Beispiel gefragt, ob im Sommer 2017 etwas vorgefallen ist, das zu dem recht abrupten ...» Juha suchte nach dem passenden Wort. Franka hatte aufgehört zu kauen. «... zu dem abrupten Kurswechsel in Chloes Leben geführt hat?», vervollständigte sie den Satz.

«Genau das.»

Sie schluckte herunter, legte das Besteck ab und tupfte sich mit einer Papierserviette die Lippen ab, die sie anschließend zerknüllte und in die Soße unter der Gabel drückte. Dann lehnte sie sich zurück und blickte aus dem Fenster. «Sie fragen mich Sachen.» Frankas Lippen wurden schmal, sie schaute von Juha zu Lux, und zum ersten Mal seit ihrer Begegnung in der Pommesbude war keine Spur von Doppelbödigkeit in ihrem Ausdruck. Sie wirkte betroffen, wenn auch nicht über alle Maßen beunruhigt.

«Kannten Sie Herrn Schilling auch?»

Franka schüttelte den Kopf. «Flüchtig. Aber Chloe hat mir früher, hm, ich wollte gerade ‹viel› sagen, aber das stimmt nicht. Sagen wir, sie hat mir früher *mehr* erzählt. Zeitweise hat sie unter der Situation sehr gelitten.» Sie fuhr sich mit der Hand über den Mund. «Vielleicht sollte ich Sie erst mal fragen, was Sie schon wissen, bevor ich hier aus dem Nähkästchen plaudere. Ich bin nicht verpflichtet, über eine nahe Verwandte zu sprechen, oder?»

Juha und Lux schüttelten synchron den Kopf. «Nein, das hier ist nur eine Befragung, und über eine direkte Verwandte müssen Sie schon mal gar nichts sagen», bestätigte Juha ohne Umschweife. «Was wir bereits wissen, ist, dass es eine unglückliche Liebe zwischen Herrn Schilling und Ihrer Schwester gegeben hat. Unglücklich, weil Herr Schilling die Gefühle Ihrer Schwester zwar erwiderte, seine Frau aber nicht verlassen wollte. Ihre Schwester hingegen wollte keine heimliche Geliebte sein, was ich offen gestanden nachvollziehen kann. Also blieb das Liebesglück unerfüllt.»

«Ja gut», sagte Franka knapp. «Dann wissen Sie eigentlich genauso viel wie ich.»

«Aber was war im Sommer 2017? Warum schmeißt eine Studentin, die ausgezeichnete Noten und ein Stipendium hat, im neunten Semester einfach ihr Medizinstudium hin?»

Franka starrte ins Nichts. «Sie hatte immer viel bessere Noten als ich.»

Juha schien in ihrem Blick zu forschen, doch Lux kam es vor, als habe sie sich plötzlich zurückgezogen, so tief in ihren Denkprozess, dass ihr Körper auf Autopilot geschaltet hatte. «Ich bin unsicher, wie ich mich verhalten soll, und muss jetzt entscheiden, was ich sage», erklärte sie sich. Nach zehn Sekunden hatte sie sich offenbar entschieden. «Ich kann Ihnen sagen, was ich vermute. Aber ich kann es nur bis zu einem gewissen Punkt ausformulieren, die Gründe werden Sie gleich verstehen.»

«Wir sind sehr gespannt und versuchen, ihre Zurückhaltung zu respektieren», sagte Juha ernst.

«Gut.» Sie atmete tief durch. «Ich gehe davon aus, dass meiner Schwester damals etwas zugestoßen ist. Sie aber schweigt darüber. Es ist *denkbar*, dass Carsten Schilling in diesen Vorfall involviert war.» Bei «denkbar» hob sie den Zeigefinger, um der Tatsache besonderes Gewicht zu verleihen, dass es sich um eine Vermutung handelt.

«Was für eine Art Vorfall könnte das gewesen sein? Wenn ich Sie richtig verstehe, deuten Sie an, dass ...»

«Ich möchte hier keine konkrete Anschuldigung aussprechen, können Sie das vorerst akzeptieren?»

Juha und Lux verständigten sich schweigend auf ein «Ja», wenngleich Juha ein Zähneknirschen nicht verbergen konnte.

«Was ich weiß, ist, dass meine Schwester nach diesem hypothetischen, wie auch immer gearteten Vorfall deutliche Symptome einer posttraumatischen Belastungsstörung zeigte. Sie hat sich aus ihrem sozialen Umfeld zurückgezogen – auch von mir –, ist zuerst einfach nicht mehr in der Uni aufgetaucht und wurde dann exmatrikuliert. Sie hat eine ambulante Therapie begonnen und Antidepressiva vom Hausarzt verschrieben bekommen. Ich glaube, sie hat angefangen, mehr zu trinken und vielleicht auch andere Drogen zu nehmen. Einige Monate später kam dann der erste heftige Zusammenbruch, und sie war sechs Wochen in stationärer psychiatrischer Behandlung. Es folgten noch weitere.»

Juha nickte, um zu signalisieren, dass sie darüber im Bilde waren.

Franka schaute kurz auf, nachdem sie während ihres Monologs nur auf die rote Currysoße gestarrt hatte. «Nachdem sie vier Monate ihre Miete nicht bezahlt hatte, zog sie bei mir ein. Ich war mittlerweile Assistenzärztin, tilgte ihre Schulden und klärte den Papierkram. Eine Weile lang bekam sie eine Erwerbsminderungsrente. Nach einem Jahr oder so hat sie dieses Waldhaus bezogen und ihr Glück im Aussteigerleben gesucht. Ich hatte das Gefühl, dass es ihr damit besser ging. Auch wenn ich ihr natürlich ein anderes Leben gewünscht hätte. Wissen Sie, es ist so ironisch ...»

«Was ist ironisch?», fragte Juha leise.

Franka schüttelte den Kopf in Richtung Fenster, es ging ihr offensichtlich nahe, über das Schicksal ihrer Schwester zu sprechen. «Wir sind ja nur knapp anderthalb Jahre auseinander, haben immer alles zusammen gemacht. Auch in der Schule, weil sie die zweite Klasse übersprungen hat. Und immer haben alle sich amüsiert, dass wir uns so ähnlich sind, fast wie Zwillinge. Und dann haben wir auch noch beide mit Medizin angefangen. Unsere Eltern haben uns dringend geraten, nicht zusammen in eine Wohnung zu ziehen, damit wir auch mal was Neues entdecken. ‹Franka und Chloe, die sind sich so ähnlich.› Und dann passiert so was. Unsere Wege driften so stark auseinander, wie zwei Lebenswege nur auseinanderdriften können. Und wissen Sie, was das Schlimmste ist?»

Juha und Lux schüttelten den Kopf.

«Dass sie nichts dafürkann. Sie ist klüger als ich, fleißiger als ich; und ja, sie ist auch die Stärkere von uns beiden gewesen. Sie hatte einfach nur Pech. Verfluchtes Pech. Ich sitze hier, bin Oberärztin mit einem guten Gehalt und einem geregelten Leben, während meine psychisch kranke Schwester im Wald hockt, Ratgeberlektüre liest und irgendwelche Heilkräuter zusammenkocht. Nicht, weil ich es verdient habe und sie nicht. Sondern weil das Leben einfach ein unfaires Spiel ist.» Jetzt hatte sie Tränen in den Augen. Sie schaute auf die Wanduhr. «Shit, ich muss wieder rein.»

Juha und Lux, die die letzten Minuten regungslos dagesessen hatten, rückten auf ihren Stühlen vor. «Frau Cordes, vielen Dank für das Gespräch und Ihre Offenheit. Wir gehen dem nach, was Sie angedeutet haben.» Sie blickte hilflos auf, wollte etwas sagen, doch Juha kam ihr zuvor. «Nein, Sie haben gar nichts angedeutet, aber aus dem, was Sie uns erzählt haben, werden wir unsere Schlüsse ziehen und dementsprechend vorgehen.» Das schien Franka zu beruhigen.

Juha und Lux erhoben sich. «Vielen Dank nochmals und alles Gute.» Sie verließen die Cafeteria. und Lux blickte noch einmal zu Franka zurück, um vielleicht noch einen heimlichen Blick von ihr aufzufangen, doch sie starrte noch immer aus dem Fenster und würde wahrscheinlich zu spät zur zweiten Hälfte ihrer Schicht kommen.

Sie standen draußen auf der Terrasse, auf der ein paar Raucher in Wolldecken der Kälte trotzten.

Lux ergriff das Wort. «Wir haben also möglicherweise ein Motiv: Missbrauch, vielleicht Vergewaltigung. Wenn ich Franka Cordes richtig verstanden habe, geht sie davon aus, dass ihre Schwester missbraucht wurde. Und wenn wir annehmen, dass daran nicht nur Carsten Schilling, sondern auch Patrick Wichmann und Arvo Nagelschmidt beteiligt waren, die ja, wie wir wissen, eine Clique waren, dann könnte Chloe Cordes einen Grund gehabt haben, an den Männern Vergeltung zu üben. Späte Rache. Und wir haben eine Erklärung, weshalb Carsten Schilling Chloe Cordes bezahlt hat; als Wiedergutmachung. Oder sie hat ihn erpresst, dann aber stellt sich die Frage, warum nur ihn und nicht die anderen. Das würde auch erklären, weshalb sie es uns verschweigt. Wobei es natürlich auch nicht unüblich ist, dass Vergewaltigungsopfer sich dafür schämen, was ihnen zugestoßen ist; irrational, aber leider an der Tagesordnung. Doch wie passt das mit der Annahme zusammen, dass Carsten in Chloe verliebt war? Eine eskalierte Situation mit Alkohol und Drogen?»

Juha schwieg und schaute in den Park, der an die Terrasse grenzte.

«Juha, sagst du vielleicht auch mal was dazu?»

«Ich werde ausziehen.»

39

Dann hab ich den Schlüssel auf den Tisch geknallt und bin aus der Küche gestürmt.»

Sie saßen seit mittlerweile zwanzig Minuten im Wagen vor Juhas Wohnung. Lux hatte ihn mehr oder weniger gezwungen, den Rest des Tages freizumachen. Juha hatte sich geweigert, doch Lux bestand darauf, dass mit ihm ohnehin nicht viel anzufangen sei, was zwar nicht der Wahrheit entsprach, Juha aber erlaubte, nachzugeben und sich von Lux nach Hause fahren zu lassen. Lux hatte nicht gefragt, und er hatte nichts erzählt. Erst als sie fast da waren, begann er schließlich doch zu berichten, und dann redete er immer weiter und weiter, bis er anfing, sich zu wiederholen, was Lux mit ausdauerndem Nicken höflich überging.

«Ich bin nicht weit gekommen, konnte ja schlecht halbnackt auf die Straße rennen. Sie ist mir hinterhergegangen und hat mir die Schlüssel zurückgegeben.» Er öffnete die Hand und besah sich den Schlüssel, den er, seit sie vor dem Haus gehalten hatten, in seiner Hand knetete.

«Ich verstehe es immer noch nicht. Vor einem knappen Jahr wollte sie mit dir eine Familie gründen, und jetzt ist sie auf einmal auf einem Selbstfindungstr...»

«Es ist kein Selbstfindungstrip.» Juha merkte, dass Lux sich absichtlich etwas dumm stellte. «Ich geh dann mal. Und danke fürs Herfahren und Zuhören. Das tat ganz gut.»

«Jederzeit. Ich schätze, wir sehen uns morgen, oder?»

«Auf jeden Fall.» Juha öffnete die Beifahrertür und stieg aus dem Wagen. Dann beugte er sich noch einmal runter und winkte Lux zum Abschied. Der hob ebenfalls die Hand.

Juha warf die Autotür zu und ging zum Haus, den Schlüssel noch immer umklammert – er war ganz warm geworden. Vor der Tür blieb er stehen. Was sollte er hier? Maria käme erst in einigen Stunden nach Hause. Alleine in der großen Wohnung rumsitzen? Ein Vorgeschmack auf das, was ihn erwartete. Ihm wurde klar, dass es das war, was ihm die größte Angst bereitete. Natürlich könnte er ein Jahr in einer kleineren Wohnung in der Nähe des Präsidiums wohnen; ein Jahr, was war das in seinem Alter schon? Aber ein Jahr ohne Maria, mit der er sich manchmal noch immer wie ein verliebter Zwanzigjähriger fühlte – das würde verflucht lang werden.

Er drehte sich zu Lux' Wagen um, der Motor war noch aus. Er hob abermals die Hand zum Abschied, doch Lux machte keinerlei Anstalten loszufahren. Stattdessen nickte er aufmunternd. Offenbar wollte er warten, bis Juha reinging. Juha hob nochmals die Hand und schloss die Tür auf, trat in den Hausflur. Drinnen wartete er ungefähr eine halbe Minute. Dann öffnete er die Haustür wieder und streckte den Kopf hinaus. Der Wagen stand immer noch da, und Lux winkte ihm zu.

Geschlagen schob Juha sich durch den Türspalt zurück nach draußen und schlenderte zum Wagen, Lux ließ das Fenster herunter.

«Also, falls du Lust hast …», druckste Juha herum und schaute unbestimmt in der Gegend umher. «Ich glaub, ich geh noch auf eine Runde in die Seeperle. Vielleicht willst du ja mitkommen.»

«Yep!», rief Lux und stieg aus.

«Weißt du, wie es laufen wird?», fragte Lux, als sie zum zweiten Mal diese Woche mit Glühwein an einem der Stehtische lehnten und über die Außenalster blickten.

Juha zog fragend die Stirn kraus.

«Du suchst dir eine kleine Wohnung zur Zwischenmiete, genießt ein bisschen das Junggesellendasein; und wenn das Jahr vorbei ist, wird es dir vorkommen, als sei es gestern gewesen, dass sie nach Argentinien gegangen ist.»

«Vielleicht», sagte Juha. Er nippte an seinem heißen Getränk. «Nach Argentinien gegangen.» Lux hatte es natürlich nicht so gemeint, aber in seinen Ohren hatte eine bedrohliche Endgültigkeit darin mitgeklungen. Was, wenn sie sich verliebte? In das Land oder, noch schlimmer, in jemand anders? Einen argentinischen Gymnasiallehrer, der Tango tanzen konnte? Der einzige finnische Volkstanz, der ihm einfiel, war Humppa, eine Art Polka. Lautes, helles Geschrei riss ihn (Gott sei Dank) aus seiner Schwarzmalerei. Ein paar Jungs mit Schulranzen balancierten auf dem gemauerten Ufer auf und ab. Juha schätzte sie auf zwölf oder dreizehn. Auch ein schönes Alter, dachte er. Sie beobachteten jetzt beide die Kinder, als einer der Jungen seinen Ranzen abnahm, in die Hocke ging und einen Fuß auf das verschneite Eis setzte.

«Oh Mann, was machen die denn für einen Scheiß?», raunte Juha, und Lux war schon drauf und dran, sich in Bewegung zu setzen. Doch zu spät. Der Junge glitt unter dem Johlen seiner Freunde auf das Eis hinaus. Keine zwei Sekunden später brach er mit dem rechten Fuß durch die Eisdecke, wirbelte panisch herum und brach dann vollends ein, stand bis zur Hüfte im Wasser. «Idioten.» Juha stellte seine Tasse ab und lief zu ihnen hinüber. Noch bevor er die Kinder erreichte, hatte sich der Junge bereits ans Ufer gekämpft und sich von seinen Freunden herausziehen lassen. «Seid ihr bescheuert?», polterte Juha mit autoritärer Erwachsenenstimme. Sein Schimpfen schien die Kinder mehr zu erschrecken als das Missgeschick ihres Freundes. Der Junge, der eingebrochen war, stand breitbeinig da und besah sich seine klitschnasse Hose. Juha ging in die Hocke und nahm ihn bei den Schultern. «Wo wohnst du?»

Der Junge zeigte in eine Richtung und sagte: «Da vorne.»

«Sind deine Eltern zu Hause?»

Der Junge nickte eifrig.

«Dann rennst du jetzt so schnell nach Hause, wie du kannst, und gehst erst mal in die Badewanne, hast du verstanden?»

Der Junge nickte, setzte seinen Schulranzen auf und rannte davon.

«Ihr anderen», sagte Juha mit ernster Miene und zog seinen Polizeiausweis. «Ich verhafte euch wegen Beihilfe zum Betreten einer nicht freigegebenen Eisfläche.»

Die Jungen starrten den Polizeiausweis an. «Der ist doch gefälscht», sagte einer altklug.

«Ach ja?», brummte Juha tonlos und zog sein Sakko zur Seite, entblößte das Schulterholster.

Die Jungs rissen die Augen auf.

«Ab nach Hause jetzt», sagte Juha. Die Jungs rannten los, und ihre Ranzen hüpften dabei auf und ab.

«Hast du die Kinder gerade mit deiner Waffe eingeschüchtert?», fragte Lux ungläubig, als Juha zum Stehtisch zurückkehrte.

«Quatsch. Höchstens ein bisschen beeindruckt.»

«Was ich noch sagen wollte», begann Lux und blickte mit zugekniffenen Augen der Sonne entgegen, die sich als schwacher weißer Kreis hinter der gräulichen Wolkendecke abzeichnete. «Hamburger Wohnungsmarkt ist ja so 'ne Sache. Falls du auf die Schnelle nichts findest; du kannst jederzeit wieder mein Sofa beziehen.» Er hob die Hände und fügte hinzu: «Als Übergangslösung, meine ich ...»

«Danke.» Juha rang sich ein Lächeln ab, merkte dann, dass es echt war. Er dachte daran, wie er sich, nach ihrem letzten

Streit, während der Ermittlungen am Boysen-Fall, für ein paar Tage bei Lux einquartiert hatte. Das war eigentlich ganz nett gewesen. Juha hatte gedacht, er hätte seitdem dazugelernt. Doch hätte Maria ihn heute Morgen nicht aufgehalten oder hätte er eine Hose angehabt, er wäre wohl wieder einfach abgehauen. Dieses Mal würde er aber nicht davonlaufen, er würde sich der Situation stellen. Ein eisiger Windstoß fuhr ihm ins Gesicht, ließ seine Augen tränen. Schnell wischte er sie weg, bevor Lux dachte, er würde weinen. «Sei mir nicht böse, Lucas, aber vielleicht wäre ich jetzt doch gern noch eine Weile alleine.»

Lux hatte sich in der Sekunde aufbruchsbereit gemacht, als Juha ihn bei seinem richtigen Namen genannt hatte.

«Ja, klar», sagte er und schien kurz zu überlegen, ob er seinen Rest Glühwein hinunterstürzen sollte, entschied sich dann dagegen. «Kannst den Rest haben.»

«Sehr nett, danke», sagte Juha und kippte Lux' Glühwein auf seinen. Lux stand noch da, und jetzt erst bemerkte Juha, dass er eine Umarmung andeutete. «Oh!», sagte Juha. Sie drückten sich kurz etwas ungelenk, und Lux klopfte ihm zweimal auf die Schulter.

«Danke noch mal», sagte Juha. Lux nickte und ging davon. Der Glühwein war nunmehr alles andere als glühend. Juha stürzte die lauwarme Zuckerbrühe herunter und musste sich schütteln. Gegen diesen Ekel half nur ein weiterer, heißer Glühwein, um den Geschmack des lauwarmen vergessen zu machen. Er ging zum Ausschank, bestellte, und als er zurückkam, war sein Platz besetzt. Also trat er ans Ufer und schaute über die weite Eisfläche. Dann fiel sein Blick auf das Loch, wo eben der Junge eingebrochen war. Durchsichtige Eisbröckchen trieben auf dem tiefschwarzen Wasser. Die Vorstellung, dass diese Dunkelheit sich Hunderte Meter weit unter der Eisdecke erstreckte, jagte ihm einen kurzen Schauer über den Rücken. Dieses kleine Loch im Eis war der einzige Ausgang aus einem lichtlosen, schier unendlichen Nichts.

Er erinnerte sich an das Gefühl von damals, als das Eisloch über ihm kleiner und kleiner geworden war. Eigenartig fiel es ihm ein, dass ein Eisloch aus beiden Richtungen schwarz erscheint. Das machte es so tückisch, ein Loch von unterhalb der Eisdecke wiederzufinden, denn aus dieser Perspektive sah es genauso aus wie die Luftblasen, die sich unter jeder Eisdecke befanden: ein endloses Firmament schwarzer Gebilde.

Die Erinnerung erfüllte ihn mit einem Horror, den er so schnell wie möglich wieder hinfortdenken wollte, bevor er riskierte, dass er ihn erneut in seinen Träumen heimsuchte. Tatsächlich hatte er seit seinem Einbrechen vor über vierzig Jahren nie wieder eine natürliche Eisfläche betreten. Der Traum hingegen kehrte unregelmäßig, aber verlässlich zurück. Und manchmal hatte Juha darüber nachgedacht, ob ihm eine prophetische Kraft innewohnte, ob sich anschließend jedes Mal etwas ereignete, das sein Unterbewusstsein lange vor ihm geahnt hatte.

Er konnte sich nicht erinnern, den Traum gehabt zu haben, seit er mit Maria zusammen war. Außer natürlich jüngst, vor ein paar Tagen. Hatte er ihn davor warnen wollen, sich auch diesmal kampflos zu ergeben? Das würde allerdings bedeuten, dass er bereits Tage, vielleicht Wochen zuvor erspürt hatte, dass etwas in der Luft lag. Seine Überraschung heute Morgen in der Küche: Vielleicht betrog er sich selbst, wenn er behauptete, er sei aus allen Wolken gefallen. Doch dieses Mal würde er anders handeln, sich nicht einfach ergeben. Er würde um Marias Liebe kämpfen, bis zum letzten Atemzug. Auch wenn das hieß, dass er ein Jahr ohne sie verbringen musste. Sie würde zu ihm zurückkommen, daran bestand kein Zweifel.

Wieder stiegen Juha Tränen in die Augen, obwohl es jetzt vollkommen windstill war.

«Ey, Juha, wenn du mal wieder 'nen Babysitter brauchst, sag Bescheid, ich nehme ihn gern», lachte Joe, als er aus dem Taxi stieg. Juha versuchte sich an einem dankbaren Grinsen, öffnete die Kofferraumklappe des Taxis, zog Wallys Rollstuhl heraus und klappte ihn auf.

«Na, hast du mich schon vermisst?», fragte Wally, als Joe und Juha ihm gemeinsam in den Rollstuhl hievten. Die beiden Alt-Punker waren bester Laune. Wie zwei Schuljungen, die gerade ihre erste Nacht gemeinsam durchgemacht hatten: total aufgedreht, aber spätestens in einer Stunde bettreif. Joe half Juha dabei, Wally die Treppen bis zum Fahrstuhl hinaufzutragen.

«Also, jetzt muss ich doch fragen», sagte Juha und schüttelte ungläubig den Kopf. «Wie, bitte schön, habt ihr es in den fünften Stock deiner Wohnung geschafft?»

Joe stutzte, lachte dann auf. «Ach so! Nein, nein, da wohne ich schon seit einer Weile nicht mehr. Ich hab mir ein Häuschen in Reinbek gekauft, bisschen Bruchbude, aber schön. Mit Garten und Proberaum in der Garage.»

«Alles ebenerdig», schwärmte Wally.

«Ach, so ist das.» Juha verkniff sich die Frage, von welchem Geld sich Joe ein Häuschen hatte leisten können – vielleicht hatte er etwas geerbt.

«Also dann, Jungs, macht's gut und bis bald.» Joe stapfte los, drehte sich um, kam zurückgeschlichen. «Sag mal, hättest du noch eine kleine Spende fürs Taxi?»

Juha drückte ihm fünfzig Euro in die Hand und dachte dabei, dass er kein Häuschen in Reinbek hatte.

40

Lux drückte sein Gesicht tief in das Thermoshirt, das er bereits zu seinem letzten Lauf angehabt hatte. Es war sein bestes, und er fand, dass man es ruhig noch mal tragen konnte. Mit Juha hatte er einen halben Glühwein getrunken, unauffällig langsam, das war drei Stunden her, und er fühlte sich gut, zumindest körperlich. Seelisch gab er sich redlich Mühe, eine angemessene Niedergeschlagenheit angesichts der Situation seines Freundes zu verspüren. Doch darunter lag noch etwas anderes, und als er verstand, was es war, fasste er sich an den Kopf, anstatt sich den zweiten Laufschuh zuzubinden. Es fühlte sich an wie ausgleichende Gerechtigkeit. Natürlich war es nicht Juha, der ihm verbot, Franka zu sehen, es war ein Gesetz. Doch schien Juha nicht zu begreifen, welches Opfer er damit erbrachte. Er sollte sich gefälligst zusammenreißen, hatte Juha gesagt. Nur um wenig später in der Küche seiner perfekten Wohnung zu sitzen, nicht satt werdend, ihm seine Liebesgeschichte zu erzählen, ohne dass irgendjemand danach gefragt hätte. Man müsse sich keine Sorgen machen, dass in einem finnisch-sizilianischen Haushalt der Wein ausgehe, hatte er getönt; voll dionysischer Gelassenheit und ohne einen Funken Empathie für Lux' Situation.

Er sah auf und erblickte sich selbst im Spiegel der Garderobe, seine hochgezogenen Schultern, seine starr hervortretende Kiefermuskulatur und seine fiebrigen Augen, die ihn wütend anstarrten. Halt! Was passierte denn hier? Lux blinzelte, schüttelte den Kopf. Woher kam nur dieser Zorn? Und warum richtete er sich gegen Juha, der am wenigsten dafürkonnte? Im Gegenteil; Juha war immer für ihn da, war jemand, auf den er sich verlassen konnte. Bist das wirklich du, Lucas? Er stand auf und merkte, dass sein Kiefer noch immer zusammengepresst war, so fest, dass seine Nackenmuskeln sich zu verkrampfen begannen. Am liebsten hätte er sich geohrfeigt, beschloss dann aber, die Selbstkasteiung aufs Laufen zu verlagern. Schinden würde er sich, bis er wieder klar denken konnte, bis er wieder er selbst war. Im Spiegel sah er den wütenden Jungen aus dem Hochhaus am Stadtrand. Es ist nur dein eigener Zorn, und du vergiftest nur dich selbst, dachte Lux und lief los.

Er merkte, wie das elende Gefühl langsam verflog. Vielleicht war es notwendig, sich auch die finsteren Gedanken zu gestatten, sie zu erdulden, weil man sich nur so kennenlernte und entwickeln konnte. Ja, vielleicht war es sogar ein Zeichen von Weisheit, sich seiner dunklen Seite bewusst zu stellen, sie von Zeit zu Zeit herauszulassen, sie sich gründlich anzusehen und dann wieder dort zu begraben, wo sie hingehörte: in die Vergangenheit. Und das Begraben, das ging am besten, indem er lief. Sein recyceltes Thermoshirt wurde warm und feucht, und er dachte, dass er doch lieber ein frisches hätte anziehen sollen. Zu spät jetzt, er war schon fast an der Alster.

Als er auf der Höhe von Juhas und Marias Wohnung vorbeikam, versuchte er, durch das Gitter grauen Geästs zu erkennen, ob drinnen Licht brannte, doch die dichten Baumwipfel ließen eine genaue Lokalisierung des Küchenfensters nicht zu. Lux zog sanft das Tempo an, er war jetzt warm, und die Beine liefen von selbst. Der Ausblick von der Kennedybrücke aus war wunderschön. Links das Lichtermeer des Jungfernstiegs, das sich in der Binnenalster spiegelte, rechts die schwarz und glatt daliegende Außenalster, dahinter das Ensemble der Mundsburg Towers, die in brutalistischer Erhabenheit über den See blickten und einen Hauch von Metropole versprühten. Lux liebte die Türme, auch wenn mancher sie als Bausünde betrachtete. Er überholte mehrere Läufer und merkte, dass er in guter Tagesform war, verbot sich, seine Zeit zu überprüfen, und ließ sich tragen. An der Abzweigung bei den Alsterwiesen blickte er in die Ferne, um zu entscheiden, ob er den Weg am Wasser oder den alten Fahrradweg durch die Wiese nehmen sollte, als ihn ein Schock überfiel und mit Vehemenz sein Zwerchfell zusammendrückte. Für einen kurzen Moment hatte er die Läuferin, die gerade sein Blickfeld streifte, für Franka gehalten. Ein Zittern ging durch seine Beine, und er drohte den Rhythmus zu verlieren. Sie trug dunkle Laufbekleidung, Kapuze, Weste. Es waren die Statur und die Form der Bewegung, die ihn an Franka denken ließen. Oder es war die Sehnsucht, die verlässlich solche Illusionen schuf; sah er Franka überall? Zwischen ihnen lagen vielleicht achtzig Meter, und plötzlich glaubte Lux, dass sie es womöglich tatsächlich war. Ihre Wohnung lag, wie er von ihrem letzten Besuch wusste, nicht weit entfernt, er befand sich auf der beliebtesten Laufstrecke Hamburgs, und Franka wirkte nicht wie jemand, der sich in einem Fitnessstudio auf der Tretmühle schindete. Seine Beine zogen das Tempo von selbst an. Wenn er die Läuferin überholte, konnte er sichergehen. Und dann? Was würde er sagen? Er stellte sich den Moment vor, in dem er an ihr vorbeizog, einen unauffälligen Blick zur Seite warf und merkte, dass er sich getäuscht hatte. Dann stellte er sich vor, sie wäre es tatsächlich. Vielleicht würden sie einfach eine Weile nebeneinander herlaufen? Schweigend. Wie im *Birds*, wo das Schweigen so flüchtig gewesen war. Begann es etwa schon wieder zu schneien?

Noch während er den Tagtraum drehte und wendete, machte die Läuferin einen ungelenken Schritt. Fast sah es aus, als wäre ihr rechtes Bein kurz eingeknickt. Ihr Laufstil war elegant, aufrecht, flüssig, doch dann holperte es wieder. Lux holte nun auf, ob er wollte oder nicht. Sie bog vom Weg ab, humpelte auf eine Parkbank zu und hielt sich fest, stand schwer atmend vornübergebeugt da. Lux lief an ihr vorbei, schaute sich um, erhaschte einen Blick auf ihr Gesicht, und sein Körper reagierte, noch bevor die Information sein Bewusstsein erreichte, mit einem heftigen Adrenalinausstoß. Es war Franka. Dann sah er, wie blass sie war, verlangsamte sein Tempo abermals, blieb schließlich ganz stehen. Jetzt ebenfalls schwer atmend, die Hände in die Flanken gestützt, trat er von einem Bein aufs andere. Zumindest bis er sicher war, dass sie sich wieder fing, so lange musste er ja jetzt warten. Franka ließ sich auf die Bank fallen, blieb aber nur wenige Sekunden sitzen, bevor sie sich auf den Rücken legte. Was, wenn sie ein ernsthaftes Problem hatte?, dachte Lux. Dann war er verpflichtet zu helfen, und diese Pflicht wöge schwerer als das Gebot, keinen privaten Kontakt zu Franka aufzunehmen.

«Ist alles okay?»

Sie schlug die Augen auf und schaute ihn an, als sei er eine Erscheinung. «Himmel, was machst du denn hier?»

Lux hob entschuldigend die Arme und sah sich um. «Ich laufe. Und du?»

«Ich liege.»

Lux musste über ihren Scherz lächeln. «Ich seh schon. Hast du dich verletzt?»

«Nein.» Sie schloss die Augen wieder und legte den Handrücken auf der Stirn ab. «Ich habe nur unterschätzt, wie sehr ich nach dem heutigen Tag im Eimer bin. Ich neige dazu, zu wenig zu trinken, wenn ich im OP bin, damit ich nicht so oft aufs Klo muss. Kleiner Anfall von Blutarmut. Es geht bestimmt gleich wieder.»

Sie atmete einmal tief durch und schwang sich dann auf die Beine. «Wahrscheinlich jetzt schon.» Lux sah, wie ihr Blick ins Leere ging und ihr Körper immer mehr in Schräglage geriet. Ihre Hand griff in die Luft, und sie bekam seinen Arm zu fassen, hielt sich fest; er griff ebenfalls zu. «Oh, Mist, doch nicht», sagte sie. Lux setzte sie auf die Bank und wand dann behutsam seinen Arm aus ihrem Griff. Durch sein Thermohemd spürte er die Kälte ihrer Hand, ihre Berührung ließ ihn angenehm erschaudern. Das Thermohemd, das verdammte; er musste riechen wie ein alter Sportrucksack. Hätte er doch vorhin ein frisches angezogen. «Geht's?», fragte er und machte dann einen Schritt zurück.

«Ja, ja, Entschuldigung.» Sie legte das Gesicht in die Hände. «Das ist mir echt peinlich.»

«Muss es nicht.» Mehr fiel Lux nicht ein. Er fühlte sich verloren, und zugleich wusste er nicht, wo er in diesem Augenblick lieber wäre.

«Am besten, du lässt mich hier einfach sitzen. Ich komme schon wieder auf die Beine, und ich wohne quasi um die Ecke.»

«Ich weiß.»

«Was?», dann fiel es ihr ein, sie schüttelte den Kopf. «Ach, natürlich. Entschuldigung, mein Hirn ist wohl noch nicht wieder ausreichend durchblutet.»

«Ich bringe dich nach Hause, okay?» Noch während er die Worte sagte, erschrak Lux innerlich. «Zu deiner Haustür», fügte er schnell hinzu.

«Das ist wirklich nicht nötig. Und wenn uns jemand sieht, kriegst du Probleme, richtig?»

Sie hatte den Nagel auf den Kopf getroffen: Er bekäme Probleme. *Er* war das Problem.

«Dann geh doch einfach voraus, ich folge dir unauffällig. Nur um sicherzugehen, dass du es heil nach Hause schaffst.»

«Du willst mir unauffällig nach Hause folgen? Das hab ich richtig verstanden, ja?» Sie schaute ihn durch ihre dunklen Wimpern hindurch an.

Lux fehlten die Worte. «Ich meinte ...»

Sie lachte hell auf. «Ist schon okay, die Idee ist total gut. Ich probier's mal.» Sie stand auf, wippte etwas hin und her und deutete eine etwas alberne Kniebeuge an. «Das sieht doch schon ganz gut aus.»

«Fantastisch», lobte Lux.

«Gut, dann gehe ich mal langsam los. Und du folgst mir, richtig?»

«In angemessenem Abstand.»

Sie ging los. Lux wartete ein paar Sekunden und ging dann hinter ihr her.

«Lernt man das auf der Polizeischule?»

«Was?»

«Unauffälliges Beschatten.»

«Selbstverständlich.»

Er sah sie nicken. «Das machst du auf jeden Fall sehr gut. Wenn ich nicht wüsste, dass du hinter mir her bist, würde ich es nicht bemerken.»

«Ich bin eben ein Profi.»

«Merkt man.»

Eine Weile gingen sie schweigend hintereinander, und Lux begann, den Weg, den sie noch vor sich hatten, im Geiste abzuschreiten. Gleich wären Sie da. Er stellte sich vor, wie sie sich verabschiedeten: «Vielen Dank für die Beschattung.» – «Keine Ursache, stets zu Diensten.»

Dann waren sie da. Franka öffnete das kleine Tor zum Vorgarten, ging hindurch, während sie mühsam ihren Schlüssel aus der engen Tasche über dem Steißbein friemelte. Lux war vor dem geöffneten Tor stehengeblieben und begutachtete den kleinen Schneemann, dessen Nase er gerichtet hatte – oder besser das, was von ihm übrig war. War das wirklich gestern gewesen? Jemand musste dem armen Kerl im Vorbeigehen einen ordentlichen Tritt verpasst haben. Sein Körper lag in Brocken verteilt auf dem Boden. Die Karotte war verschwunden. Franka Cordes drehte sich um. «Niemand hat uns gesehen. Und in meiner Wohnung wären wir allein. Wer sollte es mitkriegen?»

Lux schaute sie an, und die Augenblicke verstrichen in einer Endlosschleife der Worte, die er jetzt sagen musste, aber nicht sagen wollte. Sie schaute ihn nur an, fragte nicht noch einmal, und nicht ein Zucken in ihrem Gesicht verriet, dass sie ungeduldig wurde. Das Leben, das er bis vor ein paar Tagen geführt hatte, der Fall, Juha, sein Beruf als Polizist: All das kam ihm auf einmal unendlich fern vor. Er war einfach nur Lucas, der sich nach Wärme sehnte, nach einem festen Boden, nach ihr. Stattdessen kroch die Kälte in sein schweißnasses Shirt, und der Boden schien zu schwanken. Oder war er es, der schwankte? Er setzte an: «Es tut …»

«Nicht», unterbrach sie ihn. «Sag jetzt nicht wieder, dass es dir leidtut. Du kannst nichts dafür. Und ich auch nicht. Und damit wäre es okay, wenn es nur nicht so traurig wäre. Aber wenn du dich jetzt entscheidest, nicht mit mir zu kommen, gibt es nur eines, das du tun kannst.»

«Was?», fragte Lux und wunderte sich, als sie lächelte.

«Na, das ist doch offensichtlich», sie lachte.

«Ach ja?»

«Du musst den Fall lösen, Polizist Lucas. Dann bist du frei.»

41

SECHS MONATE ZUVOR

Matthäus lud die Gruppe ein, ihm zu folgen. «Ich zeige euch erst mal, wo eure Lager sind, da könnt ihr eure Sachen ablegen. Und dann lernen wir uns alle ganz in Ruhe kennen.»

«Matt!», es war eine Art geflüstertes Rufen. Matthäus drehte sich um, Ricarda stand in der Haustür ihres Privathauses. Sie rieb Daumen und Zeigefinger gegeneinander, womit sie ihren Mann wohl darauf hinweisen wollte, dass Franka noch nicht bezahlt hatte. Doch der nickte nur. Franka tat, als habe sie es nicht mitbekommen.

Sie kamen an mehreren der türenlosen Hütten vorbei.

«Sind noch viele andere hier zurzeit? Es sieht so leer aus», sagte Franka.

«Eine Gruppe ist gerade auf einer Meditationswanderung. Ein paar schlafen sicher, eine Seelenreise kostet auch Kraft.» Chloe war also auf einer Wanderung oder schlief zugedröhnt in einer der anderen Hütten. «Wir sind tatsächlich ausgebucht. Du hast Mega-Glück, dass die andere nicht gekommen ist. Sonst hätten wir dich, sosehr es gegen unsere spirituellen Prinzipien gegangen wäre, wieder wegschicken müssen.»

«Vielleicht ist das ja ein Zeichen, dass ich auf dem richtigen Weg bin», sagte Franka und lächelte Matthäus wacker an.

Der strahlte zurück. «Ganz bestimmt ist es das.»

Nach dem Rundgang verteilten sich die Neuankömmlinge auf die ihnen zugewiesenen Schlafplätze. Jeweils vier Hängematten hingen in einer Hütte. Franka beeilte sich, eine der beiden vorderen zu ergattern, indem sie ihren Rucksack daraufwarf und gleich begann, darin herumzuwühlen, als suche sie etwas. Auch wenn das bedeutete, dass die anderen sich an ihr vorbeiquetschen mussten und sich insgeheim wohl über den mangelnden Pragmatismus der Trittbrettfahrerin aufregten.

«Treffen wir uns in zehn Minuten am Pool? Dann gebe ich euch eine kleine Einführung. Alles klar?»

Die drei Touristen nickten, einer der Männer sagte mit einem leicht süddeutschen Akzent: «Danke dir, Matthäus.»

«Danke dir, Matthäus», äffte Franka ihn innerlich nach und zuckte zusammen, als der plötzlich direkt neben ihr stand. Leise sagte er: «Wollen wir das noch kurz mit der Bezahlung regeln? Ich bin eigentlich nicht so, aber die Ricarda steigt mir aufs Dach, wenn ich da nicht total genau bin.»

Nachdem sie per Paypal sechshundertvierzig Euro für drei Nächte Seelenreise bezahlt hatte, saß Franka mit den anderen am Pool. Ihre Füße hingen im Wasser, und Matthäus erzählte ihnen irgendeinen Quatsch. «Mit Ayahuasca kann ich mich selber kennenlernen, ich kann mich korrigieren und ein besserer Mensch werden. Ich habe Menschen durch dieses Tor hereinkommen sehen ...», er zeigte auf das rostige Tor in der Mauer, «... die waren depressiv, süchtig oder traumatisiert. Und ich habe sie durch *dieses* Tor hinausgehen sehen ...», wieder zeigte er auf das Tor, und dieses Mal hackte er mit dem Zeigefinger danach, «... als freie Menschen. Geheilt von Krankheiten, an denen alle Ärzte und Psychologen gescheitert sind.»

Die Frau hob die Hand, Matthäus rief sie auf. «Ja?»

«Das klingt alles wirklich unglaublich, deswegen hab ich nur eine Frage: Wann geht's los?»

Allgemeine Erheiterung, Matthäus lachte am lautesten. «Ich verstehe absolut, dass ihr diese Erfahrung kaum abwarten könnt. Aber die ‹Liane der Geister› braucht ihre Zeit. Wir sprechen hier immerhin vom Band zwischen Leben und Tod.» Sofort wurden die Gäste wieder ernst, und die junge Frau nickte mit schief gelegtem Kopf, während sie unerträglich langsam blinzelte. Oh, wie Franka diese Leute hasste, die beim Nicken sekundenlang die Augen schlossen, als würden sie sich damit ins Gesicht schreiben, was für tolle Zuhörer sie seien. Alles, was Franka in ihrem Gesicht las, war eine Einladung zum Reinschlagen.

«Wir nehmen uns die Zeit, die wir brauchen. Und jetzt bin ich fast sicher, ihr habt Hunger, oder?» Matthäus sah auf die Uhr. «Die andere Gruppe sollte bald vom Berg zurück sein. Wir essen immer alle gemeinsam. Auch das ist Teil der Zeremonie.»

Unwillkürlich sah Franka sich um. «Vom Berg», hatte Matthäus gesagt, also ließ sie ihren Blick über den Berg wandern, an dessen Hang die Farm lag, glaubte, Serpentinen zu erkennen, und folgte ihnen mit dem Blick nach oben. Auf einmal sah sie die Gruppe. Es waren fünf Personen, die als flirrende, dunkelgraue Schemen durch das ockerfarbene Steinmeer zogen. Franka konnte unmöglich erkennen, ob Chloe dabei war.

Es dauerte noch fast eine Stunde, bis die Gruppe, die sie erspäht hatte, endlich angekommen war. Die Wanderer, die einer nach dem anderen durch das Tor kamen, sahen verbrannt, verschwitzt und abgekämpft aus. Chloe war die Letzte. Als sie Franka sah, grinste sie breit und winkte ihr unauffällig zu. Keine Überraschung, nicht einmal Erleichterung, kurzum, kein Zweifel: Sie hatte sie erwartet. Franka folgte Chloe mit ihrem Blick und schüttelte dabei kaum merklich den Kopf. Sie überlegte nur noch, in welche Richtung sie ihr den Hals umdrehen würde. Immer noch grinsend, ging Chloe zu ihrer Hütte. Franka bemühte sich, möglichst steinerne Miene zum faulen

Spiel zu machen. Wenn Chloe es so wollte; ihretwegen konnten sie dieses Spiel den ganzen Tag spielen. Aber sie sollte sich nicht einbilden, dass sich damit irgendetwas gewinnen ließe.

42

Auf geht's, wir haben einen Fall zu lösen.» Lux setzte sich auf seinen Bürostuhl und drehte eine Runde, bevor er die Hände auf den Tisch legte, offenbar in der Erwartung, ein Update zu bekommen.

Juha bemühte sich, aber die Nacht hing ihm in den Knochen. Mehr als Maria zu sagen, dass er ihre Entscheidung akzeptiere, hatte er nicht über sich gebracht. Dann war er ins Bett gegangen und hatte schlecht geschlafen. «Ich habe es bei Chloe Cordes versucht.»

«Geht natürlich nicht ran», kam es von Lux wie aus der Pistole geschossen.

«Natürlich nicht. Ich war auch bei Fürstenberg, aber die genehmigt uns zum jetzigen Stand nicht mal eine Fahndu...»

«Ich probiere es noch mal», sagte Lux und hatte bereits den Telefonhörer in der Hand. «Wahlwiederholung?»

Juha nickte und merkte, dass ihn Lux' Überschwang überforderte. Der drückte den Knopf für die Wahlwiederholung und ließ sich theatralisch ermattet in seinen Stuhl sinken, als hätte er bereits einen Achtstundentag hinter sich. Plötzlich schreckte er hoch. Er hielt den Hörer zu und flüsterte: «Sie ist dran, was sag ich denn jetzt?»

Juha machte eine Geste, die so viel sagte wie «Das ist jetzt deine Sache».

Lux räusperte sich: «Guten Morgen, Frau Cordes. Lucas Adisa vom LKA Hamburg. Sie erinnern sich?»

Juha machte den Lautsprecher an, damit er mithören konnte.

«Äh, ja, diese kognitive Leistung ist mir durchaus noch zuzutrauen», sagte Chloe Cordes mit unverhohlenem Spott.

«Wir müssten Sie noch einmal sprechen.»

«Okay, sprechen Sie», sagte sie in ihrem leicht ätzenden Teenager-Tonfall. Lux schaute fragend, Juha schüttelte den Kopf.

«Wir möchten Sie bitten, dafür ins Präsidium zu kommen. Möglichst umgehend.»

«Das wird leider nichts. Ich habe zu tun.»

«Wir können Sie auch vorladen», sagte Lux eine Spur zu provozierend.

«Dann tun Sie das bitte.» Es klickte in der Leitung.

«Hat sie aufgelegt?», fragte Juha.

Lux schien perplex, seine gute Stimmung wie weggeblasen. «So eine Göre, benimmt sich, als wäre sie fünfzehn!»

Juha musste grinsen. «Du hast da ganz offensichtlich kein Händchen für.» Lux schnaubte und knallte den Hörer auf die Gabel. Juha wurde wieder ernst. «Was ich eben anfing zu sagen: Die Fürstenberg sieht keinen Grund, nach Chloe Cordes zu fahnden – von einem Haftbefehl ganz zu schweigen. Das Einzige, das wir haben, ist die ungenaue Ahnung ihrer Schwester, die es für möglich hält, dass es da vor acht Jahren einen Vorfall gegeben hat.»

«Heißt im Klartext? Was machen wir jetzt?»

Juha stand auf. «Wir könnten versuchen, sie zu Hause anzutreffen.»

«Du meinst nicht in Pöseldorf?»

«Nein, ich meine im Wald.»

«Was ist die Alternative?», fragte Lux, der angesichts der Aussicht, bei dieser Witterung durch den Wald zu stapfen, wenig Begeisterung zeigte.

«Wir reden mit Arvo Nagelschmidt.» Juha seufzte tief. «Wenn am Verdacht von Franka Cordes was dran ist und an deiner Idee, dass an dem Vorfall auch Patrick Wichmann und

Nagelschmidt beteiligt waren, dann ist er der Einzige, der etwas darüber weiß. Außerdem müssen wir ihn ohnehin noch mal befragen.»

Lux schien mit den Gedanken woanders, er fragte wie beiläufig: «Wieso noch mal?»

Juha schüttelte den Kopf. «Weil er ...»

Lux schlug sich gegen die Stirn. «... weil er in Helle Schillings Haus wohnt und uns keinen Ton gesagt hat, natürlich.»

«Genau.» Juha grinste etwas verschmitzt und nahm den roten Kinderschal von der Garderobe. «Ich finde allerdings, da du Chloe Cordes eben mit der Androhung einer Vorladung verschreckt hast, hast du dir eine kleine Schneewanderung im Wald redlich verdient.»

«Verschreckt? Ich ...», begann Lux zu protestieren, unterbrach sich aber, stand ebenfalls auf und nahm seinen Mantel. «Hast recht. Auf in den Wald.»

43

Sie fuhren den Waldweg entlang, erwischten ein Schlagloch, der Wagen sackte unter ihnen weg und holperte wieder auf die Fahrbahn. Juha und Lux stöhnten synchron auf.

«Wir bleiben stecken», murmelte Lux ängstlicher, als er vorgehabt hatte. Mittlerweile bereute er, dass sie nicht einfach eine Streife in die Wildnis geschickt, bei Fürstenberg auf einer Fahndung bestanden oder sich doch Nagelschmidt zuerst vorgeknöpft hatten.

«Nein, wir bleiben nicht stecken. Ich bin hier schon mal langgefahren. Es ist gleich da vorn.» Sie passierten das Trafohäuschen mit der Aufschrift *FCK CPS*, das Lux ein amüsiertes Schnauben entlockte. Bei den drei Pollern hielt Juha den Wagen an und stieg aus. Lux blieb sitzen, brauchte einen Moment, um sich zu überwinden. Erst als Juha schon die halbe Strecke bis zur nächsten Kurve hinter sich gebracht hatte, wagte er sich hinaus und holte ihn ein. «Verdammt ausgestorben.»

Juha zeigte in den Wald. «Da vorn, das blaue Haus.»

Das Haus lag noch etwa fünfzig Meter von ihnen entfernt, sie blieben stehen.

«*Da* soll die wohnen?», fragte Lux.

«Es ist ihr Ferienhaus, kein Hauptwohnsitz», bemerkte Juha spitzfindig und wollte weiterstapfen.

«Augenblick», hielt Lux ihn auf.

Juha wandte sich fragend um.

«Du warst neulich hier und bist den gleichen Weg gegangen?»

Juha nickte, dann wurde ihm offenbar klar, worauf Lux hinauswollte. Sein Blick ging nach unten und folgte der Schneise im Schnee, die von ihnen weg zum Haus führte, das dunkel und schweigend dalag. «Ein weiterer Anwohner hat mich ins Haus gehen sehen und mich zur Rede gestellt.» Juha kratzte sich nachdenklich am Kopf, eine Haarsträhne stand daraufhin in hohem Bogen ab. «Wahrscheinlich ist er auch hier entlanggegangen. Anschließend sind wir beide den gleichen Weg zurückgekommen.» Er sah sich weiträumiger um. «Zumindest glaube ich das.»

Lux trat neben Juha und versuchte, in den Spuren im Schnee etwas zu erkennen, das Aufschluss darüber gegeben hätte, ob nach Juha und dem erwähnten Anwohner jemand anders hier gewesen war.

«Ebber heißt der Mann», sagte Juha, als hätte er Lux' Gedanken gelesen. «Der muss hier auch irgendwo wohnen.» Der letzte Satz wurde von einem Windstoß davongetragen und hinterließ eine dumpfe Stille.

«Schwer zu sagen», murmelte Lux, nachdem er in die Hocke gegangen war und eine Weile in den Schnee gestarrt hatte. Ein weiterer Windstoß hob den Pulverschnee auf und wehte ihn ihm ins Gesicht. Lux stand wieder auf, sah sich um, blinzelte die Eiskristalle aus seinen Wimpern. Das Klopfen eines Spechts hallte durch den Wald.

«Gehen wir zum Haus?», sagte Juha, seine Stimme klang dünner als gewöhnlich.

Lux nickte und sagte mit Blick zu dem dunkel daliegenden und eingeschneiten Gebäude: «Auch wenn es nicht so aussieht, als sei jemand da.»

Juha klopfte an die Tür. Nichts regte sich.

«Sag ich ja.»

Juha drückte die Klinke herunter und ging hinein.

Lux blieb in der Tür stehen. «Was soll denn das, Juha?»

«Ich will sichergehen.»

«Du kannst nicht einfach in ein fremdes Haus eindringen.» Lux schaute sich nervös um.

«Bitte zeig mich nicht an, Lux.»

Widerwillig folgte er Juha. Der stand nun in der Mitte des Raums. «Sie ist nicht da.»

«Natürlich nicht», sagte Lux und wusste selbst nicht, auf welche von Juhas beiden Aussagen er sich bezog, als im selben Moment sein Blick auf ein Foto an der Wand fiel. Es zeigte die Cordes-Schwestern, jünger, fröhlicher. Ein Bild aus einer anderen Zeit. Franka war schön wie eh und je, doch in Chloes Gesicht nahm Lux etwas wahr, das er entweder bei der letzten Begegnung mit ihr übersehen hatte oder das einfach nicht mehr vorhanden war: ein Leuchten, eine Leichtigkeit, die nichts mit der Chloe Cordes zu tun hatte, die bei ihnen auf dem Präsidium gesessen hatte und deren unterkühlter Aura man sich nur schwer erwehren konnte. Doch ihm gelang es nicht festzumachen, worin genau der Unterschied lag. War es nur das Lächeln? Oder konnte ein Foto doch die Seele einfangen? War dies Chloe Cordes, bevor ihr jenes Unglück, welcher Art es auch gewesen sein mochte, widerfahren war? Mit einem Mal verspürte er Mitleid und schämte sich, die junge Frau noch vor einer Stunde als Göre bezeichnet zu haben.

«Wahrscheinlich hätten wir uns den Weg wirklich sparen können.» Lux wurde von Juha aus seiner Betrachtung gerissen, und als er sich zu ihm umdrehte, sah er es aus dem Augenwinkel. Nur für den Bruchteil einer Sekunde zog es hinter dem Fenster in seinem Blickfeld vorbei. Eine Bewegung, die nicht Teil des natürlichen Atmens des Waldes war, eine Bewegung, die dort im Unterholz nicht sein sollte. War es ein Tier gewesen? Ein Reh, ein Vogel? «Was war das?», flüsterte Lux und starrte durch das Fenster in den Wald. Juha tat es ihm gleich. «Wo?»

«Zwischen den Bäumen.»

«Ich sehe nichts», flüsterte Juha. «Warum flüstern wir?»

Dann bewegte sich wieder etwas, diesmal hinter einem Baum; der Wind ließ etwas dahinter hervorlugen, und nun hatte Juha es auch gesehen. «Da ist jemand.» Juha ging forschen Schrittes zur Tür, Lux beobachtete weiter. In dem Moment, als Juha die Tür aufriss, riss auch Chloe Cordes sich los und rannte.

«Es ist Chloe Cordes!», rief Lux überflüssigerweise und war bereits ebenfalls aus der Tür. Er überholte Juha und lief in den Wald. Der Schnee war hier noch tiefer, und Lux verfluchte die Tatsache, dass er keine Winterstiefel trug. Bereits nach wenigen Schritten war seine Hose bis zu den Knien nass. Der kurze Moment, in dem er an sich herunterblickte, hatte gereicht, um Chloe Cordes aus den Augen zu verlieren. Er blieb stehen. «Verdammt, wo ist sie?»

Juha überholte ihn wieder. «Da vorn.» Er zeigte nach rechts auf eine dichte Reihe von Nadelbäumen, und Lux konnte gerade noch sehen, wie Chloes blonder Schopf darin verschwand. «Ich halte mich etwas links, falls sie zur Straße will, kann ich ihr den Weg abschneiden», rief Lux und sprintete los. Immer wieder spähte er nach rechts, in der Hoffnung, die blonden Haare durch den Wald blitzen zu sehen. Irgendwo knackten Äste; war das Juha oder Chloe? Lux drückte ein Gestrüpp zur Seite, der Boden wurde abschüssig, und er schlitterte den kleinen Abhang hinunter auf die Straße. Dort blieb er stehen und lauschte. Doch er hörte nur sein eigenes schweres Atmen. Dann ein gedämpftes Fluchen. Lux kniff die Augen zusammen und sah Juha, etwa dreißig Meter von sich entfernt, wie er mit einem Vorhang aus Lianen kämpfte. Schnee löste sich aus dem darüberliegenden Geäst und fiel auf Juha herunter, der abermals fluchte. Dann sah er Lux und gab auf. Er hob seine Arme und ließ sie ermattet wieder sinken. Lux antwortete, indem er es ihm nachtat.

Es dauerte, bis auch Juha wieder auf der Straße stand. Sie besahen sich ihre nassen Hosenbeine, und Lux nahm es sich heraus, Juha den Schnee aus den Haaren zu wischen. «Scheiße», sagte Juha und dann: «Danke», und wischte sich selbst noch mal über die Haare. Lux schniefte. «Sie ist weg, oder?»

«Mhm», machte Juha. «Plötzlich wie vom Erdboden verschwunden.» Er schüttelte sein Sakko durch und klopfte seinen Schal aus. «Aber vielleicht kriegen wir jetzt unsere Fahndung.»

44

Juha und Lux saßen im Büro und föhnten abwechselnd ihre Hosenbeine. «Ich bin dran», sagte Lux. Doch statt ihm den von Selma geliehenen Föhn zu überreichen, begann Juha damit, Lux' Hosenbeine zu föhnen. Die Besitzerin des Föhns kam herein und quittierte den sonderbaren Anblick mit einem amüsierten Lächeln, das jedoch gleich wieder erstarb, als sie sagte: «Fahndung nach Chloe Cordes läuft.»

Juha hob den Daumen. «Na, geht doch. Danke, Selma.»

Selma blieb regungslos in der Tür stehen.

«Hm?», machte Juha. Lux war ganz in Juhas Föhnbehandlung versunken, der gerade dabei war, die warme Luft von unten in Lux' Hosenbein strömen zu lassen.

«Jemand hat uns ein Video geschickt.»

Jetzt schaute auch Lux auf. Juha schaltete den Föhn aus, er sah Selma an der Nasenspitze an, dass sie gleich einen Hammer vorgesetzt bekämen. «Was für ein Video?»

«Ihr solltet es euch selbst ansehen.»

Juha und Lux sprangen auf.

«Woher kommt das jetzt?»

«Von einer anonymen Mailadresse.»

Auf dem Weg zu Selmas Schreibtisch überkam Juha das dumpfe Gefühl eines Déjà-vus. Beim letzten Mal hatten sie nach der Aufforderung, sich ein Video selbst anzusehen, den Todeskampf von Carsten Schilling live miterlebt. Juha betete, dass dies eine einmalige Erfahrung bliebe, war sich aber bewusst, dass die Formulierung selten ein heiteres Erlebnis zur Folge hatte.

Er sollte recht behalten, und sogar der Hauptdarsteller des Videos, das Selma nun startete, war wieder der gleiche. Carsten Schilling saß vor einer hellen Wand, die Kamera war frontal auf ihn gerichtet. Nackte Angst stand ihm ins Gesicht geschrieben.

«Das Interview», sagte Lux, und Juha verstand sofort, was er meinte. Auf Selmas fragenden Blick hin erklärte er es ihr: «Wir haben in seiner Wohnung die Abdrücke des Stuhls auf dem Teppich gesehen; des Stuhls, auf dem er da gerade sitzt. Lux dachte an ein Interview.» Juha zeigte auf den Bildschirm, wo Carsten noch immer um Worte zu ringen schien. «Das muss es sein.»

«Es ist aus der Tatnacht?»

«Achtung», sagte Juha und nickte zum Bildschirm, als Carsten Schilling seine Sprache wiederfand: «Mein Name ist Carsten Schilling. Am 9. September 2017 sind vor der Küste Südspaniens zwei Menschen ums Leben gekommen.»

Das Video machte einen Sprung, Carsten Schilling wechselte von einem Moment auf den anderen leicht die Position. Ein Schnitt. Schilling fuhr fort. «Miguel und Martìn Ruiz. Sie waren fast noch Kinder.»

Juha drückte auf Pause, wollte etwas zu Selma sagen, sie kam ihm zuvor. «Es stimmt, dass die beiden Jungen – Brüder – als vermisst gemeldet wurden. Sie waren mit ihrem Ruderboot zum Angeln aufs Meer gefahren und sind nicht zurückgekehrt. Ich habe es überprüft.»

Juha atmete tief durch und setzte das Video fort. «Verantwortlich für ihren Tod sind meine Frau Helle Schilling, ich selbst, Patrick Wichmann und Arvo Nagelschmidt.» Wieder pausierte Juha, richtete sich auf und hob an Selma gewandt die Arme, unfähig, die Frage mit Worten zu formulieren. Selma hob ihrerseits die Schultern, versuchte sich dennoch in einer

Antwort. «Mir scheint, wir haben hier eine Art Geständnis auf Video. Oder?»

Juha drückte wieder auf Play, doch zwei Sekunden später fror das Bild ein, und der Videoplayer präsentierte sein Logo.

«Das war's leider schon», sagte Selma ernüchtert.

«Ich will wissen, wer uns das Video geschickt hat.»

Sie nickte. «Habe ich natürlich schon angewiesen, aber die Mail-Adresse ist eine willkürliche Zahlenfolge, und ich würde mich nicht wundern, wenn das Video aus einem öffentlichen Netzwerk verschickt wurde. Café, Mobyclick, Hotel, so was.»

«Stellt die Herkunft fest und sichert sämtliches Videomaterial in der Umgebung; Geldautomaten, Tankstellen, Öffis.»

«Und was macht ihr?», fragte Selma.

«Wir knöpfen uns Arvo Nagelschmidt und Helle Schilling vor. Ich will wissen, was das zu bedeuten hat. Lux? Du und ich ...», er drehte sich zu Lux um und hielt inne. Lux war weg.

45

Seine Gedanken rasten, und Lux raste ebenfalls, wich einem Auto aus, hupte. Dann erst fiel ihm ein, dass er gar nicht wusste, wohin er fuhr. Er schaltete das Blaulicht ein, um der wilden Fahrt wenigstens den trügerischen Anschein erhöhter Sicherheit zu verleihen, und wählte die Nummer vom Uniklinikum.

«Lucas Adisa, Landeskriminalamt. Hat Dr. Franka Cordes heute Dienst? Ich muss sie in einer äußerst dringenden Angelegenheit sprechen.» Am anderen Ende war eine Computertastatur zu hören. Dann: «Dr. Cordes hat heute keinen Dienst, sie ist erst mor...»

Lux unterbrach die Verbindung, warf sein Handy auf den Beifahrersitz und wechselte die Spur. Kurz darauf vibrierte es. Auf dem Display stand «KHK Korhonen». Lux verspürte einen Stich im Zwerchfell. Natürlich hatte er Juha damals, als sie Partner wurden, mit Dienstgrad und Nachnamen eingespeichert. Seitdem war Zeit vergangen, und KHK Korhonen war sein Freund geworden, vielleicht sein einziger Freund, zumindest aber sein bester. Trotzdem würde er jetzt nicht drangehen, würde es klingeln lassen, bis Juha aufgab.

Was hätte er sagen sollen? «Hallo, Juha, ich habe übrigens eins und eins zusammengezählt. Aber ich wollte es erst einmal für mich behalten, weil ...» Ja, weshalb eigentlich? Er hatte Juhas Stimme im Ohr. *Bist du von allen guten Geistern verlassen?* Doch es war gar nicht Juhas Stimme, es war seine eigene, und sie hatte verflucht noch mal recht. Was zum Teufel machte er hier? Er nahm den Fuß vom Gas und ließ ihn über der Bremse schweben, ergriff das Handy und drückte auf den grünen Button zum Annehmen. «Juha, ich ...», begann er, doch begriff sogleich, dass Juha bereits aufgelegt haben musste. Der Wagen wurde langsamer, Lux' Oberschenkel drohte zu krampfen. Er warf das Handy zurück auf den Beifahrersitz und trat wieder aufs Gas.

Nur wenige Minuten später hielt er vor Frankas Wohnung, mitten auf der Fahrbahn, und legte das Schild mit der Aufschrift *Polizei* hinter die Windschutzscheibe. Er stieg aus und schob das Tor zum kleinen Vorgarten auf, von dem kleinen Schneemann war keine Spur mehr zu sehen, jemand hatte Schnee geschippt und dabei anscheinend kurzen Prozess mit den Überresten gemacht. Mit langen Schritten eilte Lux zur Haustür, zögerte dann aber. Er drehte sich um und sah, wie das Tor langsam wieder zuschwang. Mit einem gelangweilten *Klonk* stieß es gegen den Rahmen, prallte einmal ab und fiel mit einem weiteren, leiseren *Klonk* endgültig zu.

Er atmete tief durch und drückte den Klingelknopf. *Cordes.* Seine Brust bebte. Es summte, und er drückte die Tür auf, die schwerer war, als er vermutet hatte. Zu schnell hastete er die Treppe hinauf, im zweiten Stock wurde eine Wohnungstür geöffnet.

«Lucas?» Es klang hoffnungsvoll, fast fröhlich.

«Du hast gelogen», sagte er.

Die Fröhlichkeit erstarb unmittelbar. «Dienstlich also.» Sie machte einen Schritt zur Seite, und Lux betrat die Wohnung.

Sie ging voraus durch den langen schmalen Flur, rechts zweigte ein Bad ab, die Tür war nur angelehnt und Lux roch ihr Shampoo. Mehr bekam er vom Weg nicht mit, er fühlte sich, als läge ein Schleier über seinen übrigen Sinnen.

Dann standen sie in der Küche, und sie deutete auf den Tisch. «Hinsetzen?»

«Ich bleibe lieber stehen.» Er merkte, dass er außer Atem war. Ob es an den paar Treppenstufen oder der Situation lag, wusste er nicht. Franka setzte sich, und Lux nahm nun doch ihr gegenüber Platz, was ihr ein Schmunzeln entlockte. Doch sie schüttelte es sofort wieder ab. Der Ernst der Lage musste ihr bewusst sein. «Ich dachte, ihr wärt immer zu zweit unterwegs», sagte sie, noch bevor Lux ein Wort herausbrachte, und hatte damit natürlich voll ins Schwarze getroffen. Lux' Brust durchfuhr eine heiße Welle. Was machte er nur hier, warum hatte er Juha seine Überlegung nicht sofort mitgeteilt? 2017. Das Jahr, in dem in Chloe Cordes' Leben urplötzlich alles bergab gegangen war. Das traumatische Erlebnis.

«Was ist 2017 in Spanien passiert? Chloe war dabei, oder?»

Sie schenkte ihm einen versteinerten Blick. Nein, es war ein versteinernder Blick, in dem keine Überraschung, keine Furcht, in dem rein gar nichts lag, außer des trostlosen Erwartens der unvermeidlichen Wahrheit, die in wenigen Momenten ans Licht kommen würde.

Lux wartete. Schaute sie nur an. Wartete, bis sie es nicht mehr ertrug und sich abwandte. «Warst du auch dabei, Franka?»

Ohne ihn anzusehen, nickte sie. Lux schloss die Augen. Er fühlte, wie sich Frankas Hände auf seine legten. Zitterte sie? Nein, er war es, der zitterte. Als er die Augen wieder öffnete, traf ihn ihr Blick. «Woher weißt du von Spanien? War Chloe bei euch?»

Lux schüttelte den Kopf, seine Gedanken flogen wild durcheinander, er kam nicht hinterher. Er hatte völlig kopflos gehandelt und sich in eine Situation gebracht, über die er keinerlei Kontrolle hatte. Doch Franka schien ganz ruhig, und ihre Ruhe floss durch ihre Hände in seine.

«Lucas, was hat Chloe gesagt?»

Seine Zunge war wie betäubt. «Nichts. Wir können sie nicht finden. Wir haben ein Video bekommen.» Auf einmal fühlte er, wie der Druck größer wurde, und hörte die aufkommende Anspannung in Franka Worten. «Was für ein Video?»

«Carsten Schilling. Er hat vor laufender Kamera den Tod der beiden Jungen gestanden, kurz bevor er gestorben ist.» Langsam, ganz langsam fügte sich Gedanke an Gedanke, und die Erkenntnis begann sich vor ihm zu entfalten. Doch bevor eine Ordnung darin entstehen konnte, ließ Franka seine Hände los und stand auf. «Fahren wir.»

«Was?»

«Wir beenden das. Zusammen.»

Als Juha im Flur mit langen Schritten auf sie zukam, fürchtete Lux, dass jeden Moment ein Donnerwetter über ihn hereinbrechen würde. Juha stand unter Dampf, das war klar, und Lux vermutete, dass er nur deswegen nicht explodierte, weil sein Blick jetzt auf Franka fiel, die hinter Lux aus dem Fahrstuhl trat.

Juha atmete geräuschvoll aus. «Okay, was ist los?» Er hob die Arme, ließ sie erschöpft wieder fallen. «Erklär's mir.» Er fuhr sich mit Daumen und Zeigefinger über die Mundwinkel, als fürchtete er, dass sich dort vom vielen Telefonieren und Fluchen getrockneter Speichel abgelagert hatte. «Kannst du nicht wenigstens an dein Handy gehen?», sagte er, scheinbar immer noch darum bemüht, sein Nervenkostüm zu regulieren.

«Es tut mir leid, Juha. Ich hatte eine Intuition, war mir aber sehr unsicher und musste an die frische Luft, und als ich so über den Parkplatz bin, habe ich spontan entschieden, Frau Cordes in Gewahrsam zu nehmen, und wollte keine Zeit verlieren. Das war natürlich völlig kopflos von mir, ein grober

Fehler und eine Missachtung sämtlicher Vorschriften. Es tut mir ehrlich leid und wird keinesfalls wieder vorkommen.»

Juha war baff und schien nicht zu wissen, was er darauf antworten sollte. Stattdessen sagte er: «Du hast Frau Cordes in Gewahrsam genommen? Und warum, wenn ich fragen darf?» Er versuchte, den Augenkontakt mit Franka zu vermeiden, konnte sich aber einen kurzen Seitenblick nicht verkneifen, den sie sofort auffing. Sie trat vor. «Ich war im Sommer 2017 ebenfalls in Spanien und möchte eine Aussage machen.»

46

Okay.» Juha nickte nachdenklich und kaute dabei auf den Innenseiten seiner Wangen herum. Die Vorbereitungen waren zügig, in kontrollierter Hektik abgeschlossen worden. Jetzt saßen Lux, Selma und er im Besprechungsraum zur letzten Absprache.

«Vier Vernehmungszimmer. Franka Cordes ist bereits da, mit ihr fangen wir an. Helle Schilling und Arvo Nagelschmidt sind auf dem Weg, was ist mit Chloe Cordes?» Er schaute fragend zu Selma.

«Die Fahndung läuft auf Hochtouren, es ist hoffentlich nur eine Frage der Zeit. Sobald sie aufgegriffen wurde, landet sie in Vernehmungszimmer Numero vier.»

Juha nickte. «Wir haben hier ein ganz schönes Mammutprojekt vor uns. Parallele Vernehmung von, hoffentlich bald, vier Personen mit fliegendem Wechsel. Aber das ist die beste Chance für uns, dieses Bollwerk zu durchbrechen. Ich will jetzt wissen, was da passiert war. Achtet auf jeden Hinweis, jedes Wort, jedes Zucken kann wichtig sein.»

«Wir sind keine Anfänger, Juha», sagte Selma.

«Ich denke ja auch nur laut. Darf ich bitte laut denken? Mir hilft das.»

Selma zuckte entschuldigend mit den Schultern. «Keiner von denen weiß, was wir bereits durch das Video wissen.» Juha schenkte Lux einen kurzen Seitenblick, fuhr dann fort: «Dieses Video ist unsere Trumpfkarte und gleichzeitig unsere Schwäche. De facto wissen wir nämlich nur, dass Carsten Schilling behauptet hat, er und die anderen seien für den Tod zweier Jungen verantwortlich, das ist nicht viel, aber es reicht für einen Bluff. Wenn wir Glück haben, macht sogar jemand einen Fehler und gibt Täterwissen über das Video preis.»

«Was denkst du, wer das Video gemacht hat?», fragte Selma.

Lux antwortete, bevor Juha es konnte. «Chloe Cordes, es kann nur sie gewesen sein.»

Juha sah ihn an. Schließlich nickte er. «Das denke ich zwar auch, aber wir sollten uns nicht festlegen.»

«Wer sonst?», fragte Lux.

Juha atmete tief durch. «Lux, ich brauche dich da drin voll bei der Sache.»

Auf Lux' Gesicht machte sich ein irritierter Ausdruck breit. «Natürlich, ich verstehe nicht ganz ...»

Juha war noch um Worte bemüht, als es klopfte und eine Mitarbeiterin aus Jochens Team den Kopf durch die Tür streckte. «Helle Schilling und Arvo Nagelschmidt sind mit ihren Anwälten da. Franka Cordes verzichtet auf rechtlichen Beistand.» Lux reagierte, indem er Juha einen Blick zuwarf. Juha tat so, als merke er es nicht.

«Frau Claudia Cordes wird noch gesucht.»

«Wir müssen befürchten, dass sie nun endgültig abgetaucht ist; warten können wir nicht. Fangen wir also an. Seid ihr bereit?», wiederholte Juha seine Frage.

Lux und Selma nickten, und wie es Juha schien, diesmal mit noch mehr Nachdruck.

Er stand auf. «Los geht's.»

«Befragung Franka Cordes, geboren am 13.11.1989. Anwesend sind, neben der Zeugin, Kriminalhauptkommissar Juha Korhonen, Kriminalhauptkommissar Lucas Adisa und Kriminalhauptkommissarin Selma Burg. Die Vernehmung wird in Bild und Ton aufgezeichnet.» Juha sah auf. «Frau Cordes, Sie haben sich uns als Zeugin eines Vorfalls kenntlich gemacht, der sich mutmaßlich am 9. September 2017 in Spanien zugetragen hat. Es liegt uns ein Video vor, in dem Carsten Schilling diesen Vorfall schildert. Als Zeugin haben Sie die Pflicht, die Wahrheit zu sagen. Andernfalls können Sie sich strafbar machen, wenn Sie jemanden zu Unrecht belasten, absichtlich die Bestrafung eines Straftäters vereiteln, einem Straftäter Hilfe leisten, um ihm die Vorteile der Tat zu sichern, oder eine Straftat vortäuschen. Allerdings sind Sie nicht verpflichtet, sich selbst oder einen direkten Angehörigen zu belasten. Frau Cordes, haben Sie das verstanden?»

«Ja, ich habe verstanden», sagte Arvo Nagelschmidt. Seine Finger lagen verschränkt auf der Tischplatte. Juha und Lux saßen ihm und seinem Anwalt gegenüber, während Selma am Kopfende Platz genommen und einen Laptop aufgeklappt hatte. Juha lehnte sich zurück. «Herr Nagelschmidt, wissen Sie, um was für einen Vorfall es sich handelt?»

Nicken.

«Wo haben Sie sich an diesem Tag aufgehalten?»

Nagelschmidt atmete hörbar durch. «Ich dachte, Sie haben ein Video, dann wissen Sie doch, wo ich war, oder?»

«Wir möchten es gerne von Ihnen hören», sagte Juha bestimmt.

«Irgendwo an der Südküste Spaniens.»

«Geht es etwas genauer? Die spanische Südküste ist lang.»

Wieder zuckte Nagelschmidt mit den Schultern.

«Sie werden doch wissen, wo Sie im Urlaub waren.»

«Hören Sie, ich will ja helfen, aber wir sind halt einfach auf dem Meer rumgefahren, haben einiges getrunken und ...»

«Sie waren also auf einem Boot?»

An Nagelschmidts Reaktion war abzulesen, dass er sich

unsicher war, ob den Polizisten diese Information tatsächlich neu war. Juha überging das Schweigen und fuhr unbeirrt fort. «Von welchem Ort haben Sie denn abgelegt?»

Jetzt antwortete Nagelschmidt direkt. «Nerja.»

«Das ist doch schon was. Wer war außer Ihnen auf dem Boot?»

Nagelschmidt blickte angestrengt auf den Laptop, der vor Selma auf dem Tisch stand, als befände sich darauf das Video, das ihm verraten würde, was er sagen musste. Es war offensichtlich, dass er den Vorsatz hatte, so wenig wie möglich preiszugeben, sich aber gleichzeitig nicht in die Situation bringen wollte, etwas abzustreiten, für das Beweise vorlagen. Ihr Plan, sofern man angesichts der Lage von einem Plan sprechen konnte, schien aufzugehen.

«Möchten Sie dazu etwas sagen, Herr Nagelschmidt?»

Er atmete hörbar aus, sprach schnell und mit wenig Eifer. «Außer mir waren Patrick Wichmann, Carsten Schilling und die Cordes-Schwestern an Bord.»

«Chloe und Franka Cordes?»

«Sag ich ja.»

«Chloe Cordes, die Sie ja angeblich gar nicht kennen.»

Nagelschmidt warf seinem Anwalt einen fragenden Blick zu. Der zuckte nicht mal. Nagelschmidt fing sich. «Der Nachname ist mir halt jetzt erst wieder eingefallen. Das ist ewig her.»

«Verstehe. Und sonst war niemand auf dem Boot?», hakte Juha nach.

Der Anwalt räusperte sich. «Die Antwort meines Mandanten war doch sehr eindeutig, Herr Korhonen.»

«Helle Schilling war natürlich auch da», stöhnte Nagelschmidt. «Ihr gehörte ja das verdammte Boot.»

«Das Boot gehörte nicht mir, sondern meinem Vater. Er hatte mir ausdrücklich untersagt, es zu benutzen. Aber Patrick hat so lange rumgequengelt, bis ich den Schlüssel rausgerückt habe. Ich war Anfang zwanzig und bescheuert, und außerdem hatte ich es satt, ständig nach der Pfeife meines Vaters zu tanzen.»

Juha nickte. «Danke für die Richtigstellung, Frau Schilling. Versetzen Sie sich doch bitte an den Tag zurück und erzählen Sie uns so genau wie möglich, was sich zugetragen hat.» Statt Helle Schilling antwortete ihr Anwalt. «Wir möchten zuvor gerne das Video sehen, das Ihnen angeblich vorliegt. Meine Mandantin hat das Recht zu erfahren, was ihr vorgeworfen wird, bevor sie sich dazu äußert.»

«Zurzeit gibt es von unserer Seite keinen konkreten Vorwurf. Es gibt lediglich eine bisher unbestätigte Aussage von Carsten Schilling. Genau deswegen sind Sie hier.»

«Wenn ich Sie dann bitten dürfte», beharrte der Anwalt.

Juha wandte sich an Helle Schilling. «Sind Sie sicher, dass Sie sich das Video ansehen wollen? Es ist, besonders aus Ihrer Perspektive, möglicherweise verstörend.»

Ein bitteres Lächeln erschien auf Helles Gesicht. «Entweder Sie zeigen mir das Video, oder ich sage gar nichts mehr. Ihre Entscheidung.»

Juha, Lux und Selma wechselten Blicke. Juha gab Selma ein Zeichen, sie drückte die Starttaste und drehte den Laptop Helle zu. Als trüge sie eine Gipsmaske ihres eigenen Gesichts, schaute Helle das kurze Video, das ihren Mann zeigte, kurz bevor er sein Leben verlieren würde. Fast wirkte es, als ginge es spurlos an ihr vorbei, doch Juha meinte, hinter die Maske blicken zu können, glaubte zu sehen, wie ein feuchter Glanz ihre Augen verschleierte, wie der Schmerz dahinter aufstieg. Als das Video zu Ende war, schaute sie auf und zwischen den Polizisten hin und her, als hätten sie einen schlechten Scherz gemacht, über den sie nun lachen sollte. «Das ist alles?»

Juha nickte. «Das ist alles.»

«Da setzt jemand Carsten unter Druck, das ist Ihnen doch klar, oder? Dieses Video hat keinerlei juristische Relevanz.»

«Das ist uns bewusst, Frau Schilling. Trotzdem erwähnt Ihr Mann auf diesem Video, dass Sie und die anderen auf dem Boot Ihres Vaters anwesende Personen für den Tod von zwei Jugendlichen verantwortlich sind, die tatsächlich seit diesem Tag vermisst werden. Bitte erklären Sie uns das.»

«Er hat recht.» Helle wechselte einen Blick mit ihrem Anwalt, und es war offensichtlich, dass sie eine Taktik abgesprochen hatten. «Es hat vor der spanischen Küste einen Bootsunfall gegeben. Ich war dabei auch anwesend.»

Juha verschränkte erwartungsvoll die Finger ineinander und sah Helle aufmunternd an. «Erzählen Sie es uns ganz genau.»

Doch Helle schwieg.

«Meine Mandantin beruft sich auf das Recht zu schweigen, da sie sich sonst selbst belasten müsste.»

Die Gesichter der Polizisten im Raum verfielen synchron in einen Ausdruck der Frustration. Juha brauchte ein paar Sekunden, um zu reagieren.

«Das ist natürlich Ihr Recht, Herr Nagelschmidt, und es überrascht mich offen gestanden nicht. Und es ist ja nicht so, dass nicht auch das eine aufschlussreiche Information für uns wäre.» Juha sah in Arvos Blick, dass ihn diese Andeutung nervös machte. Anders als Helle Schilling, die diesen Satz kurz zuvor seelenruhig übergangen hatte. «Wir werden unser Gespräch für einen Moment unterbrechen und uns der Vernehmung weiterer Zeugen widmen. Wir haben ja zum Glück genug davon.»

«Die Cordes-Schwestern haben sich doch abgesprochen», rief Arvo Nagelschmidt ihnen nach und scheiterte kläglich daran, die Courage aufzubringen, die sein Schweigen erforderte.

Juha lachte ehrlich amüsiert auf und drehte sich in der Tür zu ihm um. «Und *Sie* haben sich mit Helle Schilling abgesprochen. Sie verweigern die Aussage, weil Sie sich selbst belasten müssten. Das war doch nicht Ihre eigene Idee, oder? ‹*Sich selbst belasten*›, wissen Sie eigentlich, was das heißt, oder machen Sie einfach stur, was Frau Schilling will? Wollen Sie wirklich für Helle Schilling über die Klinge springen?» Arvo wurde blass und schaute Hilfe suchend zu seinem Anwalt, der wiederum Juha strafend ansah. «Herr Korhonen, unterlassen Sie es gefälligst, meinen Mandanten zu verunsichern.» Er legte Arvo die Hand auf die Schulter. «Herr Nagelschmidt, es hat alles seine Richtigkeit.» Doch es war nicht mehr zu übersehen, was Arvo in diesem Moment durch den Kopf ging; er hatte begriffen, dass er es Helle ohne Weiteres zutraute, ihn zum Bauernopfer zu machen. Ihn jetzt schmoren zu lassen, war die beste Strategie. Vielleicht würde er seine Loyalität gegenüber Helle noch einmal überdenken.

«Was ist damals in Spanien vorgefallen? Erzählen Sie es uns ganz in Ruhe», sagte Juha und vermied dabei Frankas Blick.

Sie schaute zu Lux. Ihre Blicke hielten einander stand, dann begann sie zu erzählen.

47

SPANIEN 2017

Die Männer saßen drei Reihen vor ihnen. Einer drehte sich um, lächelte sie an. Ein jungenhaftes Lächeln, das sich einen Funken Obszönität in petto hielt. Franka rollte mit den Augen; wenn das ein Vorgeschmack auf den Rest ihrer Reise war ... Wäre nicht das erste Mal. Zwei junge Frauen, allein auf Reisen, so was heizte die Fantasien solcher Typen an. Diese typischen Junge-Männer-Reisegruppen versprachen sich von einem Trip nach Südspanien weniger kulturell wertvolle Erfahrungen und Naturerlebnisse als vielmehr einen anständigen Alkoholrausch und natürlich: Sex! Für Letzteres eigneten sich mitreisende Touristinnen offenbar besser als Einheimische, in diesem Falle Spanierinnen, die halt nicht das ganze Jahr auf blasse deutsche BWL-Springbreaker warteten, um sich von ihnen begatten zu lassen. Die jungen Medizinstudentinnen aus Deutschland hingegen, ja, die verloren doch im Urlaub alle Hemmungen, brachen endlich aus ihren Brave-Mädchen-Käfigen aus, schlugen über die Stränge. Südspanien, moralisch rechtsfreier Raum, zwei Wochen ausklinken; was an der Costa del Sol passiert, bleibt an der Costa del Sol. So in etwa stellten die jungen Männer sich das vor, und nun hatte der eine offenbar auch seine Freunde auf die beiden Schnecken drei Reihen hinter ihnen hingewiesen, denn sie drehten sich alle drei dumm grinsend um. Franka hätte sie am liebsten angeschnauzt, doch als sie nach rechts sah, um Chloes Beistand oder zumindest ein einvernehmliches Augenrollen einzuholen, sah sie, wie ihre Schwester den Männern mit einem verlockenden Lächeln zuwinkte. Die Männer winkten zurück, und Franka wurde bewusst, dass *sie* der Freak war.

Sie beschloss, die Augen zu schließen und sie erst wieder zu öffnen, wenn sie in Málaga landeten.

Während Franka im Mittelgang festhing, weil sie ihren Handkoffer zwei Reihen weiter hinten hatte deponieren müssen, hörte sie, wie ihre Schwester, die sich kraft ihrer Ellenbogen bereits nach vorne gekämpft hatte, mit einem der jungen Männer sprach. «So ein Zufall», konnte sie verstehen und «Klar, auf jeden Fall». Franka stellte ihre Ohren auf Durchzug und wuchtete ihren Koffer aus dem Gepäckfach.

«Was hast du mit denen besprochen?», fragte sie wenig später auf dem Weg nach draußen, obwohl sie wusste, dass Chloe sich allein durch die Frage kontrolliert fühlen würde.

«Die wohnen in der gleichen Apartmentanlage. Allerdings im Gegensatz zu uns in einer Penthousesuite.» Chloe klang, als sei es Frankas Schuld, dass ihr Budget überschaubar war. «Aber wir dürfen sie mal besuchen kommen.»

«Ja, das glaube ich gerne.» Franka stellte sich auf ein Personenförderband und platzierte den Koffer neben sich. Chloe marschierte neben dem Band her. «Ich weiß genau, was du andeuten willst. Aber Fehlanzeige, der Typ ist nicht nur vergeben, sondern sogar verheiratet. Seine Frau ist schon hier.»

«Ach ja?»

«Denkst du, er würde mir das erzählen, wenn er mit mir ins Bett wollte?»

«Wenn er damit bezwecken will, dass du dir sicher bist, dass er nicht mit dir ins Bett will, hat es offensichtlich funktioniert.»

«Du musst nicht mehr auf mich aufpassen. Ich habe dich überholt», sagte Chloe und beschleunigte demonstrativ ihren

Schritt. Franka ging gemächlich los, und durch ihren Geschwindigkeitsvorteil musste sie sich nicht anstrengen, Chloe einzuholen. Die lachte und raunte ihrer großen Schwester mit verstellter, männlicher Stimme zu: «Sie haben übrigens auch ein eigenes Boot.»

Franka lächelte ebenfalls, schüttelte den Kopf und sagte mehr zu sich selbst: «Ist ja wunderbar.»

«Oh, nein.» Franka ließ das Buch sinken und schaute über den Rand ihrer Sonnenbrille. Durch die schmalen Fels-Canyons, die diesen von Touristen eher wenig beachteten Strandabschnitt prägten und ihm seinen wilden, abgeschiedenen Charakter verliehen, stakste in einer zu engen Cargohose und wehendem Capri-Hemd: der angeblich Verheiratete, gefolgt von seiner Bagage, zu der nun auch eine Frau gehörte, die sich die blonden Haare hielt, als fürchte sie um ihre Frisur.

«Was ist?», fragte Chloe, ohne die Augen zu öffnen.

«Da kommen deine Freunde von neulich.»

Chloe rollte sich auf den Bauch und folgte dem Blick ihrer Schwester. «Carsten?»

Franka zog ihre Sonnenbrille skeptisch bis auf die Nasenspitze herunter. «Aha? Und seit wann ist das Carsten?»

«Na ja», druckste Chloe herum «Möglicherweise habe ich ihn heute Morgen beim Bäcker getroffen und ihm ganz vielleicht gesagt, an welchem Strand wir immer sind.»

Franka schob die Sonnenbrille wieder hoch und beobachtete die Gruppe, die sich ihnen über den Strand näherte. «Dieses Mal hat er wohl seine Frau mitgebracht.»

«Ach, das ist ja ein Zufall», rief Carsten und winkte ihnen zu.

«So viel dazu», meinte Franka sarkastisch.

«Hey, Helle, das sind die Hamburgerinnen, die wir letzte

Woche im Flugzeug getroffen haben», sagte Carsten zu seiner Frau.

Franka bemerkte, wie schlecht Carsten log und wie der andere Mann mit der Modellfrisur Chloe ebenfalls mit seinen Blicken auszog und dabei wenig sympathisch wirkte. Der dritte Typ aber sah *sie* an. Er hatte lange dunkle Haare und war zwar sichtlich um einen Strandkörper bemüht, damit aber nicht so erfolgreich wie der Modelltyp. Er kam auf sie zu und setzte sich direkt neben sie in den heißen Sand. «Ah, was für ein Strand. Und fast nichts los.»

Franka musste sich strecken, um in ihrer Bauchlage zu ihm aufsehen zu können. «Genau deswegen kommen wir hierher. Damit wir unsere Ruhe haben.»

«Lasst euch von uns nicht stören.» Dann ergänzte er leise und kam dabei unnötig nah an ihr Ohr: «Ich habe so ein Gefühl, dass unsere Chefin ohnehin gleich andere Pläne haben wird.»

«Also, ich könnte ja ins Wasser», rief Carsten, als wäre es ein spontaner Einfall. «Was ist mit euch?»

«Ich heiße übrigens Arvo», flüsterte der Langhaarige neben Franka.

Sie streckte ihm ihre Hand entgegen. «Franka. Das Mauerblümchen ist eure Chefin?»

«Helle? Ja, kann man so sagen. Wir sind nur arme Studenten, sie ein Mädchen aus reichem Hause. Sie bezahlt so ziemlich für alles hier. Manchmal bezahlt auch Carsten, aber ich habe so eine Ahnung, auf wessen Konto seine Kreditkarte läuft.»

Franka musste schmunzeln. Arvo gefiel ihr. Er war nicht dumm, konnte sich ausdrücken und hatte Humor. Und er war ihr Typ. «Was studierst du?»

«Zurzeit noch Deutsche Sprache und Literatur, aber ich bin

eigentlich Musiker. In drei, vier Jahren bin ich so berühmt, wirst sehen, dann muss ich nur noch dreimal die Woche Pizza ausfahren.»

«Was für Musik machst du?»

Arvo freute sich offensichtlich, dass sie nachfragte. Die anderen hatten ihre Handtücher ausgebreitet und zogen sich ihre Badekleidung an.

«Alternative Country, aber mit deutschen Texten. Anspruchsvollen Texten. Düster. Romantisch, aber nicht platt. Ein gewisser Hang zum Kitsch, aber eine Abneigung gegen Klischees.»

«Literaturwissenschaftler halt, schon klar.»

Arvo lachte. «Genau.»

Chloe und die beiden anderen Männer gingen zum Meer, während Helle noch versuchte, ihre Bikinihose unter dem Handtuch anzuziehen, das sie sich umgelegt hatte. «Wartet mal auf mich», rief sie, und ihre Stimme klang freundlicher, als Franka es ihr unterstellt hätte. Die drei drehten sich um, doch nur Carsten blieb treuherzig stehen und wartete, bis seine Frau ebenfalls so weit war.

«Was liest du?», fragte Arvo und deutete auf das aufgeschlagene Buch. Sie drehte es um, zeigte ihm das Cover.

«*Unterwerfung*. Gut.» Arvo schaute über das Wasser.

«Was liest du?», fragte Franka.

«Gar nichts, mein Gehirn eignet sich nicht zum Lesen. Wenn ich drei Zeilen gelesen habe, ist es schon wieder in meinen eigenen Texten unterwegs.»

«Du bist also nicht zu doof zum Lesen, sondern zu schlau zum Lesen», fasste Franka zusammen.

Er verengte die Augen. «Könntest du nicht mal bei mir im Seminar vorbeischauen und meiner Dozentin *genau das* sagen?»

Sie lächelte und setzte ihre Sonnenbrille ab, um Arvo freien Blick auf ihre Augen zu gewähren. Sie wusste um die Wirkung ihrer dunklen Augen. «Ich habe gehört, ihr habt ein Penthouse.»

«Helle hat ein Penthouse.»

«Und hat Helle auch eine Dachterrasse mit Whirlpool und eine gut ausgestattete Cocktailbar?»

«Helle hat alles», sagte Arvo.

48

HAMBURG 2025

«Es freut mich, dass Sie sich entschieden haben, doch mit uns zu sprechen», sagte Juha und nickte Arvo Nagelschmidt aufmunternd zu. «Sie tun das Richtige, Herr Nagelschmidt.»

Arvo ignorierte den trüben Blick seines Anwalts. «Ich sage nur, was wirklich passiert ist.»

«Mehr erwarten wir auch gar nicht.»

«Die beiden Cordes-Schwestern haben sich an uns drangehängt, weil sie kapiert haben, dass Helle mit Geld um sich wirft. Selbst eingeladen haben die sich. Aber was soll ich sagen, ich bin ja nicht besser gewesen. Wir haben gefeiert, viel getrunken, und dann kam halt eins zum anderen.»

Lux räusperte sich. «Was heißt ‹eins zum anderen›?»

«Ich hatte Sex mit Franka, und Patrick hat Chloe flachgelegt. Wir waren jung, betrunken, und mein Nachname war damals noch Programm – was soll ich sagen.»

«Ich gebe Ihnen mal den gut gemeinten Tipp, sich einer weniger sexistischen Ausdrucksweise zu bedienen, wenn Sie sich in einer Vernehmung befinden, Herr Nagelschmidt», sagte Juha ruhig, ohne ihn anzusehen.

«Von mir aus. Ihr Kollege wollte es ja so genau wissen.»

Lux schwieg.

«Laut unserer Kenntnis hat es aber vielmehr zwischen Carsten Schilling und Chloe Cordes ein Verhältnis gegeben, von einer Liaison zwischen ihr und Patrick Wichmann wussten wir bisher nichts.»

«Das war eine einmalige Sache.»

«... die Carsten Schilling ganz und gar nicht gefallen haben dürfte», ergänzte Lux.

«Wissen Sie ...» Arvo zuckte mit den Schultern. «Ich vermute, dass es für Carsten nichts Neues war, dass er leer ausging, wenn er mit Patrick unterwegs war. Außerdem war er von Helle abhängig. Einen Teufel hätte der getan, irgendwas zu machen, das Helle missfällt.»

Juha hob zu sprechen an, bevor Lux etwas sagen konnte. «Erzählen Sie uns bitte, was auf dem Boot passiert ist. Das ist es, was uns am meisten interessiert.»

«Das Boot.» Franka starrte sich fest, schien mühsam in eine Erinnerung einzudringen, die sie einmal aus gutem Grund fest verschlossen hatte. «Ich habe seitdem kein Boot mehr betreten.» Äußerlich ganz ruhig, fast teilnahmslos, blickte sie in die Vergangenheit, doch ihre Fingerknöchel waren schneeweiß.

49

SPANIEN 2017

Franka war einerseits verärgert über sich selbst, dass sie sich zu dem Trip hatte überreden lassen. Sie wusste, dass sie zu Seekrankheit neigte, und auf Booten fühlte sie sich grundsätzlich alles andere als wohl. Andererseits gefiel ihr der Gedanke, einen Tag mit Arvo unterwegs zu sein. Die letzten zwölf Stunden trugen zwar den dumpfen Schleier einer feuchtfröhlichen Nacht, doch sie bereute nicht, über ihren Schatten gesprungen zu sein und sich zur Abwechslung mal ein bisschen mehr wie Chloe statt wie Franka verhalten zu haben. Vielleicht war sie mit ihrem Kontrolldrang manchmal zu weit gegangen. Chloe war erwachsen und traf ihre eigenen Entscheidungen. So wie sie selbst entschieden hatte, dieses Boot zu besteigen, um mit einem erfolglosen, aber ziemlich anziehenden Musiker zusammen zu sein.

Der Kater war noch nicht verflogen, da wurde er bereits mit der ersten Flasche Champagner gepflegt. Franka holte sich stattdessen eine Fanta aus dem Kühlschrank in der Kabine.

Carsten stand hinter Chloe am Steuer, die das Boot glückselig jauchzend in Schlangenlinien durch das himmelblaue Meer manövrierte.

«Lass den Scheiß sein», schrie Helle gegen den Fahrtwind und den dröhnenden Motor. «Wenn das Boot auch nur einen Kratzer abkriegt, bin ich so gut wie enterbt.»

«Was soll schon passieren?» Patrick wedelte mit der halbleeren Flasche herum und lallte schon ein wenig. Das schien sein Verständnis von Schickeria zu sein; Champagner aus der

Flasche, leichter Sonnenstich, totale Selbstvergessenheit, keine Konsequenzen. Unsterblichkeit. «Wir sind auf dem Meer. Hier gibt's keine Bäume, falls du das glaubst.» Er lachte ein träges, affektiertes Lachen.

Arvo begann, unauffällig Frankas Bein zu streicheln, doch Patrick sah es. «Wusste ich's doch», johlte er. «Hat der alte Nagler-Schmidt also doch wieder zugeschlagen.»

«Du bist ein Idiot», sagte Arvo und nahm seine Hand weg.

«Leck mich, Nagel.» Patrick setzte die Flasche an. «Ich hatte auch meinen Spaß.» Er trank und schaute dann mit feuchten Lippen zu Franka. «Wenn du nur halb so fähig bist wie deine Schwester, dann hatte Arvo auf jeden Fall eine ziemlich gute Nacht.»

«Ey, Patrick, es reicht!» Arvo wurde jetzt laut.

Franka nahm seine Hand und legte sie wieder auf ihr Bein. «Lass ihn doch. Wenn er meint, sich damit brüsten zu müssen wie ein Teenager ...»

«Hehe, mit Brüsten kenn ich mich eben aus», grunzte Patrick und leerte die Flasche.

Franka sah hinauf zu Carsten, der die Unterhaltung mit angehört hatte. Als der wiederum Helles Blick auf sich spürte, schaute er wieder nach vorne und sagte: «Mach mal ein bisschen langsamer, Chloe. Wir sind ja nicht auf der Flucht.»

Helle stieg die Stufen zu der erhöhten Plattform hinauf, auf der sich das Ruder befand. Sie schob ihren Mann zur Seite und klopfte Chloe auf die Schulter. «Du hattest deinen Spaß.» Chloe gab dem Ruder eine kräftige Rechtsdrehung, das Boot ging in eine scharfe Kurve und neigte sich zur Seite. Helle fluchte, stoppte das rotierende Ruder und brachte das Boot wieder auf Kurs. Chloe lachte glockig, hüpfte die Stufen hinunter zu den anderen und streckte sich auf dem letzten freien Fleckchen an Deck aus. «Carsten! Komm hier runter, Deck schrubben», rief sie und fügte leiser, aber trotzdem so, dass Helle es über den Lärm des Motors hören konnte, hinzu: «Der Kommandant hat alles im Griff.»

«... auf dem sinkenden Schiff», sang Patrick mit einer Fußballfangesangsstimme.

Helle drehte sich zu ihr um. «Du bist eine undankbare Göre, weißt du das eigentlich?»

«Und du bist eine reiche Schlampe, weißt du *das* eigentlich?», erwiderte Chloe, legte die Hände unter den Kopf, präsentierte ihre makellosen Achseln und streckte die Brüste gen Himmel.

Helle hielt das Ruder mit einer Hand weiterhin fest und beugte sich zu Chloe herunter. «Willst du nach Hause schwimmen?»

«Mach ich gerne, aber zuerst trinke ich noch deinen Champagner aus.» Chloe holte eine Flasche aus der Kühlbox, schüttelte sie und ließ den Korken knallen. In dem Moment war Helle schon bei ihr und wollte ihr die Flasche entreißen. Doch Chloe ließ nicht los, Helle zerrte, Chloe hielt fest, lachte, der Champagner schäumte und schwappte auf das Deck. Franka wich der klebrigen Brühe aus. Carsten versuchte, die Frauen zu trennen. «Helle, ich bitte dich.»

Helle ließ los und stand da wie vom Donner gerührt. «Du bittest *mich*?» Carsten wurde still, Helle fragte erneut, wobei sie zur Verdeutlichung auf sich zeigte. «Du bittest *mich*? Worum willst du mich denn noch bitten?»

«Helle ...»

«Nein, nicht ‹Helle›. Immer nur Helle. Helle, ich brauche, Helle, es gibt da, Helle, du müsstest ...» Sie schubste ihn, und obwohl keine Kraft dahinter war, machte Carsten einen Schritt zurück. «Du bist ein so kleiner Mann, Carsten; undankbar, würdelos und so feige, dass ich kotzen möchte.» Sie wollte noch etwas nachlegen, als plötzlich ein Stoß durch das Boot ging. Es wurde leicht nach oben gehoben, und beinahe hätte es Helle und Carsten von den Füßen geholt.

«Was zur Hölle war das denn?», rief Patrick. Franka sprang auf und lehnte sich über die Reling. «Ein Riff?»

Helle sah auf der anderen Seite ins Wasser. «Quatsch, wir sind zu weit draußen. Höchstens Treibholz. Carsten, halt das Boot an.» Er folgte ihrem Befehl, sprang zum Ruder und stoppte den Motor. Die Ruhe, die nun eintrat, war gespenstisch. Das säuselnde Auslaufen der Schiffsschraube wurde leiser, und auf einmal hörte man wieder das Wasser und den Wind, der nun stärker war als vorhin, bei ihrem Aufbruch. Franka fiel auf, dass auch das Meer nicht mehr so blau war wie am Anfang. Jetzt wirkte es grünlich, grau, und der Himmel war aschfahl. Sie drehte sich zu Arvo und sah, dass er ganz bleich war. Er zeigte in Richtung ihres Heckwassers. Das Boot war mittlerweile zum Stehen gekommen, und kleine Wellen schwappten in einem regelmäßigen Rhythmus gegen die Bordwand. «Was ist das?»

Mittlerweile standen sie alle achtern und spähten mit zusammengekniffenen Augen auf das Wasser zwischen den auseinanderdriftenden Bugwellen, das sich in kleinen Wirbeln langsam in die endlose Gleichförmigkeit zurückverwandelte, die sie umgab. Nur unterbrochen von dem undefinierbaren Fremdkörper, der keine hundert Meter hinter ihnen das Bild störte, wie ein hässlicher Fussel auf einem einfarbigen Gemälde. «Ist das ein Boot?»

Helle war als Erste am Steuer und startete den Motor wieder. Doch ein Boot war kein Gefährt, das man mal eben beschleunigen und hundert Meter weiter gezielt wieder zum Stehen bringen konnte. Also dauerte es mehrere Minuten, bis sie sich den treibenden Trümmern aus mattgelber Glasfaser so weit genähert hatten, dass man etwas erkennen konnte. Sie trieben daran vorbei. Alle standen jetzt an der Reling.

Das Heck des kleinen Ruderboots war einfach abgerissen worden. Der Bug hielt sich noch, Franka konnte es sich nicht erklären, über Wasser und befand sich in einer langsamen Rotation. Eine Angelrute trieb daneben. Erst als die Bruchstelle in Sicht kam, sahen sie den schmalen Körper, der ganz vorn in der Spitze des Bugs leblos zusammengekauert lag. Sein Gegengewicht war der Grund dafür, dass das halbe Boot nicht kenterte.

Chloe war schon im Wasser, bevor die anderen überhaupt reagieren konnten. Carsten schlug die Hände über dem Kopf zusammen, und Patrick, obwohl schreckensbleich, umklammerte die leere Flasche, als sei sie sein einziger Halt. Arvo hatte sich hingesetzt und schaute mit ausdruckslosem Blick zur schwimmenden Chloe, als verfolge er eine Schachpartie. Helle versuchte mühsam, das Boot mit minimalen Impulsen ruhig zu halten, und flüsterte unentwegt: «Scheiße, Scheiße, verdammte Scheiße ...»

Franka sprang ebenfalls ins Wasser, schwamm zu Chloe und half ihr, den Jungen aus dem Bootswrack zu ziehen, das daraufhin volllief, kenterte und unter ihnen wegsank. Der Junge bekam Wasser ins Gesicht, prustete und zappelte plötzlich. Chloe hatte Mühe, ihn zu halten. *«Tranquilo»*, rief Franka ihm zu. Sie schleppten ihn zu ihrem Boot und hoben ihn gemeinsam ein Stück aus dem Wasser, oben standen Arvo und Carsten und streckten die Hände aus. Doch der Junge zappelte immer wilder und schrie unentwegt: *«No, no, no ...»*, er zeigte auf das Wasser, schlug die Hände der Männer beiseite, zappelte und rief: *«No, Miguel, no, no.»* Chloe und Franka konnten ihn schließlich nicht mehr halten, ließen ihn los, und sofort war der Junge mit hektischen Schwimmzügen die wenigen

Meter zum Unglücksort zurückgeschwommen. Er atmete tief ein und tauchte. Chloe begriff es als Erste, schwamm ihm nach und tauchte ebenfalls. Dann wurde auch Franka klar, was los war. «Helle, wie tief ist das Wasser hier?» In ihrem Gesicht sah Franka, dass auch Helle mittlerweile verstanden hatte. Sie schüttelte nur den Kopf und sagte leise. «Fünfzig Meter? Manchmal hundert.»

Der Junge tauchte auf, japste nach Luft, atmete wieder ein und verschwand erneut. Dann tauchte auch Chloe auf und schaute zu Franka. Die schüttelte den Kopf, Chloe tat es ihr nach, während sie Wasser trat und ihren Atem beruhigte. Sie wartete auf den Jungen. Als er auftauchte, presste sie ihn an sich und schwamm mit ihm zum Boot. Er protestierte laut, schlug sie ins Gesicht, doch Chloe hielt ihn unerbittlich fest. In ihren Augen lag eine nüchterne Entschlossenheit, die durch nichts ins Wanken gebracht werden konnte. Franka nahm sie in Empfang und hielt die Hände des Jungen fest. An der Bordwand angekommen, hoben sie ihn wieder hoch. Franka musste kräftig Wasser treten, um unter dem zusätzlichen Gewicht nicht unterzugehen. Was dauerte da oben so lange? «Hey, jetzt zieht doch mal», fluchte sie, doch immer noch passierte nichts. Sie konnte nicht mehr und ließ den Jungen zurück ins Wasser gleiten, drückte sich von der Bordwand weg, um die anderen anzuschnauzen, weil sie sich so bescheuert anstellten. Der Junge weinte jetzt still. Er hatte offenbar auch eingesehen, dass sie keine Chance hatten, Miguel noch zu finden. Wenn er im Heck des Bootes gesessen hatte, war er, mit großer Wahrscheinlichkeit, ohnehin sofort tot gewesen.

Die anderen kamen in Sicht. «Könnt ihr jetzt mal ein bisschen mithelf...» Franka verstummte, als sie die Gesichter der anderen sah. Helle stand in der Mitte, Patrick hatte groteskerweise immer noch die Champagnerflasche in der Hand, und

Arvo und Carsten waren einen Schritt von der Reling zurückgetreten.

Helle sprach tonlos, aber mit einem Blick, der Franka kalt werden ließ: «In zehn Sekunden starte ich den Motor und fahre dieses Boot zurück in den Hafen. Mit euch oder ohne euch, aber in jedem Falle ohne ihn.» Ein knappes Nicken in Richtung des Jungen.

Chloe verstand offenbar gar nichts, schaute nur Franka fragend an. Doch Franka verstand ganz genau, und ihr Blick war auf Helle geheftet. Sie sah, dass sie es ernst meinte. «Helle, ich verstehe, dass dir das alles schreckliche Angst macht. Aber jetzt geht es um Menschenleben. Wenn du mal für ein paar Sekunden nicht an deinen Vater, sein Geld und deinen Ruf denkst, wird es auch dir völlig klar sein.» Eine Welle schwappte Franka ins Gesicht, sie verschluckte sich leicht und merkte, wie ihre Beine langsam träge wurden. Endlich fand auch Chloe ihre Sprache zurück. «Seid ihr denn total bescheuert? Seid ihr jetzt völlig krank, oder was?»

Sie drückte den Jungen fest an sich, der still auf die Stelle schaute, wo sein Boot versunken war. Franka hustete, sah wieder zu Helle hinauf, deren Blick sich nicht verändert hatte. «Denk nur ganz kurz nach, Helle. Dann hilfst du uns hoch, und jeder vergisst, dass wir kurz irgendetwas anderes in Erwägung gezogen haben.»

«Kommt an Bord. Jetzt.»

Chloe sprach leise und funkelte Helle mit solchem Ekel an, wie Franka ihn noch nie bei ihrer Schwester gesehen hatte. «Ich gehe nirgendwo hin.»

«Du brauchst nicht zu flüstern», sagte Helle. «Er versteht eh kein Deutsch, er weiß nicht, worüber wir reden. Kommt an Bord oder lasst es bleiben.»

Franka sah Hilfe suchend zu Arvo, der wich ihrem Blick aus.

«Carsten? Patrick? Lasst euch das nicht befehlen. Ich glaube, ihr versteht nicht, was hier passiert. Ihr steht unter Schock, aber ihr müsst euch jetzt wirklich zusammenreißen, sonst passiert etwas wirklich Schlimmes, das ihr nicht mehr rückgängig machen könnt. Helle, ich bitte dich.»

Helle schwieg und verschwand aus ihrem Blickfeld.

«Arvo!» Er drehte sich weg.

Ihre Beine brannten jetzt. «Sie meint das ernst», sagte sie zu ihrer Schwester.

Jetzt schaute Chloe Franka ungläubig an, und ihre Worte waren voller Empörung. «Ja und? Ich lasse doch den Jungen nicht hier.» Fast wirkte es, als müsste sie über diese völlig absurde Vorstellung lachen.

Franka sprach ganz ruhig. «Wenn wir nicht an Bord gehen, sterben wir.»

«Und wenn wir an Bord gehen, stirbt er.» Die Augen des Jungen waren halb zugefallen, er sah müde aus.

«Chloe, *wir sterben. Du* stirbst. *Ich* sterbe, weil ich mit dir hierbleibe. Das lasse ich nicht zu. Ich will nicht sterben, und du willst nicht sterben.»

«Auf gar keinen Fall gehe ich ohne den Jungen an Bord.» Aber ihre Worte hatten bereits den Klang einer Bitte.

«Doch, das wirst du.»

Franka spürte, wie ihr Hals zuschwoll.

Oben wurde der Motor angeworfen. Chloe schaute Franka an, ihre Blicke verhakten sich. Franka schwamm auf sie zu, Chloe öffnete ihre Arme. Sie schauten sich in die Augen und schlossen sich in die Arme. Der Motor heulte einmal auf, und Chloe ergriff die Hände, die sich ihr entgegenstreckten. Wieder heulte der Motor auf, und langsam, ganz langsam, nahm das Boot Fahrt auf. Über Franka wurde hektisch gerufen, sie schaute nicht hin, nur auf das Wasser, das schon wieder ganz still dalag, als wäre nichts geschehen. Wieder dieses dumpfe Rufen, Franka hörte es kaum. Dann lauter, es wurde geschrien. Wie in Trance streckte sie die Hand nach oben aus, und jemand ergriff sie. Noch während Franka an Bord gezogen wurde, begannen sie sich schnell von der Stelle zu entfernen. Ihre Füße peitschten durch das Wasser, eine weitere Hand griff zu, jetzt viele Hände, zogen, hievten sie nach oben. Franka starrte hinter sich. Dann blinzelte sie und hatte die Stelle verloren, sah nur noch das sich grau kräuselnde Meer.

50

HAMBURG 2025

Juha versuchte ruhig zu bleiben, obwohl er aufgewühlt war. So sachlich wie möglich sagte er: «Wenn diese Geschichte wahr ist, dann wurde der Junge zur Verschleierung einer Straftat zurückgelassen. Das ist ein niedriger Beweggrund. Und damit ist es Mord.»

«Sie ist aber nicht wahr», sagte Helle Schilling laut. «Diese verrückten Schwestern wollen mir die alleinige Schuld in die Schuhe schieben.»

«Was daran ist unwahr?», fragte Juha.

Helle Schillings Anwalt legte ungelenk seine Hand auf ihren Arm, doch sie schüttelte sie weg. «Wir haben das Boot gerammt, ja, aber das war ein verdammter Unfall.»

«Frau Schilling ...», sagte der Anwalt eindringlich. Doch sie fuhr ihn an: «Halten Sie gefälligst den Mund.» Dann sah sie wieder Juha an, beugte sich zu ihm über den Tisch und sprach mit klarer Stimme: «Wir sind sofort zur Unglücksstelle zurückgefahren, doch da war nichts mehr, nur ein paar Trümmer. Wir waren verzweifelt, haben gesucht, aber das Meer ist dort Hunderte Meter tief. Dass zwei Jungen in dem Boot waren, haben wir erst später durch die Zeitung erfahren. Es war ein tragischer Unfall. Und außerdem habe nicht ich das Boot gesteuert, sondern Chloe Cordes. Die ist wie ein Berserker durchs Wasser gepflügt und hat das Ruderboot übersehen. Es war allein ihre Schuld.»

«Sie wohnen in Helle Schillings Haus.»

Arvo zuckte mit den Schultern. «Na und? Ich zahle Miete.»

Lux blätterte ziellos in seinem kleinen Notizblock. «Ich habe mir Ihre Musik angehört. *Westkraut*. Interessanter Name. Was bedeutet er?»

«Wollen Sie jetzt über meine Musik reden? Gerne. Aber man spricht es englisch aus.»

«Ich habe die Entwicklung Ihrer Band etwas beobachtet. Sie haben Ihre ersten Alben *Wenn Es Dunkel Wird* und *In Der Zwischenzeit* auf eigene Faust veröffentlicht und quasi keinerlei kommerziellen Erfolg gehabt.»

«Man wird eben nicht mehr über Nacht berühmt, die 70er sind vorbei.»

Lux stutzte. «Trotzdem haben Sie für Ihr drittes Album offensichtlich ein stattliches Budget gehabt. Die Produktion ist erstklassig, Aufnahmestudio und Mastering sind erste Liga, und – da bin ich zwar nicht ganz in meinem Metier, aber – die Marketingkampagne dürfte ebenfalls einiges gekostet haben. Wie haben Sie das finanziert?»

«Unser Label.»

Wieder blätterte Lux in seinem Block, hielt auf einer Seite an, und Juha konnte sehen, dass dort nichts weiter als kleine Zeichnungen zu sehen waren. «Ihr Label ist Penny Trade Records?»

Arvo nickte nur, wusste offenbar, worauf es hinauslief.

«Penny Trade Records hat genau zwei Alben veröffentlicht. Ihr drittes und Ihr letztes Album. Beide mit einem immensen Budget und jeweils großen, internationalen Werbekampagnen.»

Arvo lehnte sich zurück, sah aber alles andere als entspannt aus. «Das Label gehört Helle, wollten Sie das hören?»

«Äh ... ja!»

Juha verschränkte resümierend die Arme. «Man darf also mit Fug und Recht behaupten, dass Ihr musikalischer Erfolg von Helle Schilling finanziert wurde und Sie ohne ihre Großzügigkeit vermutlich noch immer bei einem Lieferservice arbeiten würden.»

«Meine Musik ist gut!»

«Ja, das finde ich auch», sagte Lux. «Aber ich frage mich trotzdem, welchen Grund Helle hat, Ihnen derart unter die Arme zu greifen. Wir reden hier wohl kaum von christlicher Nächstenliebe, oder?»

Der Anwalt räusperte sich. «Ich würde gern kurz mit meinem Mandanten unter vier Augen sprechen.»

«Wer hat das Boot gesteuert?», fragte Juha und stand dabei auf, um zu signalisieren, dass es seine letzte Frage war.

«Meine Herren, Frau Burg? Darf ich Sie bitten, uns kurz allein zu lassen?»

Juha stützte sich auf den Tisch, grenzte den Anwalt aus. «Herr Nagelschmidt, tun Sie, was Sie für richtig halten, nicht, was Helle für richtig hält.»

«Herr Korhonen», mahnte der Anwalt, doch Arvo sah Juha fest in die Augen und sagte: «Es war alles so, wie Helle sagt. Und Chloe hat das Boot gesteuert.»

«Die lügen», sagte Franka Cordes. «Fragen Sie Chloe, sie wird Ihnen meine Aussage bestätigen.»

Juha nickte. «Das tun wir. Wenn sie Ihre Geschichte bestätigt, steht Aussage gegen Aussage.»

Franka verschränkte die Arme und sah zur Seite. «Sie wird es bestätigen. Weil es genauso passiert ist.»

«Wir unterbrechen die Vernehmung für fünfzehn Minuten. Ich glaube, wir brauchen jetzt alle eine Pause», sagte Juha und erhob sich schwerfällig. Seine Beine fühlten sich an wie Blei.

«Herr Adisa, ist Frau Chloe Cordes mittlerweile bei uns eingetroffen?»

Lux nahm sein Handy und checkte seine Nachrichten. Dann nickte er. «Kam eben rein.»

«Gut. Verraten Sie mir noch eins, Frau Cordes.»

Sie schaute zu ihm auf, in ihren Augen sah Juha Wut und Schuld.

«Weshalb haben Sie so lange damit gewartet, uns das zu sagen?» Er blickte sich mit fragend geöffneten Armen um, als stünde die Antwort im Raum und er würde sie übersehen. «Zwei Menschen sterben, die mit Ihnen gemeinsam diesen Horror erlebt haben, und Sie kommen nicht auf die Idee, dass es da einen Zusammenhang geben könnte?»

Die Wut in Frankas Augen verschwand, übrig blieb nur die Schuld. «Ich dachte, es muss mit der Firma zu tun haben», sagte sie kleinlaut, dann wurde sie wieder wütend. «Woher sollte ich denn wissen, dass es mit dem Unfall zu tun hat?» Und beinahe vorwurfsvoll: «Sie haben mir ja nicht mal erzählt, worum es geht, als Sie mich nach meiner Schwester gefragt haben.» Sie schlug die Hände vors Gesicht und flüsterte matt: «Ich habe lange gebraucht, um nicht mehr jede Nacht aus Albträumen hochzuschrecken, dieses dumpfe Geräusch des Aufpralls im Ohr zu haben. Ich habe Jahre gebraucht, darüber hinwegzukommen.» Als sie die Hände vom Gesicht nahm, waren ihre Augen gerötet. «Das Allerletzte, woran ich denken wollte, war, dass es einen Zusammenhang zu dieser Tragödie vor acht Jahren geben könnte.»

«Und als Sie diese Story mit der Vergewaltigung erfunden haben, was sollte das?»

Tränen füllten ihre Augen. «Ich habe kein Wort von Vergewaltigung gesagt, das haben Sie sich so zurechtinterpretiert. Ich habe lediglich gesagt, dass meine Schwester ein Trauma erlitten hat und dass Carsten damit zu tun hatte. Das war die Wahrheit.»

Juha musste sich eingestehen, dass sie damit streng genommen recht hatte. «Wissen Sie, was ich denke? Ich glaube, Ihre Schwester hat das Boot gesteuert.»

Franka schüttelte den Kopf, und die Tränen rollten über ihre Wangen.

Juha fuhr fort. «Denn so, wie ich Sie und ehrlich gesagt auch Ihre Schwester einschätze, hätten Sie dieses Unglück, sofern es so stattgefunden hat, wie Sie es ausgesagt haben, sofort gemeldet.»

Lux lehnte sich vor. «Sie müssen darauf nicht antworten, wenn Sie damit eine nahe Angehörige belasten würden.»

Juha sah Lux an, der seinen Blick ignorierte. «Das ist richtig, Frau Cordes, Sie müssen nicht antworten. Aber hier geht es nicht um einen Bootsunfall vor acht Jahren und auch nicht um das Zurücklassen eines Minderjährigen auf dem offenen Meer. Wir versuchen herauszufinden, wer für den Tod von Carsten Schilling und Patrick Wichmann verantwortlich ist.»

Franka wischte sich über das Gesicht, schwieg.

«Was denken Sie, wer das Video von Carsten Schilling aufgenommen hat?»

Wieder schüttelte sie den Kopf und sagte leise: «Ich weiß es nicht.»

«Doch», entgegnete Juha. «Ich glaube, das wissen Sie. Oder glauben es zumindest zu wissen.» Franka schaute zu Lux. «Sie sagten, sie haben Jahre gebraucht, darüber hinwegzukommen. Ihre Schwester ist es nie, richtig?»

Frankas Augen weiteten sich, ihre Lippen bewegten sich, doch Juha ließ ihr keine Gelegenheit zu antworten. «Das Leben Ihrer Schwester Chloe ist komplett den Bach runtergegangen, sie hat sich nie von dem Vorfall in Spanien erholt, hat es sich nie verziehen, das Boot gesteuert zu haben.»

«Nein, nein, das ist falsch ...», begann Franka, doch Juha ließ sie wieder nicht. «Trotzdem macht sie die Schillings, Wichmann und Nagelschmidt dafür verantwortlich, und deswegen hat sie Patrick Wichmann und Carsten Schilling die Tat gestehen lassen und sie danach umgebracht.»

«Nein!», rief Franka.

«Ich glaube, dass Sie das wissen und dass Sie Ihre Schwester decken, und das wird Ihnen zum Verhängnis werden.»

Franka begann zu weinen. «Bitte hören Sie auf.»

«Sie sind damals damit durchgekommen, als Sie geholfen haben, diese schreckliche Tat zu verschleiern, aber dieses Mal ...»

Lux fasste Juha am Arm. «Juha, ich glaube, das geht jetzt etwas zu weit.»

Juha nahm seine Hand weg, drehte sich zu ihm. «Herr Adisa, bitte verlassen Sie den Raum.»

Lux war völlig vor den Kopf gestoßen. Die Überraschung stand ihm ins Gesicht geschrieben, wurde zur Empörung, zur Angriffslust eines Überführten. «Wie bitte?»

«Ich denke, wir sind uns einig, dass Sie in diesem Fall befangen und nicht in der Lage sind, objektiv zu urteilen.»

«Erklärst du mir mal, was das jetzt soll?»

Juhas Atem bebte kurz auf, er brauchte einen Moment, um ihn unter Kontrolle zu bekommen, bevor er sich wieder Lux' jetzt offen feindseligem Blick stellte, durch den hindurch unverkennbar seine Betroffenheit und seine Scham loderte. «Lux, stellst du mir diese Frage allen Ernstes?»

Lux' Lippen zitterten, und er wusste offenbar selbst nicht, ob vor Zorn oder vor Furcht. Er sah aus wie ein verletztes Tier, und gewissermaßen war er das auch. Unmerklich schüttelte

Juha den Kopf in der Hoffnung, Lux würde jetzt nicht die Kontrolle verlieren. Da drehte dieser sich um und verließ ohne ein Wort den Raum.

Juha bemerkte Selmas entgleiste Gesichtszüge. Er wandte sich wieder Franka zu. «Ich werde jetzt nach nebenan gehen und mit Ihrer Schwester reden. Ich werde diese Geschichte haarklein rekonstruieren, bis es keine Unklarheiten mehr gibt. Das verspreche ich Ihnen, und meine Versprechen pflege ich zu halten.»

Juha verließ hinter Selma den Raum und schloss die Tür. Lux wartete im Flur. «Juha ...», begann er, doch Juha fuhr ihm über den Mund. «Nicht jetzt, Lux, das ist nicht der richtige Zeitpunkt. Aber der kommt, ganz sicher.»

Lux hob zu einem weiteren Versuch an, Juha wurde lauter, Selma zuckte unwillkürlich zusammen – dieser Ton war ihr unbekannt. «Ich sagte doch: nicht jetzt!» Eine Kollegin am Ende des Flurs, mit Aktenordnern unter dem Arm, drehte sich zu ihnen um. «Ich bin nicht verärgert, weil du nicht ehrlich zu mir warst. Glaub mir, du bist nicht der erste Polizist, der von einer Frau manipuliert wird, die in den Ermittlungen eine wichtige Rolle spielt, obwohl ich offen gestanden dachte, dass gerade du professionell genug bist, dass deine Arbeit davon nicht in Mitleidenschaft gezogen wird.» Dann sprach er leiser weiter: «Ich bin verärgert, weil du scheinbar wirklich geglaubt hast, ich sei zu doof, das zu merken. Das beleidigt mich.» Er wandte sich ab, strich sich mit beiden Händen übers Gesicht. «Wir müssen jetzt Chloe Cordes befragen. Selma und ich gehen zu ihr rein. Lux, du kannst zu Fürstenberg in den Überwachungsraum gehen ... oder nach Hause, mir egal. Du bist hier jedenfalls erst mal raus.» Damit ließ er Lux stehen und ging zu dem Vernehmungsraum, in dem Chloe Cordes wartete. Er öffnete die Tür und blieb stehen. Der Raum war leer. Selma trat hinter ihn. «Wir haben sie noch nicht, die Fahndung läuft.»

Juha verstand nicht, drehte sich zu Lux. «Du hast doch vorhin gesagt, mit deinem Handy ...»

Lux schnaubte verächtlich. «Was dachtest du denn? Du fragst mich: ‹Haben wir Chloe Cordes?›, ich schaue auf mein Handy und bestätige das natürlich. Das nennt man einen Bluff, du Genie. Absoluter Verhörstandard. In dem Fall dachte ich wirklich, du seist schlau genug, das zu merken.»

Beinahe wäre Juha ein Lachen entfahren. Doch es erstarb auf halbem Weg, und was blieb, war eine tiefe Erschöpfung. Eine große Müdigkeit, die sich anfühlte, als könne kein langer Schlaf sie vertreiben. Er drückte sich an Selma und Lux vorbei, die ihm Platz machten. Im Gehen sprach er nur zu sich selbst, leise, für mehr schien ihm seine Stimme zu schwach. «Wir haben jetzt ein Problem. Ein großes Problem.»

Erst als er den Überwachungsraum betrat und bemerkte, wie Jochen seinem Blick geflissentlich auswich, während Nina Fürstenberg ihn argwöhnisch ansah, wurde Juha bewusst, dass sie natürlich Zeuge der Auseinandersetzung im Vernehmungsraum geworden waren.

«Jochen, lassen Sie uns kurz allein», befahl Fürstenberg unaufgeregt. Jochen stand dankbar auf und verschwand eilig.

«Was war da eben mit Lucas los? Inwiefern ist er befangen?»

Juha nutzte die Zeit, die ihm blieb, während er den Raum in Richtung Sitzgelegenheit durchquerte, um zu überlegen, was er sagen sollte. Er setzte sich, atmete einmal durch und entschied sich für: «Ein Missverständnis.»

«Welcher Art?»

«Die Nerven liegen einfach blank.»

Das linderte Nina Fürstenbergs Argwohn nicht, ihr Blick verhieß eher das Gegenteil. Fragend schüttelte sie den Kopf.

Juha schaute zu Boden, er merkte, dass ihm nichts einfallen würde, was die Situation zu ihrer Zufriedenheit auflöste. «Nina, ich habe eine große Bitte», sagte er dann leise.

«Ja?», sagte sie, und der Argwohn verschwand.

«Könnten Sie ...», Juha hob den Zeigefinger, um das nächste Wort zu betonen, «... *vorerst,* darauf verzichten, mir die Frage zu stellen, was da eben zwischen mir und Lucas abgelaufen ist?»

Fürstenberg sah ihn an, nichts in ihrer Mimik verriet ihm, was sie ihm gleich auf diese ungeheuerliche Bitte entgegnen würde. Sie kannten sich erst ein paar Monate, und Juha hatte noch lange nicht genügend Lorbeeren unter ihrer Führung gesammelt, als dass sie ihn damit davonkommen lassen würde. Doch sie tat es. «In Ordnung. Weiter im Text.»

Juha verbarg den Stein, der ihm vom Herzen fiel. «Chloe Cordes ist immer noch nicht aufgespürt worden.»

«Sind wir uns einig, dass sie im Fall Wichmann und Schilling unsere Hauptverdächtige ist?»

Juha rang sich ein Nicken ab. «Es sieht ganz so aus. Allerdings bin ich mir unsicher, was Franka Cordes angeht.»

«Was meinen Sie?»

«Ich bin noch nicht so weit, dass ich dazu eine Theorie hätte, aber ich frage mich, warum Chloe uns dieses Video schicken sollte? Ich meine, es weist uns unmissverständlich darauf hin, dass es zwischen Wichmanns und Schillings Tod und dem Bootsunglück in Spanien einen Zusammenhang gibt. Jemand will ganz offensichtlich, dass wir diesen Zusammenhang herstellen. Aber welches Interesse hat Chloe daran? Es belastet sie.»

«Wer könnte es sonst geschickt haben?», fragte Nina Fürstenberg.

«Was, wenn Chloe ihrer Schwester das Video gezeigt hat? Vielleicht hat Franka es uns geschickt, damit wir dem ein Ende bereiten.»

«Ihre Verzweiflung, als Sie sie in die Mangel genommen haben, wirkte echt.»

Juha starrte sich nickend an einem Sprung in Ninas Kaffeetasse fest. «Wie gehen Sie in der Sache Bootsunfall vor?»

Nina bedachte Juhas Themenwechsel mit keinem Wort. «Wir informieren die spanischen Behörden und bieten unsere Unterstützung an, wenn sie Ermittlungen anstellen wollen.»

«Ich fühle ein niederschmetterndes ‹Aber›, das gleich kommt», sagte Juha und wusste bereits, was sie antworten würde.

«Einen acht Jahre alten Unfall zu untersuchen, bei dem die Geschädigten als verunfallt gelten und die möglichen Schuldigen deutsche Staatsbürger mit nahezu unendlichen finanziellen Ressourcen sind; möglich, dass so ein Fall einfach als Aktenleiche endet.»

«Mord verjährt nicht.»

«Sie kennen die Realität, Juha. Am Ende geht es immer um Geld. Und wenn das öffentliche Interesse an einer Aufklärung seit Jahren befriedigt ist, überlegt man sich zweimal, ob man einen Fall noch einmal aufrollt. Aber wem sage ich das.»

Er nickte. «Vielleicht findet sich ja ein idealistischer Staatsanwalt, der bereit ist, gegen Goliath in den Ring zu steigen.»

«Wenn ich es richtig im Kopf habe, war es Lucas Adisa, der darauf bestanden hat, den Boysen-Fall damals noch einmal aufzurollen, oder?»

Juha nickte.

«Er ist idealistisch. Und ein guter Polizist.»

«Das ist er.»

«Kriegen Sie das mit Lucas geregelt.»

Juha nickte und stand auf.

Er trat auf den Flur und sah Helle neben ihrem Anwalt im Fahrstuhl stehen, dessen Türen gerade zugingen.

«Warten Sie bitte!» Er lief los, doch die Türen schlossen sich unaufhaltsam. Juha drosselte sein Tempo; er würde sie nicht mehr erreichen. Im letzten Moment schob sich eine Hand zwischen die Fahrstuhltüren. Die ruckten kurz und öffneten sich wieder. Helle Schilling zog ihre Hand zurück. Dann trat sie in die Lichtschranke. Juha ging auf sie zu. «Frau Schilling.»

«Keine Ursache. Was kann ich noch für Sie tun, Herr Korhonen?»

«Ich verstehe, dass Sie Ihrem Mann eine Firma schenken. Ich verstehe, dass Sie ihn nicht verraten, wenn er seine Kunden bestiehlt. Aber was ist mit Arvo Nagelschmidt? Warum wohnt er im Haus Ihres Vaters und warum finanzieren Sie seine Musikkarriere?»

«Sie sind nicht verpflichtet, darauf zu antworten, Frau Schilling», sagte ihr Anwalt etwas zu nah an ihrem Ohr. Sie wich vor ihm zurück und verzog das Gesicht, als hätte er Mundgeruch, richtete dann ihre Aufmerksamkeit wieder auf Juha. «Denken Sie, ich bekomme etwas dafür?»

«Ihr Mann, Patrick Wichmann und Arvo Nagelschmidt, ihr aller Leben hing und hängt maßgeblich von Ihrem Geld ab.»

«Helle kauft Menschen.»

«Frau Schilling, bitte», zischte ihr Anwalt.

«Sie sind gefeuert», sagte sie zu ihm. Juha konnte seine Verwirrung nicht verbergen. Helle lächelte. «Oder? Das ist es doch, was Sie mir unterstellen, Herr Korhonen.»

Juha antwortete nicht.

«Aber Sie täuschen sich. Ich kaufe keine Menschen. Ich kaufe ihre Liebe. Können Sie sich vorstellen, wie dankbar Arvo war, als seine Musik plötzlich gehört wurde, als er auf einmal die Anerkennung bekommen hat, die er sich immer gewünscht hat? Er war unendlich dankbar; er war *mir* unendlich dankbar. Verurteilen Sie mich. Weil ich ein Mensch bin, der so allein ist, dass er sich die Liebe seiner Mitmenschen kaufen muss. Verurteilen Sie mich für einen tragischen Bootsunfall vor acht Jahren. Oder einfach dafür, dass ich sehr reich bin; jetzt haben Sie die Gelegenheit dazu. Sagen Sie es mir ins Gesicht, wie bedauernswert Sie mich finden.»

Juha reagierte immer noch nicht, sah sie nur an. Sie machte einen Schritt zurück. «Danke, Herr Korhonen. Ich weiß das zu schätzen.»

«Wer hat das Boot gesteuert?»

Sie lächelte. «Spielt es eine Rolle?» Dann gingen die Türen zu.

51

SECHS MONATE ZUVOR

Matthäus schien sein Hemd noch weiter aufgeknöpft zu haben als sonst. Er kniete in der Mitte der Zeltkirche, in die er Franka wenige Minuten zuvor hineingewunken hatte. Sie hatte sich direkt neben dem Eingang auf den Boden niedergelassen und wartete nun ab. Die Wandergruppe von heute Nachmittag bildete einen Halbkreis um Matthäus herum im hinteren Teil der Hütte. Alle saßen jeweils am Fuß einer Matratze, neben sich einen schwarzen Plastikeimer. Chloe hatte Franka geradezu ignoriert, als sie das Zelt betreten hatte. Franka bezog es nicht auf sich; die gesamte Gruppe war sehr konzentriert, alle hatten die Augen geschlossen. Nur ein Mann, der rechts außen saß, blickte im Raum hin und her. Wie ein Passagier mit Flugangst kurz vor dem Start. Am Rand, im Halbdunkeln, stand Ricarda.

Matthäus schien einen Narren an Franka gefressen zu haben, deswegen hatte er ihr erlaubt, als Zuschauerin der Zeremonie beizuwohnen. Sie fragte sich, ob Matthäus schon mal etwas von kultureller Aneignung gehört hatte. Er trug eine Art Kopfverband, aus dem Federn wahllos in verschiedenste Richtungen zeigten. Gerade hängte er sich eine große, schwer wirkende Kette aus Holzkugeln über den Kopf, mit der er immer wieder an den Federn hängen blieb. Er störte sich nicht daran.

Jetzt streckte er seinen Rücken durch, blickte in die Runde, traf nur den Blick des aufgeregten Mannes, stand auf und ging zu ihm. Er murmelte ihm etwas zu und nahm ihn dann in den Arm, drückte ihn fest, Franka fand, schon fast rührend. Der

Mann seufzte hörbar, atmete tief aus und schloss nun auch die Augen. Matthäus stand wieder auf, breitete seine Arme aus und hob mit geschlossenen Augen den Blick zur Decke.

«Wir sind hier, um uns selbst zu begegnen. Losgelöst von den Fesseln der materiellen Welt, frei von den Dingen, die uns täglich binden, unserer Seele den Raum zum Atmen rauben. Frieden wollen wir finden. Den Einklang mit uns selbst.»

Franka stellte sich auf eine längere Predigt ein und war fast enttäuscht, als Matthäus einfach zu einer Tasche griff, die an der Hüttenwand stand, eine Plastikflasche und einen hölzernen Becher herauszog und in die Runde fragte: «Seid ihr bereit?»

Stummes Nicken folgte, eine Frau hauchte ein «Ja». Matthäus öffnete die Flasche und goss den Becher halb voll. Sofort erfüllte ein süß-säuerlicher Geruch den Raum. Franka wurde fast ein bisschen schlecht, sie musste an Wodka-Red Bull denken.

Matthäus stand auf und hockte sich vor eine junge Frau, die links außen saß. Sie musste seine Anwesenheit gespürt haben, denn sie öffnete langsam die Augen, sah ihn durchdringend an. Er nahm sie in den Arm, und sie erwiderte die Umarmung. Dann hielt er ihr den Becher hin, und die junge Frau trank einen Schluck. Es wirkte fast, als hätte man ihr den Stecker gezogen. Sie blieb zwar sitzen, schien sich aber innerhalb von Millisekunden in eine andere Sphäre verzogen zu haben. Ihr Blick wurde leer, als liefe in ihrem Inneren ein Film ab, der ungleich interessanter war als die Welt hier draußen. Sie schloss die Augen, drückte sie fest zusammen, öffnete sie wieder und erbrach sich kurz in den neben ihr stehenden Eimer. Ricarda kam nun ebenfalls heran und stützte sie an den Schultern. Während Matthäus zum nächsten Teilnehmer krabbelte, redete sie leise auf die junge Frau ein und half ihr sanft, sich hinzulegen.

Die Zeitspanne zwischen Einnahme und Übergeben variierte von Person zu Person. Aber nach und nach legten sich alle hin. Chloe kam an die Reihe. Als sie kurz die Augen öffnete, um den Trank in Empfang zu nehmen, traf ihr Blick den von Franka, und Franka glaubte, jetzt doch eine gewisse Überraschung in ihren Augen zu sehen. Als Chloe sich mit Ricardas Hilfe hinlegte, entschied Franka, sich zurückzuziehen. Sie war sich nicht sicher, ob das Matthäus verärgern würde. Und wennschon. Sie hatte ohnehin nicht vor, länger zu bleiben.

Franka hatte sich in ihre Hängematte gelegt und schlafend gestellt. Sie sah ihr Ziel jetzt klar vor Augen, nur den Plan musste sie sich noch zurechtlegen, und dabei konnten unnötige Gespräche nur stören. Als auch die restlichen Besucher schlafen gegangen waren, rollte sie sich aus der Hängematte. Sie hatte befürchtet, dass bis in die späte Nacht Leute am Pool sitzen oder sich betrinken würden. Aber die Soulfarm machte um diese Uhrzeit eher den Eindruck eines typischen Yoga-Retreats.

Sie packte ihren Rucksack zusammen, leuchtete mit dem Handy kurz über den Boden, ob sie nichts vergessen hatte, und schlich sich dann zur Hütte, in der vor ein paar Stunden das Ritual abgehalten worden war. Es roch immer noch etwas süßsäuerlich, was wahrscheinlich vor allem an dem Erbrochenen lag, das teilweise noch in den Eimern vor sich hin gärte. Trotz ihrer Berufserfahrung machte Franka der Geruch zu schaffen.

Sie versuchte es erst im Dunkeln, aber als sie sich nicht orientieren konnte, schaltete sie doch ihre Handy-Taschenlampe ein. Alle schliefen tief und fest, und Franka fragte sich, ob es überhaupt ansatzweise realistisch war, Chloe wach zu bekommen. Zu spät, nun war sie hier.

Sie beugte sich über Chloe, die mit entspannten Gesichtszügen auf dem Rücken lag und ruhig atmete. Sie goss ein wenig Wasser aus ihrer Flasche in ihre Hand und verteilte es auf Chloes Gesicht.

«Mama?»

Franka zuckte zusammen. Chloe schaute sie mit aufgerissenen Augen an.

«Ja, ich bin's. Komm, du musst aufstehen.»

«Nur noch ganz kurz, bitte.»

«Nein, komm, wir müssen los.»

Franka zog Chloe hoch, so saß sie immerhin schon mal. Dann hob sie Chloes Arm und legte ihn sich über die Schulter. Sie atmete tief ein und stemmte sich hoch. Es ging einfacher, als sie erwartet hatte.

«Dann los.»

Franka war froh, aus der Hütte raus und den Geruch los zu sein. Dafür brachte sie die heiße Bergluft jetzt zum Schwitzen. Sie zog Chloe Schritt für Schritt neben sich her. Kurz bevor sie am Tor ankamen, erklang eine Stimme hinter ihnen.

«Na, wo soll's denn hingehen?»

Matthäus stand ein paar Meter hinter ihnen und öffnete einladend die Arme. Er war nicht ganz nüchtern, das merkte Franka sofort. Rum, roch sie.

«Ich glaube, das ist keine gute Idee. Erstens ist es da draußen viel zu dunkel, und zweitens ...», er zeigte auf Chloe, «... kommst du mit ihr keinen Kilometer weit.»

Franka fühlte sich ertappt. Nicht, dass sie sich in einem Lager oder Gefängnis befänden. Sie waren alle freiwillig hier, und genau da lag der Knackpunkt. Sie fühlte sich in ihrer Heimlichtuerei ertappt. Für wen veranstaltete sie das alles? Hatte sie wirklich geglaubt, dass es für sie einfacher wäre, Chloe rauszuholen, wenn sie benebelt war? Ihr Blick fiel auf den Carport und den Hummer, der dort stand. Etwas glomm in ihr auf. Sie machte ein paar kräftige Schritte auf Matthäus zu, bei denen sie Chloes Füße über den Boden schleifte. Matthäus trat erstaunt zurück.

«Weißt du überhaupt, wer das ist?»

«Das ist Chloe.»

«Ach ja? Hat sie dir mal ihren Ausweis gezeigt?»

Matthäus' Blick wurde unsicher.

«Nein. Wir kontrollieren hier keine Papiere. Wir sind eine Familie.»

«Das ist Michaela Umstatt. Schon mal gehört?»

Matthäus schüttelte nur den Kopf.

«Sie ist des organisierten Handels mit Ecstasy, Ketamin und anderem Zeug angeklagt.»

«Quatsch.»

«Das willst du wirklich riskieren? Sie wird mit europäischem Haftbefehl gesucht. Deswegen bin ich hier.»

«Ach so, und du bist was? Polizistin?»

«Ich bin ihre Schwester.»

Matthäus starrte die beiden Frauen an. Franka konnte erkennen, wie es in ihm arbeitete. Sie ahnte ein «Warum bin ich da nicht eher drauf gekommen?». Dann sagte er: «Shit, und jetzt?»

Franka nickte in Richtung Carport.

«Ich brauche deinen Wagen. Ich fahre sie nach El Varadero. Das ist zwar nur ein Katzensprung, aber nachts ohne Auto ....»

«Steinwurf!», nuschelte Chloe.

«Da wartet ein Freund auf uns, und wir verschiffen sie nach Melilla.»

«Bullshit», sagte Matthäus, war aber sichtlich verunsichert.

«Bist du echt so dämlich? Wenn ich sie hier gefunden habe, was meinst du, wie viel länger Interpol dafür braucht.»

«Ja und?»

«Na ja, die werden hier den ganzen Laden umkrempeln. Du willst mir doch nicht erzählen, dass ihr hier nur ein bisschen Ayahuasca verkauft», wagte sie einen Schuss ins Blaue.

«Shit.» Matthäus knetete seine Nase.

«Eben. Shit.»

Er stand noch ein paar Sekunden da. Aber Franka sah, dass der Groschen bereits gefallen war. Du hast keine Wahl, du Pfeife.

«Ich hole den Schlüssel. Aber den Hummer kriegst du nicht. Ihr könnt den Bulli nehmen.»

«Mein Geld kannst du auch gleich mitbringen ...», und als keine Widerrede kam: «... und das von Michaela auch.»

Sie waren keine hundert Meter aus der Ausfahrt gefahren, als Chloe anfing zu prusten.

«Michaela?» Sie lachte laut auf. «Dir ist echt kein schönerer Name für mich eingefallen?»

Franka hätte am liebsten auf die Bremse getreten, aber sie war sich weder sicher, was der Bulli aushielt, noch war sie wirklich überrascht, dass Chloe ihr offenbar etwas vorgemacht hatte. Stattdessen gab sie Gas.

«Du hast Nerven.»

«Wieso?»

Es hatte sich nichts geändert.

«Was soll das? Du haust einfach ab, lässt wochenlang nichts von dir hören, und dann schreibst du mir diese lächerliche Postkarte, nur damit ich komme und dich aus diesem Drogenloch befreie?»

«Warum befreien? Ich war doch freiwillig hier.»

«Wieso dann die Karte?»

«Du hast mir halt gefehlt. Wir machen doch immer alles zusammen.»

Es ging jetzt steil bergab, auf der rechten Seite konnten sie die Lichter von Nerja sehen und dahinter das Meer erahnen, das wie ein geschwärzter Spiegel dalag.

«Das hier war wichtig für mich, das wollte ich mit dir teilen.»

Franka konnte ihre eigenen Zähne knirschen hören, antwortete aber nicht.

«Halt mal bitte kurz an», sagte Chloe plötzlich. Und als Franka den Wagen auf dem zu schmalen Seitenstreifen zum Stehen gebracht hatte, riss Chloe die Tür auf und übergab sich in die Tiefe.

52

Seit Juha vor fünf Minuten die Augen geöffnet hatte, lag er bewegungslos in seinem Bett auf dem Rücken und starrte auf den Wasserfleck an der Decke. Er dachte darüber nach, ob man ihn noch entfernen sollte, bevor jemand anderes die Wohnung bezog. Andererseits fand Juha die Vorstellung schön, dass dieser Fleck hier auf sie warten würde und noch da wäre, wenn sie in einem guten Jahr zurückkamen. Sich zu bewegen, hatte er bislang nicht gewagt, keinen einzigen Muskel ausprobiert. Solange er sich nicht bewegte, würde er die Erschöpfung nicht zu spüren bekommen. Seine Augen allerdings fühlten sich überraschend erfrischt an. Er hatte fest damit gerechnet, mit Bleigewichten an den Lidern zu erwachen. Vielleicht sollte er es doch wagen.

Er bewegte die Augen nach rechts, Maria lag mit dem Gesicht zu ihm und schlief noch. Er schaute sie so lange an, bis sie die Augen aufschlug. Erst jetzt fiel ihm auf, wie still die Welt an diesem Morgen war. Oder war sie erst in diesem Moment verstummt? Sie lagen eine ganze Weile nur da, sahen sich an, teilten die Stille miteinander, und Juha fühlte, dass sie diese Stille viel weiter brachte als alle Gespräche, Streits und Versöhnungen zusammen.

«Meine Augen sind noch so schwer», flüsterte sie. Er nickte, streichelte ihre Stirn. Nachdem ihre Augen wieder zugefallen waren, wanderte sein Blick zum Fenster. Die Baumkronen verrieten ihm, dass es über Nacht wieder geschneit haben musste. Eine pudrige Schicht lag auf den Zweigen, die sich unter dem Gewicht langsam im Wind hoben und senkten. Der langsame Tanz wirkte einlullend, und am liebsten wäre er einfach hier liegen geblieben und hätte ihm für den Rest des Tages zugeschaut. Blind tastete er nach seinem Handy auf dem Nachttisch, doch er griff ins Leere, was ihn nervös machte. Es hilft nichts, du musst aufstehen. Bevor seine Muskeln die Gelegenheit hatten zu protestieren, schwang er sich in eine Sitzposition und katapultierte sich dann ohne Rast weiter auf die Beine. Das hatte erstaunlich gut geklappt, er spürte in sich hinein. Da war keine Erschöpfung, keine Müdigkeit mehr. Er ging zum Fenster, machte es auf. Die hereinströmende Luft war kalt wie Eis, aber trocken, sodass sie keinen Schmerz auf der Haut verursachte, sondern wie ein erfrischender Schleier über seinen nackten Körper strich. Hinter sich hörte er, wie Maria die Decke höher zog, aber er wusste, es störte sie nicht.

Da die Sonne kurz davor war aufzugehen und die Dächer der Stadt in ein zartes Blau tauchte, musste es schon kurz vor acht sein.

Juha beschloss, noch eine Minute am Fenster stehen zu bleiben, bis die Winterkälte seine Haut mit einer angenehmen Taubheit überzogen hatte, die er dann mit einer heißen Dusche wieder vertreiben würde – Kneippkur light, sozusagen. Er schloss die Augen, roch den Schnee und sah eine unberührte Weite vor sich, in der es keine Toten gab, keine Furcht, kein Leid, nichts Böses.

Unter der Dusche kam ihm der Gedanke, dass Marias Entscheidung eine gute war. Wenn sie das Bedürfnis hatte, diese Chance zu nutzen, dann sollte er sie dabei unterstützen, so gut er konnte. Auch würde er vorübergehend ausziehen, wenn sich dadurch ihre finanzielle Situation verbesserte. Außerdem glaubte er, dass ihm die Zeit ohne Maria in einem neuen Umfeld nicht so lang vorkäme, als wenn er allein in ihrer zu großen Wohnung bliebe. Er würde sich eine schöne Wohnung suchen, viel brauchte er ja ohnehin nicht, praktikabel, zweckdienlich, in der Nähe vom Präsidium; fußläufig, warum nicht? Dieser Gedanke gefiel ihm besonders. Sicher, der Hamburger Wohnungsmarkt war ein Albtraum, aber er war Beamter im gehobenen Dienst, damit sollte es ja wohl kein Problem sein, eine kleine Wohnung zu finden. Natürlich musste er sofort mit der Suche beginnen, am besten noch heute. Gut, das wäre also abgehakt.

Lux! Ja, er musste sich mit Lux aussprechen. Er war ja gar nicht wütend auf ihn, nicht wirklich jedenfalls. Juha ließ sich den heißen Wasserstrahl auf die Schultern prasseln, während er Marias Pflegespülung sorgfältig in seine Haare einmassierte – die würde er sich demnächst eben selber kaufen. Natürlich, Lux hatte sich nicht korrekt verhalten. Aber war er, Juha Korhonen, denn einer dieser typischen Beamten mit Scheuklappen, die gar nicht anders können, als ihre Vorschriften penibel einzuhalten? Nein! Zu diesen überkorrekten Leuten gehörte er nicht. Juha Korhonen war ein Vorgesetzter, der Menschen sah statt personeller Ressourcen. Er wusch sich die Spülung aus den Haaren und fuhr sich so lange mit den Fingern hindurch, bis das seifige Gefühl verschwunden war. Und Fürsti? Die machte ja auch nur ihren Job. Wir alle, dachte Juha, machen unseren Job, so gut es geht, und wir alle sind fehlbar.

Das war doch ein ganz guter Schlussgedanke zum Thema Lux, fand er. Eins nach dem anderen, so einfach ging das also.

Als er sich abtrocknete, fiel ihm Wally ein. Hierfür hatte er nicht sofort eine Lösung parat, aber, dessen war er sich sicher, sie würde ihm sehr bald einfallen, wie von selbst, er musste nur darauf vertrauen.

Nur mit Pantoffeln und einem kleinen Handtuch um die Hüfte bekleidet, ging er in die Küche und schaltete die Kaffeemaschine ein. Aus seinen nassen Haarspitzen tropfte es kühl auf seine Schultern. Dann sah er das Handy auf dem Küchentisch liegen. Das hatte er schon wieder ganz vergessen. In einem Anflug von Spielfreude hechtete er zum Tisch und griff beidhändig nach seinem Handy, als fange er ein flüchtendes Ferkel. Das Handtuch hielt dem Sprung nicht stand, und er stand nun nackt da. Er schaltete das Display ein, und schlagartig war es um den taufrischen Morgenmenschen Korhonen geschehen: neun verpasste Anrufe von Selma, Fürstenberg und einer unbekannten Nummer, die er aufgrund der ersten Ziffern als präsidiumsintern identifizierte. Noch bevor Juha ein Laut der Erschütterung über die Lippen kommen konnte, wurde er erneut angerufen. Selma.

«Hallo, Selma.»

«Heute Nacht hat es an der S-Bahn-Station Braakenfelde einen Unfall mit Personenschaden gegeben.»

Das passierte mit trauriger Regelmäßigkeit, und Juha widerstand dem Drang zu fragen, was er damit zu tun habe. Stattdessen wartete er einfach, dass Selma weitersprach.

«Wir denken, es ist Nagelschmidt.»

Die Welt verstummte erneut schlagartig, nur im Kühlschrank gurgelte es einmal auf.

«Ich verstehe», sagte Juha. Hatte er das gerade wirklich gesagt? Es schien, als sei die Realität mit aberwitzigem Tempo an seinem Gehirn vorbeigerast, das es sich in dämmriger Beseeltheit mit sechzig Sachen auf der rechten Spur gemütlich gemacht hatte.

«Du verstehst ...?», fragte Selma, nachdem er offenbar mehrere Sekunden nichts gesagt hatte.

«Wie?»

«Du hast gesagt: ‹Ich verstehe.› Das wäre wirklich klasse. Wir sind nämlich ziemlich überfordert gerade. Also, wenn du

Lust hättest, ins Präsidium zu kommen und uns zu erhellen, dann wäre das ganz große Spitzenklasse.»

«Ja», sagte Juha und merkte, dass er nicht imstande war, in den nächsten Gang zu schalten.

«Okay?», kam es vom anderen Ende der Leitung. «Heißt das, du kommst demnächst rein, Juha?»

«Ja, ich komme. Ich ziehe mich an, und dann komme ich.» Juha presste sich Daumen und Zeigefinger in die Augen. Warum nur hatte er gesagt, er würde sich etwas anziehen? Egal. «War es Suizid?»

«Wir wissen es nicht. Es gibt offenbar keine Zeugen, und wir warten immer noch auf das Material der Videoüberwachung.»

«Bin gleich da.»

«Gut. Fahr bitte vorsichtig, Juha.»

«Mache ich», sagte er, doch sie hatte bereits aufgelegt.

Lass dich jetzt nicht aus dem Konzept bringen, dachte Juha. Eins nach dem anderen, Schritt für Schritt. Unterwegs wird sich alles ordnen. Er stellte eine Tasse unter die Kaffeemaschine und drückte den Eine-Tasse-Knopf. Das Mahlwerk sprang an, heulte auf, ließ seine Trommelfelle vibrieren. Dann ging die Maschine in ein sonores Summen über, das ihn beruhigte. Er pustete dreimal und stürzte den Espresso herunter, verbrannte sich trotzdem. «Verdammt!», rief er und hechelte, um seinen Mund abzukühlen.

«Allerdings!», kam es von der Tür. Wally, ach richtig, die Baustelle gab es ja auch noch.

«Seit wann schaffst du es denn alleine in deinen Rollstuhl?» Zum Glück, dachte Juha gleich hinterher, denn er wollte nicht ausschließen, dass er Wally ansonsten einfach vergessen hätte.

«Ich stelle hier die Fragen», sagte Wally und fixierte angestrengt den einzigen Teil von Juhas Körper, der nicht entblößt war. Juha schaute an sich herunter und bemerkte, dass er Marias rosa Plüschpantoffeln trug, die sie mal als Werbegeschenk erhalten und in zweifelhafter Selbstironie zu ihren Lieblingspantoffeln erklärt hatte.

«Mein neuer Style.» Juha knickte lasziv die Hüfte ab. «Was sagst du, Vadder, gefällt er dir?»

«Gewagt. Aber konsequent.»

Juha hob das Handtuch auf und legte es sich wieder um. Und plötzlich war sie da, die Idee, auf die er gewartet hatte. «Vadder. Ich habe eine Idee. Lass es sacken, und wir sprechen später darüber.»

«Na?»

«Was hältst du davon, wenn du mit Joe eine WG gründest? Er ist dann offiziell deine Haushaltshilfe, und ihr bekommt das Pflegegeld, das dir zusteht. Zusammen mit deiner Mindestrente ist das kein schlechtes Auskommen für zwei Alt-Punks im Ruhestand.»

«Du willst mich also abschieben.»

Juha wollte protestieren, das war unfair, immerhin ... «Vadder, ich meine ...», begann er, sah dann, dass Wally es nicht ernst gemeint hatte.

«Schon gut, Sohn. Blöder Witz. Deine Idee ist nicht von schlechten Eltern. Klingt nach einem ziemlich guten Punk-Projekt. Ich denk drüber nach.»

Juha nickte. «Gut.»

«Außerdem bin ich euch lange genug auf die Nerven gegangen.»

Juha zuckte mit einer Schulter, sagte nichts weiter.

«Raus jetzt. Los! Zur Arbeit, Sohn, Verbrecher fangen. Ab dafür!»

«Alles klar, Vadder.» Er gab Wally einen Kuss auf die Glatze und ging sich anziehen.

Eins nach dem anderen.

53

Selma stand telefonierend am Fenster, als Juha den Soko-Raum betrat. Lux saß auf dem Sofa und schaute Hilfe suchend zu Selma. «Alles klar, gut», sie streckte eine Hand aus, um Juha zu signalisieren, er solle nichts tun, bevor sie den Hörer aufgelegt hatte. Er gehorchte und ließ den Blick in geduldiger Folgsamkeit zu Boden sinken.

«Ich danke dir, Jochen. Tschüs.» Sie legte auf. «Es ist Nagelschmidt; und bevor du etwas sagst: *Ich* habe Lux gesagt, dass er kommen soll, ich dachte, das sei in deinem Interesse.»

Jetzt nickte Juha Lux zu. «Es ist in meinem Interesse.» Er merkte, dass Lux etwas sagen wollte, und probierte Selmas Geste, die bei ihm selbst gut funktioniert hatte. «Wir sprechen später in Ruhe, oder?»

«Ja», sagte Lux.

«Ich hab mich jedenfalls ein bisschen beruhigt und sehe alles etwas klarer als gestern. Da war ich einfach überfordert. Ich bitte um Entschuldigung.» Das war an beide gerichtet.

Lux ließ sich zu einem winzigen Nicken hinreißen, Selma sagte: «Alles klar.»

«Danke. Also, bringt mich auf Stand. Warum wart ihr bis eben noch unsicher, ob es wirklich Nagelschmidt ist?» Juha bemerkte Selmas plötzlich verstörten Gesichtsausdruck. Offenbar wollte sie nicht antworten, und Lux übernahm. «Er wurde direkt an der Einfahrt der Station vom Zug erfasst und nahezu den ganzen Bahnsteig entlang mitgeschleift.» Die Vorstellung schlug Juha auf den leeren Magen, und er vermutete, dass sein Gesicht jetzt ungefähr so aussehen musste wie Selmas.

Lux stand vom Sofa auf. «Ich schätze», ergänzte er mit

einem Seitenblick auf Selma, «dass sie jetzt erst einen Ausweis oder dergleichen finden konnten.»

Selma nickte. «So ist es. Sie mussten das ganze Gleisbett absuchen, weil Nagelschmidt überall ...» Ein Kloß in ihrer Kehle versperrte dem Rest des Satzes den Weg. Sie schluckte. «Es wurde eben bestätigt. Zudem warten wir noch auf die Videoaufnahmen von den Überwachungskameras aus der Station. Das dauert sicher ein paar Stunden. Wie immer: sollte schnell gehen, braucht aber seine Zeit!»

Zeit, die sie nicht hatten. Aber Juhas Gedanken stießen sich an einem ganz anderen Punkt.

«Okay. Trotzdem ist Jochen bereits vor Ort, und du hast mich vor zwei Stunden das erste Mal versucht zu erreichen. Das heißt ja wohl, ihr hattet schon die Vermutung, es könnte Nagelschmidt sein. Wieso?»

Selma und Lux warfen sich einen verlegenen Blick zu und einigten sich offenbar schweigend, wer dieses Mal antworten sollte. Selma räusperte sich. «Lux hat sich gestern nach der Vernehmung an Nagelschmidt rangehängt.»

Juha wartete auf den Impuls, der ihm befahl, Ärger zu empfinden, weil sie ihn übergangen hatten, doch er blieb aus. «Warum?» Er setzte sich auf das Sofa, wo Lux eben noch gesessen hatte, und legte die Hände in den Schoß.

«Wir haben ihm geraten, sich nach Hause zu begeben, stattdessen ...»

Lux unterbrach Selma: «Ich bin mit ihm durch die Bars gezogen, natürlich in ausreichendem Abstand. Zum Glück war er in kürzester Zeit so zugedröhnt, dass er mich auch dann nicht bemerkt hätte, wenn ich neben ihm am Tresen gestanden hätte. Ich erspare euch die Einzelheiten.»

«Nee, erzähl doch mal.»

Lux schaute Juha fragend an, als wollte er sichergehen, dass er keinen Witz gemacht hatte. «Okay? Also. Am Anfang hat der einfach gefeiert, als gäbe es kein Morgen. Kannte in jeder Bar jeden oder wurde erkannt, hat ein paar Selfies gemacht und ein Dekolleté signiert. In der ersten Bar war er locker dreimal auf dem Klo und kam jedes Mal noch etwas besser gelaunt zurück.» Lux versicherte sich, dass er seinen Euphemismus nicht erklären musste, bevor er weitersprach. «Später wurde er immer trauriger, hat jeden abblitzen lassen und ist gegen halb drei in einer schäbigen Eckkneipe abseits der Lichter gelandet, wo ihn keiner kannte. Saß da mit vier einsamen Seelen am Tresen und hat leise Freddy Quinn mitgesungen. Um vier ist er zur S-Bahn gegangen und bis Braakenfelde gefahren.»

«Und dann? Bist du nicht mit ihm ausgestiegen?»

Lux knirschte mit den Zähnen. «Doch, bin ich. Allerdings war er vor mir im Zug, und als ich raus bin, ist er nicht zur Treppe gegangen, sondern kam mir entgegen.»

Juha rief sich den Bahnsteig vor Augen, an dem die Bahnen stadtauswärts hielten. Alle Bahnsteige waren über eine zentrale Brücke zu erreichen, die sich in der Mitte befand und quer über die Gleise führte. Die Bahnsteige endeten jeweils in einer Sackgasse.

«Warum ist er in deine Richtung gegangen, warum nicht zur Treppe?»

«Keine Ahnung. Jedenfalls bin ich kurz entschlossen zurück in den Zug gesprungen, damit er mich nicht sieht. Ich war nicht mehr so ganz auf der Höhe. Erst habe ich noch überlegt, ob ich die nächste Bahn zurück nehme, aber die wäre erst zehn Minuten später gekommen. Also bin ich einfach weiter bis in mein Bett gefahren. Hätte ich auch nur im Entferntesten geahnt, dass ...»

«Du kannst nichts dafür.» Es war klar, dass Lux nicht länger als zwei Stunden geschlafen haben konnte, wenn er Nagelschmidt bis halb fünf observiert hatte und jetzt schon wieder im Präsidium war. Dafür sah er verdammt frisch aus.

«Lux schrieb mir nachts noch, dass er Nagelschmidt in Braakenfelde verloren hat. Als ich am nächsten Morgen gehört habe, dass es ebendort einen Unfall gegeben hat – männlicher Weißer zwischen dreißig und vierzig –, gingen natürlich sämtliche Alarmglocken an», beendete Selma Lux' Bericht.

«Na, klasse», sagte Juha und ließ sich genervt auf einen Stuhl fallen. Damit klar war, dass seine Frustration nicht ihnen galt, ergänzte er in Richtung der beiden ein: «Gute Arbeit. Ehrlich.»

«Was machen wir jetzt?», wollte Selma wissen.

«Was willst du schon machen? Wir warten auf die verfluchten Videoaufnahmen», sagte Juha.

«Scheiße», zischte Lux.

«Ja, scheiße», sagte Juha.

Selma sollte recht behalten. Sie warteten eine gefühlte Ewigkeit. Juha vertiefte sich mit sturem Blick in die Akte. Lux nickte irgendwann auf seinem Stuhl ein und wachte erst wieder auf, als Selmas Telefon klingelte. Einen kurzen Moment hörte sie zu, sagte dann: «Na, das wurde aber auch Zeit», und legte auf. «Die Kamerabilder sind jetzt auf dem Server und bereits von den Kollegen vorsortiert. Wir können es uns ansehen.»

«Du meinst, wir *müssen*», korrigierte Juha wenig aufbauend.

Selma setzte sich an den Schreibtisch und begann, sich durch das Menü zu klicken, bis sie zu dem Ordner mit den Aufnahmen gelangte.

Sie schaute sich zu Juha und Lux um. «Seid ihr so weit?»

Lux atmete schwer aus. «Kann man so nicht sagen, aber es hilft ja nichts.»

Selma klickte auf die erste von zwei Videodateien, die mit einem Sternchen gekennzeichnet waren. Das Bild zeigte die Innenansicht eines S-Bahn-Waggons, der gerade die Türen öffnete. Leute stiegen aus und ein. «Da ist Nagelschmidt.» Selma zeigte auf den Bildschirm. «Und da hinten bin ich», sagte Lux. Sie beobachteten Nagelschmidt dabei, wie er deutlich schwankend im Fahrradabteil Platz nahm, während sich Lux in diskretem Abstand in eine Vierersitzgruppe setzte und das Gesicht in den Händen vergrub, als sei er schläfrig. Doch Juha sah an Lux' Haltung, dass er hoch gespannt und auf der Hut war.

«Du kannst vorspulen, bis er aussteigt», sagte Lux, und Selma tat es. Nagelschmidts Wanken sah im Zeitraffer fast schon komisch aus. Selma drückte auf «Play». Der Zug hielt an der Station, die Türen öffneten sich, doch Nagelschmidt machte keine Anstalten auszusteigen. Dann sprang er plötzlich auf und stolperte in Richtung Tür. Im Hintergrund reagierte Lux und war augenblicklich an der hinteren Tür, verschwand aus dem Bild. Doch nur wenige Sekunden später sprang er wieder zurück in den Wagen. Juha sah, wie er verärgert mit der Faust in die Luft hieb und sich dann ermattet auf den nächstbesten Sitzplatz fallen ließ.

«Gut. Sehen wir uns das Video vom Bahnsteig an», kommentierte Juha. Selma öffnete das zweite Video. Die Bahn fuhr ein, bremste ab, stand. Die Türen gingen auf, und sie sahen Nagelschmidt wieder, dieses Mal aus der Außenperspektive. Im Hintergrund stieg auch Lux aus. Mit ihnen weitere Fahrgäste, die sogleich Richtung Treppe strömten. Nagelschmidt stand zwei Sekunden unschlüssig herum, bis er sich offenbar entschied, entgegen der Fahrtrichtung loszumarschieren, auch wenn es eher aussah, als hätte die Schwerkraft diese Entscheidung für ihn getroffen. Video-Lux drehte sich instinktiv weg, registrierte die Sackgasse, während die Warnleuchten am Waggon bereits das Schließen der Türen verkündeten. Im letzten Moment machte er einen Satz in den Zug, und die Tür ging hinter ihm zu. Der echte Lux gab ein Schnauben von sich, begleitet von einem Klaps auf den Schreibtisch, als hätte die Retrospektive der Situation seinen Ärger erneut entfacht. «Das war so ein dummer Reflex, scheiße. Ich habe ihn ja nicht observiert oder so.»

«Mach dir keine Vorwürfe. Du hast ihm freiwillig und unaufgefordert privaten Personenschutz gewährt.» Der Zug fuhr an, und wenige Sekunden später war Nagelschmidt allein auf dem Bahnsteig.

«Jetzt wird es spannend», flüsterte Juha und stützte sich auf den Schreibtisch. Wieder blieb Nagelschmidt stehen wie ein hirnloser Zombie, der irgendein extrinsisches Ereignis brauchte, um aktiv zu werden. Dieses Ereignis folgte nur wenige Augenblicke später. Nagelschmidt stürzte nach vorn, umarmte den Mülleimer und erbrach sich. «Okay, deswegen ist er ausgestiegen», kommentierte Lux. Wieder passierte eine Weile nichts. Ein Windstoß blähte die Plane des Bauzauns auf, die das Nachbargleis abtrennte, seit es wegen Bauarbeiten gesperrt war. Die Plane schlug gegen den Bauzaun. Sie konnten es nicht hören, aber Arvo zuckte zusammen, drehte sich um.

«Da», sagte Juha und zeigte auf den Bildschirm. «Jetzt geht er zum Bauzaun.»

«Die Plane hat ihn erschreckt», sagte Lux.

«Ja, oder ...»

Arvo tauchte in einen pixeligen Halbschatten. «Mein billiges Handy hat eine bessere Bildqualität als diese Kameras, meine Güte», ächzte Juha leise. Plötzlich taumelte Arvo zurück aus dem Schatten, stolperte, und seine Zuschauer hielten den Atem an, in der Annahme, dass dies der Moment sei, in dem er auf das Gleisbett stürzen und vom Zug erfasst werden würde. Doch stattdessen fing sich Arvo und verharrte in einer Pose gespannter Erwartung, als sei sein Körper im Moment der Entscheidung zwischen Kampf und Flucht erstarrt.

«Da ist noch jemand auf dem Bahnsteig.»

«Im Schatten», sagte Selma leise.

«Ich glaube, jetzt reden sie miteinander. Fuck, was gäbe ich drum, wenn wir Ton hätten. Warum haben wir nie Ton?», fluchte Juha leise vor sich hin.

«Angst um sein Leben scheint er nicht zu haben.»

«Er schüttelt den Kopf.»

Ein fernes Licht begann den Bahnsteig zu erhellen, rollte langsam auf Arvo zu. Der Zug näherte sich.

«Gleich passiert es.»

Arvo blickte in Richtung des Lichts und drehte sich dann wieder zum Bauzaun, als der Zug um die Kurve kam und die Scheinwerfer, durch die Mittelpfeiler des Tunnels zerhackt, ihn in helle Stroboskop-Blitze tauchte. Sie sahen den Schattenriss einer Person, der im zackigen Rhythmus eines Daumenkinos auf die Plane geworfen wurde. Im selben Moment machte Arvo einen Schritt zurück und streckte seine Hand in Richtung des flackernden Phantoms aus. Das Folgende wurde vom Gegenlicht des einfahrenden Zuges verschluckt. Licht und Schatten stürzten übereinander, überschlugen sich, und aus der Mitte dieses Lichtgewitters taumelte Arvo als undeutlicher Schemen direkt vor den Zug. Juha glaubte, Blut aufspritzen zu sehen, bevor sich das Bild beruhigte und ihnen einen menschenleeren nächtlichen Bahnsteig zeigte.

«Volltreffer», sagte Lux, und Selma atmete schwer aus.

«Kein Suizid», sagte Juha.

«Aber das hieße ja, dass jemand dort auf ihn gewartet haben muss», sagte Lux.

«Unmöglich, er ist spontan ausgestiegen, weil er sich übergeben musste», widersprach Selma.

«Und das lässt nur einen Schluss zu.» Juha bemerkte an Lux' Reaktion, dass ihm dieser Schluss alles andere als geheuer war. «Das Phantom war mit ihm im Zug. Und mit mir.» Lux schauderte, als die Erkenntnis vollständig durchschlug.

Juha nickte.

«Aber dann müssten wir sie ja auch auf dem Videomaterial sehen.» *Sie.* Selma hatte es als Erste ausgesprochen. Sie ging davon aus, dass sie nach einer Frau suchten, dass sie nach Chloe Cordes suchten. Niemand widersprach ihr.

Selma nahm wieder Platz und navigierte das Video zu der Stelle, wo Nagelschmidt, Lux und die anderen Fahrgäste ausstiegen.

«Also, wen haben wir da?», sagte Juha leise.

«Sieht aus wie eine Feiertruppe; junge Frauen», stellte Selma fest. Die Gruppe marschierte fröhlich in Richtung Treppe und verschwand aus dem Bild.

«Haben wir die Kameras vom Rest des Bahnsteigs?»

Selma studierte die Thumbnail-Ansicht der anderen Videos und klickte eins an. Diese Kamera zeigte den Bahnsteig in der anderen Richtung, aber von der gleichen Position wie die erste Kamera, sodass sie jetzt jede Person sehen konnten, die in den Zug ein- oder ausgestiegen war. Die zweite Gruppe war die, die sie interessierte. «Ein älterer Herr, weiß Gott, was der um die Zeit noch durch die Gegend fährt.» Lux starrte auf den Bildschirm, und Juha sah, dass das Weiß seiner Augen von einem feinen Netz roter Äderchen durchzogen war. «Die hier!» Lux zeigte auf zwei Gestalten, die sich der Kamera näherten. «Die habe ich gesehen, die sind Reeperbahn mit uns eingestiegen. Ein Pärchen, die können wir auch ausschließen.»

«Warum?»

«Weil, vertrau mir einfach.»

«Okay. Was ist mit der Kamera oben, bei den Treppen?», fragte Juha, und Selma suchte das entsprechende Video heraus und spulte vor, bis sich etwas tat. Die Frauengruppe kam als Erstes ins Bild, sie erreichten den Treppenabsatz, gingen den Gang entlang. Während sie verschwanden, schleppte sich der ältere Herr die gegenüberliegende Treppe hinauf und wenig später auch das Pärchen. Alle drei verschwanden in Richtung Ausgang.

«Fehlanzeige», stöhnte Selma.

«Ich verstehe es nicht.» Juha fuhr sich mit den Fingern durch die Haare.

«Wartet. Selma, bitte noch mal das Video von unten», sagte Lux. Selma spielte das Video vom Bahnsteig erneut ab, das die Frauengruppe zeigte. «Und jetzt das andere, das von oben.» Selma startete das Video, und die Frauengruppe kam die Treppe herauf. Ein unscheinbares Lächeln begann sich auf Lux' Lippen abzuzeichnen, aber nicht so unscheinbar, dass es Juha entgangen wäre. «Lux? Was hast du gesehen?»

Lux starrte auf den Bildschirm, seine übernächtigten Augen begannen leicht zu tränen, trotzdem konnte er sein Lächeln nun nicht mehr verbergen. «Ich habe Chloe Cordes gefunden.»

54

Passt auf.» Juha und Selma kniffen die Augen zusammen, während Lux die Kontrolle über den Rechner übernahm. Auf dem Bildschirm ging die Gruppe Frauen zum x-ten Mal auf dem Bahnsteig Richtung Treppe. «Und jetzt schaut euch das an.» Lux öffnete ein neues Video, dieselbe Frauentruppe auf dem Weg nach oben. Eine der Frauen stolperte über eine Treppenstufe, wurde aber von ihren Freundinnen aufgefangen. Das menschliche Knäuel blieb einen Moment am Treppenabsatz stehen und schien sich unter Kichern zu schütteln.

«Na und?», fragte Selma.

«Seht genau hin!» Lux zog das eine Playerfenster auf einen anderen Bildschirm, jetzt hatten sie beide Standbilder vor sich.

«Lux.» Juha wurde ungeduldig. «Spann uns nicht auf die Folter.»

«Na zählt halt mal ...»

«Die hier», unterbrach ihn Selma und zeigte auf eine Person mit Mantel und tief ins Gesicht gezogener Kapuze, die sich eher im Hintergrund aufhielt. «Die ist zwar auf dem unteren Bild drauf, aber oben ...» Sie schob Lux' Hand von der Computermaus und startete das Video ein weiteres Mal. «... oben kommt sie niemals an», vollendete Juha gedämpft. «Sie muss kurz vor der Treppe stehen geblieben und ungesehen über das stillgelegte Nachbargleis hinter den Bauzaun gelangt sein. Von dort hat sie Arvo ... kontaktiert. Sie muss euch den ganzen Abend verfolgt haben, bis sich eine Gelegenheit ergab.»

«Während ich Arvo verfolgt habe. Wieso habe ich das nicht mitgekriegt?», verfluchte sich Lux erneut.

«Riskant. Extrem riskant. Warum riskiert Chloe das?»

«Sie hat den Kopf fast die ganze Zeit gesenkt», sagte Selma, nachdem sie das Video ein paarmal vor und zurück hatte laufen lassen. Auch auf den Videos, die den Innenraum der Bahn zeigten, fanden sie die Person schnell. Wie Nagelschmidt war sie im Pulk der Frauen auf dem Kiez eingestiegen, hatte sich dann in deren Nähe aufgehalten, stets darauf bedacht, unerkannt zu bleiben. «Die macht das wirklich gut», staunte Selma.

«Aber wir sind uns einig, dass es Chloe Cordes ist, oder? Die blonden Haare unter der Kapuze?»

Lux nickte stumm, nur Selma traute sich einen anderen Gedanken zu erwägen: «Es könnte genauso gut Helle Schilling sein. Die ist auch blond. Und ungefähr gleich groß sind sie auch.»

Juha blinzelte, weil seine Augen vom Starren auf den Bildschirm trocken geworden waren. «Ja. Aber ergibt das Sinn?»

Selma zuckte mit den Schultern. «Du hast nicht gefragt, ob es Sinn ergibt, sondern, ob wir sicher sind. Und *sicher* sind wir nur, dass wir eine Frau mit dickem Mantel, Kapuze und blonden Haaren sehen.»

«Was, wenn Helle Schilling fürchtete, dass Arvo im Fall der Ruiz-Brüder letztlich doch gegen sie aussagt?», meinte Lux.

«Von mir aus», sagte Juha. «Behalten wir es im Hinterkopf. Für mich kein überzeugendes Motiv. Wahrscheinlicher ist, dass Chloe Cordes Arvo Nagelschmidt umgebracht hat. Und zwar direkt vor unserer Nase.» Als er Lux' zusammengesunkene Haltung bemerkte, ergänzte er: «Bildlich gesprochen.»

«So eine verfluchte Scheiße», ächzte Lux.

«Es geht auf meine Kappe. Ich habe die Verantwortung», sagte Juha.

«Wir können niemanden zwingen, sich zu Hause einzuschließen», relativierte Selma.

«Ja», seufzte er. «Leider können wir das nicht.»

«Aber an unserem Vorgehen ändert es nichts.» Lux stand noch immer mit hängenden Schultern da. «Ich meine, wir suchen Chloe Cordes doch längst. Jeder Polizist und jede Polizistin in Hamburg hat ihr Foto ans Armaturenbrett geklebt. Das heißt, wir können eigentlich nichts weiter tun, als hier herumsitzen und warten.»

Juha nickte und biss sich auf die Unterlippe. Dann klatschte er lustlos in die Hände und sah Selma an. «Wir lassen Franka Cordes observieren. Immerhin besteht die Chance, dass ihre Schwester Kontakt zu ihr aufnimmt.» Das war kein genialer Plan, aber viel mehr hatten sie momentan nicht. «Und wir brauchen jemand in der Nähe vom Waldhaus, zivil.»

«Schon klar, Juha. Hab ich längst veranlasst», sagte Selma, ohne gekränkt zu klingen.

«Sollen wir?», fragte Juha an Lux gewandt. Lux' Gesicht zeigte keine Reaktion , bis er schließlich sagte: «Jetzt?»

Juha nickte. «Ja, Lux. Jetzt.»

«Hast du eine, ich nenne es mal, akute Liebesbeziehung mit Franka Cordes?» Juha hatte auf dem Weg in ihr Büro beschlossen, nicht lange drum herumzureden. Sie saßen auf ihren Schreibtischstühlen.

Lux sah ihm fest in die Augen. «Nein.»

Juha merkte, wie erleichtert er war, und sackte ein gutes Stück in seinem Stuhl zusammen. Das machte die Sache zumindest nicht ganz so schlimm. «Gut. Das beruhigt mich schon mal.»

«Aber ich fühle mich zu ihr hingezogen, das weißt du.»

Juha nickte. «Das kann dir niemand verbieten. Nicht mal du selbst. Hast du Franka Cordes Informationen über den Fall mitgeteilt, die unsere Ermittlungen kompromittieren könnten?»

«Nein, habe ich nicht», sagte Lux. «Ich bin Franka noch zweimal zufällig begegnet, und wir haben miteinander gesprochen, aber kein Wort über den Fall verloren.»

«Zufällig?» Juha kniff die Augen zusammen.

«Mehr oder weniger.»

Eine Weile sagte keiner von ihnen etwas.

Dann sprach Juha weiter. «Ich muss über die Umstände eurer Begegnungen keine Details kennen. Aber ich untersage dir hiermit, Franka Cordes zukünftig außerhalb der Arbeitszeit oder ohne mein Beisein zu treffen oder in irgendeiner Weise privat Kontakt mit ihr aufzunehmen. Akzeptierst du das?»

Lux sagte: «Ja.»

«Gut. Dann war's das schon. Mehr habe ich dazu in diesem Moment nicht zu sagen.»

Lux' Augenbrauen hoben sich. «Was ist mit der Fürstenberg? Die wird sich damit kaum zufriedengeben.»

«Ich werde mir schon was einfallen lassen. Aber dafür muss ich mich auf dich verlassen können, Lux.»

«Das kannst du.»

Juha nickte. «Ja, ich weiß. Und du dich auf mich. Wie sonst auch.»

Bevor die Situation drohte rührselig zu werden, stand Juha auf. «So! Ich muss langsam mal was essen.» Lux blieb sitzen.

«Soll ich dir was mitbringen?»

Lux schüttelte den Kopf.

55

Als Juha gegangen war, fühlte Lux eine große Leere in sich. Er stand im Büro und wusste nicht, wohin mit sich. Etwas nagte an ihm. Er fühlte sich schuldig, weil Juha ihn so leicht vom Haken gelassen hatte. Sein Blick fiel auf die Garderobe, wo Juhas Sakko und sein alberner, roter Kinderschal hingen, und er musste lächeln.

In seiner Innentasche vibrierte es. Lux zog das Handy hervor und las: «Unbekannte Nummer». Er nahm den Anruf entgegen. «Adisa?»

«Ich bin's.»

Kurz war Lux irritiert. Ihre Stimme klang erschöpft, tiefer, und für einen Moment hatte er gedacht, ihre Schwester zu hören. «Franka.»

«Chloe wollte niemandem etwas zuleide tun. Sie wollte, dass Carsten und Patrick zugeben, was damals auf dem Boot passiert ist. Mehr nicht.»

«Halt, Moment, Franka. Hast du mit Chloe gesprochen?» Im selben Moment verfluchte er sich für die Frage. Wollte er es überhaupt so genau wissen? Was, wenn sie die ganze Zeit im Bilde gewesen war?

«Spielt das jetzt eine Rolle?»

Lux' Gedanken rasten. «Ja. Es spielt eine Rolle.»

Im Hintergrund vernahm er Straßenlärm. «Wo bist du?» Statt einer Antwort hörte er jetzt ihren Atem. Sie klang gehetzt, und ein ungutes Gefühl breitete sich in seiner Magengegend aus. «Franka? Was machst du?»

«Kann ich dir vertrauen?»

«Du kannst *uns* vertrauen.»

Er glaubte zu spüren, wie sie den Kopf schüttelte. «Lucas, ich muss meine kleine Schwester beschützen.»

Lux' Stimme wurde jetzt lauter und gewann einen fast flehenden Unterton. «Was hast du vor, Franka? Bitte sag mir, wo du bist.»

«Wir treffen uns mit Helle.»

«Was?!» Lux konnte ihr nicht folgen, sah sich verstohlen um, obwohl er wusste, dass er allein war, wünschte sich andererseits, jemand würde ihm zu Hilfe kommen.

«Chloe will weg, verschwinden. Helle gibt ihr Geld, aber sie hat Angst, allein zu Chloe zu gehen. Wir treffen uns zu dritt, damit Helle sicher sein kann, dass ihr nichts passiert. Und damit ich mich von meiner Schwester verabschieden kann.»

«Franka, deine Schwester sagt dir nicht die Wahrheit.»

«Lucas, ich lege meine Hand dafür ins Feuer ...»

«Arvo ist tot.»

Schweigen am anderen Ende.

«Chloe hat ihn vor einen Zug gestoßen. Sie hat Arvo umgebracht. Und wenn sie jetzt auf Helle trifft, wird sie auch Helle umbringen.» Er hörte ihre Schritte verstummen.

«Franka, hast du verstanden, was ich gesagt habe?»

Sekunden verstrichen, in denen Lux nur den Wind im Mikrofon des Handys hörte und Frankas Atem, der merklich schneller wurde. «Das ist unmöglich.»

«Es gibt ein Video, auf dem ...» Er unterbrach sich, denn eigentlich hatte er sagen wollen: «... auf dem eindeutig zu sehen ist, wie Chloe ...» Aber das war ja gar nicht der Fall. Sie hatten ein Video gesehen, auf dem eine blonde Frau mit Kapuze Arvo vor den einfahrenden Zug stieß. «Hör mir genau zu. Du musst mir jetzt sagen, wo du bist und wo ihr euch treffen wollt.» Lux merkte selbst, wie seine Stimme sich veränderte, und auch sie musste seine Angst gespürt haben.

«Was ist auf dem Video zu sehen?»

Lux schloss die Augen und atmete flach. «Eine blonde Frau.» Frankas Atmen am anderen Ende klang zittrig.

«Denkst du, es ist eine Falle?» Jetzt hörte er auch ihre Angst.

«Ich weiß es nicht.» Lux' Gedanken überschlugen sich, doch er war außerstande, einen von ihnen zu fassen. «Ich muss Alarm schlagen.»

«Nein!» Ihr Ausruf war so bestimmt, dass er zusammenzuckte. «Ich liefere meine Schwester nicht aus. Ich vertraue dir, nur dir. Hilf uns. Hilf *mir*, Lucas. Oder lass es.»

Lux starrte auf den roten Schal an der Garderobe. Er wusste nicht, wie er auf ihre Aufforderung reagieren sollte. Das Karussell drehte sich immer schneller, und je länger er wartete, um abzuspringen, desto härter würde er landen. Tief in ihm drin, sehr tief, verschüttet von Ängsten und Fehlbarkeit, von Zweifeln und Reue, formte sich eine Entscheidung.

56

Juha schleppte sich Richtung Cafeteria. Ein belegtes Brötchen würde ihn jetzt kaum zufriedenstellen können, aber fürs Mittagessen war er ziemlich spät dran. Vielleicht würde ein freundlicher Koch Erbarmen zeigen und hatte noch eine Scheibe vom Schweinebraten über. Die wäre zwar inzwischen schon mehr Dörrfleisch, aber besser als nichts.

Einer uralten Angewohnheit folgend, tastete Juha beim Betreten der Cafeteria an seine Gesäßtasche und blieb jäh stehen. Sein Portemonnaie steckte im Sakko, und das hing im Büro. Grandios, dachte er, ausgerechnet heute. Doch es half nichts, er musste zurück.

Die Tür stand offen, und er hörte, dass Lux telefonierte. Zunächst wollte er dem keine Beachtung schenken, es war immerhin auch sein Büro, und wenn Lux dort telefonierte, musste er damit rechnen, dass man zuhörte. Dann blieb er doch stehen wie angewurzelt; hörte zu, lauschte.

Lux sprach leise, aber laut genug, dass Juha alles verstand. «Ich bin so schnell da, wie ich kann. Und Franka ... bitte versprich mir, dass du solange in Deckung bleibst.» Die letzten Worte wurden lauter, Lux' Stimme fester.

Nach einem Moment der Stille näherten sich hektische Schritte der Tür. Dann stand Lux vor ihm, und Juha sah den Schreck in seinen Augen. Ertappt.

«Juha ...»

Weiter kam er nicht. Juha fasste ihn am Oberarm, Lux wich zurück, bis er an der Wand stand. Die wütende Verzweiflung, die in den kurzen Momenten vor der Tür in Juha hochgekocht war, erdrückte ihn. Juha öffnete den Mund, um dem Druck ein Ventil zu öffnen. Er hörte selber nicht, welche Worte aus ihm herauskamen. Er sah, dass Lux etwas zu sagen versuchte, konnte ihn aber unter dem Getöse der eigenen Stimme nicht verstehen. Plötzlich machte Lux einen Schritt zur Seite, Juhas Griff fiel ins Leere, und kurz darauf stand Lux hinter ihm, seinen Unterarm zwar nicht schmerzhaft, aber stabil um seinen Hals gelegt. Und dann stand Selma vor ihnen, die Juha genauso erschrocken ansah wie er sie.

«Konntest du das Telefonat mithören?», fragte Lux sie in die plötzlich entstandene Stille hinein.

Selma hob die Augenbrauen und atmete einmal tief ein und wieder aus, blickte zwischen Juha und Lux hin und her, bevor sie sich fasste. «Ja, ich habe Fürstenberg bereits informiert. Sie fordert ein MEK an.»

«Ich muss dahin. Kommt mit, oder haltet mich nicht auf», sagte Lux und ließ Juha aus seiner Umarmung gleiten, seine Hand aber auf dessen Schulter liegen. Juha drehte sich zu ihm um, dann zu Selma, dann wieder zu Lux. «Was?»

«Chloe trifft sich mit Helle Schilling bei einem Boot unten an der Elbe», sagte Selma und schaute dann zu Lux, der übernahm, während er seine Dienstwaffe überprüfte. «Angeblich will Helle ihr Geld geben, damit sie untertaucht und nicht mehr als Zeugin zur Verfügung steht. Und sie hat Franka um Hilfe gebeten, weil sie Chloe nicht traut. Arvo ist schon tot. Das heißt, die letzten beiden Zeuginnen, die gegen Helle aussagen können, treffen sich gleich mit ihr. Wenn es nicht Chloe war, die auf dem Überwachungsvideo zu sehen ist, sondern Helle, dann hat sie gerade den perfekten Präsentierteller inszeniert.»

«Du meinst, es könnte eine Falle sein.»

«Das hat Franka mich auch gefragt.» Lux blinzelte unsicher, zuckte mit den Schultern, zog seinen Mantel an. «Ich habe parallel mit unserem Bürotelefon Selmas Apparat angerufen, damit sie alles mitschneiden kann.»

Juha wankte hin und her, fühlte sich immer noch wie vom Blitz getroffen. «Lux, es tut mir leid, ich ...»

«Schon okay.»

«Ich hab dich attackiert.» Juha konnte es selbst kaum glauben.

«Na ja. Für eine Attacke war es doch etwas halbherzig.»

Juha setze an, noch etwas zu sagen, doch Lux unterbrach ihn mit erhobenen Händen. «Du konntest das nicht ahnen. Jeder hätte so reagiert.» Er griff hinter sich, nahm Juhas roten Schal von der Garderobe, warf ihn ihm zu und öffnete die Tür. «Kommst du jetzt?»

Juha fing seinen Schal auf. Nicht jeder, *er* hatte so reagiert.

Sie fuhren im Fahrstuhl in die Tiefgarage, und Juha nutzte die Gelegenheit, dass sie zu zweit waren. «Als du vorhin von deinen Gefühlen für Franka gesprochen hast ...»

Lux sagte nichts, wartete, dass Juha weiterredete.

«Du hast nicht gesagt, wie es um sie steht.»

«Was meinst du?»

«Ist sie auf deiner Seite? Oder wird sie sich schützend vor ihre Schwester stellen, wenn es hart auf hart kommt?»

Wieder sagte Lux zuerst nichts, doch dieses Mal schien er über eine Antwort nachzudenken. «Sie wird das Richtige tun.»

Als sie den Fahrstuhl verließen, trennten sich ihre Wege. Juha ging zu seinem Wagen und betätigte die Fernbedienung des Autoschlüssels. Gleichzeitig hallte das akustische Signal von Lux' Auto über das Parkdeck und ließ Juha innehalten. Lux stieg in seinen Wagen, und auf einmal verspürte Juha das Bedürfnis, sich den Moment einzuprägen. Die unbestimmte Furcht ereilte ihn, es könnte das letzte Mal sein, dass er Lux sah. «Es könnte eine Falle sein», verhallte es dumpf in seinem Kopf. Normalerweise war er für derlei irrationale Empfindungen unempfänglich, auch wenn ihm eine gepflegte Alltagsesoterik nicht fremd war. Aber etwas berührte ihn tief bei diesem Anblick, wie Lux in das Auto stieg und darin verschwand, und es war keine angenehme Rührung. Durch die verdunkelte Heckscheibe konnte er Lux als Schatten wahrnehmen und glaubte, anhand der Kopfhaltung zu wissen, dass Lux in den Rückspiegel blickte. Er hob die Hand. *Viel Glück.* Zunächst dachte er, er habe sich geirrt, doch, nachdem ein paar Sekunden verstrichen waren, hob Lux ebenfalls die Hand. Dann fuhr das Auto los.

«Hier bin ich, sorry.» Selma kam vom Fahrstuhl hergelaufen. Sie war außer Atem. «Dafür hab ich dir eine Banane mitgebracht.» Juha schaute auf die Ausfahrt, durch die Lux' Wagen in die strahlend weiße Wintersonne verschwunden war, wie in einen Lichttunnel. «Fahren wir?», fragte sie, als Juha keine Anstalten machte, sich zu rühren.

«Ja.» Er zog die Fahrertür auf, sie stiegen ein. Selma hielt ihm die Banane hin. Doch die Aufregung hatte seinen Hunger vorerst verjagt, er schüttelte den Kopf und gab Gas.

«Das MEK ist unterwegs. Aber wir sind die Speerspitze, Juha.» In Selmas Stimme schwang tatsächlich so etwas wie Abenteuerlust mit, doch die konnte Juha in diesem Augenblick nicht teilen. Er lächelte, und es kam ihm gequält vor. «Nein, nicht wir. Lux ist die Speerspitze.»

57

Ein «Pling» auf Selmas Handy kündete von einer Nachricht: *«Funke! K4»*. Selma schaltet das Funkgerät ein und drückte die Taste mit der Nummer vier.

Die Schallwellen, die aus dem Lautsprecher kamen, kräuselten sich wie Wasser im Sturm. Ein digitales Flackern. Nur silbenweise hörten sie Lux' Stimme. Dann war die Verbindung da: «...as ist los, Franka?»

«Helle ist schon da. Was soll ich tun?»

«Nichts!», hörten sie Lux durch das Funkgerät rufen. «Bleib in Deckung, warte auf mich.»

«Wann kommst du?» Selbst über den akustischen Umweg vom Handylautsprecher in das Funkgerät war die Angst in Frankas Stimme deutlich zu hören.

«Jeden Moment, ich bin jeden Moment da. Warte!», sagte Lux, jetzt um eine beruhigende Stimme bemüht.

«Oh nein!»

«Was passiert gerade, Franka?»

«Helle geht auf das Boot. Warum tut sie das?».

«Ich bin gleich da.»

«Lucas, ich hab Angst.»

«Ich weiß.»

Juha war erstaunt, wie ruhig und warm die Stimme seines Partners klang, und fragte sich, ob er in der gleichen Situation auch so gefasst geblieben wäre.

«Warum wartet sie denn nicht auf mich? Wo bleibst du, Lucas?»

«Ich bin gleich da.»

«Scheiße», flüsterte Franka.

«Was passiert?»

Keine Antwort mehr. War die Verbindung abgerissen?

«Franka, sprich mit mir!»

«Das Boot, der Motor wurde gestartet. Irgendwas geht hier furchtbar schief.»

«Franka. Ich bin gleich da. Warte.» Es klang wie ein Befehl, und Juha wurde mulmig bei dem Gedanken, dass «gleich da» mindestens noch einige Minuten bedeutete. Er hoffte, das MEK würde es schneller schaffen.

«Es fährt ab!» Jetzt brach sich Verzweiflung in Frankas Stimme Bahn. «Ich kann nicht warten. Du bist zu spät, Lucas, es tut mir leid. Du bist zu spät.»

«Nein, Franka, warte auf mich!» Auch Lux' Stimme hatte jetzt jegliche Ruhe verloren.

«Tut mir leid. Es ist meine Schuld.» Man konnte ihre schnellen Schritte auf dem Steg hören. «Ich lege jetzt auf.»

«Franka, nein!»

Wieder Stille, diesmal blieb sie, bis Lux sie durchbrach.

«Leute, ich hoffe, ihr habt alles gehört? Die Wasserpolizei muss uns einsammeln, wir müssen hinterher.»

Juha und Selma nickten sich zu. Selma griff nach dem Funkgerät. «Lux, wir sehen uns am Fähranleger.»

Das Funkgerät klickte, und Schweigen breitete sich im Auto aus. Nur der Motor arbeite lautstark an der Schmerzgrenze. Die Elbe kam in Sicht. Hinter den Hafenkränen versank die Sonne in einem blutroten Wolkenmeer.

58

Er fühlte in sich hinein, wartete auf das Adrenalin, wartete auf die Angst. Doch beides kam nicht, blieb einfach aus, als hätte sein Gehirn, sein ganzer Körper in den Notfallmodus gewechselt. Seine Sinne liefen auf Reserve, nahmen nur das Unmittelbare wahr; das monotone Dröhnen des Motors, den Geruch von Metall, Maschinenöl und Flusswasser, das ihm, immer wenn das Schnellboot eine Welle durchbrach, in Form winziger Wassertropfen ins Gesicht stob und einen modrigen Geschmack in seinem Mund hinterließ. Nicht einmal die Kälte machte ihm etwas aus. Der Horizont hatte die Sonne inzwischen verschluckt, so rasten sie unter einem wolkenlosen Himmel über die Elbe. Lux' Blick folgte dem Suchscheinwerfer, der einen ernüchternd kleinen Bereich ausleuchtete, in dem es nichts als schwarzes Wasser zu sehen gab. Diese eigentümliche Ruhe, die in ihm herrschte, hatte er zuvor nur ein einziges Mal erlebt; damals, als ein Unbekannter erst seinen Freund niedergeschossen und dann ihm eine Pistole vors Gesicht gehalten hatte. Nein, das war keine Ruhe. Es war Leere, ein Panzer gegen die Angst.

Lux stand leicht geduckt neben dem Ruderhaus, so weit vorn, wie es das leichte Hafenstreifenboot erlaubte, und hielt die Reling mit beiden Händen fest. Das Boot hatte mit zwei weiteren vom Wasserschutzpolizeikommissariat 1 im südlichen Hafen abgelegt und sie an einer geeigneten Schlepperbrücke an Bord genommen. Das Prozedere hatte sie fast fünfzehn Minuten gekostet – fünfzehn Minuten, von denen jede einzelne eine Qual für Lux gewesen war, weil sie ihn zur Tatenlosigkeit verdammte. Er drehte sich zu Juha um, der mit einem Kollegen der Wasserschutzpolizei, zwei Sanitätern und der Steuerfrau im Ruderhaus stand und keine Anstalten machte, ihn von der Sinnlosigkeit seines Postens zu überzeugen. Ihr Boot machte gut zwanzig Knoten, eine kleine Motoryacht schaffte vielleicht fünfzehn, schätzte Lux. Das zweite Boot, auf dem sich sechs MEK-Beamte befanden, zog backbord an ihnen vorbei. Lux merkte, dass die kalte Feuchtigkeit seine Kleidung durchdrungen hatte, sein Gesicht und seine Hände waren bereits gefroren.

Es vergingen weitere quälend zähe Minuten, und Lux begann jetzt doch nervös zu werden, weil sie womöglich an dem anderen Boot vorbeigefahren waren, als er steuerbord etwas aus dem Augenwinkel wahrnahm. Er konzentrierte sich auf die Stelle und war schon fast überzeugt, dass es sich um eine Sinnestäuschung gehandelt hatte, als er die Umrisse der Yacht erkannte. «Scheinwerfer nach rechts!», rief er, doch der Lärm der Maschine übertönte ihn. Er wankte zum Fenster des Fahrerhauses, klopfte an die Scheibe und deutete mit großen Bewegungen in die Richtung, in der er die Yacht gesehen hatte. Die Köpfe im Inneren drehten sich zu ihm, und Juha trat an die Tür, spähte seinerseits in die Nacht. Die Steuerfrau drosselte augenblicklich das Tempo und schlug das Ruder ein, doch Lux dauerte das alles zu lange. Kurz entschlossen arbeitete er sich bugwärts und kletterte auf allen vieren bis zum Scheinwerfer, der an der Spitze des Bootes angebracht war. Er drehte ihn von Hand, und dann erschien es auf einmal im Lichtkegel: ein Geisterschiff, wie eine weiße Schablone aus dem Schwarz gestanzt. An Bord war niemand zu sehen, und die schmalen Fenster der Kabine starrten ihn an wie leere Augenhöhlen.

Er signalisierte der Steuerfrau, dass sie näher an die Yacht heranfahren sollte. Sie folgte seiner Anweisung und brachte ihr Boot mittschiffs, was in Lux' Wahrnehmung wieder eine halbe Ewigkeit dauerte. Noch immer konnte er auf dem anderen Deck nichts erkennen, außer Dunkelheit. Als die Fender endlich Kontakt mit der Yacht aufnahmen, ging ein Stoß durch ihr Boot, Lux drohte das Gleichgewicht zu verlieren und fing sich gerade noch ab. Juha lehnte sich aus der Tür und brüllte etwas, doch da war Lux schon gesprungen. Er landete und rutschte augenblicklich auf dem klitschnassen Deck aus. Sein Knie verdrehte sich, er schlug hart auf, und ein betäubender Schmerz schoss durch sein ganzes Bein. Doch er rappelte sich hoch. Er schaute auf seine Hände und sah, dass sie schwarz waren, ohne zu begreifen, worin er da eben ausgerutscht war. Das Polizeiboot sackte in ein Wellental, und für eine Sekunde glitt der Lichtkegel des Scheinwerfers über seine Hände und über das Deck. Das Blut an seinen Händen leuchtete auf, glitzerte genauso wie der Boden unter seinen Füßen. Er stand in einer gewaltigen Blutlache, in der jemand lag, mit dem Gesicht nach unten, zusammengekauert und bewegungslos. Lux fiel auf die Knie und zog an dem leblosen Körper, drehte ihn um, und dann schrie er aus Leibeskräften: «Hilfe!» Doch noch immer spürte er diese Leere. Er sah in Frankas bleiches Gesicht, hielt es zwischen seinen Händen, und trotzdem war da nichts als stumme Leere in ihm.

Er hatte nicht mitbekommen, wie Juha und die anderen das Boot vertäut und ausgebremst hatten. Erst als Juha hinter ihm stand und ihn wegziehen wollte, riss die innere Fessel, und er schrie sie an. «Franka!» Sie regte sich nicht.

«Lux», sagte Juha gedämpft, aber eindringlich. «Geh zur Seite, lass die Sanitäter vor.»

Er zog ihn an den Schultern in Richtung Heck, und dieses Mal ließ Lux es zu. Einer der Sanitäter beugte sich über Franka, redete mit ihr, der zweite leuchtete mit einer Taschenlampe, schüttelte den Kopf und murmelte: «Viel zu viel Blut.» Der andere nickte und sagte in quälend professioneller Gelassenheit: «Bauchaorta.»

Lux fing sein Schluchzen mit einer Hand vor dem Mund auf, jetzt war die falsche Ruhe weg, und er fühlte nichts als bleischwere Angst.

Er merkte, wie Juha seine Arme um ihn schlang, wollte das nicht, doch es fühlte sich gut an, und er spürte die Wärme, die von seiner Brust ausging. Die Sanitäter öffneten Frankas Jacke und schnitten die Kleidung an ihrem Oberkörper auf. Lux sah sie stutzen, zögern, wollte schreien, sie sollten nicht so tatenlos herumstehen. Sie zogen Frankas Kleidung weiter auseinander, drehten sie auf die linke, dann auf die rechte Seite. Lux sah ihre Haut im Scheinwerferlicht weiß leuchten, verstand nicht, was passierte. Juhas Arme schlossen sich noch fester um ihn. Dann ließ der Sanitäter mit der Taschenlampe seinen Lichtkegel an Franka auf und ab wandern. Die beiden schauten sich an, dann Juha. «Sie scheint unverletzt.» Juha ließ Lux los und ging, eine Hand an der niedrigen Reling, zu ihnen. «Was ist mit ihr?», hörte Lux ihn sagen. Der Sanitäter, der bei ihr kniete, zuckte mit den Schultern. «Sie ist bewusstlos, hat aber keine äußeren Verletzungen.» Sein Blick kreiste über das Deck. «Jedenfalls keine, die einen solchen Blutverlust erklären würden. Ich hatte mich schon gewundert, warum sie überhaupt noch atmet. So einen Blutverlust überlebt keiner.»

Der andere Sanitäter schüttelte bestätigend den Kopf.

«Frau Cordes, hören Sie mich?» Juha tätschelte ihr vorsichtig die Wange. Franka schlug die Augen auf und wollte sich aufrichten, die Sanitäter hielten sie zurück. «Ganz langsam, ruhig.»

«Chloe?», rief sie und schaute sich hektisch um. «Wo ist sie?» Ihr Blick ging flehend zu Juha. «Chloe?», rief sie erneut, fand offenbar plötzlich eine Erinnerung und drehte sich auf den Bauch, wollte in Richtung Kajüte kriechen. Juha gab den Sanitätern ein Zeichen, sie sollten sie nicht weglassen, nahm dem einen seine Taschenlampe ab und ging zu der engen Treppe, die nach unten führte. Lux war jetzt hinter ihm. Sie stiegen die schmalen Stufen hinab, und ihre Blicke folgten dem Schein der Taschenlampe. Zuerst nahmen sie den Geruch wahr, dann sahen sie die Füße. Juha fuhr mit der Lampe den Körper entlang. Helle Schilling saß zusammengesackt in der Ecke einer Sitzbank. Ihr Blick traf ihn, in ihm lag etwas Erwartungsvolles, und es hätte Lux nicht gewundert, wenn sie sie im nächsten Moment angesprochen hätte. Nur das winzig wirkende Loch über dem Auge wies darauf hin, dass etwas nicht in Ordnung war. Juha trat zu ihr. Ein schmales Rinnsal Blut war aus der Wunde ausgetreten. Fast sah es aus, als würde ihr einfach eine Strähne nassen Haares im Gesicht kleben. Juha legte seine Finger an ihren Hals, auch wenn ihm längst klar sein musste, dass er kein Lebenszeichen mehr feststellen würde. Dann ließ er den Lichtkegel der Taschenlampe langsam durch den Raum wandern. Lux riss sich vom Anblick der toten Helle Schilling los und folgte dem Licht, in der Erwartung, dass jeden Moment die Gliedmaße eines weiteren Körpers im Schein der Lampe auftauchen würden.

«Nichts», sagte Juha schließlich. «Chloe ist nicht hier.» Er atmete lange aus, wie um die Totenluft vollständig aus seinen Lungen zu pressen, bevor er zurück an Deck ging.

Lux folgte ihm nach oben und alsdann seinem Blick, der durch die Dunkelheit ging, über das schwarze Wasser der Elbe hinweg, bis zum Horizont, wo die Lichtkuppel des Hafens den Nachthimmel erhellte.

«Sie muss über Bord gegangen sein», flüsterte Juha, und Lux schaute sofort zu Franka, ob sie es gehört hatte. Doch ihre

Augen waren wieder geschlossen. Der Sanitäter verpackte gerade die Beruhigungsspritze, die sie ihr gegeben hatten.

«Wir finden sie.» Juha wandte sich ab, und sein Blick ließ keinen Zweifel daran, dass er ihren Leichnam meinte.

59

Es war warm, und er trug ein gelbes T-Shirt mit einer Palme darauf, was eigenartig war, weil er kein solches Kleidungsstück besaß. Aber Franka gefiel es gut: «Du siehst so sommerlich aus.» Stimmt, das war doch sein T-Shirt. Warum trug er das eigentlich nicht öfter? Warum trug er es nicht immer? Vielleicht gab es noch andere Dinge, die er von nun an anders machen sollte. «Ich verschenke alle meine Anzüge und kaufe mir haufenweise bunte T-Shirts, wie findest du das?»

Franka trug ein helles, dünnes Kleid, Lux sah die Konturen ihrer Brüste durch den leichten Stoff schimmern. Sie lachte und sagte: «Aber wir haben gar keinen Platz dafür.»

Stimmt, da hatte sie recht. Er schaute sich in seiner Wohnung um, die tatsächlich viel zu klein war. Man konnte sich kaum um die eigene Achse drehen, ohne sich auf die Füße zu treten. Sie waren sich jetzt ganz nah, hielten sich umschlungen, und Lux begann zu lachen, weil er nicht glauben konnte, wie er es jahrelang in einer so kleinen Wohnung ausgehalten hatte. Es war ihm auch etwas peinlich, dass er gedacht hatte, sie könnten zu zweit in dieser kleinen Wohnung leben. «Wir sollten doch lieber bei dir wohnen, meinst du nicht?», sagte er.

«Oder wir nutzen einfach noch die anderen Zimmer.»

«Welche anderen Zimmer?», fragte Lux.

«Na, die hinter der kleinen Tür. Komm, ich zeig's dir.»

Sie ging zur Wohnzimmertür, und dahinter war eine kleine Tür, die Lux zwar entfernt bekannt vorkam, die er aber aus einem ihm unerfindlichen Grund noch nie geöffnet hatte. Die Tür war aus Holz, nur etwa vierzig Zentimeter hoch und zwanzig Zentimeter breit und in der Farbe der Wand gestrichen, sodass man sie leicht vergessen konnte. Sie öffnete die winzige Tür und schaute hinein. «Siehst du?» Sie kroch hindurch, und Lux folgte ihr. Irgendwie passte er doch ganz gut hindurch und musste sich nicht mal ducken. Eigentlich war es auch eine ganz normale Tür. Sogar eine besonders hohe, wie in der Wohnung von Juha und Maria. Der Raum dahinter war groß, und die Sonne schien durch die hellen Vorhänge, die sich vor den halb geöffneten Fenstern in einem leichten Wind wie Segel aufblähten. «So viel Platz», strahlte Franka und machte ein paar Tanzschritte durch den Saal. «Und hier ...», sie öffnete eine große Flügeltür, hinter der noch ein weiterer mindestens ebenso großer Raum lag. «Hier ist noch mehr Platz.»

Lux fasste sich an den Kopf. Wie ärgerlich, dachte er, da wohnst du seit Jahren in dieser Wohnung und hast nicht gewusst, dass hinter dieser Tür noch so viel Platz ist. Jetzt ergab es auch Sinn, dass er so viel Miete zahlte. Und der Blick. Sonst schaute er immer auf die graue, verschneite Straße und eine wenig einladende Bäckerei, vor der einsame Menschen in Plastikstühlen saßen, rauchten und Kaffee tranken. Doch von diesem ihm bisher unbekannten Teil seiner Wohnung konnte man das Meer sehen. Der Balkon ging direkt zum Strand hinaus.

Franka ging schwimmen. Lux schaute ihr zu und schlenderte barfuß durch den warmen Sand. Franka stand bis zur Hüfte im blauen Wasser, mit dem Rücken zu ihm. Er ging zu ihr, weil er ihr Gesicht sehen wollte. Aber es gelang ihm nicht. Im Wasser waren seine Schritte schwerfällig, er ging um sie herum. Doch sie schien nur noch Rücken und Hinterkopf zu sein. Lux bemerkte, wie er Angst bekam, das war unmöglich. Dann, endlich, sah er ihr Gesicht, es war seinem ganz nah. Doch es sah anders aus. Besorgt, angsterfüllt, fast verzweifelt. Das Meer war nun nicht mehr blau, sondern grau und trüb, und der Himmel hatte sich zugezogen, die Kälte kroch durch seinen Körper. Franka schaute auf das Wasser und sagte etwas. «Chloe», rief, nein schrie sie. Sie war so schnell, dass er kaum hinter ihr her kam, das Wasser reichte ihnen jetzt bis zur Brust. Es war eiskalt. «Franka, bleib hier, die Flut kommt.» Doch sie schrie immer weiter den Namen ihrer Schwester. «Chloe? Wo bist du? Chloe, komm zurück. Bitte, komm zu mir zurück.»

Juha stand auf dem mit Muscheln und Seepocken übersäten Kai, der tief ins Meer ragte, und rauchte, schüttelte den Kopf. «Hier gibt's gar keine Ebbe und Flut. Also nur minimal. Das ist schließlich das Mittelmeer.»

«Aber wieso denn? Wir waren doch eben noch auf der Elbe?», fragte Lux. Juha blies den Rauch aus und schnippte die Asche ins Meer. Er nickte. «Mhm. Das hat mich auch gewundert.»

«Hast du meine riesige Wohnung gesehen?», fragte Lux.

«Nee.»

«Hier hinter der Tür», sagte Lux und zeigte auf die kleine Tür hinter der Wohnzimmertür. Doch die Tür war nicht mehr da. Lux überlegte, ob er sich geirrt hatte. «Wo ist Franka? Sie weiß, wo die Tür ist.»

Juha rauchte immer noch und zuckte mit den Schultern. Er nahm einen Schluck von seinem Kaffee. Die Tasse war braun meliert, weil der Kaffee beim Nachschenken übergeschwappt war. Er rückte den Plastikstuhl ein Stück nach vorne, der knatternd über den Bürgersteig schabte. Das Knattern des Plastikstuhls ging Lux durch Mark und Bein.

60

Juha erschrak selbst ein bisschen, als das schabende Geräusch des Stuhls die Stille der Krankenhausstation unterbrach, doch wenigstens war Lux davon aufgewacht. «Entschuldige.» Er setzte sich neben ihn. Lux sah sich irritiert um: «Was?» Offenbar war ihm gar nicht bewusst, dass er geschlafen hatte.

«Warst du die ganze Zeit hier? Ich hab dich gesucht.» Juha schaute den langen Gang der Station entlang. Es war ruhig, hier gab es keine Notfälle, keine Eile. Wer hier ein Bett hatte, war nur zur routinemäßigen Beobachtung da.

«Nein.» Lux zupfte sein Sakko zurecht. «Doch.» Er blinzelte. «Wurde sie gefunden?»

Juha schüttelte den Kopf. «Sie suchen das Ufer auf beiden Seiten nach Chloe ab. Die Taucher haben uns gleich gesagt, dass wir uns nicht zu viele Hoffnungen machen sollen. Wir wissen ja nicht einmal, wann und wo sie über Bord gegangen ist. Und die Strömung in der Fahrrinne ist stark.»

«Irgendwann wird sie auftauchen.»

Juha nickte.

«Was ist mit dem Boot?»

«Die KTU ist dran, aber besonders ergiebig sind die Spuren nicht, zumindest an Deck. Das Wetter und wir haben da ganz schön Unordnung gemacht.» Juha zuckte mit den Schultern. «Ging halt nicht anders.»

«Nein.»

«Wir haben sie gefunden, Lux. *Du* hast sie gefunden.»

Lux stützte die Ellenbogen auf die Knie und atmete lange aus.

«Hast du was von den Ärzten gehört? Können wir mit ihr sprechen? Sie muss die Lücken füllen.»

Lux nickte. «Sie ist den Umständen entsprechend wohlauf.» Auf Juhas Schweigen hin ergänzte er: «Ich dachte, ich warte auf dich.»

«Gut. Gehen wir rein.»

Franka Cordes war zwar wach, doch das Erlebte und die Trauer über den Verlust ihrer Schwester zeigten deutliche Spuren in ihrem Gesicht. Juha vermutete, dass sie weiterhin Beruhigungsmittel bekam. «Hallo, Frau Cordes. Ich spare mir die Frage, wie es Ihnen geht. Ich kann es mir vorstellen.» Er zog sich einen Stuhl heran und setzte sich, nicht zu nah, an ihr Bett. Lux nahm halb auf der Fensterbank Platz. Sie schaute kurz zu ihm hinüber und versuchte, sich dann auf Juha zu konzentrieren.

«Wir untersuchen den Vorfall, so genau wir können. Aber wir brauchen Ihre Hilfe, um zu verstehen, was auf dem Boot passiert ist. Wollen Sie uns dabei helfen?»

Sie nickte.

«Wissen Sie noch, wie Sie auf das Boot gekommen sind?»

Ihr Mund verzog sich unwillkürlich, und Juha war sich nicht sicher, ob ihr die Erinnerung diesen Schmerz bereitete oder die Erkenntnis, dass sie es nicht wusste. Auch eine Lücke konnte einem gehörige Angst bereiten, das wusste Juha. «Wir haben keine Eile. Versuchen Sie, sich zu erinnern.»

Sie schnappte nach Luft und ließ sie langsam durch die blassen Lippen wieder ausströmen. «Ich habe Helle gesehen, wie sie auf das Boot gegangen ist. Kurz darauf ging der Motor an. Ich weiß nicht, warum sie nicht auf mich gewartet hat.»

«Helle?»

Franka nickt abwesend. «Ich bin dahin gelaufen, dann ist das Boot losgefahren, und ich bin an Bord gesprungen.»

«Wir waren praktisch dabei, Frau Cordes. Ihr Telefonat mit Lux, wir haben es mitgehört.» Juha blickte zu Lux, doch der sah nur Franka an. Sie überging die Tatsache, dass Lux entgegen seinem Versprechen mit Verstärkung gekommen war. Selbst ihr war wohl mittlerweile klar geworden, dass das die einzig richtige Entscheidung gewesen war. Auch wenn die Erkenntnis zu spät gekommen war und zwei weitere Menschen das Leben gekostet hatte.

«Was passierte dann?», fragte Juha weiter. Franka hatte Mühe, sich zu konzentrieren: «Meine Schwester stand am Steuer, sie hatte eine ...» Sie zögerte, als zweifle sie ihre eigene Erinnerung an. «Sie hatte eine Pistole in der Hand. Eine echte Pistole. Sie sagte: ‹Du bist ja doch gekommen›, so als sei es das Normalste der Welt. Aber ich habe in ihren Augen gesehen, dass es nicht mehr die Chloe war, die ich kannte. Sie hat mich angelächelt, und plötzlich hatte ich Angst vor ihr. Ich habe sie gefragt, wo Helle ist. Da hat sie nur mit dem Kopf in Richtung Luke genickt. Ich hab gar nichts gesagt, bin zur Luke gegangen, Chloe schien es nicht zu bemerken. Ich bin nach unten gegangen, Helle saß auf dem Boden, mit den Händen hinter sich gefesselt. ‹Wo warst du denn?›, hat sie geflüstert und dass ich sie losmachen soll. Ich habe es auch versucht, aber sie war mit diesen Plastikdingern an der ...», sie malte mit dem Finger Kreise in die Luft, «... an so einem Gestänge festgemacht.» Sie zuckte mit den Schultern und wischte sich über die Augen.

«Mit Kabelbindern?»

«Ja, Kabelbinder.» Franka nickte. «Helle sagte, ich solle in ihre Hosentasche greifen, da sei ein Messer drin. Ich habe hineingegriffen, das Messer genommen, habe es aufgeklappt und die Kabelbinder durchtrennt.» Sie hielt sich die Hand vor den Mund. Während der letzten Worte war ihre Stimme gebrochen, als gestehe sie ein Verbrechen, dessen schreckliches

Ausmaß ihr erst durch das Aussprechen bewusst wurde. «Ich habe meine Schwester auf dem Gewissen», presste sie durch die Tränen.

«Das war nicht mehr deine Schwester», sagte Lux leise.

Juha fragte weiter. «Was hat Helle getan, nachdem Sie sie befreit haben?»

Franka versuchte jetzt, sich zusammenzureißen. Ihre Stimme klang nasal und kurzatmig. «Sie hat mich so komisch angeguckt, als sei ich ein ekliges Insekt. Dann hat sie mich geschubst, ich bin hingefallen und hab mir den Kopf angehauen.» Instinktiv fuhr sie sich mit der Hand über den Hinterkopf. «Helle ist nach oben, ich musste mich aufrappeln, bin hinterher. Helle ging von hinten auf Chloe zu, die hatte immer noch die Pistole in der Hand. Ich rief ihren Namen, um sie zu warnen, und sie drehte sich um. Ich weiß noch, dass sie gelächelt hat. In dem Moment traf sie das Messer in den Hals. Helle ließ es vor Schreck los, ich habe geschrien. Chloe hat Helle nur komisch angeguckt, das Messer steckte noch in ihrem Hals. Sie hat es angefasst, und sofort kam ein kleiner Strahl Blut neben der Klinge herausgeschossen. Ich bin Chirurgin.» Kurz sah es aus, als würde Franka gleich auflachen, doch die Luft blieb ihr weg. «Es liegt wohl ... am Kontext.»

Juha zog fragend die Augenbrauen zusammen, sie sah ihm ins Gesicht, ihre Pupillen waren geweitet, was ihre Augen noch dunkler als sonst erscheinen ließ. «Mir wurde von dem Blut schwindelig, ich dachte, ich werde ohnmächtig. Helle stand da, als würde sie nicht verstehen, warum Chloe nicht einfach tot umfiel. Chloe hob die Pistole, Helle fing an zu schreien, wollte sich mit den Händen schützen und versuchte wegzurennen.» Sie schüttelte den Kopf. «Chloe ging ihr hinterher, die Pistole auf sie gerichtet, und Helle ist panisch rumgerannt, wie ein Kalb vor der Schlachtbank. Sie hätte über Bord springen sollen. Ich habe Chloe angeschrien. Helle ist nach unten gerannt, wollte die Tür zumachen, aber hat es nicht geschafft, Chloe kam ihr hinterher. Wie so eine wandelnde Tote, ihr Blick, die Pistole und das Messer, das immer noch in ihrem Hals steckte. Helle saß endgültig in der Falle. Dann kam der Knall. Ich konnte mich plötzlich nicht mehr bewegen, war wie versteinert. Es war fast wie in einem Traum, aus dem man verzweifelt versucht aufzuwachen. Ich hab mich auf den Boden gleiten lassen und in den Himmel gestarrt. Zu mehr war ich nicht fähig.» Wieder verzog sich ihr Gesicht in einem tiefen Schmerz. Noch einmal riss sie sich zusammen, schluckte, ließ zitternd die Luft aus ihrer Lunge entweichen.

«Atmen Sie mal ganz langsam und vor allem lange aus.»

Sie folgte Juhas Rat und blies langsam, mit verkrampft gespitzten Lippen die Luft aus. Es dauerte eine Weile, bis sie weitersprechen konnte. «Ich habe mich hingelegt, in den Himmel geschaut und in die Sterne, als könnte ich dadurch einfach vergessen, wo wir waren und was passiert war. Chloe legte sich neben mich, nahm meine Hand.» Franka sah auf, als erwache sie aus einer Trance. «Das ist das Letzte, an das ich mich erinnere. Dann waren Sie da.»

«Eine letzte Frage: Können Sie sich erinnern, ob entweder Helle oder Ihre Schwester Geld dabeihatten?»

Franka sah ihn irritiert an, weswegen Juha ergänzte: «Wenn Helle vorhatte, Chloe für ihr Schweigen zu bezahlen, dann müsste sie ja Geld dabeigehabt haben. Haben Sie dieses Geld gesehen?»

Franka schaute auf ihre Bettdecke.

«Denken Sie, dass Ihre Schwester Helle Schilling unter dem Vorwand Schweigen gegen Geld auf das Boot gelockt hat, nur um sie dann zu töten?»

«Hätten Sie mich das gestern gefragt ...» Sie sah auf. «Die

Frau auf dem Boot war nicht mehr meine Schwester. Die Chloe, die ich kannte, ist schon lange fort.»

Juha nickte. «Ich danke Ihnen, Frau Cordes. Das genügt uns fürs Erste. Sie sollten sich weiter ausruhen. Wir schicken Ihnen in Kürze einen Psychologen. Und Lux bleibt bestimmt auch in der Nähe. Der ist nämlich bis auf Weiteres vom Dienst freigestellt.»

Lux zuckte nicht mal, und Juha dachte, dass es ihm vielleicht sogar ganz lieb war.

Juha stand auf und wies Lux mit einer Kopfbewegung an, ihm zu folgen.

Draußen auf dem Flur standen sie voreinander. «Es passt. Was sie erzählt hat, passt alles.»

«Die gleichen Kabelbinder?»

Juha nickte. «Ja, die gleichen Kabelbinder wie in Schillings Sauna. Lagen unter einem Rohr. Auch die erste Untersuchung der Blutspuren passt genau zu dem Hergang, den sie beschreibt. Chloes Blut findet sich im Führerhäuschen, eine Spur führt unter Deck und wieder hinaus, dann scheint sie das Messer rausgezogen zu haben. Dadurch die große Blutlache auf dem Deck. Du bist ganz schön darin rumgeschlittert, aber die KTU sagt, es gibt Spuren, die so aussehen, als wäre etwas Schweres, vermutlich ein Körper, aus der Lache unter der Reling hindurch von Bord gerutscht. Vielleicht eine Welle, ein Stoß, der das Boot getroffen hat, wir wissen es nicht. Und es wurde noch etwas gefunden.»

Lux wartete geduldig, bis Juha es von sich aus sagte. «Die Waffe. Es wurde eine Pistole gefunden, die zu der Kugel passen könnte, die wir aus Wichmanns Wand geholt haben. Nicht registriert. Das Messer hingegen scheint mit über Bord gegangen zu sein. Ebenso Helles Geld. Falls es denn jemals da war.»

«Also gehen wir davon aus, dass Helle in diesem Fall das

Opfer war? Keine Falle? Chloe hat Arvo vor die Bahn gestoßen?»

«Es passt zusammen, auch wenn es sich unbefriedigend anfühlt.» Juha klopfte Lux auf den Oberarm. «Bist du okay?»

Lux nickte.

«Gut.» Juha drehte sich um und ging, ohne sich noch einmal umzudrehen.

Am Kaffeeautomaten machte er halt und zog sich einen Irish Coffee. Der war natürlich nur aromatisiert und enthielt keinen Alkohol, auch wenn Juha in diesem Moment nichts dagegen gehabt hätte. Juha ging hinaus, und obwohl die Nacht ruhig war, tobte ein Lärm in seinem Kopf, der eine solche Sehnsucht nach dem stillen Moment am Morgen entfachte, dass er glaubte, zerspringen zu müssen. Nichts wollte er in diesem Moment dringender, als sich einfach in Marias Schoß fallen zu lassen.

61

SECHS MONATE ZUVOR

Sie lagen da und schauten in den Himmel, der voller Sterne war. Chloe griff nach ihrer Hand. Franka kicherte leise, als sie an die letzten Stunden dachte. Ein bisschen hatte es sich wie früher angefühlt. Das dezente Schamgefühl, das einen ab einem gewissen Alter überkam, wenn man kurz vor Ladenschluss zu laut lachend in einen Supermarkt stolpert, um Alkohol zu kaufen, und jedem war klar, dass man gerade über die Stränge schlug. An der Kasse hatten sie sich zusammengerissen. Vergebene Liebesmüh, hatten sie doch ohnehin bereits alle Aufmerksamkeit auf sich gezogen. Der Kassierer hatte nicht mit der Wimper gezuckt, worüber sie wiederum in Gelächter ausgebrochen waren. Chloe hatte ihn wohl provoziert, aber Franka wusste nicht mehr, wie; irgendetwas Harmloses hatte sie gesagt. Franka fühlte sich befreit. Andererseits waren sie in einem Ferienort, in dem es natürlich keine Seltenheit war, dass erwachsene Leute sich wie Jugendliche gebärdeten und nach Einbruch der Dunkelheit angetrunken und ausgelassen mit einer Palette Dosenbier durch die Gänge des *Carrefour Express* polterten.

Chloe sprang auf und begann, über den Sand zu tanzen und dabei zu singen. Kein bestimmtes Lied, bloß irgendwelche Dadida-Gesänge. Sie breitete die Arme aus und drehte sich, bis ihr schwindelig wurde. Franka schloss die Augen und konzentrierte sich auf ihre Atmung. Der Sand zog sie nach unten, tief in seine eigens für sie geformte Mulde, wie ein wärmender Schoß. «Bist du noch high?», fragte sie, ohne die Augen zu öffnen.

«Ich bin überhaupt nicht high. Ich war nur mein ganzes Leben lang low», stellte Chloe fest, hielt inne, ganz außer Atem. Franka öffnete die Augen und sah zu ihr auf, Chloe stand da, den Kopf nach oben gereckt, als empfange sie nach Monaten der Dürre einen befreienden Regen. Ihr Körper schwang im Rhythmus der Erde langsam hin und her. «Ich habe die andere Seite gesehen, Franka», wisperte sie und lächelte. «Das Licht war so warm, und es strahlt immer weiter, es hört nicht auf.» Sie jauchzte und hob die Arme in den Nachthimmel.

Franka lachte unhörbar. «Welche andere Seite?»

«Das war nicht einfach nur eine Vision, Franka.» Chloe ließ sich vor ihr auf die Knie fallen und griff wieder nach ihrer Hand. «Es war, als würde einem der Schleier, mit dem wir als Menschen auf die Welt kommen, plötzlich von den Augen gerissen. Die Welt ist voller Geister, wir sehen sie nur nicht. Wir sind die ganze Zeit blind, verstehst du? Weil wir es nicht sehen *wollen*. Wir sind so sehr darauf fixiert, was wir mit unseren kleinen menschlichen Gehirnen zu sehen erwarten, mit unseren ganzen Normen und unseren Beschränkungen, dass uns die Wahrheit verborgen bleibt.»

«Was ist die Wahrheit?»

«Dass da eine immense Fülle von Sein hinter dem Sichtbaren ist. Das Leben ist nur eine Illusion derer, die wir die Lebenden nennen, ein beschränkter, klitzekleiner Ausschnitt, als würde man alles durch ein umgedrehtes Fernrohr sehen. Oder durch eine Klorolle. Der Tod ist das größere Sein.»

«Wenn einem der Tod so häufig begegnet wie mir, dann denkt man darüber etwas anders.»

«Das ist doch genau das, was ich meine», rief Chloe aus. «Du kannst es nur nicht sehen.»

«Ich sehe es jeden Tag. Ich schneide, drücke und nähe den ganzen Tag an Körpern herum, und solange das Herz schlägt, lebt der Körper, ist er ein Mensch, den ich operiere. Doch wenn das Herz aufhört zu schlagen, dann ist da nur noch ein großer Klumpen aus verdichtetem Wasserstoff, Sauerstoff, Kohlenstoff und Stickstoff. So leid es mir tut, kleine Schwester: Da oben ist nichts.» Ihren letzten Worten haftete bereits die Schwere einer plötzlich über sie hereinbrechenden Müdigkeit an.

«Ich weiß genau, dass du erkennen wirst, dass du unrecht hast.» Chloe zog ihre Schuhe aus, T-Shirt und Shorts fielen neben Franka auf den Sand. «Komm, wir gehen schwimmen!» Doch die Worte waren nur Schallwellen, die an Franka vorbeizogen und in der Nacht verschwanden. Sie blinzelte ein letztes Mal, sah Chloes Schuhe neben sich im Sand liegen und schloss die Augen wieder. «Ich komme nach», wisperte sie. Dann schlief sie ein.

62

Lux wartete ab, bis das knappe Dutzend Trauergäste in die Kapelle gegangen war, bevor auch er sich in Bewegung setzte. Die schneidende Kälte an diesem Februarmorgen hatte die Gäste nicht lange auf dem Vorplatz verweilen lassen, trotzdem war Lux jetzt durchgefroren, rieb sich die Hände. In den letzten zwei Wochen hatte er sich wenig im Freien aufgehalten, sondern den erneuten Kälteeinbruch durch mit Eisblumen beschlagene Fenster aus sicherer, wärmender Warte verfolgt. Er ging auf das runde, verklinkerte Gebäude zu, das höchstens in Ansätzen sakrale Bauelemente aufwies und in seiner betonierten Schlichtheit eher an ein kafkaeskes Institut für Gehirnwäsche als an einen Ort der christlichen Kontemplation erinnerte.

Die gläserne Tür war schwer, aber leise, sodass seine Ankunft unbemerkt blieb. Ein zugeknöpfter Gitarrist spielte gerade die akustische Version einer Blink-182-Ballade aus den frühen Zweitausendern, die damals im Radio hoch- und runtergelaufen war. Franka saß in der ersten Reihe neben einem Mann, der ihr Vater sein musste. Lux ließ den Blick zur Decke wandern. Von innen war die Kapelle überraschend schön. Das Sonnenlicht, das durch kleine bunte Fenster fiel, warf kaleidoskopische Lichtspiele an die weißen Wände. Er setzte sich und brauchte einen Augenblick, um die Irritation, die er empfand, greifen zu können. Es gab keinen Sarg, natürlich nicht. Stattdessen stand neben dem massiven Rednerpult ein großes Foto auf einer Staffelei. Lux kannte das Bild, es war ein vergrößerter Ausschnitt des Fotos, das er in Chloes Waldhütte gesehen hatte und das eigentlich beide Schwestern nebeneinander zeigte. Das Foto, auf dem Chloe eine Fröhlichkeit ausstrahlte, die der Chloe, die er kennengelernt hatte, abhandengekommen zu sein schien. Es war älteren Datums, aber Lux dachte, dass es vielleicht das letzte war, auf dem Chloe lächelte, weswegen die Familie sich für dieses Bild entschieden hatte.

Die letzten Töne verklangen, der Gitarrist stand schweigend auf und zog sich an den Rand zurück. Ein Geistlicher in ziviler Kleidung begrüßte die Gäste, sagte ein paar einleitende Worte und gab Franka dann ein Zeichen. Sie stand auf und trat hinter das Pult, aus dem ein Schwanenhals-Mikrofon ragte. Dann sah sie ihn an, und ein sanfter Stich fuhr durch seine Brust. Er bemühte sich um einen Ausdruck der Erwartungslosigkeit, er wollte sie nicht ablenken. Endlich löste sie ihren Blick von ihm und ließ ihn auf den kleinen Zettel sinken, den sie unbemerkt aus ihrer Manteltasche auf das Rednerpult geschmuggelt hatte. Sie räusperte sich und begann mit bemerkenswert klarer Stimme zu sprechen.

«Liebe Chloe, ich muss, wir alle müssen nun Abschied von dir nehmen. Auch wenn nichts mir je schwerer gefallen ist. Nichts macht mir so sehr Angst wie der Gedanke, dass du fort bist. Nichts fürchte ich mehr als ein Leben ohne dich.»

Ihr Blick huschte zum Foto, dann kurz auf ihren Zettel. «Zwischen uns gab es ein Band, das wir immer für unzerstörbar hielten, seit wir kleine Mädchen waren. Nichts konnte uns trennen; das haben wir geglaubt, und wir wurden nicht müde, es lautstark zu behaupten. Nichts auf der Welt kann uns trennen, dass ihr es nur alle wisst!» Verhaltenes Lachen raunte durch die Reihen der Trauergäste. Franka schaute kurz auf, lächelte scheu. Ihre Stimme wurde höher und rauer. «Wenn man ein Kind ist, dann ist der Tod noch nicht Teil dieser Welt. Er ist etwas Abstraktes. Ein Vogel liegt im Garten, und Mama sagt, der Vogel sei tot. Man ist acht Jahre alt und traurig darüber, dass der Vogel nicht mehr fliegen kann, doch mit uns hat dieses ‹tot› ja nichts zu tun. Man wird älter, der Hund wird begraben, und Großeltern sterben, sind auf einmal weg, wieder ist da das Traurigsein, aber man gewöhnt sich bald daran, denn noch immer hat der Tod mit einem selbst nicht das Geringste zu tun.

Wir studieren Medizin, plötzlich geht es ständig um den Tod. Und immer noch bleibt er eine Kraft, eine Macht, die an uns wirkungslos abprallt. Der Tod wird zum Beruf, wir kämpfen gegen den Tod, doch manchmal sterben die Menschen trotzdem. Langsam wird klar, dass wir schwächer sind als der Tod. Dass wir um seine Gunst buhlen müssen, um ihn im Zaum zu halten, dass nicht wir Lebenden es sind, die die Bedingungen stellen. Und auf einmal frage ich mich: Wie unzerstörbar ist das Band zwischen uns, Franka und Chloe, wirklich? Und dann kamst du, Chloe, und hast mir etwas gezeigt. Du hast mir erklärt, dass dieses Band über den Tod hinausreicht. Und auch wenn du jetzt nicht mehr auf dieser Welt bist, so besteht das Band zwischen uns fort. Es ist tatsächlich unzerstörbar gewesen und kein Produkt kindlicher Naivität. Was uns verbindet, dieses undurchtrennbare Band, geliebte Schwester, das überdauert den Tod. Du würdest sagen: Es trickst ihn aus.»

Sie warf dem Foto ein deutliches Zwinkern zu, und erneut war verhaltenes Lachen zu vernehmen. «Auf dieser Erde hast du am Ende einen Weg eingeschlagen, auf dem ich dir nicht mehr folgen konnte. Doch erst als du diese Welt verlassen hast, sind wir wahrhaftig untrennbar geworden.» Franka ging zum Foto und legte ihre Hand darauf. Ihre Stimme war nun leiser, da sie sich vom Mikrofon entfernt hatte. «Ich reiche dir meine Hand hinüber, Chloe, geliebte Chloe. Und ich lasse dich niemals los.»

Lux stand an einen Baum gelehnt und beobachtete die Trauergäste, die sich langsam verstreuten. Frankas Vater verschwand im Nebeneingang zur Sakristei, und Franka zündete sich, etwas abseits, eine Zigarette an. Er gab ihr einen Moment.

Als er zu ihr ging, lächelte sie erschöpft.

«Das war eine schöne Rede», sagte er.

Sie schaute zu Boden. «Danke, dass du da warst.»

«Natürlich.»

Sie warf die halb gerauchte Zigarette weg und trat darauf, schaute ihn an, während sie ihren Fuß schabend hin und her drehte.

Ihr Vater trat aus der Sakristei, kam zu ihnen herüber und beäugte Lux unentschlossen. Franka bemerkte ihn. «Papa, das ist Kommissar Adisa. Er hat mich gefunden und gerettet.»

Lux gab ihm die Hand und sagte: «Es freut mich, Sie kennenzulernen, wenn auch die Umstände trauriger kaum sein könnten. Mein aufrichtiges Beileid.»

«Danke. Aber das ist ja auch Ihr Job, nicht wahr?»

Lux verstand nicht gleich, begriff dann, dass er sich auf Frankas Aussage bezog, Lux habe sie gerettet. «So ist es», sagte er und ließ die Hand los.

Er gab Franka und ihrem Vater einen Moment, indem er sich entfernte. Er hörte, dass sie miteinander redeten, ohne die Worte zu verstehen. Am Ende nickte Franka, und ihr Vater verschwand erneut in der Sakristei.

Sie kam zu ihm und stieß ein müdes Lachen aus. «Entschuldige.»

«Schon okay.»

Jetzt stand sie direkt vor ihm, und er konnte den Zigarettengeruch wahrnehmen. An ihr wirkte der Geruch unheimlich anziehend auf ihn. Er hätte sie gern an sich gedrückt. «Sehen wir uns nachher?»

Sie nickte. Seit zwei Wochen waren sie zusammen, aber bisher wusste es kaum jemand, und Franka wollte Lux ihrem Vater nicht auf der Trauerfeier seiner Tochter vorstellen.

Frankas Vater trug jetzt eine schwere Tasche zu seinem Auto hinüber, einem alten Mercedes Kombi in Rot, und lud sie ein. Der Kofferraum fiel zu. «Franka!»

Franka winkte ihm zu und zündete sich trotzdem eine weitere Zigarette an. «Mein Vater fand es nicht richtig, eine Totenfeier ohne Tote abzuhalten, aber ich habe ihm gesagt, dass es keine Alternative gibt, wenn wir anfangen wollen, es zu verarbeiten.» Sie zog an der Zigarette und begann, in Richtung Auto zu schlendern. Lux begleitete sie. «Wusstest du, dass jemand, der verschollen ist, ein Jahr vermisst sein muss, bis man ihn offiziell für tot erklären darf? Selbst wenn es keine Hoffnung mehr gibt, ihn lebendig zu finden.»

Lux nickte. Natürlich wusste er das.

«Franka, lass uns fahren», rief ihr Vater wieder und klang ungeduldig. Lux berührte sie am Arm, was gleichsam Abschied und Aufforderung war, dem Ruf zu folgen. «Bis nachher.»

«Gut.» Sie ging weiter. Auf halbem Weg drehte sie sich um und lächelte ihn an, dann verfiel sie in einen leichtfüßigen Laufschritt, bis sie ihren Vater erreichte. Er warf Lux einen schnellen Blick zu, fragte sie etwas. Sie schüttelte den Kopf, und ihr Vater schien zufrieden.

63

Und hier kommen wir nun also ins Wohnzimmer.»

Das sehe ich auch selber, dachte Juha und schätzte ab, wie groß der Abstand zwischen seinem Kopf und der Zimmerdecke wohl sein mochte. Keinen Meter jedenfalls.

Der Makler durchschritt den Raum über knarzendes Laminat und öffnete die Balkontür. Straßenlärm und Eiseskälte drangen herein. Der Makler beschloss, die Tür gleich wieder zuzumachen. «Sind Sie mit dem Wagen gekommen?»

Juha schüttelte den Kopf. «Öffis.»

«Dann haben Sie ja schon gemerkt, wie gut die Wohnung angebunden ist. Darf ich fragen, was Sie beruflich machen?»

Hatte der Typ seinen Selbstauskunftsbogen nicht gelesen, oder wollte er nur ein Schwätzchen halten?

«Polizist.»

Ein undefinierbarer Ausdruck irgendwo zwischen Überraschung, Freude und Desinteresse machte sich auf dem Gesicht von Utz Blank breit. Juha hatte sich seinen Namen gemerkt, weil er wie «blitzblank» klang, und zwar zur polierten Glatze des Mannes passte, nicht aber zu den Vorurteilen, die Juha gegenüber seinem Berufsstand zu hegen pflegte.

«Na, dann nehme ich lieber kein Schmiergeld, was? Hahaha. Kleiner Scherz.»

«Glaub ich nicht», brummte Juha.

Utz Blanks Lachen gefror zu in einer Grimasse, die seine falschen Zähne zur Schau stellte. «Wie meinen?», entfuhr es ihm mit unangenehm hoher Stimme.

«Dass das ein Scherz war. Das glaube ich nicht.»

Utz Blank versuchte es noch einmal mit Lachen, aber es

blieb ein «Ha», gefolgt von einem erstickten Jauchzen, das wie die Handbremse von Juhas erstem Fahrrad klang.

«Ich glaube, Sie lassen sich von allen Bewerbern schmieren; und wer Ihnen die meiste Kohle in die Bewerbungsmappe legt, bekommt die Wohnung. Stimmt's?», sagte Juha und lächelte Utz Blank breit an. «Das ist so eine Art stille Auktion, mit dem Unterschied, dass Sie die Gebote aller Bieter behalten. Dafür haben Sie nach Paragraf zweihundertneunundneunzig Strafgesetzbuch mit einer Freiheitsstrafe von bis zu drei Jahren zu rechnen.»

Utz Blank wollte gerade losstammeln, als Juhas Handy in der Tasche vibrierte. Juha hob den Finger. «Augenblick, bitte. Korhonen?»

Es war Jochen. «Hi, Juha. Erstens: Die Suche wurde heute offiziell abgebrochen. Die Menge an Blut auf dem Boot lasse ‹keinen Zweifel an ihrem Tod zu›.»

«Ich schaue mir gerade eine Wohnung an. Der Makler heißt Utz Blank.» Ein Seitenblick verriet Juha, dass ebender gerade ein bisschen erblasst war.

«Aha, dann mache ich's kurz», sagte Jochen. «Ich habe den finalen Bericht der Videoauswertung vorliegen.»

«Und?»

«Wie wir schon befürchtet hatten: Chloe Cordes ist nirgends zu identifizieren. Die Frau auf der Kamera des Geldautomaten bei Schillings Wohnung könnte irgendwer sein. Es wird nach ihr gesucht, aber wir sollen uns keine großen Hoffnungen machen. Am Yachthafen haben wir tatsächlich nur diese schummrige Webcam, auf der man nichts erkennen kann. Tankstellen, Straßenüberwachung, private Überwachung: nirgends eine Chloe Cordes. Es ist wie verhext.»

Juha blickte kurz zu Utz Blank, der noch immer über Paragraf zweihundertneunundneunzig nachzudenken schien, während er angestrengt die Krawatte an seinem von Rasurbrand gebeutelten Hals lockerte.

«Das heißt also, wir sind kein Stück weiter», resümierte Juha. Bereits der schnelle, vorläufige Bericht hatte keine verwertbaren Hinweise ergeben. Trotzdem hatte Juha insgeheim gehofft, dass die Detailsuche im Hintergrund oder die KI-gesteuerte Bildoptimierung schließlich doch ein positives Ergebnis erzielen würden.

«Was können wir tun?»

«Unsere Möglichkeiten sind mittlerweile rar. Ich fürchte, wenn wir nicht bald mit etwas Handfestem um die Ecke kommen ...» Er sprach nicht weiter, doch Juha wusste, was er sagen wollte. Er schaute Utz Blank an, nickte dabei schwer. «Ja, das sehe ich auch so.» Es war offenkundig, dass der Makler ernsthaft überlegte, ob sie über ihn redeten.

«Ich kümmere mich noch um Utz Blank und komme dann ins Präsidium.»

Juha legte auf, starrte aber noch einige Sekunden auf das schwarze Display, bevor er sich wieder an den Makler wandte. «So, wo waren wir eben?»

Utz Blank atmete tief ein und suchte nach dem Faden, den er verloren hatte. «Die Lage.»

«Richtig, die Lage. Und wie ist die Lage so?»

Utz Blank hob den Daumen und riss die Augen weit auf, wie ein Showmaster, der einen Hauptpreis enthüllte. «Sehr gut!»

«Und wenn ich mich entscheide, diese Wohnung zu nehmen. Wie stünden da wohl meine Chancen?»

«Ebenfalls sehr gut. Wenn nicht sogar sehr, sehr gut. Eigentlich hundert Prozent.»

«Das ja toll.» Juha steckte die Hände in die Hosentaschen und schaute sich noch einmal in der leeren Wohnung um. Hier also.

64

Vor dem Gebäude kam ihm Lux entgegen. Er sah gut aus, fröhlich, gelassen. Juha hatte das Gefühl, den alten Lux vor sich zu sehen. Und genau das verursachte ein erdrückendes Gefühl der Enge in seiner Brust.

«Hey!» Lux hob die Hand und lächelte breit.

«Hi, Lux», Juha zwang sich ebenfalls zu einem Lächeln. Es gelang. «Machst du schon Feierabend?»

Lux lupfte verschmitzt die Augenbrauen. «Das ist halt der Vorteil, wenn man zum Schreibtischdienst verdonnert wird. Meine Mutter hat eine Ausstellungseröffnung, deswegen mache ich etwas früher Feierabend.»

«Wie schön, grüß sie bitte von mir. Ich bin froh, dass es ihr gut geht.»

Lux nickte. «Das mache ich. Also dann ...»

Juha nickte ebenfalls. «Also dann ...»

Keiner von ihnen machte Anstalten weiterzugehen. Juha kickte eine heruntergefallene Eichel über den festgetretenen Schnee. «Was ist mit Franka Cordes?»

Lux musterte ihn, bemühte sich offenbar, Gelassenheit auszustrahlen, doch Juha merkte deutlich, dass er sich wünschte, er hätte nicht gefragt. «Wir gehen zusammen zur Vernissage.»

«Okay», sagte Juha.

«Bei euch?» Lux verzog keine Miene.

«Was meinst du?» Juha wusste genau, wovon Lux sprach.

«Ich meinte, was es Neues von dem Fall gibt.»

Juha atmete tief durch und schüttelte nachdenklich den Kopf. «Du bist aus dem Fall raus, du triffst Franka Cordes, was technisch gesehen in Ordnung geht, aber ...»

«Ich will keine Details, Juha, ich will nur hören, dass alles seinen Gang geht.»

Juha fasste sich und sah Lux an, sah in seine dunklen Augen, in denen etwas schimmerte, das sowohl Sorge als auch Hoffnung war. Juha gab nach. «Wir stehen kurz vor dem Abschluss, Videomaterial ist ausgewertet, Zeugenbefragung nahezu abgeschlossen.»

«Und?»

«Es gibt keinerlei Erkenntnisse, die uns am Tathergang, so wie wir ihn rekonstruiert haben, zweifeln lassen.» Das war die Wahrheit.

Lux nickte und ließ den Blick schweifen. «Was ist mit dem Unfall in Spanien? Haben wir Konsequenzen zu erwarten?»

Jetzt hatte er schon «wir» gesagt, fiel Juha auf, und er zögerte, bevor er schließlich mit den Schultern zuckte. «Du weißt doch, wie langsam die Mühlen mahlen. Gerade bei einem Fall, der so lange zurückliegt. Das öffentliche Interesse an Aufklärung ist nicht groß, und alle Beteiligten bis auf eine sind verstorben. Wir wissen beide, dass es nicht das erste Mal wäre, dass so eine Sache im Sand verläuft.»

Lux nickte, schaute zu Boden. In jedem anderen Fall wäre es jetzt an ihm gewesen, die Bitterkeit von Juhas Aussage zu unterstreichen, doch er tat es nicht, und Juha konnte es ihm nicht übelnehmen.

Lux wandte sich zum Gehen. «Danke, Juha. Wir sehen uns bald.»

«Ja, Lux, mach es gut.» Nachdem Lux sich ein paar Schritte entfernt hatte, hielt Juha ihn noch einmal zurück. «Lux?»

Der drehte sich um und ging rückwärts weiter.

«Ich vermisse dich», rief Juha ihm nach.

Lux lächelte, immer noch rückwärts gehend. «Ich weiß», rief er, drehte sich um und ging davon.

65

Nina Fürstenberg empfing Juha in ihrem Büro. Er setzte sich und bereitete sich innerlich auf die unabwendbare Ansprache seiner Chefin vor. Als er merkte, dass er scheiterte, beschloss er, sie einfach geschehen zu lassen.

«Team Korhonen und Adisa fehlt mir.»

Juha nickte mit gespieltem Enthusiasmus. «Das ist etwas dröge formuliert, aber ich nehme es mal als Kompliment.»

«Sehr witzig, Juha. Ich habe acht Todesermittlungsverfahren auf meinem Schreibtisch und keine Ressourcen.»

Juha nickte.

«Welches Ermittlungsergebnis erhoffen Sie sich noch?»

Juha sah aus dem Fenster und bereute seinen Scherz. «Wir haben sämtliche Hergänge im Fall Chloe Cordes schlüssig rekonstruiert. Was uns fehlt, sind Beweise.»

«Haben Sie irgendwelche Zweifel, Juha? Ich meine, berechtigte und vor allem relevante Zweifel? Dann sagen Sie es mir. Ich möchte Ihnen entgegenkommen, und ich will nicht, dass ein Fehler gemacht wird, der uns zu einem späteren Zeitpunkt um die Ohren fliegt.»

Spielte sie damit auf den Fall Boysen an, oder bildete Juha sich das nur ein?

«Juha, haben Sie Zweifel?»

Juha ließ weitere Sekunden vergehen, während er den sechs einsamen Schneeflocken zusah, die in der Thermik des Gebäudes vor dem Fenster kreisten. Dann antwortete er: «Nein, ich habe keine Zweifel.»

«Das heißt, Sie sind einverstanden, wenn ich Sie und Lucas ab sofort mit neuen Fällen betraue?»

Juha nickte. «Sagen wir doch: ab Montag. Dann kann ich alles so weit regeln, dass der Fall in aller Ruhe abkühlen kann, ohne dass es jemandem auffällt.» Die letzten Worte klangen fast spöttisch, und Juha ärgerte sich über sich selbst. Die Provokation war unfair, und das wusste er.

Doch Nina Fürstenberg schien es ihm nicht übelzunehmen. Im Gegenteil, denn sie lächelte ihn verständnisvoll, geradezu aufmunternd an. «Sehen Sie es doch mal so. Helle Schilling ist tot, und hätten wir Chloe Cordes' Leichnam gefunden, wäre auch sie offiziell für tot erklärt worden. Spätestens dann hätte die Staatsanwaltschaft den Fall geschlossen, denn ...»

«... gegen Tote wird nicht ermittelt. Kommt mir irgendwie bekannt vor.»

«Deswegen habe ich ja gefragt, ob Sie Zweifel haben.»

Juha nickte. Es machte keinen Sinn, gegen Nina zu kämpfen; sie war auf seiner Seite. «Wir lassen den Fall also abkühlen, und wenn Chloe in einem Jahr offiziell für tot erklärt wird, wird die Akte geschlossen.»

«Das ist meine Strategie – natürlich inoffiziell. Wenn Sie einverstanden sind, Juha. Sie sind der leitende Ermittler. Wir entscheiden das untereinander, miteinander.»

Ihm missfiel diese Strategie zutiefst, aber er musste zugeben, dass Nina weder viele andere Möglichkeiten blieben, wenn sie den Laden am Laufen halten wollte, noch der täglich steigenden Zahl von neuen Opfern geholfen war, wenn er ziellos an einem eigentlich geklärten Fall herumdokterte. «Ich bin einverstanden.»

66

Aber ...»

«Das kann doch ...»

Er unterbrach die pflichtgetreuen Entrüstungsversuche von Selma und Jochen. «Ich weiß!» Er hob die Hände und wiederholte leiser: «Ich weiß. Aber Nina hat hier kein fürstliches Dekret erlassen. Sie hat mich gefragt, ob ich Zweifel habe, und wir haben es zusammen entschieden.»

«Also hast du keine Zweifel?»

Juha sah Selma an, suchte seine eigenen Gedanken in ihren Augen. «Nein.» Er bezog Jochen in seinen Blick mit ein und fragte: «Sind wir drei uns da einig?»

Jochen verschränkte die Arme, seine Brille tanzte auf seiner Nase herum. «Ich kenne dich ja noch nicht so lange, Juha. Aber in Anbetracht des Gesichts, das hier neuerdings jeden Morgen reinkommt, und auch jetzt, wenn ich dich so ansehe, habe ich das Gefühl, dass das nicht stimmt.»

Juha verschränkte ebenfalls die Arme, schenkte Jochen nun seine ganze Aufmerksamkeit; der nahm es als Aufforderung und fuhr fort. «Ich denke vielmehr, dass du keinen Anlass für Zweifel erkennen kannst, aber dass dein Bauchgefühl dir etwas anderes sagt.»

Juha sah zu Selma. «Siehst du das auch so?»

Sie hob die Schultern. «Es *geht* mir auch so.»

«Okay. Dann fragen wir uns jetzt, woher die Zweifel kommen, die eigentlich nicht da sein sollten.»

«Wir haben kein Geld gefunden», begann Jochen. «Wir haben keine Tatwaffe, und es gibt keine verwertbaren Spuren, außer einer gigantischen Blutlache. Wir haben keine aufschlussreichen Videobilder, und unsere einzige Zeugin ist die Schwester der Hauptverdächtigen, Chloe Cordes, von der wir übrigens nicht mal eine Leiche haben. Das ist schon eine echt blöde Situation.»

«Was ist ...» Selma schien mit sich zu hadern.

«Sag schon», forderte Juha sie auf. «Jeder Gedanke kann ...»

«Nein, ist Quatsch. Fehlschluss», unterbrach ihn Selma und sagte zu Jochen: «Sorry, weiter.»

«Das war es im Wesentlichen. Wir können uns, auch wenn es wahrscheinlich ist, nicht zu hundert Prozent sicher sein, was genau auf diesem Boot passiert ist und mit welcher Absicht Helle Schilling dieses Boot betreten hat. Fakt ist nur, dass sie und Chloe sich gegenseitig zerfleischt haben.»

Juha schüttelte nachdenklich den Kopf. «Aber warum haben wir dann alle das Gefühl, dass da etwas nicht stimmt? Was ist der Stachel, der uns daran hindert, zu schlucken, dass es so gewesen ist, wie sie sagt?»

«Was ich mich noch frage», begann Selma. «Chloe Cordes wartet acht Jahre und entscheidet dann plötzlich, dass sie Vergeltung üben will. Warum? Warum jetzt?»

Jochen haute zaghaft mit der Faust auf den Tisch. «Das ist es!»

«Was?»

Seine Brille begann wieder zu tänzeln. «Ich meine, das ist es, was mich nachhaltig irritiert. Der Stachel. Die Frage: Warum gerade jetzt?»

Juha fuhr sich durch die Haare. «Die menschliche Psyche gibt einem manchmal Rätsel auf. Jahrelang geht alles gut, und plötzlich, wie aus dem Nichts, legt sich ein Schalter um. Der stete Tropfen bringt das Fass zum Überlaufen.»

«Höhlt den Stein», korrigiert Jochen.

«Stimmt, aber ihr wisst, was ich meine.» Sie stimmten ihm

schweigend zu. Juha war mit seinen Haaren fertig und ließ die Schultern hängen. «Also, lassen wir das so stehen?»

Er sah die beiden anderen an, deutete schließlich ihre ausbleibende Gegenwehr als Zustimmung.

«Gut. Dann gehe ich mich jetzt betrinken. Meine Frau zieht nach Argentinien, meine neue Wohnung ist langweilig, ich vermisse Lux, aber wenigstens kommt dieser deprimierende Fall endlich zu einem Ende; wenn das mal keine guten Gründe sind.»

Juha nahm seinen roten Schal von der Garderobe und ging in Richtung Tür. Insgeheim hoffte er, jemand würde ihn aufhalten, ihn begleiten oder ihm wenigstens etwas Tröstendes mit auf den Weg geben. Doch Selma und Jochen schwiegen, als er die Tür öffnete, und auch noch, als er sie hinter sich wieder zuzog.

67

Lux schlug vor, erst noch woanders essen zu gehen, wo es ein bisschen «netter» sei. Doch Franka wollte gleich nach Billstedt fahren und lieber dort noch etwas «auf die Faust» nehmen. Ein Ausdruck, der Lux neu war, ihm aber gefiel, wenn Franka ihn gebrauchte, weil er nicht zu ihr passte. Er schien in ihre Jugend zu gehören, in die Kleinstadt, aus der sie kam und wo man sich vor dem Ausgehen auf den anderthalb Kilometern zwischen Elternhaus und der einzigen Disko im Umkreis eben noch etwas «auf die Faust» nahm. Kurz kam ihm der Gedanke, ob ihre Formulierung, die so derb und nach Straße klang, nicht doch der Versuch einer Anbiederung war. Er verwarf den Gedanken aber sofort wieder, als ihm klar wurde, dass er lediglich das Produkt seiner Zweifel war, ob er Franka tatsächlich mit in seine Vergangenheit nehmen wollte. Er hatte Franka mittlerweile gut genug kennengelernt, um zu wissen, dass er keine Verurteilung von ihr befürchten musste. Insbesondere dann nicht, wenn es um die Vergangenheit ging und um Dinge, die man hinter sich gelassen hatte. Franka schien eine Meisterin darin zu sein, Dinge hinter sich zu lassen, und Lux war sich nicht sicher, ob ihre einzigartige Resilienz oder nicht doch eher ein stattliches Arsenal an Vermeidungsstrategien die Ursache dafür war.

Anfangs hatte Lux darauf gewartet, dass die Trauer ihre Fassade der Leichtigkeit durchbrechen und er mit einer kläglich weinenden Franka im Arm auf dem Teppich liegen würde. Aber das geschah nicht. Sie trug eine Schwere in sich, das ja, Lux konnte es spüren, aber sie ließ sie nicht an sich heran und schon gar nicht nach außen. Er unternahm Versuche präventiven Tröstens, unterstellte ihr damit die Trauer, aber sie sagte nur: «Es geht mir gut, Lucas.»

Aber warum?, dachte Lux, behielt die Frage jedoch für sich.

Sie antwortete trotzdem. Ihre Schwester habe sich seit dem Vorfall in Spanien auf dem direkten Weg in den Abgrund befunden. Sie so zu sehen, habe sie stärker belastet als die Gewissheit, dass Chloe diesen Weg letztlich zu Ende gegangen sei. Lux empfand ihre Erklärung als unbefriedigend, aber schließlich hatte er das Thema aufgegeben.

Sie fragte ihn ihrerseits nach dem Stand der Dinge, doch Lux konnte ihr nur weitergeben, was er hier und da aufschnappte oder von Juha erfuhr. Dass man davon ausginge, es habe sich genauso zugetragen, wie Franka es ausgesagt hatte, und der Fall kurz vor dem Abschluss stand. Dass man darüber hinaus mit den spanischen Behörden in Kontakt stehe, aber bislang kein Verfahren eröffnet worden sei.

«Vielleicht kommt da auch einfach nichts mehr», hatte Lux gesagt, und Franka war ins Bad gegangen und hatte eine ganze Weile unter der Dusche verbracht.

Die Vernissage fand in einem Komplex namens Kulturfabrik Billstedt statt, das der Betreiber unregelmäßig als Ausstellungsfläche zur Verfügung stellte. Nackte Steinwände und alte, einfach verglaste Sprossenfenster verliehen dem Ort ein Flair von Subkultur, Underground und Avantgarde. Drinnen war es dafür fast so kalt wie draußen, was auch daran lag, dass vereinzelt an den kleinen Fensteröffnungen geraucht wurde. Es war gerappelt voll, was Lux beim Betreten einen Stein vom Herzen fallen ließ. Seine größte Sorge war es gewesen, dass sich außer ihnen nur drei bis acht Freunde seiner Mutter bei der Vernissage einfinden würden. Auf einem Tresen stand Sekt, den man sich einfach nehmen konnte. Da man für Bier und alkoholfreie Getränke drei Euro zahlen musste, ahnte Lux, dass seine Mutter den Sekt aus eigener Tasche bezahlt hatte.

Er reckte sich, um über die Köpfe hinwegsehen zu können, und sah seine Mutter ein paar Meter weiter stehen. Sie entdeckte ihn, er winkte, und mit Franka im Schlepptau bahnte er sich einen Weg in ihre Richtung.

Sie trug ein bodenlanges Kleid aus leicht schimmerndem, dunkelgrünem Cord und sah sehr elegant aus. Lux umarmte sie zur Begrüßung fest und sagte leise, wie fantastisch alles sei, meinte den Ort und die Veranstaltung, meinte sie. Sie flüsterte zurück: «Oh ja, das sehe ich», und meinte Franka. Dann schob sie ihn weg und streckte lächelnd die Hand aus. Franka nahm sie, und sie stellten sich einander vor, während Lux sich Mühe gab, der Sache eine Beiläufigkeit zu verleihen, indem er sich interessiert umsah.

«Habt ihr etwas zu trinken? Noch gibt es Sekt aufs Haus», sagte seine Mutter, drückte ihm ihr halb leeres Glas in die Hand und war schon auf dem Weg. Nach kurzer Zeit kam sie mit zwei vollen Gläsern zurück. Sie tauschten einmal mehr als nötig durch, bis sie ihr eigenes und Franka und Lux jeweils ein volles Glas in der Hand hielten. Dann stießen sie an. Franka sagte: «Herzlichen Glückwunsch, Frau Adisa.»

«Margret bitte.»

«Cheers.»

Nachdem Franka ein zweites Glas Sekt ergattert und Lux sich ein Bier gekauft hatte, gingen sie den langen Flur entlang, an dessen rechter Wand etwa zwölf Werke hingen. Vor jedem blieben sie stehen, und Lux schaute sich um, ob seine Mutter sie beobachtete. Aber entweder war sie geschickt genug darin, nur dann herzusehen, wenn er es nicht bemerkte, oder er stand tatsächlich nicht unter Beobachtung, was ihn gleichermaßen gefreut wie enttäuscht hätte.

«Bist du das?»

Lux war noch zu abgelenkt, um richtig hinzusehen. «Wie bitte?»

Franka wies auf das Bild, vor dem sie standen. Es zeigte einen Mann, der mit dem Rücken zum Betrachter stand, war sozusagen ein Porträt von hinten. Der Bildausschnitt begann ein Stück unter den unbekleideten Schultern und ließ über dem Scheitel noch viel Raum, den Lux als ungenutzt empfand. Der Hintergrund war nahezu einfarbig weiß, nur eine kaum sichtbare Melierung und durch den Pinsel entstandene Strukturen verrieten, dass auf diesem Teil der Leinwand überhaupt Farbe aufgetragen worden war. Obwohl ein Hinterkopf und ein halber Rücken zunächst wenig über die Person zu offenbaren versprachen, formte sich mit jedem Moment, den man länger hinsah, ein immer deutlicherer Eindruck der Figur. Der jugendlich schmale Hals, die definierten Schulterblätter und die zarten Oberarme ließen den Eindruck entstehen, es handele sich um einen Jungen. Bald ein Mann, aber noch mit der schmächtigen Physis eines Kindes, die in Lux' Falle noch bis in die frühen Zwanziger seinen Körper und sein Körpergefühl bestimmt hatte. Erst später fand er die Disziplin, regelmäßig zu trainieren, und sein Spiegelbild entwickelte sich vom hageren Jungen zu dem, was in seinen Augen dem erstrebenswerten Ideal eines Mannes entsprach. Franka hatte recht; das war er. Seine Mutter hatte ihn gemalt, wie er ihr den Rücken zukehrte. Das Bild trug den schlichten Titel «Kind».

«Ich finde, es wirkt, als sei sie stolz. Man sieht seine Augen nicht, aber man ahnt, dass sie in eine weite Ferne blicken. Der Rücken ist gerade, die Schultern gespannt. Man erkennt Tatendrang, Optimismus, Wagemut und eine helle Zukunft.»

«Lux schaut ins Licht?», er rang sich ein Lächeln ab, wusste noch immer nicht, was er von dem Bild halten sollte.

«Deine Mutter nennt dich wohl nicht Lux, oder?»

«Natürlich nicht.» Er trank einen großen Schluck von seinem Bier und schaute erneut zu seiner Mutter. Diesmal trafen sich ihre Blicke, und seine Mutter, wohl wissend, welches Bild sie sich gerade ansahen, lächelte ihm zu.

«Ich frage mich, ob ich es kaufen sollte», sagte Franka grinsend und fuhr sich nachdenklich über den Hals.

«Auf *keinen* Fall», flüsterte Lux und zog sie weiter zum nächsten Bild.

Seine Mutter war im Gespräch mit dem Pastor, der denselben Anzug trug, den er in Lux' Erinnerung auch vor fünfundzwanzig Jahren immer getragen hatte. Lux hatte nicht das Bedürfnis, fühlte sich aber verpflichtet, ihn zu begrüßen. «Guten Abend, Pastor.» Ein ungläubiges Strahlen ging über das Gesicht des Pastors, und er nahm Lux' ausgestreckte Hand in seine beiden Hände. «Lucas? Ist das die Möglichkeit?» Er ließ seine Hand nicht los, während er sich an Lux' Mutter wandte. «Wie er aussieht, so stattlich und elegant.» Wieder zu Lux fügte er hinzu: «Ein richtiger Mann bist du geworden. Und was für eine wunderschöne Frau du hast.» Sein Blick war auf Franka gefallen. Lux wollte etwas erwidern, aber Franka gab ihm förmlich die Hand, begegnete seiner übertriebenen Herzlichkeit mit einer nicht unhöflichen Förmlichkeit. «Franka Cordes, freut mich sehr.»

«Und mich erst. Sind Sie auch bei der Polizei? Margret hat mir erzählt, dass du Polizist bist, Lucas.»

Franka schüttelte den Kopf. «Ich bin Ärztin. Chirurgin, um genau zu sein.»

Der Pastor nickte Lux anerkennend zu, als wollte er ihm zu

verstehen geben, dass das ja sogar noch eine Stufe über Polizei war und dass die Begleitung einer Ärztin ihn umso mehr als erfolgreichen Mann adelte.

«Ich habe eben zu deiner Mutter gesagt, wie fantastisch ich es finde, dass auch diese Kunst einen Raum bekommt. Es ist natürlich keine richtige Galerie, aber es ist ein Anfang, es setzt ein Zeichen, und wir können Gott danken.»

Der Pastor war ernst geworden, schien sich wichtig zu nehmen, und Lux beobachtete, wie die Gesichtszüge seiner Mutter mit jedem Wort ein Stück weiter versteinerten.

Lux zwang sich zu einem Lächeln, die Luft, die er zum Sprechen gebraucht hätte, verpuffte wortlos in einem knappen, zustimmend höflichen Lachen.

«Ich sehe das gar nicht so.»

Der Pastor schaute zu Franka, und es schien, als sei er irritiert, dass sie dazu etwas zu sagen hatte. «Was sehen Sie nicht so? Weil ich gesagt habe, dass es keine richtige Galerie ist?» Er öffnete in falscher Demut die Arme. «Natürlich meinte ich ...»

Franka unterbrach ihn und sprach mit einer Unaufgeregtheit, die gerade in ihrer Beiläufigkeit scharf wie ein Messer war: «Nein, ich meinte alles.» Der Pastor hatte fragend die Stirn gerunzelt, doch sie trank erst ihren Sekt aus. «Erstens weiß ich nicht, was mit ‹auch diese Kunst› gemeint sein soll. Es ist Kunst. Ich kann in diesen Bildern nichts finden, das eine Spezifizierung des Begriffs notwendig macht. Zweitens ist dieser Ort mehr Galerie als die meisten Galerien und Museen, die ich kenne, weil er uns gestattet, die Kunst gebührend zu feiern, anstatt uns aufzufordern, in Ehrfurcht vor ihr zu erstarren. Und zuletzt gilt mein Dank für diesen wunderbaren Abend in erster Linie Margret Adisa und nicht Gott.»

Die Mundwinkel des Pastors waren während Frankas Ansprache immer weiter nach unten gesackt. Als sie fertig war und er sich seiner Rolle wieder bewusst wurde, schossen sie jedoch zurück nach oben. «Sie haben recht, entschuldigen Sie meine Unbedarftheit. Ich habe zu wenig Ahnung von Kunst, um mich mit einer Expertise wie der Ihren zu schmücken.»

Franka lächelte zurück. «Macht ja nichts.»

Der Pastor legte Margret kurz die Hand auf die Schulter, lächelte Lux und Franka zum Abschied zu und ging in Richtung Toiletten.

«Du hast ihn beleidigt», stellte Lux fest.

«Mist», sagte Franka und schaute in ihr leeres Glas.

«Er wird es überleben», sagte Margret.

Lux war noch kurz auf der Toilette gewesen, nachdem er und Franka sich von seiner Mutter verabschiedet hatten. Franka war bereits draußen, und er wollte ebenfalls hinausgehen, doch seine Mutter hielt ihn am Ärmel zurück. «Lucas.»

«Ja?»

Sie senkte den Blick. «*Ich* liebe sie.»

«Hm», lächelte Lux. Sie nickte. Wieder wollte er gehen, als ihr noch etwas einfiel. «Ach!»

«Ja?»

«Jemand hat tatsächlich ein Bild gekauft: das ‹Kind›.» Sie ballte siegreich die Fäuste, schaute sich dann konspirativ um. Die meisten Gäste waren mittlerweile gegangen. «Wollte aber anonym bleiben. Kannst du dir das vorstellen?» Ungläubig hielt sie sich die Hand vor den Mund, trotzdem war ihre Freude nicht zu übersehen.

«Sag bloß», sagte Lux und staunte so überzeugend wie möglich.

68

Hier war Juha länger nicht gewesen. Den *Lüttje Tresen*, den er früher als seine Stammkneipe beschrieben hätte – auch wenn Stamm- hieß, dass er, wenn es hochkam, einmal im Monat dort gewesen war –, hatte er seit seiner Versetzung nicht mehr besucht. Allein das hätte ihm Zeichen genug sein sollen, dass er zu viel arbeitete. Sein Handy, das auf dem Tresen lag, leuchtete kurz auf. Maria: *Kollegen haben mich zum Abschied auf ein paar Drinks eingeladen. Bis später. Ich liebe dich.*

Juha gab Moni ein Zeichen, sie spülte ein Glas ab und stellte es unter den Zapfhahn. Den finnischen Wodka hatte Juha noch nicht angerührt.

«Endlich Schnee, was?», sagte eine Stimme neben ihm. Das war Tomáš, der, wie sich Juha dunkel erinnerte, ein Hotel in einem tschechischen Skiort besaß. Zumindest der freute sich über das Wetter. Juha hingegen hatte den verdammten Schnee gründlich satt. Dass er sich einmal einen verregneten Hamburger Zwölf-Grad-Winter herbeisehnen würde, hätte er sich nie träumen lassen. «Jou», sagte er. Moni stellte ihm sein Bier hin. Juha drehte den Finlandia 101 einmal zwischen den Fingern, ließ ihn aber stehen.

«Moni, hab ich dir eigentlich schon mal erzählt, wo ich herkomme?», sagte Tomáš.

«Nee du, sach mir das mal», erwiderte Moni beiläufig und rieb mit ihrem Tuch einen Fingerabdruck von einem Weinglas.

Tomáš kniff die Augen zusammen und nickte verschwörerisch. «Ich bin eigentlich Tscheche.» Dann wandte er sich an Juha. «Aber schon seit zwanzig Jahren in Hamburg. Und immer hier, immer nur Uhlenhorst. Will hier auch nich wech, ne? Woanders kannste mich höchstens begraben, ich sach's dir.»

Juha seufzte schwer. «Nee, ich will hier auch nicht weg.» Er trank den Wodka aus, bestellte einen neuen.

Das Alleinsein würde ihm zu schaffen machen, nein, nicht das Alleinsein: die drohende Einsamkeit. Es war zwingend notwendig, dass er sein Solo positiv konnotierte, als Zeit mit sich selbst, für sich selbst. Er durfte nicht einsam werden. Doch in diesem Moment, allein in einer Bar, ohne Maria, ohne Lux, drohte ihn genau dieses Gefühl zu überkommen. In nicht einmal einer Woche würde Maria das Land verlassen. Ihn verlassen.

Moni stellte ihm den Wodka hin. Juha trank.

Als der zweite Schnaps in seinem Bauch ankam und sich dort eine angenehme Hitze auszubreiten begann, entschied sich Juha, gleich morgen früh ein paar Kartons zu packen. Er wollte frohen Mutes nach vorne blicken, nicht kämpfen, weder gegen Maria noch gegen Lux, noch mit sich selbst. Kurz überlegte er, ob dieser Wunsch nach Pazifismus nicht doch eher seiner Trägheit entsprang, ein Aufgeben war. Hatte er das mit dem Auszug wirklich selbst entschieden, oder war sein Rückzug nur der Tatsache geschuldet, dass er sich kraftlos und besiegt fühlte?

Aus der hypothetischen Perspektive stellte sich stets die Frage nach dem Motiv. Was ist der Beweggrund für eine Entscheidung, für eine Tat? Aus der Retrospektive hingegen ging es vielmehr darum, wer am Ende einen Vorteil davongetragen hat. Ein kleiner, aber feiner Unterschied, fand Juha – und auf einmal waren seine Gedanken, ohne, dass er es gewollt hätte, wieder bei dem Fall. Wer hatte einen Vorteil davongetragen? Wer war der Sieger? Gab es am Ende nicht nur Besiegte? Helle war besiegt worden. Von ihrem eigenen Leichtsinn, als sie wider jede Vernunft allein auf das Boot gegangen war. Von ihrer Angst davor, das Gesicht zu verlieren. Der Angst vor dem Urteil der anderen, die sich von ihr abwenden, sie nicht lieben würden. Und von Chloe Cordes, die ihrerseits besiegt und leblos auf den schlammigen Grund der Elbe hinabgesunken war. Sie alle waren besiegt. Patrick Wichmann, dem sein Wagemut ein nasses Grab bescherte. Carsten Schilling, der um einen goldenen Käfig bangte. Arvo Nagelschmidt, der für seine Musik so sehr brannte, dass er seine Seele dem Teufel verkauft hätte. Einzig Franka Cordes war noch am Leben und hatte keine weiteren Konsequenzen zu befürchten. Das war unbestreitbar ein Vorteil. Aber sie hatte ihre Schwester verloren. Da konnte man schwerlich von einem Sieg sprechen.

Juha fiel es zunehmend schwerer, einen klaren Gedanken zu fassen. Sie schwammen ihm mittlerweile jedes Mal davon, wenn er glaubte, einen am Haken zu haben. Er gab Moni ein Zeichen und trank aus.

69

Juha begann noch vor dem Frühstück zu packen. In einem plötzlichen Anfall von Ordnungsliebe hatte er mehrere Kartons aufgestellt und sich ein System nach Kategorien überlegt. Nicht zu streng, da ein Karton nur zur Hälfte aus Büchern bestehen durfte, damit er nicht zu schwer wurde. Also hatte er zunächst alle sieben Kartons mit einer Schicht Bücher versehen und anschließend mit einem Edding die Themen für die weitere Befüllung festgelegt: *Küche*, *Arbeit*, *Bad*. Dann waren ihm die Ideen ausgegangen. Auf den vierten schrieb er *Diverses* und hoffte, dass sich die übrigen drei schon irgendwie ergeben würden. In der Küche nahm er den Teller mit dem blauen Rand, der letzte aus dem Set, das seine Mutter bei ihrem Umzug nach Hamburg vor über vierzig Jahren gekauft hatte. Und den Sparschäler, den Maria sowieso nie benutzte, weil sie nur den mit der quer liegenden Klinge verwendete, während er auf das klassische Patent mit längs liegendem Messerkopf schwor. Beides kam in die Kiste, eingewickelt in ein Geschirrhandtuch, das er entschied ungefragt mitzunehmen. Die Kaffeetasse, die er immer benutzte, rollte er in Zeitungspapier ein und stopfte den Überstand hinein. Dann war er fertig und stand noch eine Weile unschlüssig in der Küche herum, bevor er entschied, den kümmerlich befüllten Karton vorerst auf Eis zu legen und mit dem Badezimmer weiterzumachen.

Maria stand unter der Dusche. «Was machst du?», rief sie.

«Nichts», rief er zurück und begann, seinen Kulturbeutel zu packen

Nach drei Minuten war er wieder fertig. Er stellte den Kulturbeutel auf die Bücherschicht im Bad-Karton und überlegte dann, dass er doch besser in seinem Rucksack aufgehoben war, zumal er die meisten Sachen aus dem Beutel ja gleich brauchen würde – was hatte er sich bloß dabei gedacht? Er holte den Kulturbeutel wieder heraus und strich die Beschriftung auf dem Karton mehrfach durch. Jetzt hatte er vier unbeschriftete Kartons. Von wegen Ordnungsliebe; eigentlich war das Ganze doch bloß ein Ablenkungsmanöver. Er brauchte ein System für seine Gedanken und Gefühle, aber die passten nicht in Kartons – mit oder ohne Beschriftung. Er saß auf einem Stuhl und fand, dass er ruhig ein bisschen traurig sein durfte, schaute an sich herunter, besah sich den Stuhl. Der war schon da gewesen, als er eingezogen war. Vor ihm sieben fast leere Kartons, das frisch gekaufte Paketband hatte noch die rote Anfangsmarkierung. Zum ersten Mal an diesem Morgen ließ er seinen Blick durch die vertrauten Räume wandern, die sein Zuhause waren.

Vor einer Weile erst war ihm in Gedanken jener Selbstentwurf von sich aus der Vor-Maria-Zeit begegnet, und er war froh gewesen, nicht zu diesem Mann geworden zu sein. Und jetzt? War es jetzt an der Zeit, diesem Selbstbild noch eine Chance zu geben? Es wäre ein gewaltiger Rückschritt, weil er wusste, dass der Juha, der er durch Maria geworden war, der bessere, der glücklichere und gesündere war. Doch vielleicht musste er dieses Scheitern in Kauf nehmen, und sei es nur, um Maria vor Augen zu führen, was sie ihm antat. Natürlich, wenn sie die Bitterkeit *sah*, in die sie ihn schickte, die Konsequenzen ihres Handelns an seinem Leib zu spüren bekam, musste sie doch einsehen, dass ... Er unterbrach seine Gedanken. In solchen Momenten wurden wohl alle wieder zu Fünfzehnjährigen, die ihre erste schwere Enttäuschung in Beziehungsdingen erfuhren, als hätten sie aus Jahrzehnten zwischenmenschlicher Beziehungen nichts gelernt.

Maria kam herein, trug bereits einen Mantel, und da er offenbar ein bemerkenswert trauriges Bild abgab, fiel sie ihm um den Hals. «Du armer Mann!»

«Gehst du schon aus dem Haus?», fragte Juha. Sie nickte. «Ich habe einen Termin beim Konsulat, bin spät dran.» Sie küsste ihn und war schon wieder aus der Tür.

«Soll ich mit dem Frühstück warten?» Doch die Wohnungstür fiel bereits ins Schloss.

Jetzt merkte er, dass er hungrig war und außerdem noch keinen Kaffee getrunken hatte. Unschlüssig betrachtete er das Knäuel aus Zeitungspapier, in dem sich seine Kaffeetasse befand, und brachte es nicht über sich, sie wieder auszupacken. Er entschied, in einem Café zu frühstücken, was er sonst nie tat. Aber vielleicht war das ja ein Teil des Juha, der er als Nächstes werden würde. «Schau, da ist wieder dieser finnische Kommissar, frühstückt jeden Morgen hier, immer das Gleiche. Er ist eine Legende», würden die Leute über ihn sagen; vielleicht.

Er ging zum Bäcker, wo sie sonst immer Brötchen holten. «Drei Chia-Dinkel, ein Mohn?»

Juha hatte prompt wieder einen Kloß im Hals. «Heute nicht. Ich nehme bitte einen Filterkaffee und zwei Brötchen mit Marmelade. Und haben Sie Honig?»

«Also das süße Hausfrühstück.»

«Genau.»

«Zum Mitnehmen?»

Juha schüttelte den Kopf. «Hier-Essen.»

Er hängte seinen roten Kinderschal an die Garderobe, setzte sich ans Fenster und begann zu essen. Der Kaffee war gut, die Brötchen schmeckten wie die zu Hause – logisch, es waren ja die gleichen. Jemand nahm ihm gegenüber Platz, und Juha überprüfte instinktiv, ob alle anderen Tische besetzt waren, was dem Eindringen in seine Privatsphäre wenigstens den Ansatz einer Legitimation verliehen hätte. Aber sie waren allein. Dann erkannte er den Mann.

«Guten Morgen, Herr Korhonen.» Yeong-Su stellte seinen Kaffee ab. Wollte der etwa länger bleiben?

«Wollen Sie sich nicht lieber mit dem Rücken zu mir setzen und so was sagen wie ‹Drehen Sie sich jetzt nicht um›?», sagte Juha und legte das Honigbrötchen wieder hin, von dem er gerade hatte abbeißen wollen.

«Das war meine Idee, in der Tat, aber die Aufstellung des Mobiliars gibt dieses reizende Filmklischee leider nicht her», sagte Yeong-Su entschuldigend. Sie tranken beide von ihrem Kaffee.

«Was wollen Sie denn? Ich bin noch nicht im Dienst», sagte Juha überflüssigerweise. Denn natürlich war es Yeong-Sus Absicht gewesen, ihn eben nicht im Dienst, sondern privat aufzusuchen.

«Ich frage mich vielmehr, was *Sie* wollen, Herr Kommissar.»

«Nichts Besonderes. In Ruhe frühstücken, Kaffee trinken, unermüdlich für Gerechtigkeit kämpfen, solche Sachen halt.»

Yeong-Su nickte. «Das dachte ich mir. Und wie ist es in jüngster Zeit um Letzteres bestellt?»

«Warum lassen Sie nicht einfach den Zuckerguss weg und sagen mir, was ich für Sie tun kann?»

«Nicht für mich. Aber ich komme gerne zum Punkt.» Yeong-Su schob seine Kaffeetasse zur Seite und lehnte sich über den Tisch. «Ich habe erfahren, dass Sie den Fall ad acta legen wollen.»

«Was Sie so alles erfahren», sagte Juha, trank einen Schluck Kaffee und beschloss im selben Moment, dass er jetzt aufhören würde, den überheblichen Kotzbrocken zu spielen.

«Im letzten Jahr stand viel über Sie in der Presse.»

Juha wusste sofort, worauf Yeong-Su hinauswollte.

«Sie haben damals einen Fall aufgeklärt, der jahrelang als abgeschlossen galt, weil die Polizei zuvor etliche Ungereimtheiten ignoriert hatte, um einen Ermittlungserfolg vorweisen zu können.»

Juha schwieg, dachte an Werner. Sein Mentor war damals kaltgestellt worden und daran zerbrochen. Er hatte gewusst, dass das Ermittlungsergebnis falsch gewesen und der mutmaßliche Täter, der sich zuvor das Leben genommen hatte, lediglich ein Sündenbock gewesen war.

«Sie, Herr Korhonen, machen gerade genau das Gleiche», sagte Yeong-Su.

Das hatte gesessen, gleichzeitig fühlte sich Juha von dem Detektiv ungerecht behandelt. «Das war etwas ganz anderes.» Oder? «Denn im Gegensatz zu dem Fall, auf den Sie anspielen, bin ich mir sicher, dass wir das korrekte Ermittlungsergebnis erzielt haben.»

«Sie haben keinerlei Zweifel, Herr Kommissar?»

Juha lehnte sich zurück. «Ich kann ja nicht verhindern, dass Sie sagen, was Sie denken. Und ich habe noch einen halben Kaffee, den ich ungern stehen lassen will. Darum bleibe ich einfach hier sitzen.»

Yeong-Su lehnte sich ebenfalls zurück. «Ich war bei Frau Schilling am Morgen jenes Tages, als sie starb, und habe ihr wie üblich Bericht erstattet. Seitdem Frau Schilling – und ich – das erste Mal bei Ihnen auf dem Präsidium waren, habe ich ihr täglich meinen Bericht zugetragen.»

«Was für einen Bericht?», fragte Juha verkniffen, obwohl er es sich natürlich denken konnte.

«Helle war in Angst. Als sie begriffen hatte, wer die Frau ist, die von ihrem Mann bezahlt wird, wurde ihr klar, dass die Vergangenheit sie still und heimlich eingeholt hatte. Helle fürchtete nicht viele Dinge, aber Machtlosigkeit gehörte dazu.»

Juha fiel auf, dass Yeong-Su Helle nur noch beim Vornamen nannte. Der Detektiv fuhr fort. «Ihrem Wunsch, alles zu wissen, was die Polizei weiß, konnte ich zwar nicht in Gänze entsprechen, aber wie Sie sich erinnern ...»

«... sind Sie ein verdammt guter Schnüffler, schon klar.»

«Helle wollte wissen, ob der Tod ihres Mannes in Zusammenhang mit dem Unfall in Spanien steht.» Yeong-Su entging Juhas Reaktion auf das Wort «Unfall» nicht. «Es obliegt nicht mir, darüber zu urteilen, was in Spanien passiert ist. Ich habe mich an Chloe Cordes gehängt – oder vielmehr: Ich habe es versucht. Diese Frau ist wie ein Geist. Immerhin konnte ich mich an ihre Fersen heften, nachdem sie bei Ihnen gewesen war.»

Juha wünschte, sie hätten das ebenfalls getan, aber zu dem Zeitpunkt hatte es dafür keinen triftigen Grund gegeben. Umso interessierter war er, was ihm der Detektiv zu berichten hatte.

«Sie ist nach Hause gefahren.»

«Ins Waldhaus?»

«Nein.» Yeong-Su schüttelte den Kopf. «Zu ihrer Schwester. Sie haben sich in der gemeinsamen Wohnung getroffen, direkt nach dem Besuch bei Ihnen.»

Juha wusste nicht gleich, was er davon halten sollte. Natürlich war es nachvollziehbar, dass jemand, der ein emotional aufwühlendes Gespräch mit der Polizei geführt hatte, sich an eine ihm nahestehende Person wandte, doch weder Chloe noch Franka hatten bei ihm den Eindruck erweckt, als sei es um ihr Verhältnis in jüngster Zeit besonders innig bestellt gewesen. Juha hakte nach. «Woher wissen Sie, dass sie sich getroffen haben? Vielleicht hat sie nur etwas aus der Wohnung geholt?»

Yeong-Su schüttelte den Kopf. «Chloe Cordes hat die Wohnung für mehrere Stunden nicht verlassen. Ich habe die Observierung abgebrochen, als Franka Cordes das Haus verlassen hat, und bin ihr gefolgt.»

«Also haben die Schwestern eine ganze Weile miteinander in der Wohnung verbracht», resümierte Juha.

Yeong-Su bestätigte mit einem Kopfnicken. «Franka Cordes ging ins *Birds*, kennen Sie das?»

Juha nickte. «Ein Jazzclub.»

«Völlig richtig. Und wissen Sie, wer auch gerne dorthin geht?»

Juha ahnte die Antwort. «Worauf wollen Sie hinaus, Herr Lee?»

«Einen Augenblick noch, Sie werden gleich verstehen, weshalb ich so weit aushole. Als ich Helle Schilling meinen letzten Bericht überbracht hatte, fragte sie mich, ob ich ihr bei einer Sache helfen könnte. Ich fragte, um was für eine Sache es sich handele, sie sagte es mir.»

«Ein Treffen auf einem Boot, bei dem eine größere Summe Geld den Besitzer wechseln sollte», mutmaßte Juha.

Wieder nickte der Detektiv. «Ich habe abgelehnt.»

«Weshalb?», fragte Juha, obwohl er es sich denken konnte.

«Ich bin Detektiv. Ich finde Dinge heraus. Dinge unter den Teppich zu kehren, ist nicht meine Aufgabe. Doch jetzt bereue ich zutiefst, dass ich sie nicht begleitet habe.»

«Ich verstehe immer noch nicht, worauf Sie hinauswollen. Dass Sie Helle Schilling nicht begleitet haben, war eine Entscheidung, die Sie auf einer moralischen Grundlage getroffen haben. Sie brauchen meine Absolution nicht.»

«Darauf bin ich auch nicht aus, Herr Kommissar. Worauf ich hinauswill, ist, dass Helle große Angst hatte. Und trotzdem betritt sie freiwillig alleine ein Boot, auf dem sich eine Frau befindet, die bereits drei Menschenleben auf dem Gewissen hat.»

Juha fragte sich zwar, woher der Detektiv das jetzt schon wieder so genau wusste, sparte sich aber die Nachfrage.

«Und Franka Cordes war nicht zufällig im *Birds*. Ich glaube, die beiden Schwestern haben von Anfang an ein falsches Spiel gespielt; mit Ihnen, mit Ihrem Partner und mit Helle. Sie haben ihre Fallen sorgfältig aufgestellt und sie eine nach der anderen zuschnappen lassen.»

«Wenn Sie mich fragen, ist es eine ziemlich lausige Falle, wenn es dem Opfer trotzdem gelingt, Chloe Cordes tödlich zu verletzen.»

Yeong-Su lehnte sich über den Tisch und sprach leiser weiter, als sei das, was er sagen wollte, eine Ungeheuerlichkeit, die man besser nicht laut aussprach. «Was, wenn es nur so aussehen sollte?»

Juha kam ihm entgegen, legte die verschränkten Arme auf den Tisch und ließ sich auf Yeong-Sus Konspiration ein. «Nur zu. Sprechen Sie es aus.»

Der Detektiv flüsterte. «Chloe Cordes lebt noch.»

Juha schüttelte den Kopf. «Sie haben das Boot nicht gesehen?»

«Das Blut? Doch.»

«Es ist medizinisch ausgeschlossen, solch einen Blutverlust zu überleben.»

«Aber haben Sie mal daran gedacht, einen DNA-Test zu machen? Vielleicht war es ja Schweineblut.»

Juha zog eine Augenbraue hoch. «Das ist ja wohl nicht Ihr Ernst.» Natürlich durfte er keine Details der Ermittlung an

Yeong-Su ausplaudern, aber das konnte er einfach nicht auf sich sitzen lassen. «Okay, das übliche Prozedere wäre, das Blut vom Tatort mit einer DNA-Probe aus der Wohnung des mutmaßlichen Opfers abzugleichen, um festzustellen, ob es eine Übereinstimmung gibt.»

«Und?»

Juha öffnete die Hände, und obwohl das als Antwort genügt hätte, fügte er hinzu: «An dieses Prozedere halten wir uns für gewöhnlich.»

«Also war das Blut auf dem Boot eindeutig das von Chloe Cordes?»

Jetzt war es auch egal. Juha nickte. Yeong-Su sackte seufzend gegen die Stuhllehne, und sein Blick ging aus dem Fenster.

«Weitere Ideen?»

«Franka Cordes hat ihre Schwester umgebracht und in der Elbe versenkt», sagte Yeong-Su, immer noch aus dem Panoramafenster schauend. Nach einigen Sekunden vergewisserte er sich mit einem Seitenblick, dass Juhas Reaktion seiner eigenen Einschätzung der Idee entsprach. «Ja, das ist ziemlich unwahrscheinlich.»

Juha nickte.

«Mache ich mich lächerlich, Herr Korhonen?»

«Nein.» Juha schüttelte den Kopf, bemüht, keinen Zweifel an der Ehrlichkeit seiner Antwort aufkommen zu lassen. «Im Gegenteil. Ich weiß Ihre Mühe zu schätzen und kann auch Ihre Zweifel nachvollziehen. Aber wenn man das Unmögliche ausgeschlossen hat ...»

«... muss das, was übrig bleibt, die Wahrheit sein, so unwahrscheinlich sie auch klingen mag.»

Yeong-Su warf einen Blick auf seinen zur Hälfte getrunkenen Kaffee. Juha tat es ihm gleich, und sie fanden stillschweigend Einigkeit darüber, dass der Kaffee inzwischen kalt geworden war.

«Soll ich Ihnen einen neuen Kaffee holen, bevor ich gehe, Herr Kommissar?»

«Das ist sehr aufmerksam, aber nicht nötig. Vielen Dank.»

Yeong-Su stand auf. «Verzeihen Sie den Überfall und vielen Dank für das Gespräch.»

«Nichts zu verzeihen. Und ich bin es, der zu danken hat.»

Yeong-Su nahm seinen Mantel von der Garderobe und verschwand. Juha schaute ihm nach. Der Detektiv hatte Salz in die Wunde gestreut, und es hatte wehgetan. Er trank den kalten Kaffee aus, nahm das Brötchen, das er zu verspeisen nicht geschafft hatte, und verließ die Bäckerei. Nach zehn Metern drehte er um, kehrte zurück, nahm seinen roten Schal von der Garderobe und machte sich dann auf den Weg zu seinem Wagen.

70

Lux blieb im Eingangsbereich stehen und klopfte den Schnee von seinem Mantel. Während die Schneeklumpen auf die Trittrillen des Schmutzfangs fielen, fragte er sich, ob es in Hamburg jemals so viel geschneit hatte. Er lebte schon sein ganzes bisheriges Leben hier; so was hatte er noch nicht erlebt. Lux warf sich den halbwegs trockenen Mantel über den Arm und durchquerte mit langen Schritten die Eingangshalle des UKE. Andere hatten sich offensichtlich nicht so viel Mühe gemacht wie er. Die Halle war voller kleiner Pfützen. Der Mann am Empfang nickte ihm jedes Mal netter zu, wenn er Franka abholte. Diesmal hob er sogar die Hand, und Lux erwiderte den Gruß.

Die ersten Male hatte er es kaum erwarten können, das Krankenhaus wieder zu verlassen. Die Nähe zu Krankheit und Tod hatte ihm zu schaffen gemacht. Aber inzwischen liebte er sogar den allgegenwärtigen Geruch des Desinfektionsmittels, der über allem lag.

Lux passierte die Glastür und ging durch den langen Gang, an dessen Ende es ein paar Sitzgelegenheiten gab. Dort trafen er und Franka sich jeden Abend, wenn Lux Dienstschluss hatte, der sich aufgrund seiner immer noch währenden Schreibtischtätigkeit ungewohnt planbar gestaltete. Außer Franka hatte Nachtschicht oder frei. Meistens war sie relativ pünktlich, aber es kam auch schon mal vor, dass sie bei Schichtende noch in einer OP steckte. Lux machte es nichts aus zu warten. Die automatische Tür knackte, summte und schwang auf. Lux, der sich gerade hatte setzen wollen, verharrte erwartungsfroh in der Bewegung. Es war nicht Franka. Ein Mann mit beginnender Halbglatze kam heraus, sie machte ihn älter, als er vermutlich war. Lux setzte sich, der Mann steuerte das hintere Treppenhaus an, machte dann aber einen Bogen und kam auf Lux zu. Er steckte in einer Skijacke, durch den offenen Reißverschluss blitzte der Schriftzug einer Metalband, sein jugendlich wirkender Rucksack hing über einer Schulter. «Möchten Sie zu jemandem?»

«Danke, ich bin nur hier, um Doktor Cordes abzuholen», sagte Lux und versuchte, unaufgeregt zu klingen, weil Krankenhauspersonal ihm einen eigenartigen Respekt einflößte.

«Ach so», sagte der Mann, und ein Lächeln des Begreifens deutete sich auf seinem Gesicht an. «Sind Sie ihr ...?»

«Sozusagen. Ja.»

«Okay, ich wusste nicht, dass Franka einen Freund hat.»

Lux verspürte einen leichten Stich, was natürlich unsinnig war. Selbst wenn ihre Verbindung nicht unter dem fragwürdigen Stern der vergangenen Ereignisse gestanden hätte, so wäre auch er nicht nach der kurzen Zeit mit der Tatsache im Präsidium hausieren gegangen, dass er eine neue Freundin hatte. «Wir sind noch nicht sehr lange zusammen», erklärte er daher. Sie nickten beide.

«Franka steckt in einer Notfall-OP. Das ist immer Mist, wenn's genau aufs Schichtende fällt, meine Ablösung kam zehn Minuten zu früh – mein Glück.»

Lux sah sich etwas unschlüssig um. «Ich verstehe. Was denken Sie, wie lange es dauert?»

Der Mann schaute unnötigerweise auf seine Armbanduhr und schürzte die Lippen. «Wenn ich an den Helm des Fahrers denke ...», er wog abschätzend den Oberkörper hin und her, «... kann das schon zwei Stunden dauern.»

«Oh!», machte Lux, und sofort war es ihm unangenehm, dass Frankas Kollege nun dachte, er habe keinen blassen

Schimmer, wie lange Notfalloperationen eben so dauerten. «Kein Problem, ich warte einfach hier.»

«Dann schönen Abend noch und fröhliches Warten.» Der Mann hob die Hand und wandte sich zum Gehen. Nach einigen Schritten machte er kehrt und kam abermals zurück. «Ich geh mit zwei Kollegen von der Inneren was trinken. Gleich um die Ecke. Lust mitzukommen? Ist doch auch doof, wenn Sie jetzt hier zwei Stunden rumsitzen – oder länger. Schreiben Sie ihr doch einfach, dass ...»

Lux hob abwehrend die Hand. «Ist wirklich kein Problem, aber vielen Dank für das freundliche Angebot.»

«Alles klar.» Er streckte die Hand aus. «Johann. Vielleicht ein andermal.»

Lux nahm die Hand. «Lucas, freut mich.» Johann ging in Richtung Treppenhaus, und in Lux brach Unruhe aus. Er hatte wirklich überhaupt keine Lust, hier zwei Stunden lang herumzusitzen. Das mobile Netz war eine Katastrophe. Außerdem gefiel ihm der Gedanke an einen Drink, und wenn Franka es schon nicht für nötig hielt, von ihm zu berichten, dann sollte er vielleicht die Gelegenheit beim Schopfe ergreifen, ihre Kollegen auf eigene Faust kennenzulernen. Womöglich hielt ihn Johann bereits jetzt für einen bornierten Spießer im Kamelhaarmantel, der sich zu schade war, mit einem Pfleger einen trinken zu gehen. Im selben Moment, in dem Lux entschied, sich einen Ruck zu geben, war er bereits auf den Beinen und eilte hinter Johann her zum Treppenhaus. Draußen holte er ihn ein. «Johann! Ich würde doch mitkommen, wenn es okay ist.»

Johann drehte sich um und lächelte freundlich. «Klar, wie schön.» Plötzlich war sich Lux nicht mehr ganz sicher, ob die Einladung wirklich ehrlich gemeint oder Johann einfach nur Opfer seiner eigenen überbordenden Höflichkeit geworden war. Zu spät. Lux holte joggend auf, dann gingen sie schweigend bis zur Kreuzung. Johann wies nach rechts. «Da lang.»

Die Stille war Lux unangenehm, und es überraschte ihn, dass Johann, der sich eben so offenherzig und redselig präsentiert hatte, nun auf einmal so schweigsam war.

«Sorry!», platzte es da aus Johann heraus, und er klopfte Lux im Gehen auf den Oberarm. «Ich war gerade total abgedriftet. Eine der zwei Kollegen ist eine Frau, die ... ja, ich muss vielleicht nicht mehr sagen.»

Lux lächelte. «Du bist verknallt in sie?»

«Mega. Verdammt. Wir kennen uns aus dem Studium, damals war ich schon ziemlich verliebt, aber auch ziemlich schüchtern. Dann haben wir uns ein paar Jahre nicht gesehen, und vor vier Wochen hat sie plötzlich bei uns angefangen.»

«Studium? Ich dachte ...»

«Nö, ich bin Arzt», sagte Johann, blieb stehen und holte eine Schachtel Zigaretten aus seiner Skijacke hervor, nahm eine, hielt Lux die Schachtel hin.

Lux lehnte ab und blieb stehen. «Das ist mir so peinlich», sagte er kopfschüttelnd und öffnete etwas hilflos die Arme.

«Was?» Johann zündete die Zigarette an.

«Dass ich dachte, du seist Pfleger.»

Johann zog, atmete ein und empfand augenscheinlich eine tiefe Wonne dabei. «Das macht doch nichts.» Sie gingen weiter. «Und du bist sicher Bänker oder Anwalt oder so was, stimmt's?»

«Polizist.»

«LKA?»

«Genau.»

Sie erreichten eine Fußgängerampel. «Es ist gleich da vorne.» Johann zeigte auf eine Bar namens *Walross*, deren warmes Licht einladend durch die großen Fenster drang.

«LKA, Bänker, Anwalt, das ist ja doch praktisch alles das Gleiche», brachte Johann seine Befragung feixend zu Ende. Lux schnaubte amüsiert; das hatte er verdient.

Johann drückte seine Zigarette im Standaschenbecher vor der Tür aus und ging voraus. Drinnen winkte er seinen Freunden zu, die auf Barhockern um ein großes Fass saßen. «Hi, Johnny!», rief die Frau, und Lux sah in ihren Augen, dass auch sie sich freute, Johann zu sehen. «Leute, das ist Lucas.» Lux nickte in die Runde, während er seinen Mantel auszog. Johann klaute sich einen vierten Barhocker vom Nachbarfass. «Er ist der Freund einer Kollegin und muss die Zeit totschlagen, bevor sie aus dem OP kommt.»

«Cool.» Der Mann, der sich als Andreas vorstellte, hatte dunkle Haare und einen dichten schwarzen Bartwuchs, den er augenscheinlich zwar allmorgendlich glatt rasierte, der aber nach Feierabend bereits wieder einen dunkelgrauen Schleier vom Hals bis weit die Wangen hinauf bildete. Die Frau, sie war wirklich ausnehmend schön, und Lux konnte Johanns Schwärmen für sie nachvollziehen, hieß Hannah.

«Johnny, also?» Lux sah Johann fragend an, der hob Augenbrauen und Schultern und lachte. Seine Skijacke hatte er nicht ausgezogen. «Dann nennt mich gerne Lux», sagte Lux.

«Wie das Licht oder wie das Tier?», fragte Andreas.

«Das, ja, das ist so eine Art ewiges Geheimnis», fabulierte Lux größer, als es eigentlich seine Art war. «Darum unterschreibe ich dienstliche E-Mails auch immer noch mit meinem richtigen Namen.»

Auf seinen mittelguten Witz folgte höfliches Gelächter, das zum Glück von einem Kellner unterbrochen wurde. «Was kann ich euch bringen?»

«Großes vom Fass», sagte Johann, Johnny.

Lux hätte unter anderen Umständen wohl einen Talisker,

Glenfiddich oder Lagavulin bestellt, beschloss aber mitzuziehen. «Für mich auch, bitte.»

«Mach ich euch.»

«Bist du auch am UKE?», fragte Hannah, die ja, wie Lux bereits wusste, selber noch nicht lange dort arbeitete und sicher häufig in neue Gesichter blickte.

«Lux ist Polizist beim LKA», sagte Johnny, und Lux nickte zustimmend.

«Krass», sagte Hannah, und Andreas schaute sie schief an.

«Wieso krass? Am Ende auch nur ein Job, oder?», fragte er, an Lux gewandt, und die Öffnung seines Flaschenbiers verharrte abwartend vor seinem grauen Kinn.

«Sicher!», bestätigte Lux. «Genauso langweilig wie Arzt.» Andreas lachte, und Hannah gab ein etwas zu jugendliches Prusten von sich. Okay, das kam ein bisschen besser an als sein letzter Scherz. Aber von jetzt an, entschied Lux, wollte er sich zusammenreißen, damit nicht der Eindruck entstand, er sei so ein lästiger Spaßvogel, den man zwar für eine halbe Stunde ganz gut findet, der einem aber spätestens nach dem zweiten Bier auf die Nerven ging. Er wollte, dass Frankas Kollegen ihn mochten.

Lux bestellte ein weiteres Bier. Bereits das erste war ihm zu Kopf gestiegen, und er genoss es. Vielleicht war er ein bisschen schweigsamer geworden, aber er fühlte sich sehr wohl in dieser Runde und hatte das Gefühl, dass er auf dem besten Wege war, ein Teil davon zu werden.

«Und deine Frau, Lux ...»

«Freundin!» Trotzdem gefiel es ihm, dass sie «seine Frau» gesagt hatte.

«Lux' Freundin arbeitet mit dir, Johnny.» Es war mehr eine Feststellung als eine Frage.

«Yes!», sagte Johnny. «Franka ist meine Oberärztin.»

Andreas bemerkte Hannahs überraschten Blick und reagierte mit einem amüsierten Grinsen. «Sie ist die jüngste Oberärztin am UKE, falls du dir jetzt eine klapprige Endvierzigerin vorgestellt hast.»

«Das war mir gar nicht klar», sagte Lux und musste nicht nur so tun, als sei er beeindruckt.

«Mhm», sagte Andreas mit der Flasche am Mund. «Verdammtes Stehaufmännchen, die Frau.»

Lux nickte zustimmend, obwohl er nicht wusste, wie Andreas das gemeint hatte.

«Kennt ihr euch?», fragte Hannah.

«Länger nicht gesehen, aber früher waren wir öfter mal zusammen was trinken.» Mit Blick auf Lux ergänzte er: «Also nur so nach Feierabend mal, mit Kollegen. Wie geht's ihr denn? Wieder besser?»

«Ja», sagte Lux etwas vorschnell.

«Cool», sagte Andreas und leerte sein Bier.

Für einen Moment glaubte Lux, dass Andreas den Tod ihrer Schwester meinte. Doch die unberührte Beiläufigkeit seiner Frage und Lux' Überzeugung, dass Franka nicht mit ihren Kollegen über die jüngsten Geschehnisse auf der Elbe gesprochen hatte, ließen ihn ahnen, dass hier von etwas anderem die Rede sein musste. Lux trank einen Schluck. «Sorry, was meinst du mit ‹wieder besser›?»

Andreas schaute ihn fragend an, sein Blick huschte Hilfe suchend zu Johnny.

«Oh, Lux und Franka sind noch nicht so lange zusammen.»

«Sorry, Mann. Meine Schuld.» Er gab dem Kellner ein dezentes Zeichen und tippte auf sein Bier. Dann ließ er den Blick fragend durch die Runde schweifen. Nicken allerseits. Andreas machte eine Kreisbewegung mit dem Finger, und der Kellner nickte.

«Jetzt muss ich doch noch mal fragen», begann Lux. «Was meintest du mit ‹wieder besser›? Wenn ihr alle Bescheid wisst, ist es ja offenbar kein so großes Geheimnis, dass ich es nicht wissen darf, oder?»

Johnny räusperte sich. «Franka hatte vor einiger Zeit gesundheitliche Probleme.»

«Okay?»

«Eine Depression, aus heiterem Himmel.»

«Bäm!» Andreas klatschte lautlos in die Hände.

«Ich war abends mit ihr im OP, sie wollte nachts noch in Urlaub fliegen. Und dann ...»

Der Kellner brachte die neue Runde. Lux wartete, bis er wieder gegangen war. «Und dann?»

Johnny trank erst einen Schluck, musste aufstoßen, hielt sich die Faust vor den Mund. «Sorry. Dann war sie erst mal vier Monate weg vom Fenster. Krankgeschrieben. Ich sage dir, ich habe nichts gemerkt, gar nichts. Vielleicht war es ein Burn-out, und der Urlaub – Franka macht *nie* Urlaub – hat das irgendwie katalysiert oder so.»

Lux spürte, wie das zweite Bier seine Wirkung zu entfalten begann. Auf einmal war ihm die Bar zu warm und die Luft zu stickig. Als er sein Glas abstellte, kam das Geräusch mit Verspätung bei ihm an. «Weißt du, wo sie im Urlaub war?», fragte er.

«Nee, keine Ahnung.» Johnny wollte sein Glas ansetzen. «Doch, klar, hat sie mir gesagt. Nach Málaga ist sie geflogen.»

Lux' Herz setzte einen Schlag aus, er versuchte, es sich nicht anmerken zu lassen. «Jedenfalls geht es ihr gut. Ich kann verstehen, dass sie mir das nicht erzählt hat. Man muss ja nicht gleich seinen ganzen Ballast abladen.» Das klang wie eine wirklich gute Erklärung, doch der Schreck blieb.

«Wie lange seid ihr denn schon zusammen?», fragte Hannah neugierig und mit diesem jugendlichen Touch, der Lux nicht sympathisch war. Er stellte sein Glas ab und tat mit zur Decke erhobenem Blick, als würde er Jahre zählen, zählte drei Finger ab. «Knapp drei Wochen, je nachdem, ab wann man zählt.»

Ein lautstarkes Staunen ging durch die Runde. «Aaaach, *so* frisch.» Und: «Na, dann würde ich auch ...» Lux suchte bei Johnny einen Verbündeten, fand ihn, sie tranken, dann schlug sich Lux gegen die Stirn. «Fuck, ich habe ihr gar nicht Bescheid gesagt.» Er holte sein Handy hervor; ein entgangener Anruf, zum Glück erst vor fünf Minuten. Er drückte auf Rückruf.

«Hey!»

«Na? Wo treibst du dich rum?» Sie klang entspannt.

«Es tut mir leid, ich habe vergessen, dir zu schreiben, obwohl ich es vorhatte. Ich bin mit Johnny, Andreas und Hannah im *Walross* gelandet.»

«Dann bist du ja in guten Händen.»

«Kommst du mich abholen?»

«Der kleine Lux möchte gern aus dem Bierbad abgeholt werden.»

«Ja, bitte, er sehnt sich nach dir.»

«Wie groß ist euer Vorsprung?»

«Unser Vorsprung? Marginal», beteuerte Lux und erntete stummes Gelächter am Fass.

«Alles klar, bin gleich bei euch. Bestell mir auch eins.»

Dann legte sie auf. Lux' Herz schlug höher und ließ den Schreck, den er eben noch verspürt hatte, an sich vorbeiwehen, als sei nichts passiert. In diesem Moment fühlte er sich so glücklich wie schon lange nicht mehr.

71

Lux lag auf dem Bett. Das Fenster war gekippt, doch sein Körper fühlte sich heiß an. Die Luft, die ins Zimmer strömte, roch nach Schnee. Obwohl er die Zähne schon geputzt hatte, schmeckte er noch etwas Bier – wie viele waren es gewesen? Durch die Badezimmertür hörte er die Dusche rauschen, von draußen das regelmäßige Schlagen eines Stahlseils gegen einen Fahnenmast. Noch vor einer Weile hatte er sich gefragt, wohin es in seinem Leben ging, ob der Weg, auf dem er sich befand, noch etwas für ihn bereithielt. Und jetzt lag er hier; nackt auf dem Bett einer Frau, die so wunderbar war, wie er es sich nicht hätte erträumen können. Was, wenn ich wirklich nur träume, dachte er. Was, wenn ich plötzlich aufwache und wieder zurück in meinem alten Leben bin? So etwas gab es, Lux hatte davon gelesen. Es gab Berichte von Menschen, die tagelang, manche sogar Jahre in einem Traum verbracht hatten, den sie für absolut real hielten. In einer Reportage wurde von einem Mann berichtet, der sogar einen Sohn bekommen hatte. An dessen fünftem Geburtstag war der Mann plötzlich aufgewacht, und es waren nur wenige Stunden vergangen, während er fünf Jahre in einem anderen Leben verbracht hatte. Lux war sich damals nicht sicher gewesen, ob das nicht Unsinn war, der Mann konnte sich die Geschichte ja auch einfach ausgedacht haben. In diesem Moment aber fragte er sich, ob es ihm gerade vielleicht ebenso erging. Und wann *er* aufwachen würde. Hoffentlich niemals.

Die Dusche wurde abgestellt. Lux schloss die Augen und versuchte sich vorzustellen, was sie tat. Abtrocknen, Haare bürsten, eincremen, die Tür öffnen, ins Schlafzimmer tippeln, das Fenster schließen. Dann legte sie sich neben ihn. Ihre Beine und Schultern berührten seine. «Ich hab dir übrigens eine Platte gekauft. Sie liegt in der Küche.» Ihre Stimme klang nuschelig müde. «Aber wir müssen sie bei dir hören, ich habe keinen Plattenspieler.»

«Okay. Was ist es?»

«Brian Blade, die Neuauflage einer vergriffenen Platte, meinte der Verkäufer.»

«*Mama Rosa*?»

«Genau. Ich habe im Laden reingehört. Nicht wirklich Jazz, manchmal klingt es fast ein bisschen wie Country, aber ich glaube, sie gefällt dir.»

«Sie gefällt mir», sagte Lux und fügte schnell hinzu: «Ich habe sie aber noch nicht.»

«Zum Glück.»

«Ich will dir etwas von mir erzählen», sagte Lux.

«Gut», sagte Franke müde. «Ich ruhe schon mal die Augen aus, höre dir aber aufmerksam zu.»

«Als ich siebzehn war, wurde ich mal in eine Psychiatrie eingewiesen. Ich hatte betrunken ein Auto geklaut und zu Schrott gefahren. Die Polizisten, die mich aufgelesen haben, dachten, das mit der Klinik wäre eine gute Idee. Meine Verzweiflung war so groß.»

«Warum warst du verzweifelt?», fragte Franka leise.

«Das hatte mit meinem Vater zu tun. Ich hatte ihn jahrelang nicht gesehen, und dann tauchte er plötzlich auf und wollte mit mir nach Afrika fahren, mir ‹meine Heimat› zeigen. Ich war so wütend. Zu der Zeit war ich sowieso immer wütend und wusste nie, warum. Irgendwas hat das in mir losgetreten. In der Psychiatrie hat man mir die Diagnose bipolar-affektive Persönlichkeitsstörung Typ zwei attestiert. Das hat nicht mal einen Tag gedauert.»

«Pff», zischte Franka, und er spürte, dass sie den Kopf schüttelte.

«Zuerst dachte ich mir so: Hey, das ist es also. Das ist der Grund, warum du dich immer so fühlst, wie du dich fühlst. Es war fast, als hätte man mich von einer Last befreit.»

«Hm.»

«Ich war fest entschlossen, aus meinem Leben etwas zu machen, habe mein Abitur nachgeholt und dann entschieden, dass ich gerne Polizist werden will.»

«Am Arsch, mit der Diagnose», murmelte Franka.

Lux lächelte in die Dunkelheit. «Genau. Am Arsch. Also bin ich zu dem Arzt gegangen und habe ihm erklärt, dass er sich geirrt hat. Und dass meine Zukunft davon abhängt, dass er seine Diagnose korrigiert. Er hat mich lange angesehen, und dann hat er es gemacht.»

«Und hat er sich geirrt?» Sie klang, als würde sie jeden Moment einschlafen. Lux dachte nach. «Lange dachte ich das.»

«Und jetzt?»

«Jetzt fühle ich mich anders als vorher. Als wäre ich durch dich aus einem langen, dunklen Traum erwacht. Am Ende einer langen, bitteren Nacht. Ich denke, ich war wirklich krank und du hast mich geheilt.»

Sie stützte sich auf den Ellenbogen, wirkte jetzt wach. «Das klingt wirklich schön. Aber das liegt nicht in meiner Macht. Lag es nie. Nur in deiner, Lucas.»

Er nickte, lächelte. «Ich wollte es dir trotzdem erzählen.»

Sie lächelte zurück und legte sich in die Kuhle unter seinem Schlüsselbein.

Lux überlegte, ob er ihr sagen sollte, warum er ihr ausgerechnet jetzt davon erzählt hatte. Aber spielte das eine Rolle? Der abklingende Rausch ließ ihn müde werden, Frankas warme Haut an seiner tat ihr Übriges.

Mitten in der Nacht wachte er auf. In seinem Kopf hämmerte ein stechender Schmerz, sein Mund war trocken. Er suchte sein Handy auf dem Nachttisch, fand es nicht. Ihr Arm lag auf seiner Brust, vorsichtig schob er ihn weg.

Er nahm seine Sachen, fand sein Handy in der Hosentasche und schlich leise in die Küche. Er schloss die Tür und machte das Licht an, trank ein Glas Leitungswasser. Dann zog er sich an. Es war Viertel nach drei.

Er nahm den Post-it-Block vom Kühlschrank und überlegte eine Weile, was er schreiben sollte. Dann schrieb er: «Musste los. Arbeit. Hoffe, habe dich nicht geweckt. Aua, mein Kopf.» Er malte noch einen gequälten Smiley und ließ den Zettel auf dem Küchentisch liegen. Dort lag die Platte. Brian Blade – *Mama Rosa*. Er nahm sie mit.

Dann fuhr er ins Präsidium.

72

Juha betrat das Präsidium. Der Beamte an der Sicherheitsschleuse schaute kurz auf. Juha nickte ihm zur Begrüßung zu. Er hatte sich einmal gemerkt, dass der Mann Finn hieß, war sich aber bis heute nicht sicher, ob das stimmte. Als er schon fast vorbei war, hörte er ein Klopfen und drehte sich um. Finn gab ihm ein auffällig unauffälliges Zeichen, er möge zu ihm in die Glaszelle kommen.

«Morgen, Juha.» Nun war es Juha umso unangenehmer, den Namen des Kollegen nicht zu kennen. Also sagte er nur: «Na?»

«Dreh dich jetzt nicht um.»

«Okay», sagte Juha und nickte.

Finns Blick zuckte einmal über Juhas Schulter. «Da sitzt seit einer Stunde so ein Kerl, sieht aus wie ein Obdachloser. Der will mit dem Verantwortlichen im Fall ‹Claudia C.› sprechen.»

«‹Claudia C.›, aha», machte Juha, als ihm einfiel, was Finn damit meinte. «Ein Zeitungsleser ...»

«Mhm», machte Finn und nickte vielsagend. «Er lässt sich nicht abwimmeln und will auch mit niemand anderem reden. Wenn du willst, lasse ich ihn einfach schmoren, bis ihm langweilig wird oder die Lust aufs nächste Bier zu groß. Er kennt dich ja nicht. Du musst also nur weitergehen.»

Jetzt war Juha doch zu neugierig und drehte sich nach dem Mann um, der in der Wartehalle saß und zu Boden schaute.

«Meint, er sei extra mit dem Flugzeug gekommen.» Finn zeigte einen Vogel, doch Juha merkte auf: «Ich rede mit ihm.»

«Von mir aus, ich hab's nur gut gemeint.»

«Alles klar, danke, Finn.» Oh Schreck, durchfuhr es Juha.

Doch Finn zwinkerte ihm nur etwas albern zu. Schwein gehabt.

«Moin. Mein Name ist Korhonen.»

Der Mann schaute auf, sein Blick war fest und traf Juha unvorbereitet, der eher mit fiebriger Unruhe gerechnet hatte. «Ich bin es, mit dem Sie sprechen wollen.»

Der Mann nickte und erhob sich, ohne den Blickkontakt zu unterbrechen, schwieg jedoch.

«Also gut, gehen wir in mein Büro.»

Dort angekommen, bot Juha dem Mann einen Stuhl an und nahm selber hinter dem Schreibtisch Platz. Noch bevor er einleitende Worte loswerden konnte, holte der Mann eine plattgedrückte Rolle aus seiner Jackeninnentasche, ein abgegriffenes Exemplar einer bekannten deutschen Tageszeitung, und legte sie vor Juha auf den Schreibtisch. Er tippte einmal mit dem Zeigefinger darauf, und Juha konnte sehen, dass seine Hände und Nägel zwar nicht sonderlich gepflegt, aber auffallend sauber waren. Juha faltete die Seite auf. «TODESDRAMA AUF DER ELBE», stand da in gedrungener Kapitalschrift, darunter ein großes Foto der Yacht, an Deck Menschen in weißen Overalls. Weiter unten war ein kleineres Foto von «Claudia C. und Franka C». Beider Gesichter waren so halbherzig verpixelt, dass man sich die Mühe ebenso gut hätte sparen können. Juha kannte den Artikel, er hatte ihn zwar nicht gelesen, die Überschrift aber mehrfach im Vorbeigehen an Zeitungsständern bemerkt.

«Genug Show für meinen Geschmack», sagte Juha betont nüchtern. «Name, Geburtsdatum und -ort?» Er tat, als würde er die Personalien in seinen Computer eintippen wollen.

«Schröder. Matthias Schröder, geboren fünfundsechzig in Neubrandenburg.» Seine Stimme war dunkel und angenehm angeraut, wie bei den Erzählern auf den Märchenplatten aus Juhas Kindheit. Etwas Lauerndes verbarg sich hinter den langen, lockigen Haaren, die Schröder ins Gesicht hingen. Doch Juha musste feststellen, dass nichts Bedrohliches darin lag, eher etwas Prüfendes, Abwägendes, als fragte sich der Mann, ob er ihm vertrauen wollte.

Juha unterließ die Scharade mit den Personalien und lehnte sich stattdessen etwas zurück, hielt aber den Blickkontakt aufrecht. «Herr Schröder, worüber möchten Sie mit mir sprechen?»

«Ich bin extra hergeflogen.»

Juha spürte, wie sich nun doch eine leichte Ungeduld als Kribbeln in den Beinen bemerkbar machte. Er hatte Wichtigeres zu tun, als sich die Verschwörungstheorie eines Schnapsphilosophen anzuhören. «Wusste gar nicht, dass es zwischen Neubrandenburg und Hamburg eine Flugverbindung gibt», sagte er deswegen mit einem süffisanten Grinsen.

Die über den Mund stehenden Barthaare des Mannes bebten. «Ist immer das Gleiche mit euch, ihr hört nicht zu.» Sein Blick wanderte aus dem Fenster, das zu dieser Tageszeit dem weißen Licht einer tief stehenden Wintersonne Einlass bot. Schröder kniff die Augen zusammen, tiefe Furchen bildeten sich in seinem Gesicht.

«Okay», sagte Juha und stand auf. «Ich habe zu tun. Wenn Sie uns einen Hinweis geben oder eine Aussage machen möchten, melden Sie sich bitte unten bei meinen Kollegen, dort wird Ihnen auf jeden Fall weitergeholfen.» Juha zog seine Bürotür auf.

«Ich sagte, ich bin da *geboren*. Hergeflogen bin ich aus Málaga.» Er wandte sich Juha zu und konnte die Vorfreude darüber nicht verhehlen, dass er Juha jetzt am Haken hatte. Hatte er.

«Aus Málaga ...», wiederholte Juha und schloss die Tür wieder.

«Ich lebe seit Jahren an der Costa del Sol.»

Juha setzte sich und versuchte, den Namen Matthias Schröder mit ihrem Fall in Verbindung zu bringen, zupfte an einem Stapel Papier herum, als fände sich darin ein Spickzettel, den er gerade gut gebrauchen konnte. «Wie war Ihr Name noch gleich? Matthias Schröder?»

Der schüttelte den Kopf. «Sie haben sich verhört. Matthäus, ich heiße Matthäus Schröder.»

73

Lux schob seinen Dienstausweis unter dem Sicherheitsglas am Empfang der Asservatenkammer hindurch.

«Sorry, Lucas, normalerweise reicht's, wenn ich den Namen aufschreibe, aber in solchen Fällen bestehen die darauf, dass eine Kopie des Dienstausweises ans Formular getackert wird.» Bob aus der Asservatenkammer schaute über seine Lesebrille hinweg und zog die Stirn kraus, was ein Faltenmeer zur Folge hatte, das sich bis hinauf in die Vollglatze zog.

«Getackert?», fragte Lux und zog eine Augenbraue hoch.

Bob nickte, und sein sarkastisches Lächeln vervollständigte das Faltenmeer im unteren Gesichtsbereich. «Ich scanne deinen Dienstausweis ein. Dann drucke ich ihn aus, scanne ihn mit dem Formular zusammen wieder ein, dann tackere ich die beiden Blätter zusammen und lege sie in ein Fach, in das nie ein Mensch hineinschaut – abgesehen von mir.»

«Stark», sagte Lux anerkennend.

«Allerdings.» Endlich entspannte sich Bobs Gesicht, und er schob Lux zwei Schlüssel unter dem Sicherheitsglas hindurch. «Einer für draußen, damit kommst du in einen Vorraum. Der andere für die zweite Tür. Musst du selbst ausprobieren, welcher wofür ist.»

«Alarmgesichert?»

Wieder kamen Bobs Augen über der Brille zum Vorschein, sein Kinn verdreifachte sich, und er winkte ab. «Wo denkst du hin, mein Schatz?»

«Alles klar, danke dir, Bob. Aber nenn mich nicht ‹Schatz›, das ist irgendwie ... übergriffig.»

«Hast recht, sorry, Lucas. Wünsche gute Jagd.»

Die Halle, die den Kollegen der Asservatenkammer regelmäßig zur Verfügung stand, wenn man es mit Objekten zu tun hatte, die nicht in einem Schwerlastregal Platz fanden, lag etwas außerhalb. Lux parkte seinen Wagen und stieg aus. Die Frage, wie wahrscheinlich es war, dass Juha seine Aktion mitbekam, ließ ihn sich wie ein Verbrecher fühlen. Draußen fand er beim ersten Versuch den richtigen Schlüssel. Drinnen fiel ihm der Schlüsselbund hin, und bei der zweiten Tür erwischte er den falschen. Er war nervös. Nicht weil er fürchtete, eine Entdeckung zu machen, die seinen Verdacht stärkte, sondern weil er fürchtete, dass jemand anders eine solche Entdeckung gemacht hatte oder noch machen würde.

Flackernd sprangen die gleißend hellen Tageslichtlampen unter der Hallendecke an. Die Yacht stand auf zwei großen Bootsböcken. Eine Metalltreppe führte an Deck. Unten waren auf einer großen Plane alle größeren losen Gegenstände, die sich bei der Sicherstellung an Bord befunden hatten, säuberlich nebeneinander ausgelegt und mit Kärtchen versehen. Er zog frische Gummihandschuhe aus einem Plastikbeutel, den er immer in der Jackentasche hatte. Auf einem endlos langen Tapetentisch lagen nebeneinander die kleineren Objekte: Kugelschreiber, Badeartikel, Kochutensilien, Geschirr, Besteck, Gläser, Wäschestücke, Bücher, eine Ravensburger Spielesammlung, zwei Radios – ein antiquiertes und eines mit Bluetooth –, leere Flaschen, ein kleiner Porzellan-Wal und Hunderte weitere Stücke, so weit das Auge reichte. Lux blieb stehen und ließ den Bund des Handschuhs an seinen Unterarm schnalzen, dass es wehtat. *Du zögerst es nur hinaus, das Boot zu betreten, indem du dir selbst ein Interesse an dem ganzen Plunder vorgaukelst.*

Er drehte sich zu der hoch aufragenden Yacht um, die ihn mit ihrer monströsen Anmutung fast erschlug. Kurz entschlossen schwang Lux sich die Leiter hinauf. Bevor die nächste Stufe den Blick auf das Deck freigeben würde, atmete er tief durch. Noch drei Stufen, noch eine, dann blieb er stehen, wollte den Anblick so lange auf sich wirken lassen, bis er seinen Schrecken verlöre, bis es einfach nur ein großer Fleck auf weißem Grund war. Die wie fahrig hingemalten Streifen, die er hinterlassen hatte, als er in dem Blut ausgerutscht war, seine Handabdrücke, als er wieder auf die Beine zu kommen versucht hatte, die Schleifspur, als Juha ihn von Franka weggezogen hatte; was für ihn nur Sekundenbruchteile gewesen waren, war in dieser rostbraunen Schicht konserviert. Momente in der Zeit, jeder für sich nicht länger als ein Atemzug, lagen hier, in Blut gemalt und dann erstarrt, vor ihm. Ein makabres Zeugnis dessen, was Lux am liebsten verdrängt hätte. Sein Blick wanderte hinüber zur gegenüberliegenden Reling, wo eine breite Furche in diesem Relief des Todes den Weg markierte, den Chloes lebloser Körper in ihr nasses Grab genommen hatte.

Er riss sich zusammen. Von wegen «in der Zeit erstarrt». Nur so lange, bis der Fall offiziell geschlossen wurde, die Tatortreiniger das Boot blitzeblank schrubbten und die Blutflecken mit Aceton in nichts auflösten.

Lux nahm ein Paar Überziehschuhe aus der Box am Austrittspodest der Treppe und streifte sie über. Dann betrat er das Deck. Seine Schritte hallten, und er hatte überhaupt nicht das Gefühl, sich auf einem Boot zu befinden. Trotzdem schienen sich seine Muskeln zu verkrampfen, in dem Versuch, ein Schwanken zu kompensieren, das natürlich nicht da war. Oder war es seine Furcht? Er wollte sich abstützen und fand den Rahmen der Tür, die unter Deck führte. Eine Last lag ihm auf der Brust und erschwerte ihm das Atmen. Es ist nur ein großer Klumpen Stahl, Holz und Fiberglas, dachte er und versuchte, seinen Atem zu vertiefen. Dann ging er hinunter.

Lux wusste nicht, wonach er suchte. Er sah sich in dem kahlen Raum um. Ein paar dunkle Flecken waren auf und unter der Sitzbank zu sehen, wo sie Helle Schilling gefunden hatten. Ansonsten war hier: rein gar nichts. Die KTU hatte das Boot bis auf das letzte Staubkorn leer geräumt, natürlich. Die Stille unter Deck war noch unerträglicher als oben. Was hatte er sich eigentlich gedacht? Dass ein Team von zig Experten in tagelanger Arbeit eine Spur übersehen würde, die er dann im Alleingang in einer Begehung fände? Er ging wieder hinaus und ließ seinen Blick über die riesige Plane wandern, die vor dem Schiff ausgelegt war.

Von hier oben hatte er eine gute Aussicht. Vor ihm lagen Taue, Rettungswesten, allerlei Kisten, ein kleiner Elektroherd, ein Funkgerät, ein Minikühlschrank, Tütensuppen und andere Vorräte, eine Signalpistole, Wasserkanister sowie Unmengen schwer definierbaren Gerümpels. Sie hatten alles geborgen, überprüft, katalogisiert, jeden Fingerabdruck genommen, jedes Haar eingetütet und sämtliche biologische Partikel gesichert. Hier war nichts, das nicht einer eingehenden Prüfung unterzogen worden war. Hier ... Er stockte, ließ seinen Blick abermals über jedes Stück wandern. Dann ging er zurück unter Deck, sah sich erneut um. Zugegeben, er kannte sich nicht sehr gut aus, was das vorgeschriebene Inventar einer Yacht dieser Größe betraf. Ein grüner Aufkleber in einer Nische erweckte seine Aufmerksamkeit. Eine symbolisch vereinfachte Rettungsinsel auf einem zweidimensionalen Wellenkamm war darauf zu sehen. In der Nische hatte offensichtlich eine Kiste gestanden, wie an den Staubrändern auf dem Boden zu erkennen war. Er maß die Größe des Abdrucks mit seiner Elle ab und kam auf eine Länge von ungefähr siebzig und eine Breite von knapp vierzig Zentimetern. Dann ging er wieder nach oben und verließ das Schiff über die Treppe.

Er wanderte zwischen den Kisten, die auf der Plane standen, herum und fand schließlich die eine, die zu den Maßen passte. Auch auf ihr fand er den grünen Aufkleber. Die Kiste war leer. Lux hockte sich hin und wurde selbst ein Teil der akribisch sortierten Sammlung.

Es ging nicht darum, was die Kollegen von der KTU an Bord gefunden hatten. Es ging um das, was sie *nicht* gefunden hatten. Er sah sich noch einmal um, wollte ganz sichergehen, doch sein Verdacht wurde bestätigt. Als das Boot aus dem Wasser gehoben worden war, hatte sich keine Rettungsinsel mehr an Bord befunden.

74

Gehe ich recht in der Annahme, dass nicht ich es bin, der etwas für Sie tun kann, sondern dass Sie denken, etwas für mich tun zu können?», sagte Juha, nachdem er wieder Platz genommen hatte. «In den Zeitungen stand nichts davon, dass eine Verbindung nach Spanien in dem Fall eine Rolle spielen könnte.»

«Vor fast sechs Monaten ist in meinem Haus bei Nerja ein Feuer ausgebrochen. Überprüfen Sie es, stand in der Zeitung.»

«Ich glaube Ihnen einfach mal», sagte Juha ruhig. «Tut mir leid, das zu hören.»

«Meine Frau Ricarda kam dabei ums Leben», ergänzte Matthäus Schröder, und Juha setzte sich auf: «Mein herzliches Beileid zu Ihrem Verlust, Herr Schröder.»

Er nickte nur und schaute wieder aus dem Fenster, während er weitersprach. «Wir nannten es die ‹Soul-Farm›. Wir haben transzendentale Erfahrungen angeboten, die man über das Internet buchen konnte.» Er erhaschte Juhas fragenden Blick aus dem Augenwinkel und ergänzte: «Ayahuasca-Trips, DMT, das stärkste Halluzinogen der Welt, wesentlich wirkungsvoller als Psilocybin. Ich habe den Leuten irgendwas vom Band zwischen Leben und Tod, Interaktion mit der Geisterwelt und totaler Erleuchtung erzählt, lauter solche Sachen. Bisschen Kriegsbemalung, Handgetrommel und ein paar Klimperketten um den Hals, fertig ist der Guru.» Als Juha schwieg, räusperte sich Matthäus Schröder. «Ein paar Wochen vor dem Feuer kam diese Frau zu uns.» Sein Finger landete wieder auf der Zeitung.

Juhas Augen folgten seinem Finger. «Claudia Cordes.»

«Mhm, bei uns hat sie sich als Chloe vorgestellt. Nachnamen gab es auf der Soul-Farm ohnehin nicht.»

«Den Spitznamen könnten Sie auch aus den sozialen Netzwerken haben.» Es hatte ein paar Tage gedauert, bis Facebook auf Drängen des LKA das Profil von Chloe Cordes offline gestellt hatte, eine Löschung würde erst durchgeführt werden, wenn Chloe offiziell für tot erklärt wurde.

In Matthäus Schröders Gesicht zuckte es erregt. «Es ist also Chloe!» Er atmete laut aus und nahm dann innerlich Anlauf, schien nach den richtigen Worten zu suchen. «Später wurde mir gesagt, ihr echter Name sei Michaela Umstatt.» Sein Finger wanderte auf der Zeitung nach rechts. «Von der hier.»

«Franka Cordes.»

«Als sie einige Tage nach ihrer Schwester bei uns ankam ... sie ist doch Chloes Schwester, oder?»

Juha nickte.

«Sie hat sich als Anneliese Müller vorgestellt.»

«Wie die Opernsängerin?»

Matthäus Schröder schmunzelte bitter. «Hab ich dann später auch gesehen, als ich versucht habe, sie im Internet zu finden. Eines Nachts hab ich die beiden erwischt, als sie abhauen wollten. Da hat sie dann behauptet, dass Chloe gar nicht Chloe heißt, sondern Michaela Umstatt. Und dass sie wegen Drogen von der deutschen Polizei gesucht wird. Sie hat das Geld zurückverlangt, meinen VW-Bus genommen, und dann sind die beiden zusammen verschwunden.»

«Ihren Bus *genommen*, Sie meinen gestohlen?»

«Ich wurde erpresst.»

«Wie?»

Matthäus Schröder legte den Kopf schief und zog eine Augenbraue hoch. Juha winkte ab. «Egal, weiter.»

«Wir haben uns natürlich in den Arsch gebissen, aber wenn man selbst keine ganz saubere Weste hat, kann man schlecht die Polizei rufen.»

Juha quittierte die Aussage mit einem leidenschaftslosen Schulterzucken.

«Aber man macht halt weiter, und fast hätten wir die beiden vergessen. Zwei oder drei Wochen später wache ich nachts auf. Es knackt wie von einem Lagerfeuer, ich sehe den flackernden Schein an der Zimmerdecke, rieche den Rauch. Ich gehe ans Fenster und sehe, dass das Nebengebäude in Flammen steht, renne hinaus, merke, dass auch mein Wagen brennt. Dann sehe ich sie auf einem Hügel stehen. Steht einfach da hinter der Mauer und starrt in das Feuer. Starrt mich an. Dann dreht sie sich um und verschwindet im Dunkeln.»

«Moment», unterbrach Juha. «Von wem sprechen wir jetzt?»

Matthäus Schröder hob die Schultern. «Eine von beiden. Hatte sich den Schädel völlig kahl rasiert.»

«Wie?» Juha kniff skeptisch die Augen zusammen.

Mit einem ungeduldigen Kopfschütteln wies Matthäus Schröder auf das Foto in der Zeitung. Juha hatte es sich zugegebenermaßen noch gar nicht richtig angesehen. Erst jetzt fiel ihm auf, dass es das gleiche Foto war, das in Chloes Waldhütte an der Wand gehangen hatte. «Denken Sie sich doch mal die Haare weg. Schwer auseinanderzuhalten, oder? Sind Sie sicher, dass das keine Zwillinge sind?»

Juha fixierte das Foto geistesabwesend, antwortete aber trotzdem: «Ja, ganz sicher.»

«Jedenfalls brach dann der Dachstuhl zusammen. Ich sah, wie das Feuer vom Auto auf unser Haus überschlug, und rannte hinein, um meine Frau zu suchen. Ich wusste nicht, dass sie noch im Büro im Nebengebäude gearbeitet hatte. Die Feuerwehr brauchte ewig über die schmalen Bergstraßen, und die Polizei wusste natürlich nichts von einer Michaela Umstatt. Oh Wunder.» Matthäus Schröder spuckte ein bitteres Lachen aus. «So, das war's.» Er zog einen Flachmann aus der Innentasche und nahm zwei, drei Schlucke.

Juha überging es. Wahrscheinlich hatte der Mann sich fest vorgenommen, seinem Suchtdruck erst nachzugeben, wenn er losgeworden war, was er zu sagen hatte. Das nötigte Juha einen gewissen Respekt ab. Er war noch immer auf das Foto in der Zeitung konzentriert und auf den Kloß in seinem Hals. Es stimmte, die beiden Frauen sahen sich wirklich sehr ähnlich, wenn man von den Haaren mal absah. Die flüchtige Verpixelung des Zeitungsfotos führte dazu, dass die Ähnlichkeit sich in der resultierenden Reduktion umso deutlicher zeigte. Chloe hatte mehr oder weniger die gleiche Frisur, die sie auch bei ihrem Treffen getragen hatte: blond, mittellang, strähnig – wenn man das angesichts ihrer Kapuze überhaupt so genau sagen konnte.

Franka hatte zum Zeitpunkt der Aufnahme noch lange Haare gehabt, dunkel, wie auch jetzt, nur dass sie sie mittlerweile kurz trug. Die unterschiedlichen Augenfarben waren durch die Verfremdung in beiden Fällen zu einem matschigen Grau geworden.

Ohne seinen Blick von dem Foto abzuwenden, nahm er den Telefonhörer ab und drückte eine Kurzwahltaste. «Korhonen hier. Ich brauche Unterbringung für einen Zeugen im Fall Cordes. Der Mann heißt Matthäus Schröder, hat keinen Wohnsitz in Deutschland, wird aber weiterhin vor Ort gebraucht. Bitte lassen Sie ihn in meinem Büro abholen und leiten Sie alles Weitere in die Wege.» Er legte den Hörer auf die Gabel und sah zu Matthäus Schröder auf, der ihn zum ersten Mal, seit er in seinem Büro saß, verwundert anblickte.

«Lassen Sie sich nicht zu knauserig abspeisen. Drei Sterne, Vollpension ist das Mindeste. Alles klar?»

Matthäus Schröder nickte gehorsam.

75

SECHS MONATE ZUVOR

Chloe?» Franka lag in dem kleinen Apartment auf dem Fußboden. Etwas hatte sie geweckt. Hinter den heruntergelassenen Jalousien waren die Fenster geöffnet, und die Geräusche der spanischen Küstenstadt drangen wie eine exotische Musik in die Dunkelheit. Allein die wenigen Lichtpunkte in der bereits etwas maroden Verdunkelung wiesen darauf hin, dass draußen helllichter Tag herrschte, und erleuchteten einzelne Flecken auf der gegenüberliegenden Wand wie winzige Scheinwerfer. «Chloe, bist du da?», fragte sie noch einmal, drehte sich um und warf dabei eine leere Flasche um, die weitere leere Flaschen wie Kegel folgen ließ und ein klirrendes, nicht enden wollendes Getöse verursachte.

Ja.

Sie waren sich jetzt ganz nah.

«Ich dachte, ich hätte dich verloren.» Ihre eigene Stimme klang unangenehm laut in ihren Ohren, alles andere dumpf, als wäre sie unter Wasser.

Niemals.

Im Spiegel sah sie ihre Schwester in der Tür stehen. *Sieh nicht zurück.*

«Aber ich weiß nicht, wohin.» Franka begann zu schluchzen.

Hab keine Angst. Wir bleiben immer zusammen.

76

Ich bin genauso traurig wie du, Juha, und ich habe etwas Angst. Aber ich freue mich auch, und ich wünsche mir, du könntest dich ein bisschen für mich mitfreuen. Obwohl das viel verlangt ist.»

Überrascht sah Juha von seinem angebissenen Brötchen auf, das er schon einige Minuten lang anstarrte. Es dauerte einen Moment, bis er verstand. Auch wenn der Moment des Abschieds immer näher kam, sprachen sie wenig miteinander. Maria dachte wohl, es läge daran, dass Juha das Abschiednehmen zu schaffen machte. Und das stimmte. Aber es waren auch die neuesten Erkenntnisse in dem Fall, die seine Aufmerksamkeit gefangen hielten.

Als er sprach, war seine Stimme heiser. «Das tue ich. Entschuldige.» Er räusperte sich, danach klang es besser: «Ich freue mich für dich. Aber im Moment – und es geht mir selbst gegen den Strich – denke ich auch noch an eine andere Sache.»

«Welche Sache?»

«An Lux», antwortete Juha, und das war immerhin die halbe Wahrheit.

«Was ist mit ihm?»

«Ich fürchte, ich muss ihm etwas wegnehmen, etwas, das ihm sehr wichtig ist.»

«Du darfst mit mir über deine Arbeit sprechen, das ist dir schon klar, oder?», sagte Maria, und Juha bemerkte die süßen Sorgenfalten auf ihrer Stirn, die er so liebte. Er trank von seinem Kaffee. «Als mein Lebenspartner darfst du zum Wohle deiner mentalen Unversehrtheit ...»

Auf sein Nicken hin unterbrach sie sich und wartete, bis er seinen Kaffee heruntergeschluckt hatte. «Ich weiß. Darum geht es nicht. Ich will es nicht aussprechen, weil es dann entschieden ist.»

Maria nickte verständnisvoll. «Kenn ich.»

Sie lächelte, und Juha entfuhr ein kurzes Lachen. «Ja.»

«Es fällt mir schwer zu fliegen, wenn ich das Gefühl habe, dass ich mir Sorgen um dich machen muss, Juha.»

Er schüttelte den Kopf und stand auf, griff nach Handy und Schlüssel. «Um mich brauchst du dich nicht zu sorgen.» In der Küchentür drehte er sich noch einmal zu ihr um. «Ich liebe dich. Wir sehen uns nachher.»

«Ich liebe dich auch. Vergiss deinen Schal nicht.»

Im Wagen nahm Juha sein Handy und wählte die Nummer der Rechtsmedizin. Er hatte direkt Johanna am Telefon. «Hi, Johanna.»

«Hallo, Juha.»

«Sag mal, der DNA-Abgleich mit dem Blut auf dem Boot, den du in deinem Bericht erwähnt hast; da gab es keine Unstimmigkeiten, keine Auffälligkeit, oder?»

Johanna musste nicht überlegen. «Nein, der war einwandfrei. Sonst hätte ich das erwähnt.»

«Hm, natürlich.» Juha dachte einen Augenblick nach, aber ihm fiel nichts weiter ein. Doch dann präzisierte Johanna ihre Aussage: «Also, alle beide. Den zweiten hättet ihr euch sparen können.»

Juha fuhr eine betäubende Hitzewelle durch die Magengegend. «Den zweiten?»

«Ja, die zweite Probe, die Lux reingegeben hat, hat dasselbe Ergebnis erbracht. Das habe ich aber im Bericht nicht noch mal extra erwähnt. War ja redundant.»

«Klar. Da wollten wir nur ... Entschuldige, die Umstände.»

«Kein Problem, liebe Grüße an Lux.»

Juha legte rasch auf, sein Herz pochte wie wild.

Er fuhr ins Präsidium.

«Ach, das ist ja nett, dass du mich besuchst.» Lux saß in einem Großraumbüro am Schreibtisch und studierte digitale Akten. Juha antwortete nicht.

«Was sagst du zu dieser Nummer hier: Ein Filmstar verschwindet spurlos aus einem fahrenden Zug, ihr Bodyguard wird für den Mord an ihr eingesperrt, beteuert seine Unschuld. Eine Leiche wurde nie gefunden. Der Fall ist bis heute ungelöst. Ich beschäftige mich nun mit der heiklen Frage, Akte schließen oder weiterverfolgen?»

Juha runzelte irritiert die Stirn. «So einen ungelösten Fall gibt es?»

Lux lachte sarkastisch. «Schön wär's. Ich beschäftige mich den ganzen Tag mit uninteressantem Quatsch, der seit Jahren brachliegt, und habe die lästige Aufgabe, die Akten zu schließen, bei denen ein Ermittlungsergebnis nicht mehr zu erwarten ist und kein öffentliches Interesse an einer Aufklärung besteht. Die Liste ist endlos.»

Juha rang sich ein Lächeln ab, für einen Moment hatte er die Story mit dem Filmstar geglaubt. «Lux?»

Lux hing im Bürostuhl, schaute lustlos auf seinen Monitor und klickte irgendwelche Sachen an. «Ja?»

Juha wartete noch einen Moment, doch Lux' Blick blieb am Bildschirm kleben. «Ich wollte dir eigentlich nur sagen, dass wir den Fall auf Eis gelegt haben und darauf warten, dass die Jahresfrist verstreicht, damit wir Chloe für tot erklären können. Dann wird er geschlossen.»

Lux schaute auf. «Okay, alles klar. Danke dir.» Er riss sich nun doch von seinem Bildschirm los und drehte sich im Stuhl zu Juha um.

«Ab nächster Woche sind wir wieder ein Team. Deine Schreibtischtage sind also gezählt.» Juha fuhr sich über die trockenen Lippen.

«Als ich gerade angefangen hatte, mich daran zu gewöhnen.» Lux grinste. «Nein, ich freue mich natürlich. Wurde auch Zeit.»

Juha nickte, sein Blick wanderte zur Tür und zurück zu seinem Partner. «Ja, wurde auch Zeit.»

«Dann sehen wir uns am Montag.»

«Genau.» Juha blieb noch eine weitere Sekunde stehen, wandte sich dann zum Gehen. «Ach, Johanna aus der Rechtsmedizin lässt dich grüßen.»

«Danke, liebe Grüße zurück, wenn du sie siehst.»

«Mach ich», sagte Juha. «Also bis dann.»

«Bis dann.» Lux starrte bereits wieder auf seinen Bildschirm.

77

Juha, du siehst irgendwie fertig aus.» Die wenig schmeichelhafte Begrüßung konnte er Selma nicht verübeln, denn ihre Wahrnehmung entsprach seinem Gemütszustand genau. Er warf seinen Schal über die Garderobe.

«Können wir reden?», sagte er leise und merkte, dass seine Stimme leicht zitterte.

Sie verstand sofort, dass etwas ganz und gar nicht in Ordnung war, und stand von ihrem Schreibtisch auf. «Natürlich.»

Sie gingen in einen Nebenraum, wo die Wahrscheinlichkeit, dass jemand hereinplatzte, geringer war.

«Was ist passiert?», fragte Selma, sie war jetzt beunruhigt.

Juha ging auf und ab, zum Fenster, drehte sich um und fuhr sich durch die Haare. «Keine Ahnung. Lux, er ...» Ja, was eigentlich? Er war von den jüngsten Ereignissen derart überfahren worden, dass er selber noch gar keinen klaren Gedanken hatte fassen können.

«Vielleicht mal eins nach dem anderen?»

Juha nickte. «Vor ein paar Tagen war Yeong-Su Lee bei mir, wir haben über den Fall und über Helle geredet; dass da manches nicht zusammenpasst und so weiter – geschenkt, das wissen wir selber. Er hat nach dem Blut auf dem Boot gefragt.»

«Das eindeutig identifiziert wurde.»

«Natürlich. Aber eben habe ich trotzdem noch mal in der Rechtsmedizin angerufen und Johanna drangehabt.»

Selma war anzusehen, dass sie sich auf einen Hammer einstellte. «Und?»

Juha atmete schwer aus. Es half nichts, mit irgendjemandem musste er reden. Selma war seine beste Chance. «Lux hat einen weiteren DNA-Abgleich angefordert mit einer neuen Probe. Das Ergebnis war dasselbe.»

«Er hat den Test wiederholen lassen? Aber warum? Der erste war doch eindeutig.»

«Wenn ich das wüsste.»

«Und Lux hat nichts zu dir gesagt?»

«Das ist es ja. *Ich* weiß von gar nichts. Überhaupt ist Lux aus dem Fall ja raus. Wieso lässt er Johanna einen eindeutigen DNA-Test wiederholen?» Juha fand es bemerkenswert, wie ruhig Selma blieb, und er war ihr dafür dankbar.

«Was ist deine Theorie?»

Juha antwortete nicht.

«Okay.» Selma setzte sich auf einen Stuhl und legte die Stirn in die Hände. «Das Einfachste wäre natürlich, du fragst Lux einfach, warum er das gemacht hat.»

«Ich war eben bei ihm», ächzte Juha.

«Und, was hat er gesagt?»

«Ja, nichts. Also, ich habe ihn nicht konkret gefragt, aber er hat total zugemacht. Er war völlig abweisend und maximal schräg.»

«Maximal schräg?», fragte Selma ungläubig, und Juha wusste nicht, ob ihre Ungläubigkeit auf seine Einschätzung oder seine Wortwahl zurückzuführen war. «Okay. Also, Lux lässt den DNA-Abgleich des Blutes auf dem Boot wiederholen, und zwar mit einer weiteren Probe, sagt dir nichts davon, und als du ihm die Gelegenheit gibst, dir davon zu berichten, tut er, als wäre gar nichts, und benimmt sich maximal schräg.»

Juha nickte. «Genau. Was bedeutet denn das?»

«Vielleicht nichts.»

«Oder aber?»

Selma fixierte ihn jetzt. «Die Frage ist doch: War es einfach eine weitere Zahnbürstenprobe aus Chloe Cordes' Waldhaus?»

Juha schwieg, wagte nicht, ihren Satz zu beenden.

«Oder war es eine ganz andere?»

Juha fuhr sich über das Gesicht. «Scheiße. Und das ist leider noch nicht alles.»

«Nicht alles?»

«Gestern war so ein spanischer Exil-Guru aus Neubrandenburg bei mir.»

Selma lachte auf. «Ein spanischer Exil-Guru aus Neubrandenburg? Gibt's ja nicht.»

«Doch, doch», sagte Juha, ohne Notiz von Selmas Sarkasmus zu nehmen. «Dieser Typ behauptet, dass die Cordes-Schwestern vor sechs Monaten in Málaga gewesen sind, ihn ausgenommen und kurze Zeit später sein Haus niedergebrannt haben.»

«Wie bitte?»

«Er will sie in der Zeitung erkannt haben.»

«Ist er glaubwürdig?»

Juha hob die Arme. «Was heißt hier bitte ‹glaubwürdig›? Soll das etwa ein Zufall sein?»

«Die Cordes-Schwestern haben sein Haus angezündet?»

Juha schüttelte den Kopf. «Nein, *Franka* hat sein Haus angezündet. Und seine Frau dabei getötet.»

Selma hob abwehrend die Hände. «Halt mal an, Juha, ich verstehe überhaupt nichts.»

Er raufte sich die Haare. «Warum nicht? Ich dachte, *du* erklärst mir, was das alles zu bedeuten hat.»

«Eines nach dem anderen. Ob die beiden nach Málaga geflogen sind, lässt sich ja leicht überprüfen.»

«Ja, tu das bitte», sagte Juha schwach, die Hände immer noch in den Haaren vergraben.

«Ich rufe die Fluggastdatenzentralstelle an, dann wissen wir Bescheid.»

Er ließ die Arme sinken. «Gut.»

Selma nahm das Telefon und ging auf und ab, während sie mit den Kollegen vom BKA sprach. Juha hörte nicht, was sie sagte, alles, was in seinem Kopf ankam, war ein entferntes Murmeln.

«Juha.» Selma stand plötzlich wieder vor ihm.

«Ja?»

«Chloe Cordes ist vor sechs Monaten nach Spanien geflogen. Eine Woche später ist Franka Cordes ebenfalls nach Spanien geflogen.»

«Und weiter?»

«Franka Cordes ist fast vier Monate dort geblieben. Chloe Cordes hingegen ist gar nicht zurückgekommen. Jedenfalls ist ihr Name auf keiner Passagierliste verzeichnet.»

«Das verstehe ich nicht.» Doch Juha spürte, dass nur ein einziges Puzzleteil fehlte, um dem Wirrwarr, das in seinem Kopf herrschte, einen Sinn zu verleihen, ein Bild zu erschaffen, das ihn endlich klar sehen ließ.

«Ich auch nicht. Aber Lux. Er scheint das fehlende Puzzleteil gefunden zu haben.»

Dass Selma ebenfalls von einem fehlenden Puzzleteil sprach, hätte Juha unter sämtlichen anderen Umständen eine gewisse Freude bereitet. Doch jetzt verstärkte es nur sein Gefühl der Lähmung, die Stück für Stück mehr von seinem Geist und seinem Körper Besitz zu ergreifen drohte. Er vergrub sein Gesicht in den Händen.

«Juha, wir müssen ihn damit konfrontieren. Da läuft irgendwas aus dem Ruder. Wir müssen ihn vor sich selbst schützen. Oder er weiß von gar nichts. Aber wenn ich ehrlich bin, habe ich gerade ein richtig beschissenes Gefühl.»

Juha tauchte wieder auf. «Ja, ich auch.» Er straffte sich. «Okay, dann los.»

Als sie bei Lux' Schreibtisch ankamen, war der leer, der eingeschaltete Bildschirm zeigte noch das gleiche Dokument wie vorhin.

Juhas Handy signalisierte ihm mit einem zarten Vibrieren den Empfang einer Textnachricht. Sie kam von Lux.

Und just in dem Moment verstand Juha. Kein fehlendes Puzzleteil, ein falsches. Es existierte genau eine falsche Information, eine irrige Annahme, die ihnen die ganze Zeit die Sicht versperrt und sich erst durch eine schlampige Verpixelung zu erkennen gegeben hatte. Er hatte den Fall gelöst, als er betrunken im *Lüttje Tresen* gesessen hatte. Er hatte das richtige Bild vor Augen gehabt. Lediglich dieses eine falsche Puzzleteil hatte dazu geführt, dass er es nicht erkannt hatte.

78

Ich dachte, du arbeitest bis fünf, wie immer», sagte Franka und wickelte sich das Handtuch vom Kopf, verschwand wieder im Bad. Lux stand im Flur, hatte seine Schuhe noch an. Sie streckte den Kopf aus der Tür. «Ist alles in Ordnung?» Er nickte und zog sie aus.

Er ging in die Küche und nahm den Whisky vom Küchenschrank. Franka kam dazu. «Hoppla! Es ist noch nicht mal Mittag. Ist irgendwas passiert?»

Lux schenkte sich ein und trank einen großen Schluck, schenkte sich nach.

«Dann gib mir auch mal einen und erzähl, was los ist. Ein bisschen machst du mir Angst.»

Lux nahm ein weiteres Glas, füllte es und schob es über die Küchenplatte. «Wir haben nicht viel Zeit.»

Sie nippte vorsichtig, und die Sorge in ihrem Gesicht wuchs von Sekunde zu Sekunde. «Wofür? Wofür haben wir nicht viel Zeit?»

«Du musst dich stellen und zugeben, dass du deiner Schwester geholfen hast. Wenn du jetzt aussagst und dabei hilfst, sie zu finden, dann wird sich das mildernd auswirken.»

Sie antwortete nicht, und das war Lux Antwort genug. «Komm.»

Sie schüttelte den Kopf.

«Wo ist deine Schwester?»

«Meine Schwester ist tot.»

«Bullshit!», rief Lux und hatte kurz den Impuls, das Glas an die Wand zu werfen. Franka zuckte zusammen, und sofort schämte er sich für seine Gewalt und stellte das Glas ab.

Er hielt sich die Hände vors Gesicht. «Bitte sag mir die Wahrheit.»

«Meine Schwester ist tot. Das ist die Wahrheit.»

Er schaute sie an und sah, dass sie Tränen in den Augen hatte. Fast wäre ihm ein bitteres Lachen entfahren. Er konnte nicht fassen, dass sie ihn jetzt noch belog. «Das Blut auf dem Boot; ich habe den DNA-Abgleich mit Haaren aus deiner Bürste wiederholen lassen. Das Blut, Franka; es war deins. Ich weiß das, und ich glaube, Juha weiß es jetzt auch. Du hast in Chloes Hütte falsche DNA-Spuren verteilt, damit wir den Abgleich mit diesen Spuren durchführen und annehmen, das Blut sei von Chloe.»

Sie schwieg.

«Trotz allem, was du mir vorgemacht hast; dein plötzlicher Schwächeanfall beim Laufen war echt, oder? Von wegen zu wenig getrunken. Du hast dir das Blut über Wochen hinweg selbst abgezapft; ihr habt das alles über Wochen hinweg geplant. Großer Gott.» Er ging hektisch auf und ab. Dann blieb er stehen und sah ihr fest in die tiefdunklen Augen. «Aber weißt du, was? Das alles spielt in diesem Moment für mich keine Rolle. Das Einzige, das ich von dir will, ist, dass du jetzt sofort mit mir kommst. Du musst dich stellen. Franka! Ich liebe dich. Und egal was passiert, ich warte auf dich.»

Ihre Augen waren matt geworden, ihre Lider hingen müde herab. Und plötzlich erkannte er sie. Es waren Chloes Augen, dieser müde Ausdruck eines vergangenen Glanzes.

79

Rette sie

Das war alles. Juha spürte in diesen zwei Worten eine so große Angst, dass sie auf ihn überging. Er reichte Selma das Handy. Sie las, schaute ihn an. «Hilf mir, Selma.» Die Lähmung hatte ihn nun fest im Griff, und er fühlte sich ohnmächtig wie ein Kind, das in einem Kaufhaus seine Eltern verloren hatte. Nein, vielmehr fühlte er sich wie damals, als er als Junge im Eis eingebrochen und in unendlicher Kraftlosigkeit und Erschöpfung sein Schicksal einfach akzeptiert hatte. In dem Moment hatte er nicht gekämpft, hatte sich einfach hinabsinken lassen und dabei zugeschaut, wie sich das Licht immer weiter von ihm entfernte. Die Frage, warum er in diesem Moment nicht den starken Überlebenswillen verspürt hatte, den jedes Tier in sich trug, der jeden Menschen bis zum bitteren Ende antrieb, war zu einem dunklen Fleck auf seiner Seele geworden. So gut im Schatten seines Wesens verborgen, dass es ihm ein Leichtes gewesen war, ihn zu vergessen. Jetzt sah er ihn ganz deutlich und fürchtete ihn.

Selma war bereits am Telefon und zog gleichzeitig ihren Mantel an. «Franka Cordes *muss* gefunden werden ... Nein, nicht Chloe, *Franka*, die Schwester, Herrgott.»

Der Anfang des Gesprächs war im Rauschen von Juhas Gedanken untergegangen. Er fühlte sich, als wäre er kurz vorm Einschlafen noch einmal wach geworden, ohne zu wissen, ob er schon geschlafen hatte oder nicht.

«Ich will alle, die du kriegen kannst», sagte Selma mit Nachdruck und legte auf. Dann nahm sie ihre Tasche und sagte zu Juha: «Komm.» Er folgte ihr, ohne zu fragen, wohin.

Langsam, ganz langsam, sickerte wieder Energie in seine Glieder, begann er, seine Hände wieder zu spüren und merkte, wie die gewaltigen Umlaufbahnen, auf denen seine Sinne seinen Verstand unverwandt umkreisten, kleiner und kleiner wurden. Selma scherte ruckartig aus, Juha stieß sich den Kopf an der Autoscheibe und plötzlich war er wieder da.

Alles war auf einmal wieder da, in einem einzigen Punkt konzentriert, und bildete eine Singularität aller verfügbarer Sinne, Ressourcen und Kapazitäten. «Ich glaube, Chloe ist tot», sagte Juha.

«Natürlich ist sie tot, das wissen wir doch», antwortete Selma.

Juha schüttelte den Kopf. «Ich glaube, Chloe Cordes ist schon lange tot.»

80

Meine Schwester ist gestorben, Lux.» Sie hielt seinem Blick stand, als sie weitersprach. «Meine Schwester ist vor sechs Monaten in Spanien gestorben. Sie ist ins Meer gegangen und nicht mehr herausgekommen, während ich betrunken am Strand lag.»

Eine Eisschicht legte sich über Lux' gesamten Körper, ihm wurde schwindelig, und er musste sich an der Küchenplatte abstützen. «Was?» Das Wort war nicht mehr als ein Hauchen. Sie kam auf ihn zu und legte ihre Arme um ihn. Er ließ es zu, erwiderte ihre Umarmung aber nicht, starrte nur über ihre Schulter ins Leere.

«Es tut mir leid, Lux. Für dich tut es mir leid.»

«Aber die Rettungsinsel auf der Yacht ...» hatte die Maße eines Körpers, den man durch eine Blutlache schieben kann, um den Anschein zu erwecken, als sei da ein Mensch über Bord gegangen. Lux' Gedanken bewegten sich träge, aber unaufhaltsam auf eine Frage zu. «Hast du all diese Menschen umgebracht?»

Er spürte ihr Nicken an seinem Hals. «Ich wollte es nicht, es ist ... passiert. Abgesehen von Helle, sie musste meiner Schwester folgen.»

«Arvo ...», sagte Lux schwach.

«Er hat mich erkannt», flüsterte sie. «Armer Arvo. Ich wollte ihn nicht töten, sondern ihn dazu bringen, dass er aufhört, Helle zu schützen. Aber dann hatte ich keine Wahl.»

Der Schwindel wurde jetzt stärker, seine Kopfhaut kribbelte, und er merkte, wie sich eine eigenartige Aura um ihn herum bildete, alles wurde dumpf und hohl, und ein merkwürdiger, süßlicher Geschmack breitete sich in seinem Mund aus. «Was ist mit mir?», flüsterte er. «Franka?» Sie stand plötzlich ein paar Schritte von ihm entfernt, die Spritze noch in ihrer Hand. «Keine Angst. Du machst nur eine kleine Reise.»

Lux begriff und wollte sie fassen, doch seine Füße blieben am Boden kleben. Er fiel hin, die Hand noch immer nach Franka ausgestreckt. Jetzt spürte er ihre Lippen an seinem Ohr, ihren warmen Atem. «Ich wäre wirklich gerne deine Heilung gewesen.» Sie streichelte seinen Kopf, doch er konnte sich nicht rühren und brachte keinen Laut hervor.

«Wenn du meine Schwester triffst, sag ihr, ich bin auf dem Weg.» Hatte sie das wirklich gerade gesagt? Was meinte sie damit? Die aufsteigende Panik wurde von einer warmen, lähmenden Welle davongeschwemmt.

Ein diffuser Laut drang aus seiner Kehle, er klang wie «Nein!». In einer letzten Kraftanstrengung gelang es Lux noch einmal, die Hand nach ihr auszustrecken, aber er griff ins Leere. Im selben Moment fiel in unerreichbarer Ferne die Wohnungstür ins Schloss. Er zwang seinen Körper, schob seine Hand Zentimeter für Zentimeter abwärts, bis sie das Handy in seiner Tasche erreichte. Blind tippte er darauf herum, hoffte einfach, dass er irgendwie die richtigen Buchstaben traf. Dann spürte er, wie er in die Schwärze gezogen wurde und dem irdischen Sein auf genau die Weise entschwebte, wie er es sich immer erhofft hatte: sanft.

81

Juha las die Nachricht von Lux ein weiteres Mal, als wäre hinter diesen zwei Worten noch eine weitere Information zu finden. Auf einmal durchfuhr ihn die Erkenntnis, dass diese zwei Worte ihn tatsächlich nicht nur anflehten, Franka zu retten. Sie flehten vielmehr: «Rette *sie!* ... nicht mich.»

«Drück drauf, Selma. Wir fahren zu Frankas Wohnung.» Er steckte das Handy in die Tasche.

Ihm war bewusst, dass ihre Erfolgschancen zwischen gering und aussichtslos lagen. Aber eine andere Möglichkeit hatten sie nicht, außer einfach sinnlos herumzufahren und nach Franka oder Lux Ausschau zu halten. Selma hielt den Wagen gegenüber dem Haus, in dem Franka Cordes wohnte. Als sie die Straße überquerten, wandte Juha den Kopf kurz zur Seite, weil etwas Helles in seinem Augenwinkel seine Aufmerksamkeit auf sich zog. Durch einen schmalen Durchgang zwischen zwei Häusern, hinter einem halb verschneiten Garten und den Wiesen am Ufer, lag das Wasser der Außenalster. Oder vielmehr das schimmernde Eis, das sie bedeckte. Er blieb stehen, Selma rief: «Jetzt komm.»

Sie betätigte alle acht Klingeln des Gebäudes.

War es sein Gehirn, das ihm einen Streich spielte? Der kurze Moment der Stille, den die Zeit brachte, bis jemand auf Selmas Klingeln reagierte, ließ Juha den Wind hören. Ein sanfter, kühler Wind, der vom Wasser kam und über sein Gesicht strich.

Ein Summen ertönte, und Selma drückte die Tür auf. Juha riss sich los und war bei ihr. Zusammen liefen sie in den zweiten Stock. Gegenüber von Frankas Wohnung stand eine Frau in der Tür, die ein Baby auf dem Arm hielt. Selma hielt ihren Ausweis hoch. «Juha, die Tür steht offen.»

«So ein Glück», sagte Juha und winkte dem Baby zu, das ihn aus großen Augen ansah. «Hallo!» Er lächelte, das Baby lächelte zurück.

Er folgte Selma in die Wohnung, trat aus Versehen gegen einen Schuh, der mitten im Flur stand. Er schlitterte ein paar Meter weiter und zog ihre Blicke mit sich, bis sie auf Lux' Füßen landeten, die hinter der geöffneten Küchentür hervorlugten. Sie liefen zu ihm, Selmas Handy klingelte. «Mist!» Sie berührte Lux an der Schulter, ein Stöhnen entwich seinem geschlossenen Mund. «Er lebt.» Sie nahm den Anruf entgegen. Juha kniete sich zu Lux auf den Boden, wollte etwas tun, bemerkte aber, dass er sich bereits in einer stabilen Seitenlage befand. In seiner geöffneten Hand lag das Handy. Sein Daumen noch an der Stelle, wo üblicherweise der Button zum Abschicken einer Nachricht war. Sanft legte er seine Hand auf Lux' Schulter. Dann schaute er zu Selma auf, dachte an den kühlen Wind. «Sie ist am Wasser, oder?»

Selma zog irritiert die Augenbrauen zusammen, nickte dann aber. «Wir sind unterwegs.»

Juha stand auf, ließ seine Hand bis zum letzten Moment auf Lux' Schulter liegen und sagte dann zu Selma: «Sie haben sie nicht aufgegriffen?»

Sie schüttelte den Kopf.

«Ist sie auf dem Eis?»

Selma nickte.

«Ruf die Feuerwehr. Und einen RTW für Lux. Bleib bei ihm.»

Juha hatte nicht nachfragen müssen, wo genau Franka Cordes gesehen worden war. Er wusste, dass sie den kürzesten Weg genommen hatte. Er schob die Tür auf, der Wind hatte leicht zugenommen und war feuchter geworden. Juha schaute nach rechts, zwischen knorrigen, kahlen Bäume sah er das Eis, wie weiße Tupfer auf einem gräulichen Gemälde. Um seine Kräfte zu schonen, joggte er los, anstatt zu rennen. Ein Schritt nach dem anderen, nur an den nächsten denken, atmen, das Rauschen im Kopf umarmen, die Wärme speichern, die sich in den Muskeln sammelt. Dann war er da.

Ein Streifenwagen stand mitten auf der Wiese. Ein Anblick, der in jedem, ob Polizist oder nicht, ein Gefühl von Bedrohung erzeugte; ein Streifenwagen an einem Ort, wo er nicht hingehört. Die Beamten standen am Ufer und riefen auf die weite Fläche hinaus. In einiger Entfernung sah Juha einen weiteren Streifenwagen über die Wiese fahren. Noch einer holperte aus einer anderen Richtung mitten über ein kahles Beet.

Dann sah er sie. Wie eine schwarze Statue stand sie etwa sechzig Meter von ihnen entfernt auf dem Eis, als hätte ein Maler mit einem einzigen fahrigen Pinselstrich schwarze Farbe auf eine frische Leinwand aufgetragen. Ihre Kleider flatterten im Wind, der hier auf der weiten Fläche noch stärker war.

«Das Eis ist nicht freigegeben, wir können ihr nicht nach», sagte einer der Polizisten.

«Eigenschutz», sagte der andere. «Das ist lebensgefährlich.»

Juha winkte ab. «Was du nicht sagst ...» Er sah sich ein letztes Mal um, ob er ein eintreffendes Fahrzeug der Feuerwehr ausmachen konnte, das mit entsprechendem Gerät ausgestattet war. Dann ging er, ohne zu zögern, aufs Eis.

Nach dem ersten Schritt brach er ein, und sein rechter Fuß stand knöcheltief im Wasser. *Rette sie*, ging es ihm durch den Kopf. Er zog den Schuh aus dem Loch und versuchte, seine Füße beim Gehen kaum noch anzuheben, um sein Gewicht besser zu verteilen. Wenn Franka Cordes es so weit rausgeschafft hat, musste es ja machbar sein, dachte er, wurde aber im nächsten Moment von seinem Gehirn abgestraft, das ihm sagte, dass er selbst wohl locker dreißig Kilo mehr auf die Waage brachte als sie.

«Frau Cordes?» Er vermied es, zu laut zu rufen, wollte nicht, dass sie seine Annäherung als Bedrohung wahrnahm. Doch sie wandte ohne Eile den Kopf und schaute ihn an, als hätte sie ihn erwartet. Juha verlangsamte jetzt seine Schritte, bewegte sich kaum merklich weiter auf Franka zu. Franka merkte es trotzdem und begann ihrerseits weiterzugehen, ohne ihn dabei aus den Augen zu lassen. Juha war bewusst, dass sie der Flussströmung, die durch die Mitte des Sees verlief und über der das Eis am dünnsten war, immer näher kamen. Er blieb stehen, Franka tat es ihm gleich. Sie schauten sich eine Weile an. Als Juha Anstalten machte weiterzugehen, setzte auch sie sich wieder in Bewegung. Juha vernahm ein dumpfes Knacken, das ihm durch das Eis hindurch bis ins Mark drang. «Okay», rief Juha, nun doch laut, und verharrte regungslos, die Hände beschwichtigend erhoben, sodass auch sie stehenblieb.

«Reden Sie mit mir. Ich will es unbedingt verstehen. Ich muss!» Juhas Hände hatten sich, ohne dass er es gemerkt hatte, zu Fäusten geballt.

Er sah, dass sie lächelte. «Wozu soll das gut sein?»

«Es ist mir wichtig. Es ist Ihnen wichtig. Sie wollen sprechen, offen, ohne Geheimnisse. Jeder will das. Jeder fürchtet, dass etwas Unausgesprochenes für immer unausgesprochen bleibt, auch Sie.»

Sie schüttelte den Kopf. «Ich fürchte überhaupt nichts mehr.»

«Nee», rief Juha. «Das stimmt nicht. Sie fürchten, dass

ihre Schwester nicht dort ist, wohin Sie gerade unterwegs sind.»

Wieder lächelte sie, als habe ein unbedarftes Kind etwas Komisches gesagt. «Ich habe auf die andere Seite gesehen. Ich habe die Ewigkeit gesehen. Den ganzen hell erleuchteten Kreis, auf dem Sie und ich unsere einsamen Bahnen ziehen. Und ich sehe *Ihre* Furcht. Diese grenzenlose Furcht vor dem Ungewissen. Ich kenne sie gut. Aber ich konnte sie besiegen, während Sie Ihr ganzes Leben damit beschäftigt sind, die Augen davor zu verschließen.»

Juha schwieg, der Wind hatte einen feuchten Film auf seiner Wange gebildet, eine Haarsträhne blieb darin kleben.

«Aber nachts raubt sie Ihnen den Schlaf, habe ich recht? Träume voller Furcht, Träume von Machtlosigkeit. Ich habe Mitleid mit Ihnen, und ich will Ihnen gerne geben, was Sie glauben wissen zu müssen. Auch wenn Sie es eigentlich schon wissen.»

«Ihre Schwester ist vor sechs Monaten in Spanien gestorben.»

«So kann man es sehen. Oder so, dass sie seitdem in mir weiterlebt. Wir sind verbunden für alle Ewigkeit. Wir sind eins geworden.»

«*Sie* leben, Franka.»

«Alles lebt, es gibt keinen Tod, alles ist Teil der gleichen Unendlichkeit.»

«Sie irren sich. Sie stehen an einer Grenze, die ein Mensch nur ein einziges Mal überquert. Das hier ...», er breitete die Arme aus, «... ist dann für immer vergangen, wenn Sie jetzt nicht umkehren.»

«Ich bin schon hinübergegangen. Es ist längst zu spät. Seit meine Schwester nicht mehr aus dem Meer zurückgekehrt ist, bin auch ich nicht mehr Teil dieser Welt gewesen.»

«Bitte.»

Franka drehte sich von ihm weg, er sah, dass sie weitergehen wollte. Wieder hörte er das Eis dumpf knacken, als käme das Geräusch aus ihm selbst. «Was ist mit Lux?», rief er, es war das Letzte, das ihm einfiel, der letzte Anker. «Was soll ich ihm sagen?»

Sie wandte sich noch einmal zu ihm um.

82

Ein Sog ergriff ihn, zog ihn nach oben, und dann war es, als durchbräche er eine Wasseroberfläche. Lux atmete tief ein. Selma kniete neben ihm. Er wollte sich erheben, doch noch immer gehorchte sein Körper ihm kaum, als wäre er eine Marionette ohne Fäden.

«Langsam», sagte Selma und legte ihre Hände auf seine Schultern.

«Wo ist sie?» Er war selbst überrascht, dass er sprechen konnte.

«Juha holt sie.»

Wieder wollte er aufstehen, dieses Mal spürte er ganz deutlich, wie der Impuls seine Muskeln erreichte, doch sie verweigerten noch immer ihren Dienst. «Hilf mir auf.»

Sie widersprach nicht, sondern griff ihm unter die Arme. Er versuchte, ein Bein anzuwinkeln, das gelang. Er stützte sich mit einer Hand auf, Selma hievte ihn hoch, er zog das andere Bein unter seinen Körper. Selma zog ihn nach oben und tauchte unter seiner Schulter durch, lud sein halbes Gewicht auf. Dann wankten sie gemeinsam los.

Das Leben kehrte mehr und mehr in seine Beine zurück. Mit jedem Schritt versuchte Lux, das Tempo zu erhöhen, trotzdem schien der Weg nicht kürzer zu werden. Er nahm den Arm von Selmas Schultern, die erschöpft ausatmete, wieder drohte er wegzuknicken, fing sich und beschleunigte seinen Schritt aufs Neue. Jetzt lief er, auch wenn er nicht wusste, wie. Seine Beine rannten von alleine, wie am Ende eines Marathons, wenn der Körper den Geist aussperrt und nur noch seinen eigenen unerfindlichen Befehlen folgt. Dann sah Lux die beiden Gestalten auf dem Eis. Juha und Franka waren vielleicht sechzig, siebzig Meter von ihm entfernt. Jemand rief ihm etwas zu, vielleicht eine Warnung, er verstand es nicht. Wenn das Eis Juha getragen hatte, trug es ihn auch. Doch dieses Argument hätte er gar nicht gebraucht. Er betrat das Eis. Es hielt.

Mit eiligen, aber ruhigen Schritten ging er über die harte, glitzernde Fläche. Er schaute nach unten, sah seine Füße, wie sie einen Schritt nach dem anderen machten, blickte wieder auf, war näher gekommen. Sein Atem ging schnell, aber flach, er konzentrierte sich wieder auf seine Beine, seine Füße, für einen Moment dachte er, er könnte wie auf Kufen gleiten, um schneller zu sein. Wieder blickte er auf. Franka schaute in Juhas Richtung, doch ihr Blick glitt an Juha ab, traf stattdessen *ihn*, sie sagte etwas. Zu ihm? Er wollte ihren Namen rufen, aber ihm fehlte die Luft. Er atmete ein, doch bevor er die Luft zum Rufen benutzen konnte, war sie ihm schon wieder entwichen, nicht der Hauch eines Wortes kam über seine Lippen. Jetzt drehte Franka sich um, sie ging weg. Weg von ihm, weg von Juha, der ebenfalls losging. Lux' Lunge begann zu brennen, er rannte jetzt, wusste um die Gefahr, doch er musste rennen, konnte nicht anders. Mit jedem Schritt gab das Eis bedrohliche Geräusche von sich, es knackte und ächzte. Einmal hatte er das Gefühl, dass etwas unter ihm wegbrach, doch er flog einfach über das berstende Eis hinweg. Er war keine zwanzig Meter mehr von Juha entfernt. Dann brach es.

Doch nicht unter seinen Füßen. Er sah, wie Franka von einem Augenblick auf den anderen einfach verschwand. Sein Schrei verhallte im Rauschen seiner Ohren. Und noch ein Schrei verhallte über der riesigen Eisfläche. Juhas. Sie hatten gleichzeitig geschrien. Juha rannte jetzt auch auf die Stelle zu, an der eben noch Franka gestanden hatte. Lux sah ihn taumeln, sah, wie sein Fuß wegsackte, eine Hand ging nach unten, doch er fiel nicht, stieß sich ab, sein anderes Bein brach durch die Eisdecke. Lux sah den Kampf, der im Gegensatz zu Frankas stummem Einbrechen ein Sich-Wehren war, ein Sich-nicht-ergeben-Wollen. Juha versuchte wieder, sich abzustützen, rappelte sich noch einmal auf, dann brach er endgültig ein, Wasser spritzte empor. Das Letzte, das Lux von Juha sah, waren seine Hände, die nach etwas Unsichtbarem über ihm griffen, bevor sie unter der Eisdecke verschwanden. Lux war jetzt so schnell, dass er, als er einige Meter vor dem Loch auf die Knie kam, fast ebenfalls hineingerutscht wäre. Instinktiv breitete er alle viere aus, um sein Gewicht, so gut es ging, zu verteilen. Eisschollen trieben in dem Loch, in dem Juha verschwunden war, tanzten ein bisschen auf und ab, wurden langsamer und schienen dann zu beschließen, sich allmählich wieder zu vereinen. Lux robbte im Kreis um das Loch herum. Er glaubte zwar, durch die Eisfläche hindurch sehen zu können, doch darunter lag nichts als endlose Schwärze. Lux wusste nicht, wohin er sich wenden sollte, das Eis war so weit, die Fläche so groß, das Schwarz unter ihm so unendlich und so undurchdringlich. Bäuchlings rutschte er über das Eis, die Nässe war durch seine Kleidung gedrungen und brannte kalt auf der Haut.

Da sah er etwas. Ein rötliches Schimmern, das aus der Tiefe nach oben kam. Erst dachte Lux, es wäre eine Täuschung, eine schwache Farbirritation auf seiner Netzhaut. Doch dann wurde es deutlicher, begann sich von der Schwärze ringsumher abzuheben. Eine rote Laterne im tiefen, dunklen Wasser.

Dann kam die Hand. Weiß und vollkommen lautlos legte sie sich von unten gegen das Eis.

83

Die Kälte umschloss Juha ganz, umgab ihn von einem Moment auf den anderen wie eine zweite Haut. Halt die Luft an, dachte er. Doch er merkte, dass der Befehl unnötig war. Sein Körper hatte ganz von selbst aufgehört zu atmen. Er wusste nicht, ob er sank oder trieb, die Kälte war auf einmal gar nicht mehr unangenehm, und er hatte auch kein Bedürfnis, Luft zu holen. Er verharrte einfach regungslos und ließ sich vom Wasser tragen. Schwarze Gebilde mäanderten wie flüssiges Metall über sein gefrorenes Firmament. Wie Quecksilber, dachte Juha. Dann schloss er die Augen. Die letzte Luft, die als Blasen über seine Lippen drang, kitzelte ihn an der Nase.

«Nein.»

Was?

«Nein», kam es wieder irgendwo aus den tiefsten Tiefen seines Bewusstseins. Auf einmal war der Drang da. Der Drang zu atmen. Sein Körper hatte sich warm angefühlt, doch jetzt schoss Hitze durch jede Faser seines Körpers. «Schwimm! Nach oben. Jetzt. Schwimm!», befahl es in ihm. «Und dann?», dachte er. «Egal. Schwimm, kämpfe, tritt.» Er sah eine letzte Luftblase vor seinem Gesicht aufsteigen und beschloss, ihr zu folgen, schwamm, trat, kämpfte. Er streckte die Hand aus und berührte den unsichtbaren Spiegel, hinter dem die Welt lag, hinter dem das Leben lag. Hier war also das Ende, das war *sein* Ende. Es war nicht Angst, was er in diesem Augenblick verspürte, es war einfach nur grenzenloses Bedauern. Darüber, dass er Maria nicht mehr sehen würde, dass er kein einziges

Wort mehr zu ihr sagen konnte. Und darüber, dass er Lux nicht mehr sagen konnte, wie leid es ihm tat. Dass er keinen Sommer mehr erleben würde. Vielleicht bist du doch gar nicht so ein Wintertyp, war sein letzter Gedanke. Dann atmete er das Wasser einfach ein.

Ein kitzelndes Zucken ging durch seine Lunge, wie ein dumpfer Knall. Wieder. Und wieder. Das Knallen wurde lauter. Dann sah er weiße Verwirbelungen, keine anderthalb Meter neben sich. Tausende winziger Luftblasen stoben durch das Wasser. Der nächste Einschlag war nah bei ihm. Ein weiterer folgte, die Luftblasen brodelten vor seinem Gesicht umher. Etwas berührte ihn, erst einmal, wie aus Versehen. Dann wieder, jetzt schlug es ihn, scharfe Krallen wurden in seinen Hals geschlagen. Es hielt fest, ließ nicht mehr los. Und zog.

Juha erwachte, verspürte einen Würgereiz. Sah ein fremdes Gesicht, das von hellem Licht umstrahlt war. Augen schlossen sich, die Wangen des Gesichts blähten sich in einem erschöpften Ausatmen der Erleichterung auf. Der Sanitäter sackte rumpelnd gegen die Innenwand des Rettungswagens.

«Leck mich am Arsch», hörte er eine fremde Stimme sagen.

Dann übergab er sich. Als er fertig war, merkte er, dass er nackt in einer Rettungsdecke steckte. Das Knistern war wie scharfe Eiskristalle auf seinem Trommelfell.

Jemand zog sein Augenlid hoch, ein greller Schein stach in seine Pupille. «Können Sie mich hören?»

«Ja», sagte Juha.

«Wie heißen Sie?»

«Juha Korhonen. Ich bin Polizist. Es ist der 3. Februar. Mein Partner Lux hat mich gerettet.» Er richtete sich auf.

«Bleiben Sie bitte liegen, Herr Korhonen.»

«Nein.» Er konnte gerade noch verhindern, dass ihm die Rettungsdecke vom Körper rutschte.

«Wir haben Sie fast vier Minuten wiederbelebt.»

«Vielen Dank», sagte Juha und stand auf. Seine Knie waren wie Wackelpudding, aber er stand. Lux wartete vor der geöffneten Hecktür. Er war in Decken und ebenfalls in eine Isolierdecke gewickelt und schaute ihn unverwandt an, mit einem Blick, den Juha nicht gleich deuten konnte. Juha löste sich und sah an Lux vorbei auf das Wasser. Leute in schwarz-neongelber Kleidung standen am Ufer. Niemand befand sich auf dem Eis. Wieder sah er Lux an, seine Frage sprach er nicht aus.

«Sie ist fort», antwortete Lux.

«Lux ...»

«Warum hast du sie nicht gerettet?»

«Was?» Der Würgereiz kam zurück. «Ich konnte sie nicht retten.»

«Weißt du, was ich mich die ganze Zeit frage, Juha?»

Juha schwieg.

«Warum ich zuerst versucht habe, dich zu retten.»

«Warum hast du zuerst mich gerettet, Lux?»

Lux schüttelte den Kopf. «Jedenfalls weiß ich nicht, ob ich mir das verzeihen kann.» Er wollte sich abwenden.

«Bleib hier. Das bleibt so nicht stehen.» Juha war jetzt wütend. «Dieser Vorwurf bleibt hier nicht einfach so stehen.»

«Du hast sie nicht gerettet, Juha.» Lux ging.

Juha machte einen Schritt aus dem Rettungswagen, Hände griffen nach ihm, er schüttelte sie ab. «Bleib hier», rief er. Lux ging weiter. «Was ist mit *dir*?» Wasser tropfte Juhas Kinn hinab, er spuckte es weg. «Du hättest mir vertrauen müssen.» Lux blieb nicht stehen.

«Ich hab sie gefragt, was ich dir sagen soll.» Dieses Mal verharrte Lux, drehte sich um. Juha fühlte in sich hinein, spürte

Wut. Doch darunter lag noch etwas anderes, etwas, das ihm in diesem Moment wichtiger vorkam.

Er schaute auf und sah in Lux' Augen den gleichen Zorn, den er in sich selbst spürte. Juha schmeckte Blut, er hatte sich auf die Lippe gebissen. Lux' Kinn zitterte. «Was hat sie gesagt?»

«Es war nicht echt. Sie hat dich manipuliert. Zuerst warst du nur ihr heißer Draht zur Polizei. Dann bist du zu ihrem Erfüllungsgehilfen geworden. Du warst ihr Instrument.»

Lux nickte, drehte sich um und ging. Wieder legten sich Hände von hinten auf Juhas Schultern, diesmal ließ er es zu. Man half ihm zurück in den Rettungswagen, legte ihn hin.

Er hob den Kopf, nur so weit, dass er durch die sich schließenden Hecktüren Lux sehen konnte, wie er davonging, irgendwohin. Dann waren die Türen zu, und der Wagen fuhr los.

84

Was hast du geträumt?» Maria saß an seinem Bett.

Juha schüttelte den Kopf. «Ich hab's vergessen.»

«Du hast im Schlaf geredet.» Sie lächelte ihn an, und für den Moment ließ ihn ihr Lächeln alles vergessen. «Was hab ich gesagt?»

«Irgendwas von einem Band. Erst Gemurmel und dann immer wieder ‹das Band›; klang wichtig.»

«Ich glaube, ich habe von dir geträumt. Ich habe Vertrauen in uns, dass wir das schaffen und dass alles gut wird.»

Sie nickte, traurig und ein bisschen erleichtert. «Weißt du, wann du nach Hause darfst?»

Juha wollte mit den Schultern zucken, doch sofort durchfuhr ein dumpfer Schmerz seinen Brustkorb. «Vielleicht schon morgen, oder übermorgen.»

Sie schwieg.

«Flieg ruhig, mir geht es gut. Ich bin gerettet.»

«Ich kann den Flug verschieben.»

Juha schüttelte den Kopf. «Vertrau mir. Ich bin okay.»

Eine Weile sahen sie sich nur an. Dann sagte Maria: «Wally war hier. Er hat lange gewartet, aber du hast geschlafen. Er lässt dich grüßen. Und eine Selma Burg, sie hat dir die Blumen gebracht.» Maria deutete auf den Nachttisch, wo eine Vase mit einem Tankstellenblumenstrauß darin stand.

«Danke.» Und nach kurzem Zögern: «Lux?»

Maria schüttelte den Kopf. Juha nickte in sich hinein und drehte seinen Kopf zum Fenster. «Ich glaube, ich muss noch mal schlafen.»

Sie stand auf. «Wir sehen uns in zwei Monaten.» Küsste ihn.

«Ja, dann komme ich dich schon besuchen.»
«Ich liebe dich.»
«Ich liebe dich auch.»
Juha schlief ein.

Eine junge, sehr gewissenhafte Ärztin hatte darauf bestanden, ihn aufgrund seines Alters (wie bitte?) und der Tatsache, dass er fast vier Minuten hatte wiederbelebt werden müssen, weitere achtundvierzig Stunden zur Beobachtung dazubehalten. Als er das Universitätskrankenhaus Eppendorf – es war das nächste gewesen – verlassen konnte, hatten sich die Ereignisse längst herumgesprochen, eine Kollegin aus der Chirurgie sei involviert gewesen, sie sei verstorben. Dr. Cordes? Das konnte doch nicht wahr sein.

Viele Blicke hingen ihm nach, als er ging. Darauf angesprochen wurde er nicht.

Die Untersuchungen in Franka Cordes' Wohnung dauerten noch an, doch da er nichts gehört hatte, ging er davon aus, dass man veranlasst hatte, alle Informationen bei seinem Team oder Fürsti direkt zusammenlaufen zu lassen, wofür er dankbar war. Er rief Selma von einem Café aus an, das in der Nähe des Präsidiums lag.

«Boss! Wie geht's dir?»

«So hast du mich noch nie genannt. Gut, danke», antwortete Juha. Die Sonne schien durch das große Fenster, an dem er saß. Sie wärmte ihn. Fast aller Schnee war urplötzlich über Nacht geschmolzen, und es herrschten vierzehn Grad; normaler Winter in Hamburg. Unter einem Baum am Straßenrand konnte Juha einen grauen Rest Schneematsch erspähen. «Na ja, geht so. Ich bin krankgeschrieben», fügte er hinzu.

«Das ist gut, Boss. Nimm dir alle Zeit, die du brauchst, um wieder richtig fit zu werden.»

«Warum nennst du mich so?» Juha fragte sich, ob es die späte Revanche dafür war, dass er sie anfangs immer mit vollem Namen angesprochen hatte: Selma Burg.

«Keine Ahnung, irgendwie überkam es mich so und fühlt sich ganz gut an. Vielleicht will ich es auch noch ein bisschen auskosten, bis du dann demnächst wieder nicht mehr mein Boss bist.»

«Aha. Von mir aus. Also sag's mir, was gibt's Neues?»

«Wo bist du?»

«In der Nähe, aber ich habe keine Lust, ins Präsidium zu kommen.»

«Sollen wir uns im Auto treffen? Quasi on the road?»

«Ja.»

Selma brachte einen Laptop mit. Zusammen sahen sie sich das vollständige, ungeschnittene Video von Carsten Schillings Geständnis an, zu dem, wie sie nun wussten, Franka Cordes ihn gezwungen hatte. Juha bemerkte, dass die Bilder einen nicht unbeträchtlichen Teil ihres Schreckens eingebüßt hatten. Sicher, der verängstigte Carsten Schilling, der sein Geständnis herausstotterte, ließ ihn nicht kalt, aber es berührte ihn nur so weit, wie ein Polizist eben berührt werden durfte, wenn er sich mit den erschreckenden Taten von Menschen befasste. Sie verfolgten Carsten Schillings detailliertes Geständnis schweigend bis zum Ende. Dann vergaß Franka offenbar, die Kamera abzuschalten, legte sie stattdessen neben sich auf den Boden. So, erzählte Selma, interpretierten es die Kollegen, doch Juha fragte sich, ob sie die Kamera nicht doch absichtlich hatte laufen lassen. Ihre Stimme war aus dem Off zu hören, im Bild waren nur noch Carstens

Füße: «Danke, Carsten. Jetzt nimm die Kabelbinder und geh in die Sauna.»

«Warum? Du hast gesagt, ich kann gehen, Chloe, bitte, ich ...»

«Du tust, was ich sage, ich dachte, das wäre dir mittlerweile klar geworden.»

Juha sah Selma an. «Er hat sie nicht erkannt?»

«So wie wir. Er dachte, Chloe steht vor ihm. In ihrer Wohnung wurden die blauen Kontaktlinsen und die Perücke gefunden.»

Carsten Schillings Füße gingen zum Bildrand, wenige Sekunden später hörte man leise das Ratschen der Kabelbinder.

«Was passiert jetzt?», fragte Carsten. Seine Stimme war leise, klang dünn und hohl. Frankas Stimme war überraschend warm und deutlich, als sie die Kamera aufhob. «Ich habe noch einen Termin. Du wartest einfach hier und machst keinen Sch...», hier gab es einen harten Schnitt im Video, und der Film sprang abrupt in eine neue Einstellung.

«Möchtest du das andere Video auch sehen?», fragte Selma, nachdem sie eine Minute geschwiegen hatten.

«Was für ein anderes Video?»

«Rate mal», sagte Selma schlicht und klickte auf eine weitere Datei.

Patrick Wichmann saß auf seinem Sofa, die Kamera auf ihn gerichtet. Juha musste ungläubig den Kopf schütteln. Es war das erste Mal in seiner Laufbahn, dass er am Ende eines Falles seine Rekonstruktion einer Situation den Tatsachen getreu nacherleben konnte. Es kam ihm völlig absurd vor.

«Sag deinen Namen und dann erzähl mir genau, was im September 2017 in Spanien passiert ist.» Patrick Wichmann grinste überheblich in die Kamera. «Deine Stimme ist doch jetzt auch auf dem Band, du Genie.»

«Das schneide ich später raus, kein Problem. Du Genie.»

Wichmann rollte mit den Augen und ließ genervt die Hände auf die Schenkel klatschen. Dann wanderte sein Blick nachdenklich durch die Luft. «Gut, lass mich mal überlegen. Also, ich habe dich geknallt, das weiß ich noch. Und dann? Puh. War da noch was?» Er lehnte sich nach vorne und schaute knapp an der Kamera vorbei. «Können wir nicht trotzdem erst 'ne kleine Nummer schieben und es danach noch mal mit dem Interview probieren? Vielleicht bin ich dann entspannter. Ich finde, wir waren damals ein ganz gutes Team.»

«Patrick, ich schwöre dir, ich mache die Sauna an. Dann kannst du dir live anschauen, wie dein Freund gegrillt wird.»

Wichmann lachte auf. «Mein Freund, ja sicher. Mir ist ehrlich gesagt ziemlich egal, was du mit Schillerlocke machst. Von mir aus können wir hier einfach so lange rumhocken, bis dir die Sache zu langweilig wird.»

Man konnte Frankas Lächeln nicht sehen, aber man hörte es, ein leises «Hm» von entwaffnender Klarheit. «Und deswegen spähst du die ganze Zeit rüber zur Tür? Vergiss es, ich bin schneller. Und dann seid ihr beide tot. Carstens Geständnis habe ich bereits. Deines brauche ich nicht. Ich will dir nur die Gelegenheit geben, etwas wiedergutzumachen. Du kannst das Gleichgewicht, das ihr zerstört habt, nicht wieder herstellen, aber du kannst zumindest deinen kleinen Teil in die Waagschale werfen. Für die Welt ist er unbedeutend. Doch für dich bedeutet er alles, auch wenn du das jetzt noch nicht erkennen kannst.»

In Patricks Gesicht war deutlich zu sehen, dass ihn Frankas Worte mehr beeindruckten, als er nach außen hin zugeben wollte. Er bemühte sich, die Fassung zu wahren, aber es war offensichtlich, dass er einige Male tief durchatmete.

«Und eins noch, Patrick, weil ich das entgegen meinem

Plan dann doch nicht auf mir sitzen lassen kann. Ich habe nie mit dir geschlafen.»

Patrick Wichmann zog etwas dümmlich die Augenbrauen zusammen. «Doch! Warst du so blau?»

«Sieh genau hin.»

Patrick sah sie an. Und das Erkennen schien eine Starre in ihm auszulösen, denn kein Zucken, keine Regung verriet den Moment, obwohl er da gewesen sein musste. Denn urplötzlich sprang er auf, rannte auf die Kamera zu und daran vorbei, die Kamera wurde fallen gelassen, und den Bruchteil einer Sekunde später ertönte ein Schuss, der auf der Aufnahme nur als übersteuertes Knacken zu hören war. Für eine weitere Minute zeigte die Kamera nichts als den Fuß des Sofas, auf dem Wichmann gesessen hatte. Dann wurde sie aufgehoben und abgeschaltet.

«Auch Arvo hat sie erkannt», sagte Selma in die Stille. «Wir gehen davon aus, dass Franka nicht geplant hatte, ihn zu töten. Doch als er sie hinter der Chloe-Maskerade erkannte, hat es ihn das Leben gekostet.»

Juha fragte nicht, woher sie das wusste. Er dachte es sich und wollte das Gespräch nicht auf Lux lenken, nicht in diesem Moment. Stattdessen sagte er: «Sie hatte nicht geplant, irgendjemanden zu töten.»

Er ließ Selmas fragenden Blick eine Weile auf sich ruhen, bevor er fortfuhr. «Sie hat uns das Video geschickt; das geschnittene. Warum hätte sie das tun sollen, wenn es ihr nur um Blutrache gegangen wäre?»

«Und? Warum?»

Juha blickte aus dem Seitenfenster und sah ein paar Schneeflocken vorbeiwirbeln. Dann fiel ihm auf, dass es keine Schneeflocken, sondern Federn waren, die aus einem Fenster im Erdgeschoss schwebten, wo jemand seine Bettdecke ausschüttelte. «Sie wollte, dass alle zur Rechenschaft gezogen werden, dass sie ihre Schuld eingestehen. Nur deswegen hat sie Wichmann und Schilling aufgesucht und sie gefilmt.»

«Und trotzdem sind beide tot. Und Helle und Arvo auch.»

«Nenn es einen Unfall, zumindest die ersten beiden.»

«Na ja.»

Juha hob beschwichtigend die Arme. «Ich meine nur, sie hatte es nicht geplant. Aber ...» Er schwieg einen Moment, weil er sich nicht sicher war, ob er aussprechen wollte, was ihm seit ihrer Begegnung auf dem Eis immer wieder durch den Kopf ging. Doch: Selma gegenüber konnte er das. «Franka hat zu mir gesagt, dass ihre Schwester in ihr weiterlebt. Ich weiß nicht, wie genau sie es gemeint hat, aber vielleicht war Chloe wirklich noch da. In Form einer derart tiefen Trauer, dass Franka nicht mehr Herrin über ihr eigenes Handeln war.»

«Was willst du damit sagen? Dass Chloes Geist ihre Schwester dazu benutzt hat, all diese Menschen umzubringen?»

Juha musste unweigerlich schmunzeln. «Glaubst du etwa nicht an Geister?»

«Ich glaube, dein Gehirn hat den Sauerstoffmangel doch nicht so gut verkraftet.»

Juha entfuhr ein kurzes Lachen. «Scheint so.» Dann wurde er wieder ernst.

«Weißt du, was Franka im Krankenhaus zu mir gesagt hat?» Selma sah ihn erwartungsvoll an. «‹Die Frau auf dem Boot war nicht mehr meine Schwester. Die Chloe, die ich kannte, ist schon lange fort.›»

Nun zeigte auch Selma ein Schmunzeln, aber es war ein trauriges, nachdenkliches. Sie klappte den Laptop zu. «Was hast du jetzt vor?»

Juha lehnte seinen Kopf ans Wagenfenster und schloss die Augen. Er fühlte sich auf einmal sehr müde. «Ich rufe den

Makler an. Wir waren eigentlich vorgestern in seinem Büro für die Unterschrift und Schlüsselübergabe verabredet.»

«Soll ich dich hinfahren?»

Juha nickte, die Augen immer noch geschlossen.

Vom Büro des Maklers Utz Blank beschloss Juha zu Fuß zu seiner neuen Wohnung zu gehen. Er verabschiedete sich von Selma, die gewartet hatte, und bedankte sich für alles. Dann spazierte er los.

Der Winter war zu Ende, so plötzlich und so unerwartet, wie er gekommen war. Juha genoss die warmen Sonnenstrahlen. Er kaufte sich eine Limonade an einem Kiosk und freute sich auf einen langen Spaziergang. Als er in die Nähe seiner neuen Wohnung kam, gönnte er seinen Gedanken ein wenig Ruhe und begann stattdessen, seine Umgebung aufmerksamer wahrzunehmen. Immerhin war das jetzt für eine Weile seine neue Gegend. Hier würde er herumlaufen, vorbeikommen, erkennen und irgendwann erkannt werden; beim Bäcker, im Kiosk, an der Kasse, in der Eisdiele, wenn endlich der Sommer käme. Und vielleicht in einer Kneipe? Juha überlegte, ob er vielleicht wieder öfter in eine Kneipe gehen wollte, sein Ausflug ins *Lüttje Tresen* hatte Spaß gemacht. Dann dachte er, dass er es vielleicht ein bisschen wie Lux halten sollte; mehr auf die Gesundheit achten, vielleicht Sport treiben. Wer weiß, vielleicht gab es eine schöne Laufstrecke in der Nähe. Früher war er gelaufen, auch nach seiner Zeit bei der Bundeswehr noch. Dann war es ihm irgendwie abhandengekommen, und es hatte sich keine Gelegenheit zur Reaktivierung ergeben. Vielmehr war er älter und schlicht fauler geworden.

Lux.

Er hatte Selma nicht gefragt, ob sie etwas von Lux wüsste, hatte sich nicht dazu bereit gefühlt. Frankas Worte kamen ihm in den Sinn, das, was sie ihm über Lux gesagt hatte, bevor sie sich umgedreht und weiter auf das Eis hinausgegangen war. Die zweite Sache, die ihm keine Ruhe ließ und die er gegenüber Selma nicht ausgesprochen hatte. Seit zwei Tagen kreisten die Worte in einer unaufhörlichen Schleife durch seinen Kopf, mal lauter, mal kaum hörbar, aber immer da: «Wenn Sie ihm die Wahrheit sagen, wird er sich den Rest seines Lebens fragen, ob er mich hätte retten können. Aber das lag zu keinem Zeitpunkt in seiner Macht. So wie es zu keinem Zeitpunkt in meiner Macht lag, meine Schwester zu retten. Also müssen Sie ihm sagen, dass ich ihn benutzt und manipuliert habe und dass meine Gefühle für ihn nur vorgetäuscht waren. Auch wenn es nicht die Wahrheit ist. Das ist wichtig, Juha Korhonen.»

Er hatte ihrem Wunsch Folge geleistet, bevor er sich sicher war, dass sie recht hatte. Vielleicht hätte er warten sollen; und immer wieder hatte er sich gefragt, ob Lux' Anschuldigung und die daraus geborene Wut ihren Teil dazu beigetragen hatten, dass ihm die Lüge in diesem Moment so leicht gefallen war. Doch so tief er auch die letzten zwei Tage in sich hineingehorcht hatte, er hatte keinen Funken Reue finden können. Mittlerweile war er sicher, dass Franka recht gehabt hatte. Denn am Ende war ihr klar gewesen, dass sie alle dafür büßen mussten, was sie in Spanien getan hatten. Auch sie selbst.

Er stand vor der Haustür. Weil er vergessen hatte, in welche Tasche er die Schlüssel gesteckt hatte, tastete er eine Weile an sich herum, bis er sie fand. Er steckte sie ins Schloss, und sie ließen sich ohne Ruckeln, Ziehen oder anderweitiges Tricksen butterweich drehen.

Der Geruch im Treppenhaus war anders. Kein unbekannter, er kannte Treppenhäuser, die so rochen. Der große Altbau, in dem er mit Maria wohnte, besaß ein hundert Jahre altes

Holztreppenhaus, dessen warmer, leicht säuerlicher Geruch ihn immer an Kirchenbänke erinnert hatte. Dieses Treppenhaus war aus Beton gebaut, roch nach kühlem Stein und einem Hauch Zitrone. Je näher er seiner neuen Wohnung kam, desto mehr gesellte sich der Duft von frischer Farbe dazu.

Auch die Wohnungstür ließ sich ohne große Mühe aufschließen. Vielleicht war das ja ein Zeichen. Ein Omen dafür, dass auch andere Dinge gar nicht so schwierig waren, wie er es sich ausgemalt hatte. Er müsste sich wenig Gedanken machen; nur über die Arbeit, sich, seine Zeit. Er würde häufiger einfach das tun können, worauf er Lust hatte, so schlecht war das nicht. Trotzdem fehlte ihm Maria jetzt schon, und er war sich bewusst, dass es noch schlimmer werden würde. Immerhin würden sie sich alle zwei Monate besuchen, das hatten sie fest vereinbart.

Er ging durch die leeren, frisch weiß gestrichenen Räume. Das knarzende Laminat klang zwar etwas höher, etwas künstlicher als die Dielen in seiner alten Wohnung, doch auch dieses Geräusch würde schon bald ein Gefühl der Heimeligkeit in ihm hervorrufen. Er öffnete die Balkontür. Wieder drang der Straßenlärm herein, aber auch ein Hauch von beginnendem Frühling.

Ab morgen würde er sich um den Umzug kümmern. Er hatte das Bild vor Augen, wie er, Lux, Selma und Uwe schwitzend Umzugskisten die Treppe hinauftrugen und sich mit seinem alten Ungetüm von schwedischem Sideboard fluchend im Treppenhaus verhakten. Oben gäbe es Sprudelwasser, später Bier, und am Ende äße man bestellte Pizza mit der Hand aus dem Karton, bis jemandem einfiele, dass man ja noch Lampen anbringen müsse, bevor es dunkel würde. Schön, aber er musste realistisch bleiben. Auf Lux konnte er nicht zählen. Selma war sicher höchst motiviert, und man mochte sie unterschätzen, aber Uwe sah er bereits nach drei Gängen keuchend im Treppenhaus sitzen und mit überzeugend schmerzverzerrtem Gesicht seine Brust massieren. Vielleicht war es an der Zeit, manche Entscheidungen einfach selbst zu treffen. Zum Beispiel war er längst in dem Alter und besaß die finanziellen Mittel, guten Gewissens eine Firma mit dem Umzug zu beauftragen; er konnte das einfach tun, wenn er es wollte. Aber wie gesagt, darum würde er sich morgen kümmern.

Als er sich vom Balkon umdrehte, sah er etwas hinter der Wohnzimmertür stehen, das er beim Betreten übersehen hatte. Es war ein flaches Paket von etwa sechzig mal siebzig Zentimetern, das in braunes Packpapier eingeschlagen war. Juha fragte sich unwillkürlich, ob der Maler etwas vergessen hatte. Sein zweiter Gedanke, es könne sich um eine Art Willkommensgeschenk seines Vermieters handeln, war ebenso abwegig. Er hob es an, um zu sehen, ob irgendein Hinweis auf Herkunft oder Bestimmungsort darauf zu finden war. Es war leichter als gedacht. Kein Adressat, kein Absender, keine Nachricht. Aber es stand in seiner Wohnung; dann war es wohl seins, dachte Juha und begann vorsichtig, es auszupacken. Als er das Papier am oberen Rand gelöst hatte, sah er, was es war, und schlug sich innerlich gegen die Stirn; er hätte es gleich am Format erkennen müssen. Er griff unter den Keilrahmen der Leinwand und zog das Bild heraus. Einen Moment hielt er es am ausgestreckten Arm hoch, dann lehnte er es an die Wand, um es aus angemessener Entfernung betrachten zu können. Darauf zu sehen war ein Mann vor einem hellen Hintergrund, der dem Betrachter den Rücken zugewandt hatte. Das Bild gefiel Juha, und irgendwie, ja, irgendwie erinnerte ihn der Mann an Lux.

85

Lux stand am Fenster, schaute der Sonne zu, wie sie sich mühsam über die Hausdächer auf der anderen Straßenseite schob, trank und rauchte. Es musste seine erste Zigarette seit mindestens fünfzehn Jahren sein. Die halb leere Schachtel war das Einzige von ihr gewesen, das noch in seiner Wohnung gelegen hatte.

Das hieß nein, das stimmte nicht. Die Platte. Er hatte sie mitgenommen, weil sie keinen Plattenspieler besaß. Er schenkte sich vom *Nikka* nach und nahm die Platte aus der Hülle. Brian Blade - *Mama Rosa*. Er legte sie auf und ging wieder ans Fenster. Er kannte die Platte, aber in diesem Moment hörte er sie auf eine Weise zum ersten Mal. Der Song *Second Home* begann, bislang hatte er nie auf den Text gehört, jetzt tat er es.

Friendly travelers at the cafe
Sing songs of joy and praise
Just to be alive another day
Step in time, second line
Church bells ring farewell
Throw my hands up high to the sky
'til we meet again on the other side

Lux weinte bitterlich, der Whisky wurde salzig und der Zigarettenfilter nass. Er war sich bewusst, dass sie, als sie die Platte gekauft hatte, schon wusste, dass ihr Zusammensein nicht von Dauer sein würde. Juha hatte sie nicht retten können und er, Lux, auch nicht, das hatte Franka bereits lange zuvor entschieden.

Nun war er also doch erwacht, aus diesem Traum, von dem er gehofft hatte, er würde nicht aufhören. Die Musik klang daraus zu ihm herüber, die Zigarette verflüchtigte sich in Rauch und Asche. Und er dachte daran, dass es vielleicht in einem anderen Universum einen anderen Lux gab, der nicht aus diesem Traum erwachen, der nicht zurückkehren musste in die bittere Nacht, aus der er gekommen war. Ein Lucas, der einfach für immer mit Franka zusammen sein konnte. Kurz dachte er darüber nach, ob er diesen anderen Lucas beneiden sollte. Aber dann beschloss er, sich für ihn zu freuen.

86

Es klingelte. Juha brauchte eine Sekunde, um das neue Geräusch einzuordnen. Ein klassisches *Ding-Dong*, das viel angenehmer klang als das schrille Rasseln, das er gewohnt war und das ihm anfangs immer einen Mordsschrecken eingejagt hatte. Juha eilte zur Wohnungstür und drückte den Summer. Er erwartete niemanden – das hieß, doch, natürlich erwartete er jemanden, er erwartete sie alle. Einen Moment stellte er sich ein Happy End vor, wie ein unerwartetes Erwachen aus einem bösen Traum, bei dem ihn alle überraschend besuchen kamen. Maria, Wally, Lux, Selma, Uwe, seinetwegen auch die Fürstenberg, die zur Abwechslung mal normale Klamotten tragen und ihn unauffällig fragen würde, ob er einen Aschenbecher hatte. Alle kämen sie ihn in seiner neuen Wohnung besuchen. Juha hatte gekocht, hatte die verdammte *Käsesensation* versucht, und sie war geglückt. Es wurde gelacht und getrunken, und die Finsternis der vergangenen Tage schmolz wie der Schnee in seligem Vergessen.

Juha blinzelte, als der kleine Tagtraum sich verflüchtigte. Am Treppenabsatz auf der Zwischenebene stand Lux und sah zu ihm hoch. Das war doch ein Anfang.

DANKSAGUNG

Unser Dank gilt allen voran der Frau, ohne die Juha und Lux gar nicht erst in die (weite) Welt gekommen wären; unserer Agentin Caterina Schäfer. Alsdann danken wir unserer Lektorin Dinah Fischer, die nun bereits zum zweiten Mal durch unermüdliche Unterstützung einen Text mit uns zu einem Buch gemacht hat. Ihr beide seid's einfach!

Gleichfalls allen Menschen beim Rowohlt Verlag, die uns von Anfang an so viel Zuspruch, Motivation und Vertrauen geschenkt haben.

Unser Dank gilt auch Knut Cornils vom LKA Hamburg für seine fachliche Expertise und Beratung.

Und am Ende, aber nicht zuletzt danken wir allen Unterstützerinnen, Zuhörerinnen, Aushaltenden und Testleserinnen, ohne die das Bücherschreiben von vornherein zum Scheitern verurteilt wäre; besonders Kathrin, Judith, Leonard und Uta.